Girl in Black

2. Auflage 2016

ISBN 978-3-7641-7063-9

Dieses Werk wurde vermittelt durch
die Agentur Editio Dialog, Dr. Michael Wenzel

Lektorat: Angela Iacenda
Umschlaggestaltung: Suse Kopp, Buchgestaltung
unter der Verwendung von Fotos von © Sarah Johnson/Trevillion Images
und © VeenaMari/istockphoto
Druck und Bindung: GGP Media GmbH, Pößneck
Gedruckt auf Papier aus geprüfter nachhaltiger Forstwirtschaft.

www.ueberreuter.de

Mara Lang

Girl in Black

ueberreuter

Es war einmal

ein König, der hatte eine Frau mit goldenem Haar, und sie war so schön, dass sich ihresgleichen nicht mehr auf Erden fand.
Doch das war nicht der Grund, warum er sie geheiratet hatte.

Es war einmal
eine Königin, deren Aufgabe es war, ihrem Ehemann zu dienen.
Doch das machte sie krank.

Und es war einmal
eine Königstochter, die sich ihrem Vater widersetzte.
Doch ihre Geschichte ist kein Märchen.

1
Lia

Ich heirate in Weiß. Das Kleid ist ein absoluter Traum, ich habe es selbst geschneidert. Die Seide schmiegt sich um meine Taille, kühle Spitze streicht über meine Schultern. Der Schleier ist drei Meter lang. Ich sehe aus wie eine Prinzessin.

Mit gerafftem Rock steige ich in Begleitung der vier Bodyguards die Treppe zur Kirche hinauf. Drinnen warten an die hundert Gäste darauf, dass die Zeremonie beginnt, aber Enzo verspätet sich wieder einmal.

Der Padrone kann sich das erlauben. Als kreativer Spross eines ermordeten Drogenbosses kehrte er Neapel und der Camorra den Rücken und gründete in Mailand das Modelabel *Musetti,* mit dem er bei den ganz Großen der Branche mitmischt. An seinen Mafiamethoden änderte das freilich nichts, mittlerweile kontrolliert er die halbe Lombardei.

Hier in seinem Wohnort Vanzago, etwa eine halbe Autostunde westlich von Mailand gelegen, gehört ihm jedes Geschäft, jedes Haus, jede Familie. Alle müssen sich seinem Willen beugen. Wen interessiert da schon, ob die Hochzeit seiner Stieftochter pünktlich beginnt oder nicht?

Lia Musetti. Ich probiere den Klang meines neuen Namens aus, lautlos, nur für mich. Die letzte Silbe will mir kaum über die Lippen kommen.

Ich bin keine Musetti. Ich werde es niemals sein.

Dabei ist Enzos Neffe Daniele, mein zukünftiger Ehemann, ein guter Fang. Er sieht umwerfend aus, ist gebildet, als Jungdesigner erfolgreich. Er wird einmal die Firma führen und das Musetti-Vermögen erben, das sich jetzt schon auf mehrere Hundert Millionen Euro beläuft, sprich: Er ist stinkreich. Sämtliche Mädchen der Stadt würden sich alle zehn Finger nach ihm lecken. Ich nicht. Ich hasse ihn.

Vor dem geöffneten Tor bleibe ich stehen. Die Junisonne blinzelt durch das Blätterdach der alten Kastanien. Es ist schwül, die Luft ist schwer wie eine Decke und es ist ungewöhnlich still im Viertel. Wer nicht in der Kirche sitzt, weil er es Enzo schuldig ist, hat die Rollläden heruntergelassen. Furcht ist stärker als Neugierde.

Die Gelassenheit meiner Bodyguards ist nur Show. Ich weiß, dass sie mich ständig im Blick haben. Sie sind nicht zu meinem Schutz da, sie sind meine Wachen. Und sie sind mindestens so nervös wie ich.

Mir ist heiß, in meinem Mund sammelt sich zäher Speichel. Ich muss mich dazu zwingen, geradeaus zu schauen, nicht über die Schulter zu blicken und in den Hauseingängen nach der versteckten Gestalt zu suchen. *Auf Toma ist Verlass*, rufe ich mir in Erinnerung. *Alles wird laufen wie geplant.*

Es ist zum Haareraufen. Ich kann mir noch so oft Mut zusprechen, mein Körper wendet sich trotzdem gegen mich. An meinen Handgelenken kribbelt es verdächtig.

Ich muss die Angst bezwingen, also beginne ich zu zählen. Meine Mutter hat mir die Methode beigebracht: eins, zwei, eins, zwei – zählen, atmen. Massiv und undurchdringlich muss er sein, mein Schutzwall, dann kann mir nichts etwas anhaben. Zählen, atmen …

Das jahrelange Training macht sich bezahlt, meine Gefühle lassen sich zurückdrängen. Die Nervosität aber bleibt. Ich bin ja auch die Braut, ich habe jedes Recht der Welt, nervös zu sein!

Unruhig starre ich wieder ins Halbdunkel der Kirche. Von drinnen ist Gemurmel zu vernehmen. Wo bleiben Enzo und Daniele denn nur? Diese Warterei macht mich wahnsinnig.

»Mir ist schlecht«, erkläre ich einem der Bodyguards. Er ist neu, ich kenne noch nicht mal seinen Namen. »Kann ich ein Glas Wasser bekommen?«

Er rührt sich nicht vom Fleck. »Es dauert nicht mehr lang, Signorina.«

Ich schnaube. »Das höre ich seit einer Stunde. Wenn Sie nicht wollen, dass die Braut zusammenbricht, sollten Sie den Boss benachrichtigen. Oder mir Wasser bringen. Am besten beides.«

Er tippt an sein Headset und fällt in einen Wortwechsel mit Enzo, der so schnell ist, dass ich Mühe habe zu folgen, obwohl ich fließend Italienisch spreche.

Meine Mutter stammte aus Deutschland. Als ich drei Jahre alt war, kehrte sie ihrer Heimatstadt Berlin den Rücken und folgte Enzo nach Italien. Mittlerweile bezweifle ich, dass sie diese Entscheidung aus Liebe traf.

»Noch zehn Minuten«, sagt der Bodyguard.

»Und das Wasser?«

Er wirft einen Blick auf den schwarzen Ford Edge, der in der Allee im Schatten steht. Ich weiß, dass es darin eine Kühlbox mit Getränken gibt, weil Enzos Männer oft stundenlang für ihn unterwegs sind. Die Frage ist nur, ob der Bodyguard sich traut, von meiner Seite zu weichen.

»Es geht gleich los.«

Feigling.

Reifen quietschen, als ein Auto rasant in die Straße einbiegt. Enzo? Nein, ein roter Sportflitzer. Ich will mich schon abwenden, da hält der Wagen direkt vor der Kirche. Unruhe befällt die Bodyguards. Dieser Parkplatz ist für den Padrone vorgesehen. Einer der Männer läuft hinunter, um dem Kerl, der sich gerade vom Fahrersitz schwingt, die Leviten zu lesen. Dann hält er in der Bewegung inne.

»Signore Filippo!«, ruft er. »Was …?«

Was willst du denn hier?, vollende ich in Gedanken. Onkel Filippo ist Danieles Vater und das schwarze Schaf der Familie. Er arbeitet nicht in der Modebranche, ich glaube, er hat überhaupt noch nie einen Finger für seinen Lebensunterhalt gerührt. Stattdessen schwirrt er in der Weltgeschichte herum, klappert ein Casino nach dem anderen ab und schafft es regelmäßig wegen irgendwelcher dubioser Geschichten in die Schlagzeilen. Dass er ausgerechnet heute auftaucht, anstatt an einem Spieltisch zu pokern, kann nur ein böser Wink des Schicksals sein.

Niemand darf uns in die Quere kommen.

Erstmals riskiere ich einen Blick die Straße hinunter. Das abgestellte Motorrad wirkt unauffällig. Toma ist nirgends zu sehen. Es wird klappen. Es *muss* klappen, eine Alternative gibt es nicht.

»Hier können Sie nicht parken, Signore«, stellt der Bodyguard fest.

»Ach nein?« Filippo wackelt unbeeindruckt mit dem Kopf. »Weil mein ehrenwerter Herr Bruder vorfahren möchte? Was juckt mich das?« Er sieht mich vor dem Kirchentor stehen und eilt die Treppe herauf. »Lia, mein Herz!«

Steif lasse ich mich in seine Umarmung ziehen. »Mein Make-up«, bringe ich hervor, als er mir einen Kuss auf die Wange drücken will. Folgsam hält er Abstand und deutet die Begrüßung nur an – Luftkuss rechts, Luftkuss links.

»Make-up, pff. Das hast du doch nicht nötig! Du bist eine Naturschönheit, Lia.«

Onkel Filippo ist ein Charmeur, die Frauen liegen ihm

ohne Einschränkung zu Füßen. Für ihn aber zählt nur die Eroberung, kaum hat er eine rumgekriegt, gelüstet es ihm nach der nächsten.

Genauso lief es mit Danieles Mutter ab. Drei Tage, mehr brauchte es nicht, um ihr ein Kind anzuhängen. Mit dem feinen Unterschied, dass er in ihr auf eine Ebenbürtige traf. Sie legte den Kleinen gleich nach der Geburt auf der Schwelle des Musetti-Landsitzes ab und machte sich aus dem Staub. Ein Glück für Daniele, dass Enzo ihn sofort unter seine Fittiche nahm. Filippo wäre ihm nie ein guter Vater gewesen, überhaupt kein Vater, um genau zu sein.

Ich lächle gezwungen. »Danke.«

»Und was für ein Kleid! Zauberhaft.«

Ein angemessener Look, um sich ins Verderben zu stürzen. Ich sage nichts.

»Sieh dich nur an, Lia! Das Haar so golden wie die Sonne. Und wie es duftet.« Er schnuppert genießerisch an den einzelnen Locken, die aus meiner Hochsteckfrisur herabfallen. »Deine Augen, so strahlend wie Sternenlicht. Und deine Haut …«

Meine Haut. Das Problemthema.

»Onkel Filippo!«, stoppe ich seine poetischen Ausführungen. Ich mag ihn, das habe ich immer schon getan. Es imponiert mir, dass er sich den Regeln der *Familie* widersetzt und Enzo auf der Nase herumtanzt. Filippo ist ein Überlebenskünstler. Sollte er jemals pleite sein, wird er trotzdem ein Leben in Saus und Braus führen. Manchmal wäre ich gern so wie er, ein bisschen zumindest.

»Lia, mein Herz, bist du sicher, dass du meinen missratenen Sohn heiraten willst?«

Von Wollen kann keine Rede sein. Grimmig erwidere ich seinen Blick.

Keine zwei Monate ist es nun her, dass meine Mutter an Nierenversagen gestorben ist. Sie war ihr Leben lang nicht krank, jedenfalls nicht körperlich. Was sich in ihrer Seele abgespielt haben muss, ist eine andere Geschichte, deren Ausmaß ich erst jetzt zu erahnen beginne.

Noch während ich taumelnd vor Trauer nach ihrem Tod versuchte, wieder Land zu gewinnen, zog Enzo bereits die Fäden. Klammheimlich ließ er das Konto meiner Mutter sperren und zog unsere gemeinsamen Sparbücher ein, sodass ich weder Zugriff auf mein Erbe noch auf mein Studiengeld hatte. Außerdem kündigte er meinen Studienplatz am *Istituto Europeo di Design,* wo ich Modedesign studierte. Alles zu meinem Besten natürlich. Auch die Hochzeit mit Daniele hatte er längst organisiert. Unnötig zu erwähnen, dass er einen Enkel erwartet. Sogar den Namen hat er bereits ausgesucht: Vincenzo – der Sieger.

In dieser Angelegenheit wird es nur einen Sieger geben.

»Sie werden dich mit Haut und Haaren verschlingen«, sagt Filippo.

Genau das will ich verhindern. Und dabei steht er mir im Weg. Ich senke die Stimme und sehe ihn beschwörend an. »Tu mir den Gefallen und geh in die Kirche. Bitte!«

Filippo zögert.

»Signore«, mischt sich der Bodyguard ein. »Fahren Sie bitte Ihr Auto weg.«

»Kann ich etwas für dich tun?«, raunt Filippo mir zu. »Du brauchst es mir nur zu sagen …«

»Ich weiß. Aber lieber nicht, danke. Geh einfach.«

Selbst wenn ich auf sein Angebot einginge, kann ich mir seiner Loyalität nicht sicher sein. Filippo wird immer zuerst seine eigene Haut retten.

»Geh!«, wiederhole ich. »Bitte!«

Der Bodyguard blickt nervös über seine Schulter. »Signore!«

Filippo wirft ihm die Autoschlüssel zu. »Sie haben die Signorina gehört. Sie will mich in der Kirche sehen.« Achselzuckend dreht er sich um. »Ich erhebe Einspruch, okay?«, ruft er mir noch zu, ehe er durch das Tor tritt.

Nicht nötig, danke. Ich begreife nicht, was er hier will, aber es kann mir auch egal sein. Ich bin ihn losgeworden, das ist alles, was im Moment zählt.

Kaum hat der Bodyguard den Sportflitzer umgestellt, nähert sich der schwarze Porsche Cayenne mit Enzo am Steuer. Er fährt prinzipiell selbst, das lässt er sich nicht nehmen. Natürlich sind die Scheiben aus Panzerglas. Nicht ohne Grund, es gibt genügend Leute, die noch eine Rechnung mit Enzo offen haben.

Der Wagen kommt zum Stehen und ich spanne die Muskeln an. Ein letzter Blick die Straße hinunter – *it's showtime!*

2
Lia

Ich glaube, ich war fünf, als ich begriff, dass mit mir etwas nicht stimmte. In Gegenwart anderer litt ich Höllenqualen. Es war, als wäre mein Herz zu klein, als würde mein Innerstes jeden Moment explodieren, weil so viel auf mich einstürmte. Je mehr Leute um mich herum waren, umso schlimmer.

Ich war als schwieriges Kind verschrien. War weinerlich, flüchtete mich in Schreianfälle oder igelte mich komplett ein, sodass nichts und niemand zu mir durchdringen konnte. Manchmal bildeten sich auf meiner Haut dunkelrote Flecken, für die keiner eine Erklärung hatte.

Im Kindergarten bat man meine Mutter, mit mir zum Hautarzt zu gehen, in der Grundschule rätselte man, ob ich autistische Züge aufwies, und empfahl ihr einen Psychologen. Natürlich suchten wir weder den einen noch den anderen auf. Als ich in die Pubertät kam, begann sich der Effekt auf meiner Haut zu verändern und schließlich ließ sich nichts mehr vertuschen.

Meine Mutter gestand mir die Wahrheit. Sie hatte mir nicht bloß ihr blondes Haar und ihre zierliche Figur vererbt, sondern auch ihre Empathie. »Du bist ein Seelenauge, Lia«, sagte sie, »genau wie ich. Du liest in den Seelen der Menschen. Du nimmst ihre Gefühle auf, ihre Wünsche, Träume, Ängste, andauernd, ohne dein Zutun. Und es wird Zeit, dass du lernst, dich abzuschirmen, denn dein Körper verrät dich.«

Bis zu diesem Tag hatte sie das für mich erledigt. Wann immer wir zusammen waren, übermittelte sie mir positive Energie und blockierte alles, was mich belastete. Auf diese Weise erschuf sie einen Glückskokon, in den ich flüchten konnte, wenn mir das Gefühlschaos zu viel wurde.

Meine Mutter war meine Zuflucht, mein Sicherheitsnetz, mein Anker. Die Einzige, die mich verstand. Mit ihrem Tod brach meine Welt zusammen.

Jetzt bin ich auf mich gestellt. Noch kämpfe ich darum, meinen Schutzschild aufzubauen, zu verstärken, seine Lücken zu stopfen. Aber irgendwann wird er hoffentlich stabil genug sein, um mich vor den Gefühlen zu schützen, die mich beeinflussen.

Manchmal schaffe ich es sogar, meine eigenen Gefühle zu löschen. Dann bin ich so leer wie ein Blatt Papier. Niemand kann auch nur eine Zeile in mein Herz schreiben. Ich lasse es nicht zu.

Es ist besser, wenn alles in mir tot ist. Nur so kann ich überleben. Nur so kann ich gegen die Musettis bestehen.

Die Scheiben des Porsche sind verdunkelt, die Gesichter von Enzo und Daniele zwei Schemen. Als sie aussteigen, werfe ich mich mit einem geflöteten »Daniele, endlich!« herum und laufe die Treppe hinunter.

Die Bodyguards reagieren zu spät, sie kriegen mich nicht zu fassen und ich falle Daniele in die Arme. Er sieht blendend aus in seinem hellgrauen Anzug und mit dem dunklen, leicht gewellten Haar. Wüsste ich nicht, was für ein Ekelpaket er ist, könnte ich mich glatt in ihn verlieben.

Überrascht erwidert er meine stürmische Umarmung und gibt den Bodyguards mit einem Wink zu verstehen zurückzubleiben.

Enzo schickt sich an, die Treppe hinaufzusteigen. »Komm, Lia«, sagt er leise, aber bestimmend. »Lass die Gäste nicht warten.«

Das ist ein schlechter Scherz, schließlich warten sie bereits eine geschlagene Stunde. Ich schmiege mich an Daniele. »Nur einen Kuss.«

Enzo dreht sich nach mir um. »Lia!«

»Lass sie doch«, kommt mir Daniele wie erhofft zu Hilfe. »Eine Minute.«

Enzo winkt ab und nimmt die Treppe im Laufschritt. Ich weiß, dass er einen Blick in die Kirche werfen will. Er ist ein Kontrollfreak.

Als mich Daniele küsst, schwappen seine Gefühle auf mich über: Hitze, Leidenschaft, Verlangen – alles zugleich. Damit erwischt er mich eiskalt. Mein Schutzschild bricht zusammen wie ein Kartenhaus.

Das Kribbeln rast meine Handgelenke hinauf, aus den Augenwinkeln bemerke ich, wie die ersten Ranken auf meiner Haut erblühen.

Es ist mir egal. Ich vergesse mich. Mich und meinen schönen Plan, vergesse, was ich eigentlich tun muss, nämlich rennen, rennen, rennen. Und erwidere den Kuss. Er schmeckt verführerisch, süß und leicht. Er schmeckt nach Liebe.

Das ist bloß Lust, keine Liebe, denke ich, aber mein Körper reagiert nicht. Der Rausch von Danieles Gefühlen hält mich bereits gefangen. Ich lasse mich fallen.

Was wäre so schlimm daran, ihn zu heiraten? Ein Baby zu bekommen, Mutter zu sein und ein Leben in Luxus und Sicherheit zu führen? Mein Studium könnte ich später wieder aufnehmen. Bestimmt ließe sich Enzo überreden, irgendwann.

Danieles Kuss wandert über meinen Hals, mit der Rechten knetet er meinen Po. Seine Gefühle sind nun so intensiv, dass sie die altbekannten Bilder produzieren. Sie flackern vor meinen Augen auf, ich kann mich nicht dagegen wehren: Daniele und ich auf dem Bett. Wie er mich auszieht. Wie er mich liebt. Wie er mich schlägt.

Sofort bin ich wieder bei Sinnen. *Los jetzt, Lia, kämpfe!*

Eins, zwei – zählen, atmen ... Ich gieße Schwärze über mein Bewusstsein. Ich darf nichts fühlen, darf nichts fühlen, darf nicht ...

Es funktioniert, die tiefroten Verästelungen auf meiner Haut verblassen.

Ich bin stark, bin unantastbar. Bin Lia, das Mädchen, das sein Herz versperrt.

Ich fühle nichts.

Doch der Moment der Schwäche rächt sich. Als ich mich von Daniele losreißen will, hält er mich fest. »Wohin so eilig?«, zischt er und schubst mich scheinheilig grinsend in Richtung Treppe. »Da geht's lang.«

Ich stolpere zurück und verheddere mich im Schleier. Jetzt heißt es alles oder nichts. Hastig zerre ich mir das Ding vom Kopf, ein Outing, das die Dinge ins Rollen bringt.

Die Braut hat vor zu fliehen, ganz genau!

Von der Treppe her stürmen die Bodyguards herbei, während Enzo im Hinunterlaufen Kommandos brüllt. Seine genagelten Schuhe spielen ein Stakkato dazu, Stufe um Stufe. Daniele will sich auf mich stürzen, aber ich tauche unter seinen Händen weg. Ich raffe den Rock und renne los, wütendes Geschrei im Ohr.

Ein paar Meter habe ich freie Bahn, dann holt mich einer der Männer ein und wirbelt mich herum. Ich ramme ihm meinen Absatz in den Fuß und danke Gott dafür, dass ich mich heute Morgen doch für die hochhackigen Schuhe entschieden habe. Mit einem Aufheulen lässt er von mir ab.

Diesmal komme ich keine zwei Schritte weit.

»Genug!« Es ist Enzo, der mich von hinten packt. Er kann seine Wut kaum zähmen. Sie durchfährt mich wie ein Blitz und reißt eine Kluft in meinen Schild. »Hast du gedacht, du kommst so einfach davon?«

Doch. Ja. Eigentlich schon.

Gefühle branden erneut in mir hoch. Seine Wut und meine Angst vermischen sich zu einem wilden Strudel. Wenn ich es jetzt nicht schaffe, ist alles aus.

Wo bleibst du, Toma?

Enzos Griff ist unerbittlich, seine Finger graben sich in meine Oberarme. Bilder stürmen auf mich ein. Am liebsten würde er mich an Ort und Stelle verprügeln, das sehe ich in aller Deutlichkeit vor mir. In der *Familie* kommt man schnell zur Sache.

Er holt aus, ich reiße den Kopf herum und der Hieb trifft mich am Ohr. Etwas klingelt, alles dreht sich. Ich wimmere, die Beine knicken mir weg.

Enzo schleift mich zurück zur Treppe, wo Daniele mir den Schleier überstülpt. Er fühlt sich an wie ein Sack.

Plötzlich liegt alles im Dunkel, ich, meine Zukunft, mein Leben. Ich habe versagt.

Resigniert senke ich den Kopf und gebe den Widerstand auf. Auf meiner Haut spielt sich das reinste Chaos ab, zackige Dornenranken überziehen sogar meine Schultern. Und mein Haar ist zerzaust, mein Ohr glüht, mein Kleid klebt mir feucht am Rücken. Die Braut in Bestform.

»Darüber reden wir noch«, verkündet Enzo. Ja, das kann ich mir lebhaft vorstellen. »Und jetzt rauf da, sofort, bevor ich mich vergesse!«

Daniele läuft uns voraus in die Kirche, wir warten vor dem Tor, flankiert von den Bodyguards. Brautjungfern einmal anders.

Ein Schweißtropfen rinnt über meine Wange. Kann auch sein, dass es eine Träne ist.

Nein, ich fühle nichts.

Ich bin leer und werde es für die nächsten zwanzig Jahre sein. Bis auch mich irgendeine Krankheit aus heiterem Himmel dahinrafft. *Willkommen in deinem Leben, Lia.*

Enzo zupft an mir herum, ganz der Designer, der ein letztes Mal Hand an sein Model legt. Ich lasse es zu, dass er den Schleier zurechtrückt und mein Kleid glättet. Auch dass er mein Dekolleté begutachtet, das jetzt wieder makellos ist. Ich lasse alles zu. Ich bin sein Objekt, er darf das.

Sicher werde ich noch Zeit brauchen, bis ich so weit bin wie meine Mutter und für ihn arbeiten kann, das weiß Enzo so gut wie ich. Ich kann Gefühle lesen, mehr nicht. Damit lässt sich nicht viel anfangen.

»Schön«, sagt er und ergreift meine Hand. »Du weißt hoffentlich, wo dein Platz ist, Lia.«

Es ist keine Frage. Ich weiß es.

Orgelmusik setzt ein. Es ist düster in der kleinen Kirche, ich erkenne Danieles Silhouette vor dem Altar, wo er mich mit Pater Luigi und dem Standesbeamten erwartet. Beiderseits des Gangs sitzen die Gäste. Sie sollten lächeln, eine Hochzeit ist etwas Schönes. Aber sie starren nur.

Enzo strafft die Schultern, bereit, mich durch das Tor zu führen. »Gleich bist du eine von …«

Knattern zerteilt seine Worte. Wir fahren herum, verwirrt, suchend. Nur ich weiß, was es zu bedeuten hat.

Das Motorrad! Toma! Noch ist nicht alles verloren.

Enzos Griff lockert sich vor Überraschung. Ich entwische ihm, renne die Treppe hinunter, er hinterher, Befehle brüllend. Die Bodyguards schwärmen aus. Zwei springen mit gezückter Waffe auf die Straße, die anderen schirmen uns ab. Es gibt kein Durchkommen für mich, schon ist Enzo wieder an meiner Seite.

»Weg hier, Lia!«, schreit er und als ich nach vorn schaue, wird mir klar, wie recht er hat.

Das Motorrad rast auf uns zu, direkt auf dem Bürgersteig. Der Fahrer trägt einen Helm mit getöntem Visier. Und zielt mit einer Waffe auf uns.

Toma? Was zum Teufel hast du vor?

Toma ist unser Gärtner. Er ist um die sechzig, hat immer ein freundliches Wort auf den Lippen und war in all den Jahren der einzige Vertraute meiner Mutter. Dass er mir bei meiner Flucht helfen wollte, war Trost und Geschenk gleichermaßen. Er hätte mich vor der Kirche aufgabeln und zum Bahnhof in Mailand bringen sollen. Von einer Waffe war nie die Rede.

Als der Kerl sich nähert, sehe ich, dass er ganz in Leder gekleidet ist. Er fährt zwar Tomas Ducati, aber es ist nicht Toma, sondern jemand, der es auf Enzo abgesehen zu haben scheint.

Ein Schuss peitscht auf und trifft den Bodyguard vor uns. Wir hechten zur Seite, ich pralle schmerzhaft gegen die Fahrertür des Porsche, Enzos Ellenbogen bohrt sich in meine Rippen, mir bleibt die Luft weg. Wieder knallt ein Schuss, der nächste Bodyguard bricht getroffen zusammen, das Motorrad rast vorbei. Enzo schimpft und gestikuliert und endlich erwidern seine Männer das Feuer.

Ich muss den Tumult nutzen, das ist meine einzige Chance.

Also rutsche ich an der Tür nach unten, falle auf die Knie und krieche unter das Auto. Das Motorrad hat offenbar gewendet und kommt erneut auf die Kirche zugefahren. Ich lausche dem Schusswechsel, während ich zum Heck des Wagens robbe. Der Motor röhrt, ein Krachen ertönt und das Gefährt schlittert mit metallischem Kreischen über die Bordsteinkante, wo es vor meiner Nase liegen bleibt. Fahrerlos.

Der Kerl ist wohl abgesprungen. Schnelle Schritte, Schreie, Schüsse signalisieren mir, dass der Kampf weitergeht und sich an die Front des Cayenne verlagert hat.

Ich möchte zu gern wissen, was die Hochzeitsgäste jetzt

denken. Filippo. Und Daniele. Na ja, warum sollte es Blumen regnen, wenn es auch ein Kugelhagel tut? Mafiaatmosphäre eben, Enzo lässt sich nicht lumpen.

Zu meiner Linken tropft Blut über die Bordsteinkante. Daneben liegt eine Waffe und ehe ich darüber nachdenken kann, schließen sich meine Finger um den Griff. Er ist noch warm und klebrig feucht.

Meine Bewegungen sind wie ferngesteuert. Für einen verschwommenen Augenblick schaue ich mir dabei zu, wie ich Waffe und Hände an meinem Kleid abwische. Sämtliche Geräusche klingen gedämpft, nur mein wirbelnder Herzschlag dröhnt in meinen Ohren und verkündet, dass ich nicht so cool bin, wie es den Anschein hat.

Mit einem Blinzeln rutsche ich zurück in die Realität. Ich bin mit Blut beschmiert, viel zu rot auf der weißen Chantillyspitze. Die Waffe, eine Beretta, liegt schwer in meiner Hand, ich habe sie längst gesichert.

Mein Blick fällt auf den verletzten Bodyguard vor mir, der in einer Blutlache liegt und stöhnt. Eine Welle von Schmerz schlägt mir entgegen, aber ich lasse sie über mich hinwegströmen. Das kann ich, das habe ich trainiert. Eins, zwei … Es geht ganz leicht.

Kurz zögere ich noch, lausche den Schüssen, versuche die Lage einzuschätzen, dann krieche ich unter dem Auto hervor, die Beretta in der Rechten. Wie jeder in der Familie kenne ich mich mit Waffen aus, zumindest insofern, als ich sie entsichern kann. Und abfeuern.

Vorsichtig linse ich um die Ecke. Enzo kniet am Vorderrad, jetzt selbst bewaffnet. Zwei seiner Männer stehen noch, beide in Deckung, und der Schütze hält sich anscheinend hinter einem anderen Wagen verschanzt.

Niemand beachtet mich. Ich bin allein. Allein mit einem Motorrad.

Ich klemme mir die Waffe unter den Arm. Ein Holster wäre gut oder zumindest ein Gürtel. Das nächste Brautkleid, nehme ich mir vor, bekommt ein paar nützliche Gimmicks. Für den Notfall. Damit *frau* gerüstet ist.

Unter Anstrengungen wuchte ich das Motorrad hoch. Der Zündschlüssel steckt. Aufsteigen, Kupplung ziehen, ersten Gang einlegen, starten. Mit einem vertrauten Brummen erwacht der Motor zum Leben.

Hastig drehe ich am Gas und lasse die Kupplung kommen.

Ups.

Das Motorrad bäumt sich unter mir auf und für eine Schrecksekunde sehe ich mich schon einen Salto schlagen. Zum Glück bekomme ich es schnell unter Kontrolle. Meine Hände zittern. Wieder verfalle ich dem Gedanken, alles hinzuwerfen. Es wäre so einfach.

Ich könnte zurück unter das Auto kriechen und das Ende der Schießerei abwarten …

Nein. Stopp.

Das Leben ist gespickt mit Hindernissen. Das gehört dazu, davon darf man sich nicht unterkriegen lassen. Niemand hat je behauptet, dass es einfach ist, seinen Weg zu gehen.

Für die Stieftochter eines Mafioso ist es möglicherweise einen Deut schwieriger, aber wer will schon auf Kleinigkeiten herumreiten?

Na schön. Noch einmal. *Sachte Gas geben, Lia, ganz sanft.*

»Lia!«, höre ich Enzo rufen. Bis auf das Knattern des Motorrads ist es still in der Straße. Jetzt bin ich die Hauptattraktion und eine verdammt gute Zielscheibe. Ich ziehe die Waffe und richte sie auf Enzo. Seine Augen weiten sich.

Er wirft prüfende Blicke über seine Schulter, während er sich mir geduckt nähert, die Hände halb erhoben. »Bist du irre?«

Momentan? Höchstwahrscheinlich.

Natürlich werde ich nicht abdrücken, ich will ihn nicht erschießen, ich will hier nur weg. Entschlossen entsichere ich die Waffe. »Keinen Schritt weiter!«

»Lia!«

Ich schüttle abwehrend den Kopf, in Gedanken wieder beim Kuppeln und Gasgeben, da fällt ein einzelner Schuss und ich lasse die Beretta erschrocken fallen, wodurch sich ein weiterer Schuss löst.

Enzo verdreht die Augen und bricht wie in Zeitlupe zusammen.

Oh Gott. Habe ich ... habe ich etwa abgedrückt? Bestimmt nicht. Oder doch? Der Rückstoß könnte mir die Waffe aus der Hand geschleudert haben. Jetzt hat der Porsche einen Platten, aber der erste, der erste Schuss – war das wirklich ich?

Gefühle wallen in mir auf: Bestürzung, Sorge, Schuld. Ich bin nicht leer, ich bin ein nervliches Wrack. Die aufblühenden Zackenornamente auf meiner Haut beweisen es. Ich möchte schreien oder mich in eine Ecke verkriechen, das Gesicht in den Händen verborgen. Verstecken.

Ich darf nicht. Ich bin kein Kind mehr.

Panisch schließe ich die Hände um den Lenker und ringe mir Konzentration ab. Kupplung, Gas – diesmal klappt das Anfahren reibungslos und ich lenke die Ducati auf die Straße. Ein paar Meter eiern wir dahin, ich kann die Spur kaum halten. Schüsse knallen, ich ziehe den Kopf ein. *Mehr Gas*, denke ich und das Motorrad schießt voran.

Das Brautkleid flattert um meine Beine. Jetzt rächen sich die hohen Absätze. Ich hätte Schnürstiefel anziehen sollen, mit denen würde es sich besser fahren. Außerdem hätte das richtig Stil gehabt.

Die Absurdität meiner Situation brennt mir ein Lächeln auf die Lippen. Was für ein Abgang! Filmreif.

Ich nehme die Kurve und lasse den Schauplatz des Verbrechens hinter mir, jetzt nur noch einen Gedanken im Kopf:

Ich bin eine Mörderin.

3 Lia

Die *Stazione di Milano Centrale* gehört angeblich zu den schönsten Bahnhöfen Europas. Ich habe keinen Blick für die Schönheit. Ich muss mein Brautkleid loswerden und das möglichst schnell, denn ich falle auf. Kaum jemand, der mich nicht anstarrt. Meine Augen sind vom Fahrtwind gerötet und tränen, andauernd muss ich blinzeln. Wenigstens passt das perfekt ins Bild der Braut, die vor der Hochzeit durchgebrannt ist.

Die Fahrt nach Mailand war der reinste Horror. Mit stark überhöhter Geschwindigkeit und ohne Helm und Schutzkleidung wie eine Verrückte über die Bundesstraße zu rasen, hätte böse enden können. Es grenzt an ein Wunder, dass ich heil angekommen bin. Dass mich keine Polizeistreife angehalten hat oder ich nicht Danieles und Enzos Männern in die Hände gefallen bin.

Jetzt steht die Ducati in einer Seitengasse und wartet auf ihren Besitzer, der hoffentlich noch in der Lage sein wird, sie zu holen, sobald sich die Wogen geglättet haben. *Toma anrufen* – der letzte Punkt auf meiner To-do-Liste. Hoffentlich geht es ihm gut.

Hoffentlich …

Ein *hoffentlich* gibt das andere. Mein Innerstes ist nach wie vor in Aufruhr. Die Angst, dass am Ende doch alles schiefgeht, jetzt noch, da ich schon so weit gekommen bin, hat mich fest im Griff.

Der Bahnhof ist riesig und voller Menschen. Offenbar ist ganz Mailand auf den Beinen. Mühsam erkämpfe ich mir meinen Weg zu den Schließfächern, wo Toma schon vor Tagen meinen Rucksack deponiert hat.

Die Gefühle der Menge berühren mich nicht. Sie sind wie ein Störgeräusch, das ich gelernt habe auszublenden.

Aber ich muss mich zwingen, nicht ständig in dem Meer an Gesichtern nach Daniele zu suchen. Oder nach Enzos Männern. Selbst in den neugierigen Blicken der Security lese ich Argwohn. Womöglich fahndet man bereits nach mir.

Auf der Toilette zerre ich mir das Kleid vom Leib, schlüpfe in Jeans und T-Shirt und tausche die hochhackigen Schuhe gegen Sneakers. Ich hole den Ring meiner Mutter aus der Hosentasche und stecke ihn an. Er ist aus schwerem Silber, schwarze Rosenranken zieren die breite Fläche und er passt perfekt auf meinen Ringfinger. Es tut immens gut, ihn zu tragen und nicht das scheußliche Ding von einem Ehering, das Daniele ausgesucht hat.

Ich löse die Haarnadeln und kämme meine Locken mit allen zehn Fingern durch. Für mehr bleibt keine Zeit, mein Zug geht in fünfzehn Minuten. Nur noch das Kleid in den Mülleimer gestopft, die Schuhe unter das Abflussrohr geschoben, dann bin ich wieder unterwegs, im Laufschritt und mit geschultertem Rucksack.

Ich habe kaum Gepäck dabei. Ein paar Klamotten, den heiß geliebten Mantel meiner Mutter, Geld, Papiere, Handy. Mein ganzes Leben, fein säuberlich zusammengepackt.

Doch was am wichtigsten ist: Ich bin immer noch Lia. Lia Kranz, neunzehn Jahre alt, gebürtige Deutsche. Und ich fahre nach Hause.

Auf dem Weg zum Bahnsteig komme ich an einem Elektronikshop vorbei. Im Schaufenster stehen die obligatorischen Fernseher und natürlich läuft auf einem *Rai News 24*. Kein Ton, aber ein kurzer Blick genügt und ich weiß, dass die Schießerei in Vanzago Hauptthema in den Lokalnachrichten ist.

»Bluthochzeit« lautet die Schlagzeile.

Die Bilder wechseln schnell: Polizeiwagen, Notarzt, Absperrungen, hinter denen sich die Schaulustigen tummeln. Der Kameramann hat einen Durchschlupf gefunden und hält, passend zur Titelstory, gnadenlos auf die Blutlachen. Enzos Name und eine Großaufnahme des Musetti-Flagship-Stores in Mailand werden eingeblendet.

Ob er am Leben ist? Ich hoffe es. Um meinetwillen.

Ehe mein Schutzwall einstürzen kann, wende ich mich ab. Ich laufe weiter, immer weiter. Der Zug wartet nicht auf mich.

In letzter Minute erreiche ich den Bahnsteig und schlüpfe durch die sich bereits schließenden Türen ins Innere des Waggons. Ich suche mir einen Platz in einem halbleeren Abteil, wo ich mich am Fenster in einen Sitz fallen lasse.

Geschafft!

Schon fahren wir ab. Der Bahnhof und Mailand gleiten an mir vorbei, schneller und schneller, bis die Landschaft vor meinen Augen verschwimmt.

Rund dreizehn Stunden Fahrt liegen vor mir, mit dem EC nach Zürich, von dort aus weiter mit dem ICE nach Berlin. Viel Zeit zum Nachdenken. Und zum Vergessen. Die Leinen sind gekappt, ich steuere auf Neuland zu. Zum ersten Mal bestimme ich selbst über mein Leben.

Noch kann ich mich nicht entspannen. Ich hole das Handy aus dem Rucksack. Es ist nagelneu und mit einer Wertkarte und einem geladenen Akku bestückt. Tomas Nummer ist der einzige Eintrag im Telefonbuch.

Er geht nicht ran, also hinterlasse ich eine Nachricht: »Bin unterwegs.«

Ernüchtert sinke ich in den Sitz zurück. Sollte Toma etwas zugestoßen sein, habe ich vielleicht zwei Menschen auf dem Gewissen. Das ist zu viel Last, ich kann sie unmöglich tragen.

Ich balle die Hände zu Fäusten. Kämpfe gegen meine Gefühle, die gegen meinen Schild drängen, intensiv, heftig, nicht zu bändigen. Meine Kräfte sind erschöpft, ich kann nicht mehr.

In Situationen wie dieser verstecke ich mich gern unter dem Mantel meiner Mutter. Er ist ein Unikat, im Patchworkstil geschneidert, weit und überlang, und besteht von der Kapuze bis zum Saum aus Hunderten von bunten Flicken.

Ich hole ihn aus dem Rucksack, schlüpfe hinein und ziehe mir die Kapuze über den Kopf. Sofort hüllt mich der Geruch meiner Mutter ein, sie ist mir ganz nah.

Als ich klein war, nahm sie mich oft auf den Schoß und wickelte uns beide in den Mantel ein. Eng aneinandergekuschelt saßen wir dann auf der Terrasse und meine Mutter erzählte mir Märchen. Sie handelten von kleinen Prinzessinnen und starken Königinnen, die ihre Gefühle zulassen, ja sogar ausleben durften, ohne Zwänge, ohne Leere. Gemeinsam waren wir traurig oder ängstlich, mutig oder zornig, ganz wie wir wollten, und meine Haut erzählte davon. Wir waren frei, für ein, zwei Stunden waren wir wirklich frei.

Meine Mutter hat diesen Mantel geliebt, ich tue es noch. Ich betaste einen Flicken nach dem anderen – so viele Muster, so viele Stoffe, so viele Geschichten. Und endlich ein bisschen Trost.

Ein Kribbeln läuft über meine Unterarme. Ich weiß, was sich unter den Ärmeln des Mantels abspielt: Meine Gefühle zeichnen meine Haut. Ich bin ein wandelndes Bilderbuch, ein Abbild meiner Emotionen, eine Freakshow.

Lass es zu, Lia Seelenauge, höre ich die sanfte Stimme meiner Mutter in meinem Kopf, *der Mantel schützt dich.*

Es dauert eine ganze Weile, bis ich ruhiger werde. Stein für Stein baue ich meinen Schutzschild wieder auf, bis er meine Gefühle verbirgt. Ich habe die Kontrolle zurück. Kontrolle ist wichtig, sie verhindert das Chaos.

Meine Gedanken klären sich und ich gehe dazu über, meine Lage zu analysieren. Das fällt mir leicht. Es ist, als ob mein Körper ein Gegenstück für mein nicht vorhandenes Gefühlsleben braucht und es in der nüchternen Betrachtung von Fakten findet.

Ich zerlege die Ereignisse in Einzelszenen. Jedes Detail meiner Flucht steht mir glasklar vor Augen. Ich weiß, wer wann wo war und was derjenige getan hat, egal ob es sich dabei um Enzo, Daniele, die Bodyguards oder mich handelt. Eine Vielzahl an Informationen, die ich nacheinander abrufe und gedanklich abhake.

Doch die eine Szene, die entscheidende, will sich mir nicht erschließen. Der Moment, in dem der Schuss fiel, der Enzo niederstreckte, bleibt im Dunkeln. Habe ich ihn abgegeben oder der Attentäter?

Ich sehe die Beretta, meinen gestreckten Arm, meinen Finger am Abzug. Ich sehe Enzo zusammenbrechen. Dazwischen gähnt ein Loch in meinen Erinnerungen. Verdammt!

Ich schließe die Hand um den zerknüllten Zettel in der Manteltasche. Es stehen nur ein paar Worte darauf, in zittriger Schrift verfasst, zu einem Zeitpunkt, da meine Mutter bereits ahnte, dass sie sterben würde. Meine Tränen haben die Tinte verschmiert, doch ich kenne den Inhalt auswendig.

Ich wickle mich enger in den Mantel. Fühle mich klein. Und so verloren …

Als ich gefühlte Minuten später hochschrecke, bemerke ich zum einen, dass ich offenbar mehrere Stunden lang tief und fest geschlafen habe – und zum anderen, dass der Zug angehalten hat.

»Zürich, Hauptbahnhof«, verkündet die Lautsprecherstimme und zählt auch gleich die Anschlusszüge auf.

Ich will mich nach meinem Rucksack bücken, aber er ist weg. Der Schock schickt Adrenalin durch meine Adern. Entsetzt werfe ich einen Blick unter die Sitzbank, auch unter die gegenüberliegenden. Nichts.

Ich springe auf, scanne das Abteil von vorn bis hinten, frage sogar die verbliebenen Fahrgäste, die sich zu den Türen begeben, aber niemand hat meinen Rucksack gesehen.

Notgedrungen steige ich aus.

Auf dem Bahnsteig wimmelt es vor Leuten, jeder könnte der Dieb sein. Der junge Mann mit dem Parka, das kaugummikauende Mädchen, die Frau mit der Strickjacke …

Am Ende ist es egal, wen ich verdächtige. Ich muss meinen Anschlusszug erwischen. Der Rucksack ist futsch, den sehe ich nie wieder. Und den Inhalt auch nicht.

Jetzt bist du vollkommen aufgeschmissen, Lia. Die verlorenen Klamotten sind meine geringste Sorge. Geld, Handy, Papiere, Skizzenblock – alles weg. Meine Habseligkeiten bestehen aus dem Bahnticket, das in meiner Hosentasche steckt, dem Ring und dem Mantel. Und dem Zettel mit den Abschiedsworten meiner Mutter.

Mit besten Empfehlungen, dein neues Leben.

4
Lia

Berlin.

Der Bahnhof ein Glaspalast, die Leute nicht weniger hektisch als in Mailand, die Sprache ungewohnt kantig, beinahe aggressiv.

Ich bin zweisprachig aufgewachsen, aber momentan scheint mir, als wäre mir mit dem Tod meiner Mutter auch mein deutscher Wortschatz abhandengekommen. Ich verstehe nicht mal die Hälfte von dem, was da auf mich einprasselt. Wichtig ist es nicht, binnen eines Atemzugs schwimmt es davon.

Die Luft scheint aus mehreren Schichten zu bestehen, die Tausende Geräusche transportieren: Stimmengewirr, Hintergrundmusik, quietschende Bremsen, Kinderlachen, rollende Koffer, Lautsprecherdurchsagen, anfahrende Züge. Das Glas fängt alles ein und wirft es zurück, ganz so, als ob es kein Verhallen gäbe.

Ziellos schlendere ich durch die Geschäftszeilen der einzelnen Ebenen. Läden über Läden, überall tummeln sich Leute. Auch bei der Bäckerei ist viel los. Der Duft von Croissants steigt mir in die Nase, mir knurrt der Magen. Seit gestern Morgen habe ich nichts mehr gegessen, nur Wasser getrunken.

Ich kann mir nichts kaufen, ich kann noch nicht einmal

telefonieren, ich habe keinen Cent in der Tasche. Wie soll ich an Geld kommen?

Vor einem Buchladen hat sich ein Künstler platziert, der Fotos zum Verkauf anbietet. Er muss in meinem Alter sein. In sich versunken sitzt er auf seinem Hocker, lauscht der Musik, die ihn aus seinem Kopfhörer beschallt, und wippt mit dem Fuß dazu, die Augen halb geschlossen. Etwas an ihm berührt mich. Ist er so mittellos wie ich, dass er hier sitzen und auf Kunden warten muss?

Sein Look ist auf Künstler getrimmt. Jeans, ein schwarzes Shirt, das Bandana perfekt gebunden und im Nacken verknotet, sodass nur einzelne Strähnen seines braunen Haars hervorgucken.

Ich bleibe vor seiner kleinen Ausstellung stehen. Alles Fotos, von neun mal dreizehn bis hin zu Postergröße, die meisten in Schwarz-Weiß und gerahmt.

Lauter Bahnhöfe.

Mein Blick gleitet von einem Foto zum nächsten. Ein Wunder, dass er die hier überhaupt verkaufen darf. Als Inhaber des Buchladens hätte ich entschieden etwas dagegen.

»Interesse?«

Er ist aufgestanden, hat die Kopfhörer abgesetzt und mich offenbar schon eine Zeit lang beobachtet. Natürlich.

Überrumpelt schüttle ich den Kopf. »Nein, aber … die sind … richtig gut.« Wow, mein Deutsch sprudelt ja förmlich aus mir heraus.

»Verstehst du was von Fotografie?«

»Ein bisschen. Aber eher in Sachen Mode.«

Abschätzend begutachtet er meinen Mantel und ich schlinge ihn enger um mich.

»Soll warm werden heute«, sagt er grinsend.

»Gut zu wissen.«

Unser Gespräch stockt. Ich meide den forschenden Blick

seiner grünen Augen und bücke mich nach einem Foto, nicht sicher, was ich eigentlich hier will. »Dieses hier ist toll. Wo ist das?«

»Leipzig. Der Bahnhof ist rund hundert Jahre alt.«

Verspiegeltes Glas, eingepasst in historische Rundbögen, im Vordergrund ein futuristisch anmutender Fahrstuhlzylinder. Er hat die Stimmung perfekt eingefangen. Ich mache eine ausschweifende Geste. »Hast du all die Fotos selbst geschossen?«

»Klar.«

Ich nicke. »Fotografierst du auch was anderes als Bahnhöfe?«

»Bahnhöfe sind cool.«

Ah ja. Jetzt bin ich es, die ihn forschend anblickt. Andere Jungs in seinem Alter würden FC Bayern München als cool bezeichnen oder den aktuellen Nummer-eins-Song der Charts oder die Formel 1 oder … oder weiß der Himmel was. Aber Bahnhöfe?

Mhm. Lia, die Expertin in Sachen Jungs.

Wie auch immer, die Fotos sind allesamt faszinierend, das muss ich zugeben. Sie erzählen Geschichten. Von Fernweh, von Einsamkeit und Verlust, Abschied und Heimkehr oder von einem herzlichen Willkommen. Sie treffen den Betrachter mitten ins Herz. Der Typ hat wirklich Ahnung vom Fotografieren.

»Machst du das beruflich?«, frage ich.

Er zuckt mit den Schultern. »Ein Bahnhof ist immer Anfang und Ende einer Reise. Ich könnte stundenlang dort zubringen, die Züge beobachten und mich fragen, wo die Leute hinfahren oder woher sie kommen – aber«, er räuspert sich und wirkt plötzlich verlegen, »das war nicht deine Frage, oder?«

Unwillkürlich muss ich lächeln. »Nein, nicht wirklich.«

Ein Mann tritt aus dem Buchladen, in der Hand einen ledernen Geldbeutel mit Reißverschluss, den er einfach auf den

Hocker legt. »Hey, Nevio! Zu viele Moneten? Den hast du drinnen vergessen.«

Nevio also. Ich starre auf den Geldbeutel, dann dem Mann hinterher, der wieder in den Laden verschwindet. Eine Idee zündet in meinem Kopf.

»Mein Cousin, ihm gehört der Buchladen«, folgt die Erklärung von Nevio, obwohl ich nicht danach gefragt habe. »Und wie heißt du?«

»Hm?«, mache ich ganz in Gedanken. Was mich beschäftigt, ist die Frage, ob Nevio wirklich zu viel Geld besitzt. So viel, dass er etwas davon entbehren kann. Nur eine Kleinigkeit, nur damit ich über die Runden komme …

Nein, Lia, tu ihm das nicht an. Er ist einer von den Netten.

Aber ich muss. Nettigkeit füllt schließlich nicht meinen Magen.

»Wie ist dein Name?«

»Tamara«, helfe ich mir mit dem Namen meiner Mutter aus. In Kürze wird er mich hassen und da ist es doch besser, wenn er seine Wut nicht auf das Mädchen namens Lia richtet.

Ich schätze meine Fluchtmöglichkeiten ein, während ich mich langsam zum Hocker vorarbeite, wobei ich vorgebe, tief in die Betrachtung der Fotos versunken zu sein. Rechts die Rolltreppe, links der Fahrstuhl, gerade so viele Leute, dass man gut in der Menge untertauchen kann. Security oder Polizei ist keine in Sicht. Auch oben an der Brüstung nicht.

Halt.

»Ist das hier in Berlin? Der Bahnhof?«, frage ich Nevio und deute auf ein Foto, das den Ausschnitt einer Glaskuppel zeigt, in der sich das Sonnenlicht bricht. Wie erwartet senkt er den Blick. Meiner hingegen huscht noch einmal hinauf zur oberen Ebene.

Am Geländer schräg gegenüber lehnt ein Mann und schaut auf uns herab, in der Hand ein Handy. Südländischer Typ,

Sonnenbrille, Lederjacke. An sich nichts Besonderes, dennoch kommt bei seinem Anblick ein wenig zu viel Heimatgefühl in mir auf. *Familie*, denke ich und mir wird augenblicklich übel. Enzo hat seine Männer überall, warum nicht auch in Berlin?

Mist! Das Schicksal hat die Anforderungen erhöht. Als würde eine Challenge nicht ausreichen.

»Nein«, sagt Nevio. »Das ist Frankfurt.«

»Ach, na ja, diese Glasdächer sehen alle gleich aus.«

»Cooler Ring übrigens. Silber, oder?«

»Ja. Danke.« Ich balle die Hand zur Faust und verfluche mich für meine Sorglosigkeit. Mantel und Ring haben einen hohen Wiedererkennungswert. Und Nevio hat ein Fotografenauge, dem entgeht nichts.

Der Fehler ist passiert, in Zukunft jedoch muss ich vorsichtiger sein. Ich darf nicht in Erinnerung bleiben.

Ich nehme mir das nächste Bild vor. Der Hocker ist jetzt in Griffweite.

Erstmals spüre ich wieder Angst in mir aufwallen. Sie macht sich durch Herzklopfen bemerkbar und kommt nicht von ungefähr. Angesichts der Umstände sollte ich mich darauf konzentrieren, meinen Mafiafreund loszuwerden. Das wäre vernünftig. Alles andere ist kriminell und kann mich Kopf und Kragen kosten. Werde ich erwischt, kann ich nichts vorweisen, keine Papiere, keinen Pass, keine Angehörigen, nicht mal eine Wohnadresse.

Ich bin das unbeschriebene Blatt, das ich immer sein wollte.

Dieser Gedanke beruhigt mich. Mein Schutzschild ist stabil, ich muss weder zählen noch atmen. Ich bin stark. Unempfänglich. Abgebrüht.

Ich fange ganz neu an.

»Du stammst nicht von hier«, stellt Nevio fest. »Auf der Durchreise?«

Ich setze ein Pokerface auf. »Nein. Angekommen.« *Endlich.* »Ich muss gehen«, murmle ich hastig, »tut mir leid.«

Meine Hand schießt vor, meine Finger schließen sich um den Geldbeutel. Ich reiße ihn an mich und sprinte in Richtung Rolltreppe davon.

»Hey! Bleib stehen! Das darf ja wohl nicht wahr sein!«

Ein Blick über die Schulter zeigt mir, dass Nevio mir nachsetzt, und mit seinen langen Beinen ist er unerhört schnell. Ich presse meine Beute fest an mich. Lege an Tempo zu, schlängle mich an den Leuten vorbei, versuche meinen Vorsprung zu halten. Die Rolltreppe kommt in Sichtweite.

Auch der Südländer hat seinen Platz an der Brüstung verlassen und höchstwahrscheinlich die Verfolgung aufgenommen. Wie kann ich ihm entwischen?

Ich muss mir einen Schlupfwinkel suchen. Dort abwarten, bis die Luft rein ist. Oder mit der S-Bahn abhauen. Oder … keine Ahnung.

Nevio ist mir dicht auf den Fersen. Ich höre ihn rufen. Gleich hat er mich.

Ich remple eine Frau an, reiße ihren Koffer mit mir mit, sodass er kippt und hoffentlich den Weg versperrt. Das Herz schlägt mir bis zum Hals, doch ich laufe nur noch schneller.

Ganz unerwartet spüre ich Resignation heranschwappen, und als ich auf die Rolltreppe springe und mich an den Leuten vorbei nach unten dränge, gibt Nevio tatsächlich auf. *Er muss in der Nähe seiner Fotos bleiben.* Glück gehabt.

»Mann, dann viel Spaß damit!«, ruft er mir wütend nach. »Ich hätte dir auch was gegeben, weißt du?«

Nein danke, ich will keine Almosen. Da bin ich lieber eine Diebin. Und fühle nichts.

5 Nevio

»Machst du schon Schluss für heute? Ist doch noch nicht mal Mittag.«

Egal. Ich habe die Schnauze gestrichen voll. »Ja«, sage ich und halte kurz inne, das Foto vom Frankfurter Bahnhof noch in der Hand. Natürlich hat sie es nur bewundert, um mich in ein Gespräch zu verwickeln. Alles Taktik. Reines Ablenkungsmanöver. »Warum?«

Konrad hebt abwehrend die Hände. »Ich war nur neugierig. Heute ist extrem viel los, kommt mir vor. Gut fürs Geschäft. Ist natürlich deine Entscheidung.«

»Genau.« Ich packe das Foto in die Kiste und greife nach dem nächsten.

»Hat sie nichts gekauft?«

»Wer?«

»Die Blonde von vorhin, mit der du dich so angeregt unterhalten hast.«

»Nein. Hat sie nicht.« *Sie hat mich bestohlen, diese Hexe.*

»Hm. Hübsches Mädchen.«

Allerdings. Sehr hübsch. Und gerissen. Aber ich würde sie wiedererkennen, da bin ich mir sicher. Den Mantel sowieso, den Ring auch. Und ihre Augen, dieses tiefe Blau.

»Wahnsinn, die blonden Locken, oder?«

Genervt blicke ich auf. »Hast du nichts zu tun, Konrad? Wo heute doch gar so viel los ist?«

»Oho. Wer hat dir denn in die Suppe gespuckt? Mach, was du willst. Bin schon weg.« Kopfschüttelnd verzieht sich Konrad in seinen Buchladen.

Na super. Jetzt hat er meine schlechte Laune abbekommen. Das hat er nicht verdient. Ich bin ihm unendlich dankbar, dass er so nett ist und mir einen Teil seiner Verkaufsfläche zur Verfügung stellt. Die Geschäftszeilen hier auf dem Bahnhof sind immer stark frequentiert und der Buchladen sowieso. Seit ich davor ausstelle, habe ich bereits acht Fotos verkauft.

Acht Fotos, die beweisen, dass sich die rund zwölftausend Euro für mein Studium an der Neuen Schule für Fotografie lohnen. Dass ich mein »Hobby«, wie sich mein Vater so gern ausdrückt, irgendwann zum Beruf machen kann.

Aber wohl kaum, wenn ich mir mein Geld von dahergelaufenen Mädchen klauen lasse.

Meine Naivität ärgert mich am meisten. Hätte ich mich bloß nicht auf ein Gespräch mit ihr eingelassen. Im Prinzip hätte ich mir denken können, dass sie mich nur ausspioniert. Warum sollte sich eine wie sie auch für Bahnhöfe interessieren?

Ich ordne die letzten Fotos in die Kiste ein und schließe den Deckel. Auf dem Weg ins Lager des Buchladens muss ich mich durch die Leute zwängen. Wirklich viel los. Na ja, ein andermal.

Jetzt will ich nur noch mit der Kamera losziehen. Runter an die Spree, die Welt über ein Display wahrnehmen, das Motiv auswählen, fokussieren, festhalten. Damit ich den Kopf wieder freikriege.

Ich verstaue die Kiste unter einem Regal. Als ich mich von Konrad verabschiede, hebt er die Hand zum Gruß, ohne sich in seinem Kundengespräch stören zu lassen.

Zumindest interessieren sich die Leute noch für Bücher. Mit Kunstfotografie haben die meisten weniger am Hut. Da zieht nur, was man bei IKEA günstig erstehen kann, am besten schon gerahmt, fertig zum Aufhängen.

Zum wiederholten Male überlege ich, ob ich von meinen Fotos Postkarten drucken lassen soll. Oder Lesezeichen. Die könnte ich prima bei Konrad verkaufen. Blöderweise ist mein Startkapital für diese Geschäftsidee ja heute empfindlich geschrumpft.

Auch auf der Rolltreppe kann ich an nichts anderes denken als an das Mädchen.

Sie war schnell. Bestimmt war das nicht ihr erster Diebstahl. Die macht das mehrmals täglich – ahnungslose Leute um den Finger wickeln und sich dann ihr Hab und Gut krallen.

Wohin sie wohl geflohen ist? Vermutlich zur S-Bahn. Ich hätte das jedenfalls gemacht. Rauf zum Bahnsteig und ab durch die Mitte.

Verdammt, ich hätte nicht aufgeben dürfen! Konrad hätte schon ein Auge auf die Fotos gehabt. Und wer klaut schon Bilder von Bahnhöfen?

Fotografierst du auch was anderes als Bahnhöfe? – Bahnhöfe sind cool.

Bahnhöfe. Sind. Cool.

Unfassbar, dass mir ein solcher Satz über die Lippen gekommen ist! Warum schaltet mein Hirn eigentlich immer auf Matschbirne, wenn es um meine Fotos geht?

Wie soll ich ein Interview überstehen – sofern sich die Frage, ob es je dazu kommen wird, überhaupt stellt –, wenn ich kein vernünftiges Wort herausbringe? *Herr Weikert, können Sie unseren werten Lesern sagen, welch tieferer Sinn sich hinter Ihren Motiven verbirgt? – Bahnhöfe sind cool.* Argh!

Fuck. Ich weiß, warum. Ich stecke emotional einfach zu tief in der Sache drin.

Oder … oder es lag an ihr.

Immer wieder blitzen Bilder vor meinem inneren Auge auf. Schnappschüsse, die unser Gespräch dokumentieren: ihre feingliedrigen Hände in Großaufnahme, unbedingt, wenn sie die Finger in dieser unsicheren Geste krümmt, vielleicht mit einem Lichtreflex auf dem Ring. Oder das leise Lächeln, das Amüsement ausdrückt, obwohl sie es zu verbergen sucht. Oder die widerspenstige Locke, die sich um ihr Ohr kringelt. Die Kapuze ihres Mantels, in dem sich ihre Haare verfangen …

Mann, Nevio! Die Tante hat dich beklaut!

Am Bahnsteig angekommen, sehe ich die Rücklichter der S-Bahn gerade noch im Vormittagsdunst verglühen. Verpasst, war ja klar. Was ist von einem Tag wie diesem auch anderes zu erwarten?

Seufzend lasse ich mich auf eine Bank fallen, lehne mich zurück und schließe die Augen. Sofort ist das Mädchen wieder da, allzeit präsent, als hätte sie sich in mein Gehirn gebrannt.

Ihrem leichten Akzent nach zu urteilen, kann sie keine Berlinerin sein. *Angekommen* – ts. Vielleicht aus der Schweiz? Österreich schließe ich aus, eventuell aus Südtirol?

Es kann mir egal sein. Die sehe ich nie wieder. Und mein Geld auch nicht.

»Verzeihung«, spricht mich jemand mit auffällig rollendem R an und ich reiße die Augen auf. Zwei Typen stehen vor mir, ihre dunklen Sonnenbrillen verheißen nichts Gutes.

Der Bahnsteig ist komplett leer, trotzdem setzen sie sich ausgerechnet zu mir auf die Bank und nehmen mich in die Zange. Unwillkürlich spanne ich die Muskeln an, da legt mir einer der Kerle den Arm um die Schultern. Ganz kameradschaftlich, könnte man denken.

Ich schlucke. »Was soll das?«

Schon will ich aufspringen, da lüftet er seine Lederjacke. Darunter blitzt ein Messer in seiner Hand auf.

Und da passiert es: Mein Gehirn vereist. Zack, aus, Sendepause.

Es ist überhaupt nicht so, wie es in Büchern beschrieben wird. Keine Spur davon, dass die Gedanken rasen, sich überschlagen oder man seine Möglichkeiten abwägt, binnen Sekundenbruchteilen noch dazu.

Da ist nichts. Absolut nichts. Als hätte ein Staubsauger jedes Fitzelchen an brauchbaren Überlegungen verschlungen.

»Hallo?«, dringt endlich die Stimme des Messerfritzen zu mir durch. Er klopft mir an die Schläfe, nicht zum ersten Mal. »Jemand da?«

Ich bringe ein Nicken zustande.

»Schön.« Er grinst. »Dann noch mal zum Mitschreiben: Das Mädchen vorhin – was hast du mit ihr zu schaffen?«

Mit einiger Verspätung steigt Hitze in mir auf, Schweiß sammelt sich auf meiner Oberlippe. Mühsam ringe ich mir Worte ab: »Welches … Mädchen?«

»Du hast dich mit ihr unterhalten.«

»Das war eine Kundin.« Die beiden brechen in schallendes Gelächter aus. Ich begreife sogar, was sie so witzig daran finden. »Sie wollte eins meiner Fotos kaufen«, setze ich hinzu, erleichtert, dass mein Verstand den geistigen Totalausfall langsam überbrückt.

»Wollte sie das, aha.« Der Messerfritze tauscht einen Blick mit seinem Kumpel, der ihm auffordernd zunickt. »Und danach? Wo wollte sie hin?«

»Woher soll ich das wissen? Sie ist getürmt.«

»Getürmt.«

»Ja, getürmt. Soll ich es buchstabieren?«

Der Kerl fletscht die Zähne. Mit seiner Nase erinnert er mich an einen Bullterrier.

»Ge-türmt«, wiederhole ich. »G – E – T …«

»Genug!«, herrscht er mich an. »Mit einem Foto?«

»Nein, mit … ja. Ja, sie hat mir ein Foto geklaut. Nicht zu glauben, oder?«

Ich weiß nicht, warum ich lüge. Was habe ich schon davon, außer einem Messer zwischen den Rippen, wenn die Typen mich durchschauen? Ich sollte mir besser keine Fehler erlauben, stattdessen flunkere ich, was das Zeug hält. Das fällt unter die Kategorie lebensmüde.

»Hat sie dir ihren Namen gesagt?«, fragt der Messerfritze, während der andere den Bahnsteig im Auge behält. Weit und breit ist niemand zu sehen. Wo sind die Leute bloß alle hin?

»Nein. Hat sie nicht.« *Tamara*, fällt es mir just in diesem Moment ein. Das war der Name, den sie mir genannt hat.

Aber so heißt sie nicht, da bin ich mir ziemlich sicher.

Ich habe keinen Schimmer, was sie angestellt hat. Alles, was ich weiß, ist, dass sie nicht nur mich, sondern auch diese Typen bravourös an der Nase herumgeführt hat. Gut möglich, dass sie ihnen schon öfter durch die Lappen gegangen ist.

Der Gedanke ist unerwartet befriedigend. Ein Grinsen macht sich in meinem Gesicht breit.

»Was gibt's da zu lachen?«

»Nichts.« Das ist natürlich auch gelogen. Jetzt muss ich erst recht lachen.

Der Typ rammt mir die Faust in die Seite und erstickt meinen Aufschrei mit der Hand. »Spiel keine Spielchen mit uns, hörst du?«

Ich schüttle den Kopf, zutiefst erleichtert, dass er nicht das Messer benutzt hat. *Es liegt an mir*, denke ich keuchend. *Ich kann ja noch nicht mal mit Gangstern reden.* Nevio Weikert versagt nicht nur beim Presseinterview, sondern auch beim Verhör unter Gewaltandrohung. Hervorragend.

Ich sollte mal wieder einen Termin beim Therapeuten vereinbaren.

Der Messerfritze zieht die Hand zurück. »Wo wohnt sie?«

»Keine Ahnung.«

»Was hatte sie vor?«

»Keine Ahnung.«

»Was hat sie sonst noch gesagt?«

»Nichts!«, rufe ich. »Sie hat mich beklaut! Mehr war da nicht! Und jetzt lasst mich in Ruhe!«

Mir fällt ein Stein vom Herzen, als ich bemerke, dass sich der Bahnsteig mit Leuten füllt. Ein Mann mit Aktentasche spaziert genau auf uns zu. Ich muss ihn auf mich aufmerksam machen.

»Hallo«, ich winke halbherzig, »Entschuldigung …« Wieder bekomme ich einen Stoß in die Rippen, der mir die Luft aus den Lungen treibt. Hustend krümme ich mich zusammen. Zumindest weiß ich jetzt, dass das mit dem Messer eine leere Drohung war. Hätte wahrscheinlich zu viel Aufsehen erregt, die Blutlache mitten auf dem Bahnsteig.

»Wir sprechen uns noch.« Ich höre das Messer zuschnappen, dann machen sich die Kerle vom Acker.

War nett, mit euch zu plaudern, Leute.

Ich blicke ihnen nach, schwer atmend, schwer verunsichert und schwer in Versuchung, die Polizei zu rufen.

Der Mann mit der Aktentasche übersieht mich geflissentlich. Er kommt nicht mal auf die Idee, mich zu fragen, ob alles in Ordnung sei.

Wir sprechen uns noch. Sprrrechen, mit rollendem R.

Das Mädchen hatte einen ähnlichen Akzent, wenn auch lange nicht so ausgeprägt. Italienisch, hundertprozentig.

Mafiafantasien steigen in mir auf, in Kombination mit den passenden Bildern. Also hat mein Gehirn doch seinen Dienst verrichtet, zwar auf Autopilot, aber immerhin. Ich kann die Männer genau beschreiben, von den mit Gel getränkten Haaren bis hin zu den spitzen Schuhen. Lediglich bei der Augenfarbe muss ich raten: Braun.

Bleibt nur die Frage: Was wollen sie von dem Mädchen?

Ich werde das dumpfe Gefühl nicht los, dass ich es noch herausfinde, spätestens dann, wenn die Kerle mich wieder zum Gespräch bitten.

Was für eine Scheiße.

6
Lia

Seit einer guten Stunde gondle ich mit U- und S-Bahn kreuz und quer durch Berlin. Immer ein paar Stationen bis zur nächsten Umsteigemöglichkeit – anderer Zug, andere Richtung.

Meinen Verfolger und seinen Klon, wo auch immer die auf einmal herkamen, habe ich schon am Hauptbahnhof abgeschüttelt, als ich ihnen vor der Nase davongefahren bin.

Trotzdem blicke ich ständig über meine Schulter. Ich überprüfe jeden Bahnsteig, jeden Waggon, in den ich einsteige. Wie kann ich meine Spuren in Zukunft verwischen?

Die *Familie* weiß jetzt, dass ich in Berlin bin. Enzos Männer werden weiter nach mir suchen, dafür wird Daniele sorgen. Ich muss dringend untertauchen, eine andere Identität annehmen, sonst werde ich niemals Ruhe finden.

Aber wer will ich sein? Wer *kann* ich sein? Welche Rolle kann ich spielen, ohne dass ich mich komplett verliere?

Ich habe es so satt, mich zu verbiegen.

Gefühle sprudeln in mir hoch. Es wäre ein Leichtes, sie zuzulassen, mich unter dem Mantel zu verstecken, aber das hilft mir nicht weiter. Also streife ich ihn von den Schultern. Ein Sportler muss im Training bleiben, sonst wird er versagen, wenn es darauf ankommt.

Mit nackten Armen fühle ich mich verletzlich.

Alle starren mich an.

Sie sehen, was ich empfinde. Sehen meine Angst vor dem Entdecktwerden. Die Ranken, die auf meiner Haut erblühen.

Sei kein Idiot! Ich konzentriere mich, zähle, atme und vergrabe alles, was mich belastet, tief in mir. Mein Schutzschild gewinnt an Festigkeit. *Du bist nur ein Mädchen, eines von vielen.*

So ist es. Keiner interessiert sich für mich. Ich bin ein Teil der Masse.

Ich bin niemand.

Erleichtert lockere ich meine zu Fäusten geballten Hände und überlasse mich der Geräuschkulisse. Das Tuten vor dem Schließen der Türen, das Rattern während der Fahrt, die Lautsprecherdurchsagen werden zu einem Rhythmus, den ich nach und nach verinnerliche.

Alexanderplatz, Kottbusser Tor, Kurfürstendamm. Jeden neuen Namen ordne ich in meinen geistigen Stadtplan ein. Es tut gut, ein Ziel zu haben, auch, wenn es nur eine Markierung in einem Netz bunter Linien ist.

Immer wenn die U-Bahn oberirdisch fährt, drücke ich mir die Nase an der Scheibe platt. Straßen, Plätze, Häuserzeilen huschen an mir vorbei, durchsetzt von Grün und Blau. Alles wirkt luftig und leicht. Ich mag Berlin schon jetzt.

Wir haben früher hier gelebt, meine Mutter, mein Vater und ich. Wo genau, weiß ich nicht, noch weniger, was damals vorgefallen ist. Etwas muss geschehen sein, etwas Schreckliches, das unsere Familie entzweite. Ich vermute, dass Enzo der Auslöser war. Irgendwie hat er es geschafft, meine Mutter und mich an sich zu ketten, während mein Vater in Berlin zurückblieb. Ob er noch an uns denkt?

Unschlüssig öffne ich den Geldbeutel und zähle, was ich Nevio abgenommen habe: neunundvierzig Euro fünfzig Cent.

Nicht die Welt, aber es wird mir in den kommenden Tagen das Überleben sichern.

Mittlerweile strömen an jedem U-Bahnhof mehr Menschen über die Bahnsteige, der Waggon füllt sich. Zeit zum Aussteigen.

Draußen an der frischen Luft muss ich mich erst mal orientieren. Oranienburger Tor steht da auf dem blauen U-Bahn-Schild. Berlin Mitte. Schön.

Ich lasse mich treiben. Zwischen Autoabgasen, Parfüm und Schweiß riecht es wieder einmal nach Essen. Mein Magen knurrt, also kaufe ich mir ein Brötchen und verschlinge es im Gehen.

Ich stoße auf die Hackeschen Höfe, die Kneipen, Kunst- und Designläden und Modeateliers beherbergen. Inmitten steil aufragender Hauswände blicke ich auf das blaue Himmelsrechteck über meinem Kopf, drehe mich um mich selbst und atme die Vielfalt ein. Das ist es, was ich immer wollte. Frei und zugleich verankert zu sein. Zum ersten Mal überkommt mich so etwas wie Heimatgefühl.

Ich wandere von einem liebevoll restaurierten Innenhof zum nächsten, ziellos und trunken vor Freude. Im Schaufenster eines Modedesigners bewundere ich das einzige dort ausgestellte Kleid. Es ist schlicht, aber der Schnitt ist umwerfend. Eines von der Sorte »Basisstück«, das einfach jeden Typ Frau kleidet. Der Preis ist horrend, ich kann mir allerdings vorstellen, was allein die Miete für den Laden beträgt.

Viele Jungdesigner, selbst erfolgreiche, scheitern an genau diesem Problem: Sie erfüllen sich den Traum vom eigenen Modelabel, stehen aber schon bald danach vor dem finanziellen Ruin. Der Markt ist übersättigt, Versandhandel und Billigware der großen Ketten tun ihr Übriges. Es genügt nicht, ein kreativer Designer zu sein, wer sich etablieren will, muss auch was von Marketing und Vertrieb verstehen.

Trotzdem: Eine eigene Boutique zu führen, bleibt mein großes Ziel. Nichts Nobles, das kenne ich zur Genüge. Nur ein kleiner Laden irgendwo in Berlin.

Mit einem Mal wird mir der Verlust meines Skizzenblocks schmerzlich bewusst. Viele der Entwürfe habe ich noch im Kopf, doch einiges ist für immer verloren.

Tja, das Schicksal macht keine Kompromisse.

***

Das Gesicht im Spiegel erinnert nur noch entfernt an mich. Schwarz umrandete Augen, dick getuschte Wimpern, schwarzer Lippenstift. Zum perfekten Gothic Look fehlt noch einiges, vor allem Schmuck und andere Accessoires, aber mein Geld ist fast aufgebraucht.

Seufzend schiebe ich die letzten Münzen in die Hosentasche meiner Jeans. Billigware, genau wie die vier T-Shirts, die Unterwäsche und das Paar Schuhe. Natürlich alles in Schwarz.

Es war die Perücke aus dem Gothic Laden, die mich zu meinem neuen Image inspiriert hat. Ein kinnlanger Bob, schwarz, mit blauen Strähnen, das Haar seidig weich, beinahe wie Echthaar. Angesichts der Aussage einer Verkäuferin im Drogeriemarkt, dass man blonde Locken wie meine doch um Himmels willen nicht färben könne, habe ich mich letztendlich für eine etwas gemäßigtere Typveränderung entschieden.

Ich drehe mein Haar straff zusammen und stecke es am Oberkopf fest. Die Perücke sitzt eng, aber nicht unangenehm, als ich sie überziehe. Eine verräterische Locke, die an meinem Ohr hervorblitzt, muss noch beseitigt werden, dann bin ich fürs Erste zufrieden. Zur Sicherheit hopse ich vor dem Spiegel herum. *Hält.*

Mit zwei prall gefüllten Tüten verlasse ich die öffentliche Toilette, ein Gothic Girl in bemühtem Outfit, dem man maximal siebzehn Jahre gibt. Gut so. Ab jetzt gilt tarnen und täuschen.

Meine nächste Station ist eine Telefonzelle. Ich falte den Zettel auseinander und starre auf die krakelige Schrift.

Verdammt.

Die Trauer lässt sich nicht so leicht bändigen wie andere Gefühle. Ständig kriecht sie aus einer Ecke meines Herzens hervor, meistens dann, wenn ich sie absolut nicht brauchen kann.

Ich blinzle, werfe ein paar Münzen in den Schlitz und wähle. Festnetz, Freizeichen, niemand hebt ab. Auch beim zweiten Anruf nicht. Schon will ich aufgeben, da knackt es in der Leitung und eine mürrische Stimme meldet sich.

»Was?«

»Spreche ich mit Maximilian Täubner?«

Ein Keuchen. Dann: »Wer sind Sie? Woher haben Sie diese Nummer?«

»Ich …« Die Worte, die ich mir mühsam zurechtgelegt habe, zerfallen auf meiner Zunge. Ich bringe keinen Ton hervor.

»Wer ist denn da, verdammt?«

»Lia«, sage ich endlich. »Lia Kranz.« Jede Lüge wäre einfacher auszusprechen, aber meine Stimme fügt sich, wird fester, sicherer mit jedem Wort, das ich ihr aufzwinge. »Ich bin die Tochter von Tamara Musetti, geborene Kranz.«

Nichts.

»Sind Sie noch dran? Hier spricht Lia Kranz.«

»Ja, ja, ich bin nicht taub.« Etwas stimmt nicht mit ihm. Er stöhnt vernehmlich, ein dumpfes Poltern folgt, danach herrscht wieder Stille.

»Hallo? Ich hatte angenommen, dass Sie wüssten, wer ich …«

Sein Tonfall ist schleppend, als er antwortet: »Hören Sie mal, Lia Wer-auch-immer …«

»Lia Kranz. Sie kannten meine Mutter, Tamara. Sie meinte, ich könnte mich an Sie wenden, wenn ich in Not bin.«

»Kannten? Sagten Sie *kannten*? Ist sie …«, ein Schnaufen, gefolgt von einem Räuspern, »… ist ihr was passiert?«

»Sie ist verstorben. Im April.«

Ein Klicken, dann ist die Leitung tot. Er hat aufgelegt. Einfach so.

Ich schlucke meinen Ärger hinunter und wähle erneut.

»Lassen Sie mich in Ruhe!«, blafft er ins Telefon. »Rufen Sie nie wieder an, hören Sie? Nie wieder!« Schon ist die Verbindung unterbrochen.

Ich gebe nicht auf, bin hartnäckig. Rufe ihn an, lasse es zehnmal klingeln, lege auf und beginne das Spiel von vorn. Es dauert ganze fünf Minuten, aber dann habe ich ihn so weit.

»Wissen *die* von diesem Anruf?«, fragt er, ohne mich zu Wort kommen zu lassen.

Ich begreife sofort. »Nein. Ich bin geflohen.«

»Scheiße. Sind sie Ihnen auf der Spur?«

»Sie wissen, dass ich in Berlin bin, aber …«

»Ich kann nichts für Sie tun. Tut mir leid.«

»Bitte!«, versuche ich ihn zu überzeugen. »Ich habe sonst niemanden. Ich brauche Ihre Hilfe. Als Anwalt.«

Lachen bricht aus ihm heraus und geht in einen Hustenanfall über. *Er ist betrunken. Oder auf Drogen.*

»Nein. Sorry, aber ich bin fertig mit denen.«

Ich werfe die letzte Münze in den Schlitz. »Dann tun Sie es wenigstens für Tamara. Bitte. Ich weiß nicht, wohin. Ich habe kein Geld und niemanden, dem ich vertrauen kann.«

»Vertrauen«, sagt er bitter. »Toll. Ganz toll.«

Ich resigniere. Es wäre auch zu schön gewesen. »Dann eben nicht. Ich werde mich schon durchschlagen. Danke.«

»Morgen um neun Uhr in meiner Kanzlei.« Er nennt mir eine Adresse und legt grußlos auf.

Die Erleichterung sackt mit unnatürlicher Kälte in meine Muskeln. Ich bin kaum fähig, den Hörer auf die Gabel zu hängen, so sehr zittere ich.

Ich hatte ja damit gerechnet, dass er nicht erfreut über meinen Anruf sein würde. Jede andere Reaktion hätte mich misstrauisch gemacht. Das wirklich Erschreckende aber ist nicht, dass er mir nicht helfen will, sondern vielmehr die Tatsache, dass er Bescheid weiß. Er kennt die *Familie.* Kennt die Musettis und ihre Methoden.

Und er hat Angst vor ihnen. Mehr als ich.

7
Lia

Vogelgezwitscher holt mich aus meinem traumlosen Dunkel. Die Biester sind entschieden munterer als ich. Zwischen den Bäumen verfangen sich erste Lichtfäden der Morgendämmerung, es kann kaum fünf Uhr sein.

Zu früh, viel zu früh.

Stöhnend rolle ich herum. Das Grasbett unter der jungen Birke im Tiergarten, dem grünen Herzen von Berlin, wo ich die Nacht verbracht habe, war lange nicht so weich wie erhofft. Zudem steckt mir der gestrige Gewaltmarsch in den Gliedern, ich spüre jeden einzelnen Muskel.

Mithilfe eines Taschenspiegels frische ich meine Schminke auf. Meine Kopfhaut juckt unter der Perücke, aber ich widerstehe dem Impuls, sie herunterzureißen.

Ich darf nicht. Noch bin ich nicht in Sicherheit.

Der Morgen ist kühl, also schlüpfe ich in den Mantel und packe all meine Sachen in eine Tüte, die ich mir unter den Arm klemme. Ohne besondere Eile mache ich mich auf den Weg. Bis zu meinem Termin um neun bleibt mir genügend Zeit.

Als ich den Park verlasse, fehlt mir der Orientierungssinn. Weit und breit kein Bahnhof zu sehen, ja nicht einmal eine Bushaltestelle kann ich entdecken. Ich marschiere los, wie ich hoffe, in Richtung Berlin Mitte.

Die Straße ist kaum befahren, die Stadt schläft noch. Gegenüber reiht sich ein Botschaftsgebäude ans andere: Japan, Italien und die Türkei haben hier ihre Zelte aufgeschlagen.

Und endlich sehe ich eine Haltestelle. Ich will die Straße überqueren, als plötzlich ein Auto auf mich zurast und mit quietschenden Bremsen neben mir zum Stehen kommt. Der Adrenalinschub lässt mich zurückspringen. Schon will ich in den Park stürzen, mich vor Enzos Männern – denn wer sonst sollte es auf mich abgesehen haben? – verstecken, da wird die Beifahrertür aufgestoßen. Ein Frauenkopf schaut heraus, hämmernde Technobeats ergießen sich ins Freie und mit ihnen eine Flut an Beschimpfungen.

»Du verdammtes Stück Scheiße! Lass mich los, ich fahre keinen Meter mehr mit dir!«

Von drinnen ertönt ein abfälliges Lachen. Mit einem Ruck verschwindet die junge Frau wieder im Auto.

»Aua! Du tust mir weh! Lass mich los!«

Ich trete näher und werfe einen Blick ins Wageninnere, unbemerkt von den Streithähnen. Der Fahrer hält die Frau um die Mitte gepackt. Sie strampelt und versucht sich loszureißen, nicht ohne ihn weiter zu beschimpfen.

»Brauchen Sie Hilfe?«, erkundige ich mich in einer winzigen Pause ihres Wortschwalls. »Soll ich die Polizei rufen?«

Keine Ahnung, was mich da reitet, aber es hat den erwünschten Effekt. Der Typ stößt die junge Frau aus dem Auto, fährt mit röhrendem Motor an und braust davon. Wir bleiben am Straßenrand zurück, sie auf dem Hosenboden, das Gesicht in den Handflächen verborgen, ich irritiert von dem Gefühlswirrwarr, der auf mich einströmt.

All die Wut, aber auch Entrüstung und Scham. Nichts davon berührt mich, mein Schutzwall ist intakt. Doch darunter, unter dem Hässlichen, verbirgt sich noch etwas anderes. Eine Art Sehnsucht.

Es ist, als ob ihre Seele nach mir greift. Gegen meinen Willen. Ich habe mich nicht geöffnet.

Wäre es denkbar, dass diese junge Frau ein Seelenauge ist? Eine Empathin, so wie ich?

Wir sind die Einzigen, Lia. Ich habe die Stimme meiner Mutter immer noch im Ohr. Ich schlucke. Korrektur: *Ich* bin die Einzige.

Der Augenblick verfliegt. Klasse. Und wie werde ich die Sehnsucht wieder los?

Ich nehme mir vor, in Zukunft noch wachsamer zu sein. Ich muss lernen, fremde Gefühle zu blockieren, komplett und auf Knopfdruck.

»Scheiße!« Schluchzend drischt die Frau mit der Faust auf die Bordsteinkante ein. »Scheiße, verdammt!«

Sie schlägt sich die Knöchel blutig, also setze ich mich neben sie und fange ihre Hand ab. Sofort rückt sie zur Seite, Hände und Tasche an sich gepresst, und starrt mich aus verheulten Augen an.

Erst jetzt erkenne ich, dass sie in meinem Alter ist, so um die zwanzig. Ihre Wimperntusche ist verlaufen, das Gesicht vom Weinen verschwollen, an ihrem Kinn leuchtet ein Bluterguss. Sieht frisch aus.

Er hat ihr eine verpasst.

»Hey«, sage ich leise. »Geht's?«

Sie schnieft und wischt sich mit dem Handrücken Rotz und Tränen vom Gesicht, was die Sache kaum besser macht.

»Du hast da Blut kleben.« Ich deute auf ihre Wange, dann auf ihre Knöchel und halte ihr meinen Spiegel unter die Nase.

Sie erschrickt, als sie ihr geschwollenes Kinn entdeckt. Von kleinen Schluchzern geschüttelt, kramt sie in ihrer Handtasche nach einem Taschentuch. Sie hat auch feuchte Kosmetikpads und Schminke dabei, mit denen sie ihr Make-up korrigiert. Ich staune.

Zwei Minuten später ist sie halbwegs wiederhergestellt. Ein letzter Blick in den Spiegel, ein letztes »Arschloch«, zu dem ich verständnisvoll nicke, dann versenkt sie ihr Schminketui wieder in der Tasche und wendet sich mir zu.

»Ich hoffe, ich habe nichts falsch gemacht«, sage ich, weil sie mich ziemlich kritisch mustert. »Ich wollte mich nicht einmischen, nur helfen.«

»Was? Nein! Ich meine … danke. Danke, dass du da warst.« Sie klemmt ihr langes Haar hinters Ohr. Kastanienbraun und glatt. Edel. »Komischer Zufall, übrigens. Was machst du um die Zeit hier?«

Ich denke daran, dass es keine Zufälle gibt, denke an die Sehnsucht, die an mir ziept, und deute auf die Haltestelle auf der anderen Straßenseite. »Ich will zum Bus.«

»Hm. Tja, ich wohl auch.«

Wir schlendern nebeneinanderher und ich streife sie mit einem Seitenblick.

Sie ist hübsch. Sehr sogar. Eine Spur größer als ich und gut gestylt in ihren engen Jeans, den weißen Ankle Boots und dem Fransentop, das ihren flachen Bauch durchscheinen lässt. Die Kette mit den bunten Steinen könnte sogar echt sein. Smaragde, Saphire, Rubine? Nicht wirklich, oder?

»Wohnst du hier in der Nähe?«, erkundige ich mich.

»Charlottenburg.« Sie verzieht die Mundwinkel. »Ja. Genau. Aus gutem Haus. Und zu blöd, sich von diesen verkackten Typen fernzuhalten.«

»Kann ja mal passieren. Niemand kann in Menschen hineinschauen.« *Wow, Lia. Das aus deinem Mund.*

Sie lacht auf. »Ich gerate grundsätzlich an die Falschen und dann endet es so. Und du? Bist du von zu Hause abgehauen?«

»Könnte man so sagen.«

»Wie alt bist du? Fünfzehn, sechzehn?«

»Siebzehn«, lüge ich, aber sie schluckt es sofort. »Meine Eltern sind …« Ich breche ab, weil ich mich zwischen Wahrheit und Lügenmärchen verheddere. Wer bin ich noch gleich?

»Pff, Eltern! Wem sagst du das?!«

An der Bushaltestelle fläzt sie sich auf die Bank und streckt die Beine aus. Da ich noch Zeit habe, setze ich mich neben sie und wir schweigen eine Runde. Es ist eine angenehme Art von Schweigen, eines, das sich bis in meine Nervenenden fortpflanzt. Eines, dessen Echo auf die Sehnsucht trifft.

Genau das wollte ich doch vermeiden, verdammt noch mal!

Ich sollte aufspringen und zum Bus laufen, der gegenüber in die Haltestelle einfährt, schließlich will ich nicht nach Charlottenburg. Und die Bekanntschaft mit meiner Sitznachbarin zu vertiefen, wäre, na ja, fahrlässig. Stattdessen rühre ich mich nicht vom Fleck.

Vernunft hin oder her – es ist längst zu spät. Wir haben einander erkannt.

Manchmal, das habe ich gelesen, trifft man im Leben auf sein zweites Ich. Eine Person, die sich wie ein fehlendes Zahnrad ins Getriebe fügt, an einer Stelle, die von Anfang an für sie vorgesehen war. Man weiß sofort, dass man zusammengehört. Und es fühlt sich nicht wie der Beginn einer Freundschaft an, sondern wie etwas Altvertrautes, ein Heimkommen.

Ja, ganz genau so.

Sie spürt es auch. »Brauchst du Geld? Ich meine, du siehst aus, als könntest du was brauchen …«

»Ich nehme doch kein Geld von dir!«, wehre ich entrüstet ab. »Wir kennen uns ja gar nicht.«

»Ich bin Mavie Raubach, neunzehn, reich und verwöhnt, und ich jobbe als Model. Und du?«

»Äh … Lia.«

»Jetzt kennen wir uns. Wie viel? Hundert?« In Windeseile

zückt sie ihre Geldbörse und fächert die Scheine auf. »Zweihundert?«

Ich bin total perplex. Klar könnte ich das Geld gut gebrauchen. Mein Magen findet den Anblick der Hunderter geradezu fantastisch, wie er mit unmissverständlichem Knurren vermeldet. All die Köstlichkeiten, die ich mir damit kaufen könnte! Essen für zwei, drei Wochen, wenn ich sparsam bin.

»Komm schon«, Mavie wedelt mit den Scheinen, »ich würde es dir nicht anbieten, wenn ich es nicht hätte.«

Ich schüttle den Kopf. »Nein. Lass mal. Ich komm schon klar.«

»Und schläfst wieder im Park?«

Erwischt! Sieht man mir offenbar an. »Hoffentlich nicht.«

»Jetzt nimm schon. Als Dankeschön für vorhin.«

»Du musst mich nicht bezahlen.«

»Himmel«, sie klatscht entnervt in die Hände, »meine Eltern wissen nicht, wohin mit ihrer Kohle. Lass dich wenigstens zu einem Frühstück einladen.«

»Ich kann nicht. Ich habe einen Termin.«

»Die Ausreißerin hat einen Termin«, sagt Mavie kopfschüttelnd und steckt die Hunderter wieder weg. Alle, bis auf einen. Sie zieht einen Stift aus der Tasche und kritzelt eine Telefonnummer auf den Schein. »Ruf mich an, dann machen wir was aus. Das wirst du doch hoffentlich in deinem vollgepackten Terminkalender unterbringen.«

»Ich hab kein Handy«, sage ich und muss beinahe lachen. Sinnlos, sich weiter zu sträuben.

Mavie grinst mich an. »Klar doch.« Und mit einem Blick die Straße hinunter: »Oh, ich muss los.«

Der Bus fährt vor und sie geht mit wiegenden Schritten zur Tür, die sich mit einem Zischen öffnet. Beim Einsteigen dreht sie sich noch einmal nach mir um. »Ruf mich an, Lia. Bitte.«

Ein Model. Hier sind eindeutig höhere Mächte am Werk.

Der Bus fährt davon. Und der Fahrtwind wirbelt den Hunderter auf, den sie auf der Bank zurückgelassen hat. Ich beobachte, wie er zu Boden sinkt.

Jetzt hat er doppelten Wert.

Am besten, ich kaufe mir davon ein Handy. Damit ich Mavie anrufen kann.

Ich hatte noch nie eine richtige Freundin.

8
Lia

Gut zwei Stunden später stehe ich vor dem Haus der Anwaltskanzlei. Die Gegend von Neukölln ist nicht die beste, das Gebäude sieht aus, als würde es nur auf das Abrisskommando warten.

An der Hauswand blättert der Putz ab, sogar hier im Freien riecht es nach Feuchtigkeit. Neben dem Eingang prangt ein schlichtes Schild: Jochen Lenhardt – Rechtsanwalt, Termine nach Vereinbarung. Darunter eine Handynummer.

Lenhardt. Jochen. Interessant.

Ich notiere Name und Nummer mit Kajal auf den Zettel meiner Mutter, schlüpfe aus dem Mantel und verstaue ihn in einer der Tüten.

Trainingsmodus. Das wirst du ja wohl hinkriegen.

Eine Hand streift mich an der Schulter. »Kommen Sie rein, bevor man Sie sieht.«

Täubner. Er ist groß und schlank und hält den linken Arm seltsam steif. Von den Schläfen bis über den Hals wirkt seine Haut verknittert und wächsern, fast wie Pergament. Brandwunden, ebenfalls links. Ein Autounfall?

Ich folge ihm zum Haustor. Denn er hat recht. *Man* sollte mich hier nicht sehen.

Während er aufschließt, betrachte ich ihn, vom Hinterkopf

abwärts, vom dichten blonden Haar, das sich im Nacken über dem speckigen Jackenkragen kringelt, bis hin zu den abgetretenen Schuhen. Was beult sich da in seiner Tasche? Etwa eine Waffe?

Mann, Lia! Vermutlich ist es nur sein Handy oder eine Brieftasche. Typischer Fall von vorgeschädigt.

Im Hausflur ist es düster. Es riecht nach Putzmittel, Braten und Knoblauch, dabei verlangt die Uhrzeit nach Kaffee und der Morgenzeitung. Irgendwo plärrt ein Kind. *Trist* ist alles, was mir dazu einfällt.

Täubner führt mich im Erdgeschoss bis vor eine weiß gestrichene Wohnungstür. Nummer zwei.

Womöglich mache ich einen Fehler.

Ich kenne den Mann überhaupt nicht. Er könnte mich überwältigen und, keine Ahnung, gefangen nehmen. Mich gegen eine ansehnliche Summe an Enzos Männer ausliefern. Nötig hätte er es meinem Eindruck nach.

»Wollen Sie hier Wurzeln schlagen?« Stirnrunzelnd deutet Täubner auf die geöffnete Tür.

Mama hat ihm vertraut, denke ich, als ich in die Kanzlei husche.

Ich betrete einen Vorraum mit Garderobe und Kochzeile, rechter Hand führt eine Tür ins Bad. Im Spülbecken stapelt sich schmutziges Geschirr, neben dem Küchenschrank Pizzakartons. Und noch etwas zieht meinen Blick an: Wein- und Bierflaschen. Dutzende Beweisstücke von einsamen Abenden, an denen der Herr Anwalt den Weg nach Hause nicht mehr gefunden hat. Wäre ich seine Klientin, würde ich auf der Stelle das Weite suchen.

Aber ich bin nur eine Bittstellerin.

Geradeaus geht es zum Büro der Kanzlei. Ostseite. Morgensonnenlicht fächert durch die Fenster, blitzende Staubkörnchen im Gepäck.

Hier gehört dringend gelüftet.

Ansonsten hat der Raum mehr Stil. Parkettboden, ein großer Schreibtisch, ein Sofa, bequem aussehende Stühle. Täubner bietet mir einen Platz an und setzt sich nach kurzem Überlegen mir gegenüber.

Wieder fällt mein Blick auf seinen steifen Arm. Er trägt eine Prothese, eines von diesen vorsintflutlichen Dingern aus Kunststoff, die nur dazu dienen, das äußere Erscheinungsbild wiederherzustellen. Bestimmt gibt es bereits etwas Vergleichbares aus Silikon.

»Ich habe Sie mir ganz anders vorgestellt«, beginnt er. »Blond, wie Ihre Mutter. Und … na ja, anders eben.«

Das glaub ich gern. Der Gothic Look schmeichelt mir nicht. Offenbar erkennt er nicht, dass ich eine Perücke trage, und somit erfüllt die Maskerade ihren Zweck.

»Danke. Ich bin auch enttäuscht. Mein Bild vom ehrbaren Anwalt ist für immer zerstört.«

Er hebt die Augenbrauen.

»Sie wissen schon«, fahre ich fort, »untadelig, rechtschaffen, integer …«

»Ach. Nun ja, an Musettis Anwälte komme ich schwerlich heran.«

Touché. Lächelnd neige ich den Kopf.

»Wie ist sie gestorben?«

Mein Lächeln friert mir auf den Lippen fest. Ein Blinzeln, ein Ruck in der Zeit, und meine Mutter liegt wieder vor mir, das Gesicht grau und leer. All die Geräte ringsherum schweigen. Ich sitze am Bett, ebenfalls schweigend.

Zwei ganze Wochen verharre ich in stummer Trauer, bis Enzo mir die lavendelfarbene Karte unter die Nase hält – die Einladung zu meiner eigenen Hochzeit.

»Nierenversagen. Ganz plötzlich.«

»Ganz plötzlich«, wiederholt er mit hörbarem Unglauben.

»Herr Täubner …«, setze ich an. »Oder sollte ich besser Herr *Lenhardt* sagen?«

Er verzieht keine Miene. »Nein. Max.«

»Max, ich will nicht um den heißen Brei herumreden …«

»Hast du ihre Gabe geerbt?«

»Ich …«

»Bist du deshalb geflohen? Ist das der Grund, warum sie hinter dir her sind? Du weißt, dass sie dich niemals freigeben werden, oder? Du bist eine Mafioso-Tochter, du könntest Geheimnisse ausplaudern.«

»Danke für die Aufklärung«, stoppe ich seinen Redeschwall. Ich lecke mir über die Lippen, suche nach den richtigen Worten, aber alles, was mir einfällt, ist: »Ich bin keine Musetti.«

Es ist wie ein Mantra, das mich definiert. Ich habe keine Ahnung, wer ich bin, stattdessen klammere ich mich an das, was ich nicht bin. Was ich niemals sein will.

Da er nichts erwidert, hole ich weiter aus: »Ich gehöre nicht zur *Familie.* Und ich weiß nichts von der Geldwäsche und den ganzen anderen krummen Geschäften, die Enzo unter dem Deckmantel des Modelabels am Laufen hat. Meine Mutter hat das von mir ferngehalten. Wäre sie nicht gewesen, hätten sie mich womöglich schon mit fünfzehn verheiratet. Ich hätte kein Abitur, sondern einen Pflichtschulabschluss. Ich wäre Mutter zweier Kleinkinder, mit denen sie mich erpressen würden. So haben sie eben nach ihrem Tod zugeschlagen. Mein Brautkleid liegt in einer Mülltonne auf der Toilette am Mailänder Bahnhof. Es ist voller Blut, weil bei meiner Flucht so ziemlich alles schiefging, was schiefgehen konnte. Aber ich habe es geschafft. Ich bin hier und will ein neues Leben beginnen. Mein Leben.«

Max schweigt. Steif schüttelt er den Kopf, nimmt einen tiefen Atemzug und steht auf. »Ich kann dir nicht helfen, Lia. Ich will mit der Sache nichts mehr zu tun haben.«

Ich beiße die Zähne aufeinander und atme ebenfalls durch. Versuche mich für einen neuen Vorstoß zu sammeln, aber Max macht es mir nicht gerade leicht.

Mitleid überschwemmt mich, als er zum Fenster geht, den Arm steif abgewinkelt und mit hängenden Schultern. Ein gebrochener Mann. Was mag ihm so übel mitgespielt haben? Ich habe den Verdacht, dass die Musettis nicht unbeteiligt daran waren.

Ich stampfe das Mitleid kurz und klein. *Keine Gefühle, Lia, nur die Konzentration auf das Wesentliche.* »Ich brauche einen Platz zum Schlafen. Vielleicht hier?«

Max fährt herum und starrt mich entgeistert an.

»Ich würde die Kanzlei in Ordnung halten. Geschirr waschen, aufräumen, Kaffee kochen, Telefondienst machen.«

»Kommt nicht infrage.«

»Warum nicht? Ich verhalte mich auch ganz unauffällig.«

»Hier werden sie dich zuerst suchen.«

Ach ja?

»Ich glaube, du begreifst nicht, in welcher Situation du dich befindest«, sagt Max. »Du bringst alle in Gefahr.«

Ich zähle dieses ominöse *alle* gedanklich ab und komme auf drei Personen, mit denen ich hier in Berlin zu tun hatte. »Blödsinn. Sie sind an mir interessiert.«

»Eben.« Er sieht mich an, bemüht nachsichtig, aber mit wachsendem Ärger. Als wäre ich ein Kleinkind, das er schon zum zehnten Mal zurechtweist: *Das ist die Mafia, die machen schlimme Sachen, Kind.*

»Was ist damals vorgefallen? Als Mama mit mir nach Italien ging? Waren Sie dabei? Woher kannten Sie sie? Wieso hat sie mir Ihre Nummer gegeben?«

Ich frage und frage, aber Max blickt aus dem Fenster, versunken in verflossene Jahre, in verschenkte Möglichkeiten.

Das Morgenlicht macht nicht halt vor der Vergangenheit.

Es entblößt erbarmungslos seine Augenringe und Falten. Und doch meine ich fast, ihn sehen zu können, den jungen Mann von früher. Der gerade das Studium beendet und eine vielversprechende Karriere vor sich hat.

Was ist passiert? Wie bist du da hineingeraten? Komm schon, verrate es mir!

»Wer sind Sie? Wer ist Jochen Lenhardt? Ihr Partner? Wie kam meine Mutter an Ihre Telefonnummer? Woher kannte sie Sie?«

Er antwortet nicht. Nur ein Zucken um seine Mundwinkel verrät, dass ihn meine Fragen überhaupt erreichen.

Die Stille zerfrisst meine Gedanken. Ich weiß nicht, wie ich ihn knacken kann. Wie bringe ich ihn dazu, mir zu helfen?

Ich taste nach seiner Seele und finde Angst und Zorn vor, beides brodelnd unter einer Schicht des Vergessens. Mit aller Macht bemüht er sich, Haltung zu bewahren, das spüre ich deutlich. Aber nicht, was dahintersteckt.

Ich möchte tiefer in ihn dringen, aber das widerspricht meinem Vorsatz: Halte deinen Schutzwall stabil, lass keine Gefühle zu – weder fremde noch deine eigenen –, wende deine Gabe nicht an.

Kontrolle ist alles, Kontrolle hält mich am Leben.

Wie viel einfacher wäre es doch, wenn ich anstatt von Gefühlen Gedanken lesen könnte!

»Sie können mich doch nicht einfach wegschicken«, flehe ich.

Max dreht sich zu mir um. »Und ob.«

»Bitte. Ich habe heute Nacht im Park geschlafen. Ich weiß einfach nicht, wohin.«

»Das ist nicht mein Problem.« Er senkt den Blick, als er weiterspricht. Traut sich nicht, mir in die Augen zu sehen. »Ich kann dir nicht helfen. Und ich will nicht. Ich hatte so gehofft, nie wieder daran erinnert zu werden, und jetzt kommst du und reißt die Wunden wieder auf. Das …« Er schüttelt nachdrücklich den Kopf. »Nein, tut mir leid.«

»Und meinen Auftrag? Wollen Sie den auch nicht annehmen?«

»Was denn für einen Auftrag?«

»Holen Sie mir mein Erbe zurück!«

Jetzt ist er fassungslos. »Dein Erbe?«

»Mama hat Geld für mich zur Seite gelegt – Konten und Sparbücher, ich glaube, sogar eine Lebensversicherung. Keine Unsummen, aber es steht mir zu. Enzo hat sich alles gekrallt. Sie müssen doch rechtlich gegen ihn vorgehen können, oder?«

»Gerade ich?« Max zuckt hilflos mit den Schultern. »Ich bin kaum noch als Anwalt tätig.«

Oha. Wovon lebt er? Hartz IV?

»Dann machen Sie eben eine Ausnahme!« Langsam werde ich wütend. »Vielleicht greifen Sie mal besser zu juristischen Handbüchern als zur Flasche!«

Endlich eine Reaktion! Sein Gesicht färbt sich rot und er bekommt Schnappatmung. Ich warte darauf, dass er mir an die Kehle springt, aber nach ein paar Sekunden ist der Spuk vorbei und er setzt sich. Diesmal hinter seinen Schreibtisch, ganz der Anwalt, der er angeblich nicht mehr ist.

»Na gut«, sagt er in geschäftsmäßigem Tonfall. »Fünfhundert im Voraus.«

»*Was*? Wollen Sie mich verarschen?«

»Kein Geld? Wenn das so ist, muss ich leider ablehnen.« Er weist zur Tür. »Hat mich gefreut. Auf Wiedersehen.«

Steif erhebe ich mich. »Also lassen Sie mich wirklich im Stich? Das hätte ich nie erwartet. Und Mama bestimmt auch nicht …«

»Ich bin weder dir etwas schuldig noch sonst jemandem.«

Ach, darum geht es hier? Um Schuld?

»Na schön, Herr Täubner-Lenhardt«, sage ich, »dann sehen wir uns eben wieder, wenn ich die fünfhundert habe.«

Max lächelt kühl. »Ich warte gespannt. Ach, und Lia«, fügt er hinzu, als ich mit meinen Tüten zur Tür hinauswill, »kauf dir was Anständiges zum Anziehen und kratz dir die Schminke vom Gesicht, sonst kriegst du maximal einen Job als Strichmädchen.«

9
Nevio

Mein Vater winkt mich in sein Büro, den Telefonhörer unters Kinn geklemmt. »Mach die Tür zu«, flüstert er mir zu, während er seinem Gesprächspartner lauscht.

Ich lehne mich an den Schrank mit den Aktenordnern, nicht sicher, ob es eine gute Idee war herzukommen. Andererseits will ich den Vorfall nicht einfach abhaken, schon gar nicht, da ich ja sozusagen an der Quelle sitze. Wenn einer was über diese Mafia-Typen rauskriegen kann, dann mein Vater.

Als Kind habe ich ihn ab und zu besucht. Für einen Zehnjährigen war das eine große Sache, die Arbeit eines Kriminalbeamten hautnah mitzuerleben. Jedes Mal hatte ich gehofft, in der Polizeidirektion einem echten Verbrecher zu begegnen, der in Handschellen abgeführt wird. Zumindest entsprach das meiner Vorstellung von dem, was mein Vater den lieben langen Tag machte – böse Jungs fangen oder gar erschießen. Was war ich enttäuscht, als ich bloß Berge von Akten zu Gesicht bekam.

Mein Vater kritzelt etwas auf einen Notizblock, während er mit der Linken eine Akte durchblättert. »Ja. Ja, verstehe. … Fingerabdrücke? … Was ist mit der Ehefrau? … Aha. Was? … Nein, bleibt an ihr dran. Und an der Tochter auch. … Okay.« Kopfschüttelnd legt er auf und wirft den Kugelschreiber auf den Tisch.

»Ärger?«, frage ich.

»Ach, nur das Übliche. Setz dich doch.« Er deutet auf einen Stuhl, springt dann aber selbst ein wenig planlos auf. »Oder möchtest du was trinken? Ich kann dir den Kaffee vom Automaten empfehlen. Oder eine Cola vielleicht? Wasser?«

»Danke, nein. Ich bleibe nicht lange.«

Mein Vater setzt sich auf seinen Schreibtisch, ungeachtet der vielen Papiere, die sich darauf stapeln. »Was führt dich überhaupt hierher?« Argwohn schleicht sich in seinen Blick. »Stimmt was nicht? Hast du Probleme?«

Das musste ja kommen. Seit meine Schwester Nora vor einem Jahr geheiratet hat und ausgezogen ist, wohne ich in ihrer ehemaligen Wohnung, allein und nach Meinung meiner Eltern nicht annähernd in der Lage, für mich selbst sorgen zu können.

Seltsam, wie wenig Vertrauen sie in ihr eigenes Können haben, Kinder zu lebensfähigen Individuen zu erziehen. Glauben sie denn ernsthaft, all die Jahre unter ihrem Dach hätten nichts gefruchtet?

»Keine Sorge, alles okay. Ich schlafe genug, ich esse genug, ich wasche meine Wäsche, es hausen noch keine Kakerlaken in meiner Bude. Zufrieden, Mama?«

»Werd' nicht frech, Junge!«

»Sorry, Verwechslung. Du bist das mit dem Studium und den damit verbundenen hundsmiserablen Zukunftsaussichten. Nein, ich will immer noch nicht Streifenpolizist werden, die Verdienstmöglichkeiten, die Sonderzulagen und die ach so tolle Rente interessieren mich einen feuchten Dreck … Au!« Lachend wehre ich die spielerischen Boxhiebe ab, die auf mich niedergehen, und teile selbst ein paar Knuffe aus. »Schon gut, ich glaub dir ja, dass du ein tougher Kerl bist.«

Seine Augen blitzen vor Vergnügen, er nimmt mich in den Schwitzkasten. »Und ob ich das bin!«

»Chef?« Ein junger Polizeibeamter steckt seinen Kopf zur Tür herein und wir fahren auseinander. Schuldbewusst hebt er die Schultern. »Tut mir leid, aber ich glaube, es ist wichtig.«

»Es ist immer wichtig, Rasnovits«, sagt mein Vater seufzend, nicht ohne mir zuzuzwinkern.

»Raskovits, Chef.«

»Auch gut. Also?«

»Ich hatte eben Zürich am Apparat, ich wollte das Gespräch durchstellen, aber Sie haben telefoniert.«

»Und?«

»Die Kollegen haben einen Kleinganoven festgenommen, Diebstahl, Handtaschenraub, Einbruch, die ganze Palette.«

»Aha. Und weiter?«

Ich verkneife mir ein Grinsen, als mein Vater den genervten Cop heraushängen lässt. Er ist der geborene Schauspieler. Zu Hause wiederum gibt er gern den gemütlichen Brummbären.

Raskovits hält sich tapfer. »Unter dem Diebesgut wurden die Papiere der Italienerin gefunden, Sie erinnern sich? Die aus Mailand.«

Mein Vater neigt abwartend den Kopf. Sein Gesichtsausdruck hat sich verändert. Jeglicher Schalk ist aus seinen Augen verschwunden, etwas Lauerndes an dessen Stelle getreten.

»Außerdem eine Quittung für ein Bahnticket. Mailand – Berlin über Zürich. Wenn sie nicht in Zürich geblieben ist, worauf nichts hindeutet, dann …«

»Ist sie hier. Sie ist in Berlin.« Mein Vater kommt in Bewegung. Er hastet zurück hinter seinen Schreibtisch und greift nach dem Telefon.

»Sollen wir die Fahndung einleiten?«

»Ja, tun Sie das«, erwidert mein Vater, während er wählt. »Erstellen Sie ein Profil der kleinen Musetti. Ich will alles über sie wissen, vor allem, ob sie zu einem solchen Attentat fähig wäre. Lassen Sie sich aus Zürich schicken, was die über sie haben. Moment noch …« Er hebt die Hand, als er Verbindung bekommt. »Ja, Pleiner? Hanno Weikert hier. Ich brauche die Akten über den Fall Musetti … Ja, die von damals … Natürlich alles, was für eine Frage!« Er wendet sich wieder Raskovits zu. »Durchforsten Sie auch die Medien. Und verbinden Sie mich mit Mailand. Sehen Sie zu, dass Sie Commissario Maldino an die Strippe kriegen oder zumindest jemanden, der Deutsch kann. Wir brauchen alle Infos über den Fall.«

»Geht klar, Chef.« Raskovits zieht sich zurück und schließt die Tür.

Mein Vater starrt ins Leere, den Telefonhörer immer noch in der Hand. In meinem Kopf setzt sich ein Puzzle zusammen. Kann es einen solchen Zufall wirklich geben?

»Papa?«

»Hm?« Er zuckt zusammen und scheint sich erst jetzt daran zu erinnern, dass ich auch noch da bin. Abwesend legt er den Hörer auf. »Nevio, tut mir leid. Was wolltest du noch gleich?«

Ich weiß nicht, wie ich anfangen soll, daher verlege ich mich aufs Fragen: »Worum ging's da eben?«

»Um einen uralten Fall, der vielleicht wieder aufgerollt werden könnte. Ist schon eine Weile her.«

»Scheint dich ja sehr zu beschäftigen.«

Er lächelt traurig. »Ja, ziemlich. Hätte ich nicht gedacht, nach all den Jahren. Tatsache ist, dass man ungelöste Fälle immer im Hinterkopf behält, vor allem, wenn sie so ein tragisches Ende finden wie dieser.«

Tragisch? Ich kann mich nicht erinnern, dass mein Vater je von einem derart belastenden Fall erzählt hat.

Er seufzt. »Aber lassen wir das. Erzähl mir von deinem Problem.«

»Gibt es in Berlin eigentlich so was wie die … Mafia?«

Stille. Mein Vater blickt mich so reglos an, dass ich fürchte, er hätte mich nicht richtig verstanden.

»Also, Typen, die im Auftrag der italienischen Mafia handeln«, schiebe ich hinterher. »Irgendwelche Handlanger. Könnten auch Zuhälter gewesen sein. Ich kenne mich ja nicht aus, was die Szene betrifft …«

»Willst du eine Fotoreportage darüber machen?«

»Ich mein's ernst. Ich wurde gestern ein bisschen in die Mangel genommen …«

»Du wurdest *was*?«

Beschwichtigend hebe ich die Hände. »Keine Sorge, es ist nichts passiert, aber mulmig zumute ist mir jetzt schon irgendwie und ich dachte, du wüsstest vielleicht was darüber oder könntest die Typen ausfindig machen.«

Jetzt muss ich mit der Wahrheit rausrücken.

Ich berichte ihm von dem Vorfall und noch während ich spreche und seine Augen sich weiten, wird mir bewusst, dass ich in etwas hineingeraten bin, das viel größer, viel brisanter ist, als ich je erwartet hätte. Es ist, als würde ich an einem Faden ziehen, kurz davor, den ganzen Schal aufzutrennen.

Mein Vater unterbricht mich kein einziges Mal, er hört nur zu. Erst als ich geendet habe, bombardiert er mich mit Fragen. Sie kommen mir verdammt bekannt vor.

»Genau das wollten die Typen doch auch von mir wissen«, erwidere ich verzweifelt. »Ich kenne das Mädchen noch nicht einmal. Du etwa? Weißt du etwas über sie?«

Eine ganze Weile bleibt mein Vater still. Ich kenne diesen Blick nur zu gut: Er ringt um eine Entscheidung.

»Okay«, sagt er schließlich. »Ich glaube, ich muss dir eine Geschichte erzählen.«

Es waren einmal ein wunderschönes Mädchen mit goldenem Haar und ein Junge. Sie waren arm, doch sie liebten einander so sehr, dass sie ein Kind bekamen, eine Tochter. Sie war ihr ganzes Glück.

Da geschah es, dass ein König auf das Mädchen aufmerksam wurde. Er versprach ihr Gold und Juwelen und ein Leben in seinem Schloss, wenn sie nur mit ihm ginge.

Aber das Mädchen blieb ihrem Geliebten treu. Es interessierte sich nicht für Könige und Traumhochzeiten und Happy Ends, schließlich lebte es bereits in einem Märchen.

Vielleicht war das ein Fehler. Könige weist man nicht zurück.

Und unser König wurde sehr, sehr wütend …

10 Lia

Meine Wut ist wieder hinter meinem Schutzschild verstaut. Dort ist sie gut aufgehoben, bis ich hoffentlich in der Lage sein werde, sie endgültig zu vernichten.

Zum dritten Mal blicke ich über meine Schulter, wieder mit dem gleichen Ergebnis: Die Luft ist rein.

Ich zwänge mich durch die Lücke im Drahtzaun und husche gebückt bis zum ersten Auto. Dutzende stehen hier, hauptsächlich Wracks, an denen der Rost frisst, außerdem noch einige desolate Wohnwagen.

Du wirst immer dreister, Lia. Von der braven Studentin zur Verbrecherin und das in rekordverdächtigem Tempo. Familienbande eben. Die lassen sich nicht so einfach abschütteln.

Die Vögel über meinem Kopf machen Radau, sonst ist alles ruhig. Der Geruch nach Brackwasser hängt zwischen den Baumkronen. Hinter dem lichten Auwald fließt die Spree, an der ich heute auf der Suche nach einem Schlafplatz entlanggelaufen bin, durch den Plänterwald und ein gutes Stück weiter, bis zu diesem verlassenen Schrottplatz.

Die Abendsonne lässt die Autodächer in flirrendem Gold erstrahlen. Dazwischen wuchert Unkraut, hier und dort hat ein Jungbaum seine Wurzeln in den aufgebrochenen Beton geschlagen.

Ein paar Hundert Meter entfernt sehe ich so etwas wie eine Garage. Ebenfalls verwaist, wie es scheint. Gut so.

Den ersten Wohnwagen kann ich als Quartier vergessen. Das Dach ist hinüber und die halbe Seitenwand weggebrochen. Der nächste aber sieht von außen ganz passabel aus.

Die Tür lässt sich leicht öffnen. Sofort muss ich husten, denn es stinkt bestialisch. Starr vor Entsetzen begutachte ich den an sich gut ausgestatteten Innenraum.

Die Polsterung in der Sitzecke um den Tisch ist komplett zerfressen und voller Schlupflöcher, mit der Matratze auf dem Bett darüber verhält es sich ähnlich: Mäuse.

»Staubwischen wird wohl nicht reichen«, sage ich zu mir.

Der Mäusedreck ist überall. Aber zimperlich zu sein, kann ich mir nicht leisten. Ein Eimer muss her.

Ich komme keine hundert Schritte an die Garage heran, da schlägt ein Hund an. Das wütende Keifen treibt mich zurück ins Gebüsch. Wo ein Hund ist, ist der Besitzer nicht weit.

Ich luge zwischen den Zweigen hindurch und entdecke den Hund vor dem Garagentor, die Schnauze witternd emporgereckt. Als ich mich aufrichte, fängt er wieder an zu bellen und ich sehe, dass er an einer Kette hängt.

Mit gemischten Gefühlen traue ich mich ein Stück näher. »Na, du? Wo ist dein Herrchen, hm?«

Der Hund, ein sandfarbener Kurzhaarmischling mit langer Schnauze und Schlappohren, legt den Kopf schräg. Er läuft an seiner Kette im Kreis und springt wieder auf mich zu, knurrend und mit gefletschten Zähnen.

Innerhalb seiner Reichweite befinden sich eine Hundehütte, ein Napf, in dem noch ein paar Trockenfutterreste vor sich hin gammeln, und eine Plastikschüssel voll Wasser. Eine sehr große Schüssel. Überall liegt Hundekot.

Armer Kerl. Was für ein Verbrechen, ihn an der Kette zu halten.

In sicherem Abstand gehe ich vor ihm in die Knie und rede auf ihn ein, aber das beeindruckt ihn wenig. Er wird nur noch aggressiver.

So leicht gebe ich mein künftiges Luxusappartement nicht auf, da breche ich lieber meine Vorsätze, um Zugang zur Garage oder auch nur zum Wasserhahn samt Eimerstapel zu erhalten.

Ist ja nur ein Hund, das ist nicht dasselbe, rede ich mir ein, als ich nach seinen Emotionen taste.

Was ich finde, schockiert mich. So viel Angst. So viel Leid. Fast schon Agonie. Er ist einsam, vernachlässigt und enttäuscht von den Menschen.

Am eigenen Leib zu spüren, was er durchmacht, ist kaum zu ertragen. Was er braucht, ist Liebe. Nur, wie kann ich ihm die geben, wenn er mich nicht an sich heranlässt?

Zum ersten Mal ärgere ich mich, dass ich mit meiner Gabe auf Kriegsfuß stehe. Sie ist wie eine verrostete Schraube, die im Gewinde feststeckt.

Für meine Mutter wäre ein solcher Fall Routine gewesen. Sie hätte die Aggression des Hundes einfach gelöscht.

Mama …

Ich lasse mich in die aufsteigende Erinnerung fallen. Wie wunderbar sicher und geborgen ich mich in ihrer Nähe fühlte. Eine Umarmung, und alles, was mich belastete, löste sich in Luft auf. Stattdessen war ich durchdrungen von Freude.

Der Hund winselt und setzt sich auf die Hinterpfoten, den Kopf schräg gelegt.

Durchdrungen von Freude wende ich mich ihm zu – Wärme und Licht um mich herum und in mir, in jeder Faser meines Körpers, vom Kopf bis zu den Zehenspitzen …

Der Hund streckt sich der Länge nach aus, den Blick unverwandt auf mich gerichtet. Er jault. Ein kurzer, erstaunter Laut.

Freude. Pure Freude …

Ich lächle. Könnte platzen vor Glück.

Die Körperhaltung des Hundes drückt jetzt völlige Unterwerfung aus. Er liegt auf dem Rücken und verharrt regungslos, die Pfoten locker angewinkelt.

Langsam senke ich die Hand zu seiner Schnauze. Sein Atem streicht über meine Finger und dann ist es plötzlich seine Zunge, rosa und feucht.

Der Bann ist gebrochen. Er hat mich akzeptiert.

Ich löse die Kette und kraule ihn ausgiebig. Schwanzwedelnd läuft er um mich herum, als ich zum Wasserhahn gehe. Während das Wasser in den Eimer läuft, betrachte ich meine Handgelenke, an denen die roten Ranken langsam verblassen.

Und mit ihnen die Freude. Nur Leere bleibt in mir zurück.

***

Meine Putzorgie kostet mich das letzte bisschen Kraft.

Nicht bloß Mäuse haben den Wohnwagen okkupiert, sondern auch Spinnen, Käfer, Motten und undefinierbares Larvengetier. Sie wohnen in den Schränken, in den Vorhängen, einfach überall. Bestimmt erwische ich nur einen Bruchteil der Population.

Ich weiß nicht, wie viele Eimer Dreckwasser ich ins Gebüsch kippe – zwanzig, dreißig? –, womit es ja nicht getan ist, denn einen Eimer auszuleeren, bedeutet zur Garage zu laufen und frisches Wasser zu holen. Ein Marsch, der mit jedem Mal beschwerlicher wird.

Der Hund hat damit kein Problem. Er läuft zufrieden neben mir her, dankbar für jedes Wort, das ich an ihn richte.

»Du brauchst einen Namen, mein Lieber.« Ich schlage ihm ein paar vor, die er alle mit schräg gelegtem Kopf zur Kenntnis nimmt. Da er ein Rüde ist, entscheide ich mich für *Karl Lagerfeld.* »Jetzt fehlt dir nur noch die Sonnenbrille.«

Ich schrubbe und wische bis in die Nachtstunden, zum Schluss im Schein zweier Kerzen, die ich in einer Schublade gefunden habe, sowie in Gesellschaft etlicher Falter und Mücken, die um die Flammen tanzen.

Lagerfeld blafft ab und zu oder stößt ein Winseln aus, aber hauptsächlich liegt er mir im Weg herum und schlabbert mir bei jeder Gelegenheit ein Küsschen auf die nackten Knöchel.

Es muss weit nach Mitternacht sein, als ich aufgebe. Meine Augen tränen vom Staub, meine Knie sind vom Herumrutschen wund und ich stinke. Nach Schweiß und Mäusekot, igitt.

Was ich brauche, ist eine Dusche. Was ich habe, ist ein leerer Eimer.

»Mir reicht's«, erkläre ich Lagerfeld, als ich mir die Perücke herunterreiße und mit einem wohligen Aufseufzen über meine Kopfhaut rubble. »Wasche ich mich eben morgen. Und du schläfst einfach bei mir.«

Das Bett hängt aufgeklappt direkt über der Sitzecke. Ohne die Matratze, die ich rausgeschmissen habe, ist es kahl und hart, ein einfaches Holzbrett, da war der Waldboden ja noch bequemer.

Seufzend breite ich meinen Mantel aus und verweise Lagerfeld auf den Platz vor der Tür, die ich offen lasse, damit zumindest ein bisschen Frischluft hereinkommt.

Als ich mich hinlege und nach der angenehmsten Position suche, höre ich ein verdächtiges Knarren, in der nächsten Sekunde gibt das Klappbett unter mir nach und befördert mich mitsamt dem Mantel auf den Boden. Heißer Schmerz schießt mir vom Steißbein bis in den Nacken.

Verdammte Scheiße!

Ich schluchze auf.

Ich kann nicht mehr. Kann nicht mehr aufstehen, nicht mehr weitermachen, nicht so leben, in diesem Loch. Gar nichts mehr.

Ich bleibe einfach an Ort und Stelle liegen wie Aschenputtel vor dem Herd. Bin sogar zu müde zum Weinen.

Lagerfeld, der mit eingeklemmtem Schwanz aus dem Wohnwagen geflüchtet ist, kommt zurück und rollt sich neben mir zusammen. Ich kralle meine Finger in sein weiches Fell.

Der Schlaf will nicht kommen. Stattdessen verfolgen mich unsinnige Erinnerungsfetzen: Daniele und ich am Strand beim Muschelsuchen oder Sandburgenbauen, als wir noch Kleinkinder waren. Schon damals zog er mir des Öfteren die Schaufel über den Kopf. Meine Mutter und ich unter dem Sternenhimmel am Swimmingpool – wir gingen prinzipiell nachts schwimmen. Die riesige Tafel im Wohnraum unseres Hauses in Vanzago, um die sich die Familie abends versammelte. Enzo besprach das Tagesgeschäft liebend gern beim Essen.

Was zur Hölle ist das jetzt? Etwa Heimweh?

Um mich abzulenken, lege ich eine gedankliche Einkaufsliste an und setze Putzmittel, Schwämme und einen Besen darauf. Obgleich sich Mavies Hunderter heute beim Kauf eines Billighandys inklusive Wertkarte bereits um ein Drittel dezimiert hat und Geld bekanntlich nicht nachwächst.

Außerdem werde ich eine Matratze oder zumindest eine Decke brauchen. Einen Schlafsack? Und Handtücher. Und eine Taschenlampe. Und eine mäusesichere Vorratsbox, in der ich Lebensmittel aufbewahren kann. Und …

11
Lia

Eine Seele hinterlässt Spuren, wenn ich in ihr lese.

Für Sekunden tauche ich in sie ein und erfasse sie voll und ganz. Ich eigne mir ihr Wesen an.

Ich bin sie.

Dabei fühlt es sich nicht an, als würde sich eine Flut an Informationen auf mich übertragen. Das Wissen um die Seele ist einfach da, in seiner Gesamtheit. Es ist, als würde ich ein Gemälde betrachten, all die Details in mich aufnehmen und dabei das Gleiche empfinden wie der Maler, der vielleicht Monate oder Jahre daran gearbeitet hat.

Ich kenne jeden Pinselstrich. Ich bin sein Auge.

Die Bilder, die ich dabei sehe, können Vergangenes zeigen oder Zukünftiges, geheime Sehnsüchte, Wünsche, Ängste der Seele.

Das ist mitunter schwer zu verkraften. Mein Körper setzt diese geballte Ladung in Form von Ornamenten frei, die auf meiner Haut wachsen, sich bewegen und verändern, während die Gefühle in mir explodieren.

Und sehr oft verarbeitet mein Gehirn die Bilder anschließend in Träumen.

In dieser Nacht laufe ich durch einen Wald. Meine Schritte sind zu kurz, ich komme kaum vorwärts und doch zerrt etwas an meiner Hand. Zerrt mich weiter. Ich will nicht durch die Dunkelheit laufen. Ich will diese Angst nicht verspüren, die ihre schwarzen Klauen in meine Schultern krallt und mir zugleich auf verdrehte Weise Halt gibt. Ich will auf eigenen Beinen stehen, will nach der Freiheit greifen, doch ich bin zu klein, viel zu klein …

Als ich, den Arm um den atmenden Hundeleib geschlungen, die Augen nass von diesem bescheuerten Traum, früh am Morgen erwache, wird mir schlagartig klar, wie einsam ich bin.

In Wahrheit brauche ich weder Geld noch einen Job am nötigsten, auch keinen Anwalt, sondern einen Freund. Jemanden, mit dem ich reden und lachen kann. Dem ich mich anvertrauen kann.

Könnte Mavie ein solcher Jemand sein?

Ich schicke ihr eine SMS.

Es ist kaum halb sechs vorbei, aber sie ruft sofort zurück und will mich zu sich nach Hause einladen. Ihre Eltern seien im Ausland, ihr falle die Decke auf den Kopf und das versprochene Frühstück sei sowieso noch ausständig. Überhaupt freue sie sich riesig, mich näher kennenzulernen.

Ich mich auch. Und wie.

Trotzdem möchte ich sie und ihre Familie nicht unnötig in Gefahr bringen. Noch ist nicht absehbar, welche Folgen meine Meuterei gegen die Musettis haben wird. Niemand sollte in einen Mafiakonflikt hineingezogen werden, egal welcher Größenordnung. Deshalb verabreden wir uns auf neutralem Boden, in einem Café in Berlin Mitte.

Es zerreißt mir fast das Herz, als ich Lagerfeld wieder an seine Kette hänge. »Ja, mein Süßer, ich weiß, das ist absolute Oberscheiße. Aber hier hast du Futter und Wasser, während ich weg bin. Und glaub mir, heute Abend wirst du mich wieder lieb haben.«

Zum Abschied kraule ich ihn hinter den Ohren. Er wedelt

zaghaft, aber sein Blick ist vernichtend: *Ich habe dir vertraut, und so dankst du es mir?*

Ich wende mich ab und krieche durch das Loch im Zaun. Mache mich auf den Weg zu meinem Date mit Mavie.

Zuckerdose heißt das Café, in dem wir uns treffen. Es liegt am Spreeufer und sieht entzückend nostalgisch aus. Mavie hat einen Tisch in der Ecke belegt und bereits bestellt.

Ich brauche mich nur hinzusetzen und zuzugreifen: Pancakes mit Blaubeeren und Ahornsirup, Spiegeleier, Croissants, Waffeln und Milchreis. Dazu Latte Macchiato, Tee und heiße Schokolade, weil, wie mir Mavie erklärt »… ich nicht wusste, was du magst«.

Ich mag alles. Nach drei Tagen Nulldiät bin ich im siebten Himmel gelandet.

Ich kann gar nicht aufhören, mich zu bedanken, aber davon will Mavie nichts wissen. »Iss, trink, lass es dir schmecken«, sagt sie. »Und halt endlich die Klappe.«

Genau. Wozu hat man Freunde?

Ich haue ordentlich rein, sie hingegen begnügt sich mit einem grünen Smoothie und beobachtet mich hinter halb gesenkten Wimpern. Ich werde das Gefühl nicht los, dass sie sich Gedanken über mich gemacht hat.

Auf meine Frage, warum sie nichts esse, erzählt sie mir von ihrem geplanten Auftritt bei der Fashion Week im Juli. »Auf dem Laufsteg darfst du kein Gramm zu viel haben. Die Scheinwerfer enthüllen alles. Sie können dich in Szene setzen – oder bloßstellen.«

Ich nicke nachdenklich. Mavie ist extrem schlank, eigentlich fast zu dünn. Ein paar Gramm oder auch Kilogramm mehr würden keinen Unterschied machen. Anorexie ist unter Models verbreitet, aber ich gehe nicht davon aus, dass sie daran leidet. Sie hat einen strahlenden Teint, glänzendes Haar und wirkt insgesamt topfit.

Ihr verschrammtes Kinn hat sie gut überschminkt und ihre Hand liegt auf der zusammengefalteten Tageszeitung, in der sie gelesen hat, als ich reinkam. Ihr Nagellack ist goldfarben.

Unter meinen Fingernägeln hingegen klebt der Dreck. Ich habe mich heute Morgen nur notdürftig gewaschen.

»Außerdem verlässt sich Gabriel darauf, dass seine Muse die Kleidergröße hält«, fährt Mavie fort.

»Gabriel?«

»Gabriel Naab. Ein Berliner Jungdesigner, für den ich seit zwei Jahren modele. GN heißt sein Label.«

»Nie von ihm gehört«, erwidere ich und beäuge hingebungsvoll meinen Milchreis. Herrlich. Mein ganz persönliches Schlaraffenland.

»Das hätte mich auch gewundert.« Mavie mustert mich mit einem vielsagenden Blick, der eindeutig meinem Gothic Look gilt, doch sie ist höflich genug, mich nicht darauf anzusprechen.

Noch nicht, denke ich amüsiert. Das mit dem Beschnuppern wird sich in Kürze erledigt haben. Es hat zwischen uns gefunkt, auf freundschaftlicher Ebene.

»Hier, das war im letzten Juli.« Mavie hält mir ein Foto auf ihrem Handy unter die Nase.

»Oh mein Gott! Du siehst toll aus!«

Meine Bewunderung ist echt. Die Aufnahme zeigt sie in einem Nichts von einem Kleid, das sie über einem Nichts von einem BH trägt, und der Fotograf hat jenen Moment festgehalten, in dem sie nach der Drehung kehrtmacht und über die Schulter blickt, scheu, fragend und sich nicht im Mindesten der Wirkung auf das Publikum bewusst. Natürlich ist ihre Haltung einstudiert, das ist ja das Geheimnis am Modeln.

Ich nicke anerkennend. »Schick. Der Designer scheint talentiert zu sein.«

Das Kleid in dezentem Nude-Ton gefällt mir gut, könnte aber noch etwas Pepp vertragen. Eine Stoffrose am Spaghettiträger eventuell?

»Würde ich meinen. Er steht kurz vor dem Durchbruch.«

»Wie so viele.«

Stirnrunzelnd legt Mavie das Handy weg. »Du verstehst was davon?«

»Mhm. Ein bisschen.« Ich winde mich innerlich. Blöde Zwickmühle. Freundschaft und Lügen vertragen sich ziemlich schlecht. »Ich möchte gern Modedesign studieren«, erkläre ich, weil mir das am unverfänglichsten erscheint.

»Du meinst, wenn du wieder brav zu Mama und Papa zurückgekehrt bist.«

»So ähnlich.«

»Weshalb bist du überhaupt ausgerissen? Zoff?«

»Yep.« Zoff ist eine hübsche Umschreibung dafür, dass ich beinahe die Frau eines sadistisch veranlagten Jungmafioso geworden wäre. Das Leben bietet so viel Aufregendes, wirklich.

»Was, sagtest du, arbeitet dein Vater?«, erkundige ich mich, um das Gespräch in eine andere Richtung zu lenken.

Mavie durchschaut mich sofort und grinst. »Ich habe es nicht erwähnt. Er ist Immobilienmakler für die Gattung ›Reich und schön‹. Letztens hat er ein Grundstück an Joachim Denner verkauft.«

»Dieser Rennfahrer? Wow.«

Sie zuckt mit den Schultern. »Ja. Wow. Er ist ständig unterwegs und auf der Suche nach irgendwelchen mondänen Objekten, die er verschachern kann.«

In ihrer Stimme schwingt Traurigkeit mit, gut kaschiert zwar, aber mir entgeht sie nicht.

»Und deine Mutter?«

»Ist Schauspielerin. Sie dreht gerade in Frankreich.«

»Raubach, Raubach … Etwa Sybill Raubach?«

Sie nickt.

»Aha.«

»Genau.«

Damit ist alles gesagt. Sie ist auf sich gestellt, wie ich. Die nächste Gemeinsamkeit neben unserem Interesse für die Modebranche. Mit dem feinen Unterschied, dass sie sich die Zuwendung ihrer Eltern sehnlichst wünscht, während ich alles dafür geben würde, meine *Familie* los zu sein.

»Und was machen deine Eltern so?«, will Mavie im Gegenzug wissen.

Die Macht der Gedanken. »Ähm … Finanzen.« Es klingt wie eine Frage, daher beeile ich mich hinzuzufügen: »Ja, sie sind in der Finanzbranche tätig. Investmentbanking und so.«

»Hartes Geschäft. Da rollen schon mal Köpfe.«

Wir verfallen in Schweigen. Ich widme mich meinen Waffeln, Mavie greift zu ihrer Zeitung und blättert darin.

»Darf ja wohl nicht wahr sein«, meint sie beiläufig. »Jetzt haben sie diese italienische Modeprinzessin noch immer nicht gefunden.«

Ein Glucksen bricht aus mir heraus. Prompt verschlucke ich mich an der Waffel und bekomme einen handfesten Hustenanfall. »Wen?«, krächze ich nach einem Schluck Kaffee.

Mavie sieht nicht auf. »Na, Miss Musetti, die Tochter dieses Stardesigners, den sie in die ewigen Jagdgründe geschickt hat. Er war ein Mafioso, heißt es hier. Gruselig.«

»Er ist tot?« Meine Stimme klettert die Tonleiter hoch, dünn und verzweifelt. Ich muss sehr an mich halten, ihr die Zeitung nicht unter den Händen wegzureißen.

»So gut wie. Koma. Die hat vielleicht Nerven, ihn bei ihrer eigenen Hochzeit niederzuballern. Lustig, sie heißt genau wie du.«

Ich räuspere mich mehrmals, um den verdammten Krümel aus meiner Kehle loszuwerden. Die Kaffeetasse ist leer, panisch greife ich zum Kakao. »Was für ein Zufall«, stoße ich hervor.

»Schon, oder?«

»Na ja, eigentlich heiße ich Lianna, aber …« Jetzt huste ich absichtlich. Mein Gehirn blockiert, ich bin nicht fähig, die Lüge auszuschmücken.

Für ein paar Sekunden durchlöchert mich Mavie mit Blicken, dann wendet sie sich wieder dem Artikel zu. »Jetzt fahnden sie in Deutschland nach ihr. Angeblich ist sie in Berlin. Ich hab mich schon gewundert, warum heute so viel Polizei unterwegs ist.«

»Polizei?«, hake ich alarmiert nach.

»Ja, auf den U-Bahnhöfen und so. Na ja, die werden sie bald haben.«

»Wieso das?« Berlin ist eine Großstadt, kein Achthundert-Einwohner-Kaff.

»Sie fällt auf.« Mavie schiebt mir die Zeitung hin. »Schau sie dir an: Sie hat noch nie einen Schritt ohne ihre Bodyguards gemacht. Die hat bestimmt keinen blassen Schimmer davon, wie man untertaucht. Außerdem sieht sie aus wie ein Bond-Girl, eine wie sie vergisst man nicht.«

Das Foto in der Zeitung zeigt mich bei der Eröffnung des neuen Musetti-Flagship-Stores in Mailand vor einem Jahr. Im Blitzlichtgewitter der Fotografen steige ich aus dem Auto, bemüht, mir nicht anmerken zu lassen, wie entsetzlich unwohl ich mich im Zentrum der Aufmerksamkeit fühle. »Kampfblick« hat meine Mutter diesen Gesichtsausdruck immer genannt. Uneingeweihte würden ihn als arrogant bezeichnen.

»Das Kleid ist der Hammer, findest du nicht?«

Es ist eines meiner selbst designten Modelle, fließend weich, hochgeschlitzt und schulterfrei, aber der wahre Clou sind die Ärmel. Sie setzen an den Achseln an und laufen in dünnen Bändchen aus, die sich im Rücken kreuzen. Ich weiß noch, was

Enzo für ein Theater gemacht hat, als ich darauf bestanden habe, mein Kleid zu tragen und nicht einen waschechten Musetti-Fetzen.

Keine Frage, es ist der absolute Hammer. Meine Kehle verengt sich, als ich daran denke, dass ich es zu Hause zurücklassen musste. Dass ich jetzt hier sitze, in diesen schwarzen Billigklamotten und mit Perücke, Meilen davon entfernt, mein Leben in den Griff zu bekommen.

Ich stürze den Rest des Kakaos in einem Zug hinunter und springe auf. »Ich … muss los. Ich habe ganz vergessen, dass ich noch was einkaufen wollte. Danke für das Frühstück.«

»Hey, nicht so schnell! Ich komme mit.« Eilends packt Mavie ihre Sachen zusammen. »Warte, Lia!«, ruft sie mir hinterher, aber ich bin schon an der Tür.

»Ich melde mich.«

»Jetzt lauf doch nicht gleich weg. Ich wollte dich nicht in die Enge treiben. Mist, ich muss ja noch zahlen!«

Das ist mir durchaus klar. Ich stürme ins Freie und die Straße hinunter, weg von Mavie, die ich mit meinem Gothic Outfit kein bisschen täuschen konnte.

***

»Ich sagte doch, du sollst mich nicht mehr anrufen!«

Max' Stimme hat das Potenzial, mein Trommelfell zum Platzen zu bringen. Aber das kann ich auch.

»Haben Sie die Polizei informiert?«, schreie ich ihn durchs Telefon an. Ein vorbeieilender Passant wirft mir einen Seitenblick zu und ich drücke mich tiefer in den Hauseingang.

»Polizei?«, fragt Max.

»Haben Sie?«

»Natürlich nicht! Niemand weiß, dass wir Kontakt hatten.«

Ich kann das nicht glauben. Irgendwer muss es denen verklickert haben. Woher hätten sie sonst die Information über meinen Aufenthaltsort bekommen sollen?

»Die fahnden nach mir. Steht in der Zeitung.«

»Du meinst, in der Klatschpresse. Dort steht alles Mögliche. Bleib cool. Mit der Schmierage im Gesicht erkennt dich kein Mensch.«

»Ha! Der war gut.« Ich lege auf.

Verdammt. Verdammt. Verdammt.

Ich bin so aufgewühlt, dass ich fürchte, meine Gefühle könnten jetzt und hier aus mir hervorbrechen. Das wäre eine Katastrophe.

Ich habe den Mantel nicht mit, um mich darunter zu verstecken. Ich trage ein kurzärmeliges T-Shirt – warum eigentlich nicht das mit den langen Ärmeln? –, meine Arme sind nackt, jeder wird das Albtraumszenario auf meiner Haut sehen, sie werden Fotos schießen, sie im Internet veröffentlichen, auf Facebook posten, habt ihr diesen Freak schon gesehen, wie ätzend die aussieht …?

Das könnte Daniele den entscheidenden Hinweis liefern.

Je mehr ich mich in diese Vorstellung verrenne, umso schlimmer wird es. Mein Atem gehorcht mir nicht mehr und galoppiert mir voraus, an meinen Handgelenken pulsiert das Blut, ich fange neugierige Blicke von Passanten auf, wissend, dass bald einer stehen bleiben wird.

Jetzt reiß dich mal zusammen, Lia!

Es gibt keinen Grund, derart auszuflippen. Die Polizei sucht mich. Das war zu erwarten. Shit happens.

Ich fange an zu zählen, eins, zwei, ohne Unterlass, wie ich es trainiert habe. Zählen, atmen, zählen, atmen …

Langsam, ganz langsam werde ich ruhiger.

Ich spüre meine Stärke zurückkehren. Spüre die Leere, die von mir Besitz ergreift, die Kälte. Der Schutzschild umschließt mich jetzt voll und ganz, ich kann mich auf ihn verlassen. Darf das bloß nicht vergessen. Nie mehr.

Alles. Ist. Gut.

Mit neu gefasstem Mut lasse ich mich von den Fußgängermassen schlucken. Ich habe durchaus vor einzukaufen. Die Liste ist zwar inzwischen ellenlang, auf ein paar Sachen kann ich aber unmöglich verzichten.

Schon bald kocht meine Nervosität erneut über und ich bilde mir ein, verfolgt zu werden. Überall orte ich Polizisten in Zivil oder Typen, denen ich zutraue, für die Musettis zu arbeiten: in dem Auto, das im Schritttempo neben mir herfährt. Drüben, auf der anderen Straßenseite, die zwei vor der Bank. Bei den Treppen zum U-Bahnhof.

Ich bin eindeutig paranoid, denn nichts geschieht. Weder werde ich verhaftet noch entführt. Ich erreiche unbehelligt das Kaufhaus und stürze erleichtert durch die Schiebetüren. Die Drogerieabteilung ist schnell gefunden, die Auswahl riesig.

Rot? Pink? Braun? Mit welcher Haarfarbe sehe ich nicht wie die Modeprinzessin in der Zeitung aus? Und mit welchem Schnitt? *Ich brauche eine Schere …*

»Lia.«

Ich unterdrücke einen Schrei. Hinter mir steht Mavie, völlig außer Atem. Resigniert wanke ich zurück und rutsche an einer Säule nach unten in die Hocke, die Arme um mich geschlungen. Was gäbe es jetzt auch noch zu leugnen?

Sie setzt sich im Schneidersitz vor mich hin. »Was soll das? Warum läufst du vor mir weg?«

»Und warum folgst du mir?«, erwidere ich müde. »Willst du mich an die Bullen verpfeifen? Warum nicht gleich an die Musettis?«

»Weil ich deine Freundin bin. Zumindest möchte ich versuchen, dir eine Freundin zu sein, wenn du mich lässt. Sieht aus, als hättest du Bedarf.«

»Aber warum?«

»Weil ich auch Bedarf habe.«

Mir entweicht eine Mischung aus Lachen und Keuchen. »Tatsächlich? Gerade du? Das Model, das Partygirl? Du hast bestimmt Hunderte Freunde.«

»Das ist doch nichts Echtes. Das mit dir schon.«

»Woran hast du mich erkannt?«

»Ich habe ein gutes Auge. Und ich bin unsäglich neugierig.« Sie macht eine ausladende Geste. »Was willst du denn hier? Die Perücke ist doch gut.«

»Ach ja?«

»Ja. Wir müssen nur deinen Look aufbessern.«

»Was stimmt nicht mit meinem Look?«

»Er ist unvollständig. Man kann nicht einfach schwarze Klamotten von der Stange anziehen, um eine Lebenseinstellung zu verkörpern.«

Mavie fasst ihr Haar zusammen, dreht einen unordentlichen Dutt und steckt ihn mit einer Haarspange fest. Sie sieht mit jeder Frisur umwerfend aus.

In diesem Moment beneide ich sie, so engstirnig und kindisch das auch sein mag. Sie kann einfach sie selbst sein, darf ihren Gefühlen freien Lauf lassen, wann immer sie möchte, muss keinen Gedanken daran verschwenden, welche Folgen ihre nächsten Schritte haben könnten.

Sie muss nicht davonlaufen.

»Denkst du, das weiß ich nicht?«, antworte ich. »Ich habe eben kein Geld, um mein Outfit zu vervollständigen.«

»Dafür hast du ja mich.« Sie strahlt mich an, springt auf und streckt mir die Hand hin. »Komm schon, Mafia-Prinzessin! Jetzt machen wir ein echtes Berliner Gothic Girl aus dir.«

12
Lia

Meine Sorge vor der Polizei und der Großfahndung war unbegründet, weil Mavie geflunkert hat, um mich aus der Reserve zu locken. Toll.

Sie schleppt mich durch die halbe Stadt, ich lerne die kreativsten Ecken Berlins kennen und ich mucke nur ganz selten auf, wenn sie ihre Kreditkarte zückt, um mir noch ein Kleid, noch ein spezielles Accessoire, noch ein Schmuckstück zu kaufen.

Nach vier Stunden bin ich halb tot vom vielen Herumlaufen und vom Schleppen der Tüten, dafür haben wir alles beisammen.

Ich nenne mehrere Stylingkombinationen mein Eigen und in jeder einzelnen sehe ich wie eine Gothic Lady aus. Gewöhnungsbedürftig, aber auch ziemlich cool.

Wir schließen die Einkaufsorgie mit einem Zwischenstopp bei Mavies Zuhause ab, weil ich – Vorsichtsmaßnahmen hin oder her – der versprochenen Aussicht auf eine Dusche einfach nicht widerstehen kann.

In Wahrheit ist es längst geschehen. Bereits bei unserer ersten Begegnung an der Bushaltestelle hat Mavie mit ihrer Telefonnummer auf dem Hunderteuroschein den Vertrag mit dem Teufel besiegelt.

Das Anwesen der Raubachs wirkt imposant, sogar auf mich, die ich selbst in einer Luxusvilla aufgewachsen bin. Alles ist noch größer, noch schöner, noch exklusiver als erwartet, der Garten, der Wohnraum mit dem offenen Kamin, die Schlafräume, selbst die Küche.

Auch das Bad ist eine Klasse für sich. Ich wasche mir den Mäusedreck vom Leib und aus der Perücke. Zum Glück lässt sie sich hinterher ganz einfach trimmen.

»Sehr schön«, sagt Mavie, als ich mich ihr in meinem neuen Outfit präsentiere. Zufrieden gleitet ihr Blick über mein Spitzenkleid mit der engen Korsage und die Schnürstiefel. »Warte, eins noch.«

Sie huscht ins Bad und kommt mit zwei silbernen, mit kleinen Blüten besetzten Haarklammern zurück, die sie mir beiderseits der Schläfen ins Haar steckt. »Jetzt ist es perfekt. Und was brauchst du sonst noch?«

»Eine Luftmatratze?«

»Hä?«

In knappen Worten schildere ich ihr meine momentane Wohnsituation. »Eine Luftmatratze wäre optimal, die nimmt nicht viel Platz weg und notfalls kann ich sie später mal mitnehmen.«

»Wohin?«

»Weiß auch nicht. Irgendwohin.«

»Etwas mehr Enthusiasmus, wenn ich bitten darf. Du wirst diesen Mafiosi den Arsch aufreißen …«

»Sofern sie nicht mir den Arsch aufreißen«, werfe ich ein.

»Du wirst. Ihnen. Den Arsch aufreißen. Dann kriegst du dein Geld zurück, bist rehabilitiert …«

»Oder zu lebenslanger Haft verurteilt …«

»Bist reich und glücklich und kaufst dir deine eigene kleine Boutique.«

So viel weiß sie schon über meine Träume?

»Aber bis dahin«, sage ich, »brauche ich eine Luftmatratze.«

Mavie schüttelt den Kopf. »Warum ziehst du nicht einfach bei mir ein?«

»Och, mal überlegen – weil sie dich womöglich für deine Mittäter- und Mitwisserschaft umbringen könnten? Ich stelle mir gerade das Gesicht deiner Eltern vor, wenn die Polizei deine Leiche aus der Spree fischt.«

Darauf kann Mavie nichts erwidern.

Im Keller der Raubachs finden wir eine Decke, ein Kissen und Frotteehandtücher, in ihrem Gartenhaus, das eher einem Bungalow gleicht, eine Luftmatratze. Wir zweigen Toilettenpapier, Geschirrtücher, Tupperware, Putzmittel, Scheuerlappen, Seife und ein paar Kosmetikartikel ab, dazu eine ganze Menge an Vorräten, und stehen am Ende vor drei vollgepackten Kisten, die wir unmöglich zu Fuß zum Wohnwagen transportieren können.

»Taxi?«, frage ich unsicher und addiere im Geiste zu der ansehnlichen Summe, die ich Mavie schulde, noch gut dreißig Euro dazu. Sie weiß es noch nicht, aber eines Tages werde ich ihr alles zurückzahlen.

Sie winkt ab. »Ich weiß was Besseres: Pierre.«

Pierre entpuppt sich als Mavies bester Kumpel, der nicht groß nachfragt, Ausflüchte sucht oder was von »prinzipiell kannst du von mir alles haben, aber gerade jetzt passt es schlecht« faselt, sondern spontan einspringt, wenn Not am Mann ist.

Und was für ein Mann er doch ist!

Nur zwanzig Minuten nach Mavies telefonischem Hilferuf fährt er mit seinem VW Passat vor. Als er seine langen Beine aus dem Auto schwingt und uns ein fröhliches »Hi!« zuruft, fallen mir fast die Augen aus dem Kopf.

Er sieht aus wie ein jüngerer Tyson Beckford und genau wie er hat er ein Lächeln, das Frauenherzen zum Flattern bringt.

»Ich sagte doch, dass er modelt«, erklärt Mavie angesichts meines Entzückens.

»Schon, aber du hast nicht erwähnt, dass er Mister Universe ist!«

»Das liegt daran, dass es für die Damenwelt von marginalem Interesse ist, ob er einen knackigen Po hat, oder nicht.«

Das Warum zerfällt auf meinen Lippen, denn Pierre drückt mich an seine muskelbepackte Brust. Die Berührung kommt überraschend, die Lebensfreude, die er ausstrahlt, haut mich um. Ich versteife mich. Zu viel Nähe, zu viel positive Intensität.

»Hallo, Lia! Schön, dich kennenzulernen«, sagt er, ungerührt davon, dass ich sofort auf Distanz gehe, als er mich loslässt.

Sein Deutsch hat einen französischen Akzent, die Grammatik jedoch beherrscht er perfekt. Wie mir Mavie erzählt hat, lebte er als Sohn namibischer Einwanderer von Geburt an in Paris und war erst mit achtzehn nach Berlin gezogen. Um Medizin zu studieren. Schade, dass daraus nichts geworden ist. Er hätte ein Vermögen mit all den behandlungswilligen Patientinnen verdienen können.

Jetzt, da ich mich wieder hinter meinem Schutzschild verschanzt habe, weide ich mich an seinen geschmeidigen Bewegungen, mit denen er die Kisten in den Kofferraum ordnet.

Okay, an seinem Look könnte man noch arbeiten. In der Trainingshose und dem verblichenen T-Shirt wirkt er wie gerade aus dem Bett gekrochen.

»Mann, Lia, krieg dich wieder ein«, raunt Mavie mir zu, als wir einsteigen.

»Was? Man darf ja wohl träumen.« Träumen kann ich mir erlauben, alles andere ist für mich tabu.

»Ist nur Vergeudung von Ressourcen, glaub mir.«

Während der Fahrt zum Schrottplatz plätschert unser Gespräch locker dahin, als würden wir drei uns seit Ewigkeiten kennen. Die Vertrautheit zwischen Mavie und Pierre bewirkt, dass auch ich mich entspannen kann.

Pierre parkt das Auto in einer Nebenstraße zum Schrottplatz. Ich schlüpfe durch das Loch im Zaun, um die Lage zu checken.

Lagerfeld liegt vor seiner Hütte und hält ein Schläfchen. Als er mich bemerkt, veranstaltet er vor lauter Freude ein Spektakel, das Tote wecken könnte.

Diesmal löse ich die Kette mitsamt dem Halsband, als ich ihn befreie, sicherheitshalber, damit nichts auf mein Eindringen hinweist. Immerhin könnte es ja beim Wälzen aufgegangen sein.

Lagerfeld verwandelt sich in einen sabbernden Gummiball. Ich lasse ihn gewähren und kraule ihn ausgiebig.

Wie lange kann ein Hund eigentlich ohne Futter auskommen?, frage ich mich, als mein Blick auf Napf und Wasserschüssel fällt, die unverändert an ihrem Platz vor der Hundehütte stehen.

Ich bin nicht sehr versiert in Haustierfragen. Der Hamster, den ich zum Grundschuleintritt bekam, überlebte exakt drei Tage. Am vierten Tag schloss er Bekanntschaft mit Daniele – und der Kloschüssel. Daraufhin entschied meine Mutter, dass ich mehr Freude an Tieren hätte, wenn ich sie mir im Zoo ansähe.

Ich glaube, damals habe ich begonnen, Daniele zu hassen. Ich war knapp davor, ihn ebenfalls zu ertränken.

Hätte ich es bloß getan.

Stattdessen lernte ich zu schlucken, was mir die Musettis antaten. Aber jetzt, jetzt drehe ich den Spieß um.

Jetzt werden sie lernen, mich zu hassen.

Ich weiß nicht, woher dieser Zornesfunke kommt, der da in mir aufflammt. Er ist neu. Und er tut richtig gut.

Ich will ihn festhalten, ihn anfachen, aber Lagerfeld hat einen sechsten Sinn. Er wittert, dass ich nicht allein bin. Wir laufen zum Durchschlupf im Zaun, vor dem er brav sitzen bleibt, bis ich mit Mavie und Pierre zurückkomme. Mit vereinten Kräften zwängen wir die Kisten durch die Lücke.

Lagerfeld ist begeistert von so viel Action und noch mehr von meinen neuen Freunden, von denen er sofort Streicheleinheiten einfordert.

Beim Wohnwagen angekommen, bitte ich meine Gäste herein. »Willkommen in meiner bescheidenen Hüt… Ach, du Schande!«

Vor lauter Schock bleibe ich wie angewurzelt stehen. Mein Nachtlager, der Mantel, den ich dummerweise vergessen hatte, vom Boden aufzusammeln, ist von einer Mäusefamilie als Feriendomizil auserkoren worden.

Wir starren uns an, Mama und Papa Maus mindestens so erschrocken wie ich, Sekunden der Entscheidung – Ennio Morricone, »Spiel mir das Lied vom Tod« –, dann stürme ich mit einem Aufschrei hin, unterstützt durch kräftiges Hundegebell.

»Eins, zwei, drei, vier«, zählt Pierre laut mit, als die Mäuse davonstieben und in diversen Ritzen verschwinden. Lagerfeld ist gewissenhaft, er untersucht jedes vermeintliche Schlupfloch.

»Du hast ja bereits Besuch«, stellt Mavie grinsend fest. »Da wollen wir nicht stören.«

»Scherzkeks.« Ich dränge mich an ihr vorbei ins Freie, wo ich den Mantel ins Licht halte. Meine Augen beginnen zu brennen, als ich Fraßstellen entdecke, mehrere Löcher, durch die ich bequem die Finger stecken kann. »Verdammter Mist!«

»Eine Mäusefamilie mit gutem Geschmack.« Mavie, die sich auf die Türschwelle des Wohnwagens gesetzt hat und Lagerfeld krault, zwinkert mir zu. Als ich nicht reagiere, fügt sie hinzu: »Hey, alles klar bei dir?«

Ich schlucke angestrengt an meinen Gefühlen und nehme nur am Rande zur Kenntnis, dass Pierre an mir vorbeigeht und zwischen den Bäumen verschwindet.

»Ist doch nicht so schlimm«, versucht Mavie mich aufzumuntern. »Die Löcher kannst du leicht flicken, das fällt kaum auf.«

»Darum geht es nicht.«

»Worum geht es dann?«

»Der Mantel ist ein Erbstück von meiner Mutter. Sie hat ihn selbst genäht. Halte mich für verrückt, aber er ist etwas ganz Besonderes, irgendwie Magisches. Ich könnte es nicht ertragen, ihn zu verlieren. So wie sie.«

13
Lia

Wir sind es, die den Dingen Bedeutung verleihen.

Eine hübsche Porzellanfigur mag für den einen nur Nippes sein, für die alte Frau von nebenan aber ist sie mehr: das Sonnenlicht, das sich darin spiegelt, der Kuss ihres Geliebten, der Geruch von Sommer auf der Haut, damals, als sie jung war.

Die Lieblingstasse, der abgewetzte Teddy, der gläserne Weihnachtsmann mit dem Sprung – unsere Gefühle verknüpfen sich automatisch mit Materiellem, vielleicht, weil sie dadurch zu etwas Greifbarem werden, zu einem Teil unserer Vergangenheit, der nicht mit den Jahren erlischt.

Seit ich denken kann, gehört der Mantel zu meinem Leben. Ich habe ihn getragen wie eine Rüstung, habe Tränen und Zorn an ihn verloren, habe Geschichten unter ihm entdeckt, märchenhafte, unglaubliche Geschichten, die mir halfen, die Welt zu verstehen.

Er ist wie ein Teil von mir.

»Du bist nicht verrückt«, sagt Mavie leise. »Ich wünschte, ich hätte so einen Mantel, unter dem ich mich verstecken kann, manchmal, wenn ich ihnen nicht genüge …«

Der bittere Ton wühlt sich direkt in mein Herz. Manches relativiert sich auf einen Schlag, wenn man seinen Fokus nur ein kleines Stück verschiebt.

Auf Mavies Nachfrage lasse ich mich dazu hinreißen, ihr vom Tod meiner Mutter zu erzählen, verschweige jedoch alles, was mit unserer Gabe zusammenhängt.

»Das klingt, als würde sie dir sehr fehlen.«

In Mavies Gesicht spiegelt sich meine Trauer. Mir ist zum Heulen. Ich drücke den Mantel an mich und atme ein paarmal tief durch, bis sich das Gefühl verscheuchen lässt.

Glücklicherweise kommt Pierre gerade zurück, mit Pizza und Getränken. Er ist ein echter Schatz.

Wir machen es uns vor dem Wohnwagen auf den Klappstühlen bequem, jeder mit einem Pizzakarton auf dem Schoß.

Lagerfelds bernsteinfarbene Augen saugen sich an meiner Pizza fest. Ich zweige Schinken für ihn ab, den er hinterher bekommen soll, und befehle ihm, sich hinzulegen, was er anstandslos befolgt.

Die Abenddämmerung malt bereits tiefe Schatten, Wind säuselt durch die Baumkronen. Mavie und Pierre unterhalten sich über die bevorstehende Fashion Week Anfang Juli.

Ich genieße schweigend. Nicht bloß meine Pizza, sondern alles, was mir der Tag geschenkt hat: Freunde, ein Zuhause, die Hoffnung auf eine Zukunft, frei von Zwängen.

»Ich bin euch so dankbar«, bricht es aus mir heraus, als wir uns gesättigt zurücklehnen. Über unseren Köpfen kleidet sich der Himmel in tiefes Nachtblau, betupft mit Sternen. Lagerfeld vertilgt genüsslich gut drei Viertel von Mavies Pizza und schlabbert danach noch meinen Schinken, was der Romantik eine pikante Note verleiht. »Ihr habt mir so geholfen, ihr wisst gar nicht, wie sehr.«

»Was hast du als Nächstes vor?«, erkundigt sich Pierre.

»Ich werde mir einen Job suchen.«

»Einen Job«, wiederholt Mavie sinnend und tauscht einen Blick mit Pierre. »Hast du eigentlich die deutsche Staatsbürgerschaft, Lia?«

»Klar, ich bin in Berlin geboren, meine Eltern waren Deutsche.« Ich muss an meinen Vater denken, die große Unbekannte in der Gleichung.

»Hm. Könnte schwierig werden, ohne Papiere.«

Das ist mir klar. »Tja, um neue Papiere beantragen zu können, brauche ich aber Geld.« *Und für den Anwalt. Und essen muss ich ja auch was.* Es kommt gar nicht infrage, weiterhin auf Mavies Kosten zu leben. »Ich nehme jeden Job, völlig egal, was. Also, falls ihr was wisst oder jemanden kennt, der was weiß …«

Wieder der Blickwechsel zwischen Mavie und Pierre. Sie nickt ihm auffordernd zu und er zupft an seinem schmalen Kinnbärtchen. »Warum nicht? Einen Versuch wäre es wert. Ich rufe ihn gleich an.«

Pierre zückt sein Handy und entfernt sich ein paar Schritte. Wir beobachten gespannt, wie er gestikuliert.

»Wen ruft er an?«, flüstere ich Mavie zu.

»Überraschung.«

»Und die Überraschung hat einen Job für mich?«

»Hoffentlich.«

Nach einer Weile kommt Pierre zurück und gibt mir das Daumen-hoch-Zeichen. »Geht klar. Du kannst morgen anfangen.«

Glück ist ein Gefühl, das ich mir nur selten gönne. Heute überrollt es mich geradezu, eine warme Welle mit der Macht, meinen Schutzwall zu sprengen.

»Wo denn?«, antworte ich bemüht ruhig.

»Bei Gabriel.«

»Etwa bei *dem* Gabriel? Dem Modedesigner?«

Pierre und Mavie nicken.

»Als was?«

Pierre wiegt den Kopf. »Das wird er dir selbst erklären. Morgen um neun in seinem Atelier.«

Da geschieht es doch – ich verliere die Kontrolle. Ich springe auf, drauf und dran, ihm um den Hals zu fallen. Im letzten Moment pfeife ich mich zurück und schüttle ihm die Hand. Wie peinlich.

»Äh … danke«, sage ich. »Du bist vergeben, oder? Das Mädchen kann sich glücklich schätzen.«

Mavie kichert, Pierre zieht eine Augenbraue hoch und grinst. Mir dämmert, dass ich was Falsches gesagt habe, aber ich komme nicht drauf, was. Ist Pierres Freundin ein Tabu-Thema? Weshalb würde er dann so belustigt gucken?

»Okay … Und hast du Gabriel auch von meiner speziellen Situation erzählt, also, dass er mich illegal beschäftigen muss?«

Pierre nickt. »Klar. Für seine Muse tut er alles.«

»Wie jetzt? Ich dachte, du wärst Gabriels Muse«, wende ich mich an Mavie.

»Bin ich auch«, erwidert sie lachend. »Allerdings nicht im Bett.«

Pierre setzt eine betrübte Miene auf. »Wir waren nicht im Bett – leider Gottes.« Er blinzelt mehrmals wie ein züchtiges Schulmädchen. »Aber er hat angedeutet, dass ich ihm jetzt was schuldig sei.«

»Yes! High Five!«, ruft Mavie und hebt ihre Hand, damit Pierre einschlagen kann.

Endlich begreife ich all die Anspielungen. Himmel, wie begriffsstutzig kann man sein?

»Gräbst du mal ein Loch für mich?«, murmle ich Lagerfeld zu. »Am besten ein richtig großes, einen Krater, damit ich mich in den Tod stürzen kann.«

Lagerfeld antwortet mit einem Blaffen, dann schiebt er ein Knurren hinterher. Alarmiert hebe ich den Kopf.

»Da kommt jemand«, raunt Mavie.

Tatsächlich. Motorengeräusch ist zu vernehmen. Scheinwerferlicht schält die Garage aus der Dunkelheit, für Sekunden nur, dann ist es so finster wie zuvor. Eine Autotür schlägt zu.

Lagerfeld hat sich erhoben. Er knurrt unterschwellig, die Lefzen hochgezogen, das Fell gesträubt.

»Schnell, bringt alles in den Wohnwagen.« Hastig klappe ich meinen Stuhl zusammen. Man braucht nicht allzu viel Fantasie, um sich auszumalen, wer da nach seinem Hund sehen will – und ihn nicht vorfindet.

»Elender Köter! Wo steckst du?«, schallt es zu uns herüber.

»Herrchen ist verärgert«, sagt Pierre, der mir die Pizzakartons reicht.

»Er wird nach ihm suchen.« Und ihn mit Sicherheit gleich finden, denn Lagerfeld bellt nun aus Leibeskräften.

Kaum habe ich die Wohnwagentür verschlossen, flammt auch schon der Lichtkegel einer Taschenlampe zwischen den Autowracks auf. Auf und nieder tanzt er, was auf eine behäbige Person schließen lässt, die eher mit einer Flasche Bier vor dem Fernseher anzutreffen ist als auf einem Streifzug quer durch die Botanik.

»Haut ab!«, zische ich, aber es ist zu spät. Schon muss ich geblendet die Augen zusammenkneifen.

Der Lichtstrahl tastet uns der Reihe nach ab, erst mich, dann Mavie und zuletzt Pierre, während ich nur eine schemenhafte und erwartungsgemäß sehr korpulente Gestalt ausmachen kann, die sich schnaufend vor uns aufgebaut hat. Darth Vader mit Wohlstandsspeck.

»Aha!«, sagt er, was ziemlich viel Interpretationsspielraum lässt. Wahrscheinlich ist er unsicher, was er von uns halten soll, immerhin steht es im Zweifelsfall drei gegen einen und von seinem Hund kann er keine Unterstützung erwarten.

Im Gegenteil. Lagerfeld gebärdet sich wie toll, sodass ich fürchte, er könnte sein eigenes Herrchen angreifen.

»Rufen Sie Ihren Hund zurück!«, sage ich. »Der ist ja gemeingefährlich.«

»Was habt ihr hier verloren? Das ist ein Privatgrundstück! Chico, sitz!«

Chico? Nein, also wirklich!

Lagerfeld stellt das Bellen ein, macht aber keine Anstalten, dem Befehl Folge zu leisten. Stattdessen läuft er irritiert im Kreis.

»Ja, sitz«, wiederhole ich leise und diesmal gehorcht er sofort.

Der Dicke bückt sich, um seinem Hund das Halsband anzulegen. Lagerfeld blickt verwirrt zu mir auf. Ihm ist anzumerken, dass seine Welt gerade gehörig aus den Angeln gehoben wird.

Sorry, Kleiner. Ich mach's wieder gut.

»Danke«, sage ich betont erleichtert. »Ich hatte schon Angst, er fällt uns an.«

Der Dicke richtet sich auf. »Das soll der ja auch. Ist ein Wachhund und ihr seid auf meinem Grundstück. Was …«, er fuchtelt argwöhnisch mit der Taschenlampe herum, »… macht ihr hier überhaupt?«

Pierre schiebt sich nach vorn und hebt beschwichtigend die Hände. »Tut uns leid, war ein Irrtum. Wird nicht wieder vorkommen. Wir sind schon weg.«

»Was denn für ein Irrtum, bitte? Was kann man an einem Zaun und einem Wachhund missverstehen?« Wieder leuchtet uns der Dicke ins Gesicht, ganz so, als wollte er sich alle Einzelheiten einprägen.

Ärger keimt in mir auf. Ich halte ihn klein, obwohl alles in mir darauf drängt, dem Arsch von einem Hundebesitzer kräftig die Meinung zu sagen.

»Wir hatten einfach gedacht, dass der Ort verlassen ist«, erklärt Mavie. »Entschuldigung.«

»Na schön«, lenkt der Dicke ein, »verschwindet. Aber dalli, sonst rufe ich die Polizei.«

Pierre und Mavie wenden sich zum Gehen.

Ich nicht.

Ein Gefühl erfasst mich, das mich innehalten lässt, und ich sehe diese verdammten Bilder. Sehe ungewollt in die Seele des Dicken und tue nichts dagegen, nichts.

Ich kann nicht. Beim Gedanken daran, was Lagerfeld gleich blühen wird, beginnt etwas in mir zu brodeln.

»Ihr Hund hat gebellt«, sage ich, »und da dachten wir, dass er womöglich ganz allein ist, der Arme.« Der Dicke hebt die Taschenlampe, lässt sie aber sofort wieder sinken, als ich einen Schritt auf ihn zu mache. »Aber das ist er ja nicht, oder?«

»Was?«, grunzt er.

Mavie gibt mir einen leichten Schubs. »Komm schon, Lia.«

Ich lege noch einmal nach. »Sie hängen Ihren Hund doch wohl nicht an die Kette, oder?«

Der Dicke schnaubt. »Das ist mein Grund und Boden! Und mein Hund! Ich kann machen, was ich will.«

»Kettenhaltung ist verboten, das wissen Sie sicher.«

Er weicht vor mir zurück, die Augen weit aufgerissen. »Verschwindet! Ihr seid unbefugt auf meinem Grundstück!«

»Sie sind ein Tierquäler.«

Jetzt keucht er. »Ich rufe die Polizei!«

Ich schrecke hoch, als Mavie mich an der Hand herumreißt. »Los jetzt!«

Ich werfe einen letzten Blick auf Lagerfeld, der geduckt und mit eingezogenem Schwanz neben seinem Besitzer wartet, und verspreche ihm im Stillen, sobald wie möglich wiederzukommen, dann folge ich Mavie und Pierre zum Tor, das weit offen steht.

Erst als wir durch sind, hören wir auf zu rennen.

Schweigend setzen wir unseren Marsch fort, und ich überlege, wann ich gefahrlos zum Wohnwagen zurückkehren kann. Denn natürlich werde ich den nicht einfach aufgeben, da kann mir der Dicke drohen, so viel er will.

»Das war vielleicht gruselig«, sagt Mavie, als wir bei Pierres Auto ankommen.

»Gruselig?«, antworte ich verwundert. »Er ist ein widerlicher Fettsack und ein Tierquäler.« Immer noch liegen mir Reste seiner Seelenbilder schwer im Magen.

Mavie legt den Kopf schräg. »Ich meinte nicht ihn. Sondern dich. Wie du ihn dir vorgeknöpft hast …«

»Ich habe *was*?«

»Du hast ihm die Leviten gelesen, hast ihn zurückgetrieben, Schritt für Schritt. Und deine Stimme … Ich hatte richtig Angst vor dir.«

14
Lia

Ich will niemandem Angst einjagen.

Langsam bekomme ich selbst Angst. Vor mir und meinen Fähigkeiten, die sich, obwohl ich sie ständig unterdrücke, verleugne, aus tiefstem Herzen verabscheue, seit Neuestem einfach verselbstständigen.

Wie soll ich verhindern, dass das noch einmal passiert? Dass mich Gefühle anderer derart beeinflussen, dass ich mich selbst nicht wiedererkenne? Denn das darf nicht mehr geschehen, unter keinen Umständen.

Ich muss dagegen ankämpfen. Mein Schutzschild muss undurchdringlich werden. Sonst werde ich zur Gefahr für die Menschen, die mir etwas bedeuten.

Meine Nacht im Wohnwagen war kurz und unruhig. Die Sorge, am Morgen von Polizisten geweckt zu werden, die mich wegen widerrechtlichen Betretens eines Privatgrundstücks festnehmen, hat mich kaum Schlaf finden lassen.

Und dann dieser Traum.

Wieder lief ich durch den Wald. Wieder kam ich nicht voran. Und eine Stimme warnte mich, ja nicht vom Weg abzukommen.

Was will mir mein Unterbewusstsein damit sagen?

Bleib tapfer, auch wenn du morgens mit einem Schluchzen

auf den Lippen erwachst? Bis auf die Haut nass geschwitzt, weil dich der Albtraum in Panik versetzt hat?

Besten Dank, ich hab's begriffen.

Ansonsten verläuft der Morgen ereignislos. Kein Schrottplatzbesitzer empfängt mich, als ich zur Garage laufe, nur ein hellauf begeisterter Lagerfeld – nicht angekettet diesmal, erstaunlich.

Ich wasche mich auf einer öffentlichen Toilette und betreibe extra viel Aufwand mit der Schminke: eine helle Grundierung, mattierender Puder, etwas Rouge. Die Augen umrande ich dezenter als sonst, auch der Lipgloss ist unaufdringlich.

Mein Outfit besteht aus einem ausgestellten Mini, dazu trage ich Overknees und Stiefel und als Farbtupfer ein blaues langärmeliges Top unter der Korsage, passend zu den Strähnen meiner Perücke.

Alles in allem ein angenehm gemäßigter Gothic Look, an dem es nichts auszusetzen gibt, abgesehen vielleicht vom Gothic Look an sich. Der ist bestimmt nicht jedermanns Sache.

Wie mit Pierre verabredet, stehe ich pünktlich um neun vor Gabriel Naabs Atelier. Es liegt in Charlottenburg, beschattet von Bäumen und im Kreise von Chanel, Bulgari und Gucci.

Keine Frage, hier will jemand bei den Großen mitmischen. Entweder ist der angehende Stardesigner stinkreich oder er ist größenwahnsinnig.

So nobel wie die Adresse wirkt auch der angeschlossene Laden. Die Schaufenster sind puristisch bestückt, aber selbst an der kleinen Auswahl erkennt man Gabriels Vorliebe für schlichte Eleganz und klare Linien.

Wieder bewundere ich seine Handschrift, und wieder fehlt mir das gewisse Etwas. Den Spagat zwischen tragbarer Mode und Extravaganz schaffen eben nicht viele.

Ich gehe an der von halbhohen Bambusstauden begrenzten Sitzecke auf dem Bürgersteig vorbei und betrete den Laden,

den indignierten Blick, den mir die Verkäuferin zuwirft, ignorierend.

Sie hat sich schnell im Griff, darauf ist sie trainiert. »Guten Morgen«, erwidert sie meinen Gruß mit einem entwaffnenden Lächeln, »Sie kommen bestimmt wegen des Jobs. Gehen Sie doch gleich nach oben ins Atelier. Gabriel erwartet Sie bereits.«

Gabriel erwartet mich keineswegs. Als ich den Flur, in dem unzählige gerahmte Titelbilder von Modezeitschriften sowie Presseartikel und Fotos hängen, passiert habe und die Wendeltreppe hochsteige, erschallen aufgebrachte Stimmen.

»Du kannst mich mal!«

»Nein danke, Rainer, kein Interesse!«

»Du verdammtes Arschloch, ich habe alles für dich getan, alles, und jetzt bin ich dir nicht mehr gut genug?«

Oje. Ungünstiger Zeitpunkt.

Ich verharre auf dem Treppenabsatz, unschlüssig, ob ich nicht doch besser den Rückwärtsgang einlegen soll.

Vor mir erstreckt sich das Atelier, das aus mehreren Räumen besteht, deren Türen fast alle geöffnet sind.

Das Zimmer gegenüber ist angefüllt mit Nähmaschinen, Schneiderpuppen und zwei riesigen Tischen, auf denen Stoffe und Schnitte ausgebreitet sind. An einem steht eine ältere Frau, den Kopf lauschend erhoben. Als sie mich und meinen fragenden Blick bemerkt, zuckt sie mit den Schultern und wendet sich wieder ihrer Arbeit zu.

Indessen erreicht der Streit seinen Höhepunkt.

»… und deine Sachen kannst du auch gleich packen! Sieh zu, dass du bis zum Abend aus der Wohnung raus bist, mit allem Drum und Dran!«

»Kein Problem, Gabriel! Aber eins sage ich dir: Die Fototermine kannst du dir dann auch abschminken!«

»Das ist ja mal wieder typisch! Was hat denn unsere Beziehung mit dem Geschäft zu tun? Das sind zwei Paar Schuhe! Kannst du dich nicht ein Mal professionell verhalten?«

»Oh, ich bin professionell! Ich habe dich ganz professionell ein halbes Jahr gevögelt und jetzt hau ich genauso professionell ab! Such dir einen anderen Sklaven, und zwar für alle Dienste!«

Ein Poltern, dann stürmt ein blonder Typ in Hemd und Jeans aus dem Raum am Ende des Flurs, eine riesige Tasche und ein Stativ im Gepäck. Ich weiche vor seiner Wut zur Seite und kombiniere: Rainer, Fotograf und Lover von Gabriel. Pardon: Ex-Lover.

Seine Schritte verklingen, die peinliche Stille danach währt nicht lang.

»Okay, keine Fotos. Rica, hilfst du mir aus dem Kleid?« Das ist Mavie.

Auch Pierres Stimme erkenne ich sofort: »Jetzt sitzen wir ganz schön in der Patsche.«

Ich wage mich vor und klopfe an die geöffnete Tür.

Vier Augenpaare wenden sich mir zu. Mavie strahlt mich an, Pierre in seinem Smoking nickt erfreut. Die dritte im Raum ist diese Rica, offenbar die Direktrice, eine zierliche Frau Anfang dreißig mit Nadelkissen am Handgelenk und Maßband um den Hals, die um Mavie herumwuselt. Sie kann keine eins fünfzig groß sein und braucht einen Schemel, um überall heranzureichen.

Und dann ist da noch Gabriel. Dunkelhaarig, hochgewachsen, hager. Kantige Gesichtszüge, tief liegende Augen, die schmalen Lippen vor Ärger aufeinandergepresst.

»Ach du lieber Himmel, Pierre, was schleppst du mir da an?«, ruft er, bevor ich mich vorstellen kann. Missmutig öffnet er den obersten Hemdknopf. Pink. Eine starke Farbe, die aber nicht im Mindesten seine dunkle Aura bricht.

»Was soll ich denn mit dieser … dieser …?« Er findet keine Bezeichnung für eine wie mich.

»Lia«, helfe ich ihm aus. »Mein Name ist Lia.«

»Die kann ich ja noch nicht einmal in den Laden stellen, wenn Sonja ausfällt!«

Okay, ich gebe zu, dass mein Styling für einen Nobelschuppen wie diesen gewagt ist – außer, man möchte die Kunden vergraulen. Ich hatte allerdings nicht erwartet, im Verkauf tätig zu sein.

»Ich könnte …«, setze ich an, aber er fährt mir dazwischen.

»Sie kann gleich wieder gehen, ich kann sie nicht brauchen.« Damit ist die Sache für ihn erledigt, er zückt sein Notizbuch und beginnt, darin zu blättern.

Mein Blick huscht Hilfe suchend zu Pierre, dann zu Mavie, die mich auch gleich mit einer Geste beruhigt.

»Halt still«, grummelt Rica, »da sind noch jede Menge Nadeln drin.«

Mavie gehorcht ergeben. Sie sieht wunderschön und elfenhaft aus, wie sie da vor der lichtblauen Leinwand steht, auch jetzt noch, da das halbfertige Brautkleid bereits in seine Einzelteile zerfällt. Schade, dass das Shooting ausgefallen ist, das Morgenlicht wäre perfekt gewesen.

Rica flucht, als sie über den Schemel stolpert und sich ein Nadelregen auf das Kleid ergießt. Ich springe hinzu und gehe ihr beim Aufsammeln zur Hand, worauf sie mich feindselig anblitzt. Da sie aber mit keinem Wort protestiert, fahre ich fort und ziehe die übrigen Nadeln, vornehmlich die ganz oben, aus dem Kleid.

Zwischen Mavie und Pierre entspinnt sich eine stumme Diskussion darüber, wer denn nun die Aufgabe bekommt, Gabriel umzustimmen. Rica seufzt, anscheinend kennt sie die Tricks der beiden zur Genüge – zwei Musen, die ihren Meister zu nehmen wissen.

Ich weiß, Pierre kann das wieder geradebiegen, er muss. Ich

brauche den Job. Nicht irgendeinen, nein, ich will genau diesen hier.

Nachdenklich reibt er über sein Kinnbärtchen. »Was machen wir denn jetzt? Alles ist für Mittwoch organisiert.«

»Was schon: einen anderen Fotografen finden«, brummt Gabriel, ohne von seinem Notizbuch aufzusehen.

»Walter?«

»Der ist ein Vollidiot.«

»Dann eben diesen Braunrath, wie heißt der noch gleich? Julius? Julian?«

»Kommt nicht infrage.«

»Warum nicht?«

»Weil seine Fotos scheiße sind.«

Pierre gestattet sich ein unmerkliches Seufzen. »Wen willst du dann engagieren? Sind doch alle auf Wochen hin ausgebucht.«

»Ich krieg schon einen, keine Sorge.« Gabriel wählt und hat auch gleich jemanden an der Strippe. »Merten, mein Kumpel, wie läuft's? … Was? Nein, wirklich? … Wann? … Das tut mir leid. Was für ein Pech! … Ja. Erhol dich gut.« Er legt auf. »Trottel. Hat sich beim Motocrossfahren das Bein gebrochen.«

Auch der nächste Fotograf ist verhindert. Ein Shooting auf Hawaii für *Vanity Fair* – »Die nehmen auch jeden«. Ein anderer macht Urlaub, wieder ein anderer »glaubt, er sei reif für ernsthaften Journalismus« und arbeitet an einer Reportage in Afghanistan.

»Scheiße!« Gabriel wirft das Notizbuch in hohem Bogen von sich.

Unter Ricas kritischem Blick hebe ich die erste Lage Stoff von Mavies Hüften. »Da rüber«, sagt sie und zeigt auf einen Tisch an der Wand.

Mavie zappelt. »Ich muss mal.«

»Gleich.« Rica fasst nach dem nächsten Teil. Wie selbstverständlich drückt sie mir die Stoffbahn in die Hand, damit ich sie ablegen kann.

»Und wenn wir verschieben?«, schlägt Pierre vor.

Gabriel läuft mit finsterer Miene auf und ab. »Nein. Ich will die Bilder noch vor der Fashion Week im Kasten haben. Wenn nur eines der Magazine anbeißt, dann kriege ich den Auftrag von Tabea. Da kann sie gar nicht Nein sagen.«

Er tritt an Pierre heran und putzt einen Fussel von dessen Kragen. »Der Smoking steht dir fantastisch – und ist eine hundertprozentige Verbesserung zu deinem üblichen Look.«

»Was passt dir nicht an meinen Trainingshosen?«

»Dass du sie auf der Straße trägst. Und im Atelier. Eigentlich immer.«

»Für dich würde ich auch ohne herumlaufen.«

Gabriels Gesicht wird weich, seine Hand ruht jetzt auf Pierres Brust. »Kannst gleich damit anfangen.«

Rica verdreht die Augen, Mavie hüstelt. Die knisternde Spannung, die zwischen den beiden hochgekocht ist, verfliegt auf einen Schlag, als Gabriel mich entdeckt.

»Was will die denn noch hier?«

»Gabriel«, sagt Pierre sanft. »Du jammerst den lieben langen Tag darüber, dass dir eine zusätzliche Kraft fehlt. Hier ist sie, warum willst du sie wegschicken?«

»Warum? Sieh sie dir an!« Seine Handbewegung schließt das ganze Übel ein, das ich verkörpere.

»Ich kann hart arbeiten«, sage ich. »Ich bin geschickt.«

Rica murmelt etwas Zustimmendes, Mavie lässt ein flehendes »Gabriel, bitte!« hören, aber er hat sein Urteil längst gefällt.

»Ich will sie nicht haben, basta.« Das erste Mal spricht er mich direkt an: »Zieh Leine, Mädchen. Sofort. Pierre, gib mir mal die Telefonnummer von diesem Braunrath.«

Der seufzt. »Gabriel, überleg dir das mit Lia noch einmal …«

»Die Telefonnummer.«

Geknickt gehe ich zur Tür. Mavie streift ihre Stilettos ab und flitzt in Unterwäsche an meine Seite. »Wir finden schon noch was für dich.«

Ich drehe mich unter ihrer tröstenden Hand auf meiner Schulter weg. »Klar.«

»Ich dachte, seine Fotos sind scheiße?«, meint Pierre, als er durch das Telefonbuch seines Handys scrollt. »Du wirst ihn hassen. Ihr werdet euch die ganze Zeit in den Haaren liegen.«

Gabriel reißt die Hände in die Höhe. »Herrgott noch mal! Weißt du jemand Besseren?«

»Nevio«, fällt mir ein. Zu spät bemerke ich, dass ich den Namen bereits ausgesprochen habe, als reine Überlegung zwar, aber laut genug, dass Gabriel es mitbekommen hat.

Er steuert auf mich zu, echtes Interesse in den Augen. »Wer?«

Mir ist bewusst, dass ich hoch pokere, aber hier steht meine Zukunft auf dem Spiel. Und ich habe nur diesen Trumpf.

»Nevio«, wiederhole ich. »Er ist Fotograf. Sehr begabt.«

Für einen langen, quälenden Moment bleibt Gabriel still. Er sieht mich nicht an, er sieht durch mich hindurch. Ich spüre seine Ablehnung, prickelnd auf meiner Haut, als wäre ich in einen Stromkreislauf geraten.

Er wird mich nie, niemals akzeptieren.

Gabriels Augen verengen sich. »Und welche Referenzen kann dieser Nevio vorweisen?«

Bahnhöfe?

Ich bringe ein Lächeln zustande. »Na ja, also, das weiß ich nicht so genau. *Vogue*, glaube ich, ja, die *Vogue*. Er hat ein gutes Gespür für Mode und eine moderne Bildsprache. Und er kann sich perfekt in Menschen hineinversetzen.« Ich verzapfe nur Schwachsinn, aber es hört sich professionell an.

»So? Kann er das?«

»Ja. Er kommt praktisch mit jedem klar.«

Gabriel wirft einen Blick zu Pierre, der eine Schulter hebt.

»Wir könnten ihn doch mal ausprobieren«, meint Mavie, immer noch zappelnd und ohne jede Scheu in puncto Spitzenunterwäsche, die ihre Brüste perfekt in Szene setzt. Hier ist ihr zweites Zuhause, erkenne ich.

»Ist er verfügbar?«, fragt Gabriel.

Gott, keine Ahnung! Vage neige ich den Kopf. »Könnte sein.«

Gabriel nimmt Pierre das Handy ab und reicht es mir. »Ruf ihn an.«

Mir entweicht ein verzweifeltes Lachen. »Das ... erledige ich lieber persönlich.«

»Auch gut. Mach das. Gleich heute Abend.«

»Heute Abend?«

»Ja, wenn dein Arbeitstag zu Ende ist. Und jetzt gehst du mal das Klo putzen.«

»Das *Klo*?«, wiederhole ich.

Gabriel hebt die Augenbrauen. »Willst du nun für mich arbeiten, oder nicht?«

»Schon, aber ...«

»Dann mach dich nützlich. Du bist als Aushilfe angestellt, acht Euro die Stunde. Du erledigst, was nötig ist. Und das Klo hat es dringend nötig.«

»Klo!«, ruft Mavie. »Das ist das Stichwort.«

15
Nevio

In eine Bar geht man für gewöhnlich nachts. In eine Galerie tagsüber. Aber wie ist es mit einem Lokal, das beides vereint?

Im *Wunderkind* kann man zu jeder Uhrzeit abhängen. Es liegt am Spreeufer, eine wirklich coole Location mit grandiosem Ausblick, jeder Menge Cocktails auf der Karte und einer Dauerausstellung zeitgenössischer Kunstwerke.

Ich habe mich für die Barvariante entschieden. Ich muss meine diesjährige Abschlussmappe vervollständigen und was mir fehlt, sind Innenaufnahmen bei Nacht.

Schon jetzt, um neunzehn Uhr, ist das Lokal gerammelt voll. Das Personal ist bereits darüber informiert, dass ich Fotos schießen möchte. Die meisten Motive habe ich gewählt. Den Rest lasse ich auf mich zukommen.

Fotografie ist nur bis zu einem gewissen Grad planbar. Viele Ideen entspringen meiner Intuition, und die wiederum der Atmosphäre. Die wird heute Abend einzigartig, davon bin ich überzeugt.

Noch ist es nicht so weit. Sonnenuntergang ist erst gegen halb zehn. Ich habe also jede Menge Zeit.

Ich habe einen Platz in einer Ecke gewählt, von der aus man die Bar gut überschauen kann. Direkt an der geöffneten Fensterfront mit Blick über die Spree. Der Kellner bringt meinen

Espresso und ich nippe. Oh ja. Stark. Bitter. Intensiv. So muss Kaffee schmecken.

Er wird mich durch die Nacht tragen.

Genüsslich lehne ich mich zurück und schlüpfe in meine Beobachterrolle.

Ich liebe es, Menschen zu studieren. Gesichter und Gestalten, Mimik und Gestik – ich könnte Stunden damit zubringen, all die Nuancen im Kopf abzuspeichern.

Das Klingeln des Handys passt definitiv nicht dazu. Konrad. Okay, besser jetzt als später.

»Sag mal, Nevio, bist du zu Hause?«, will er von mir wissen.

»Nein. Auf Tour. Warum?«

»Ich habe hier zwei Damen stehen, die mit dir sprechen wollen.«

»Was denn für *Damen*?«

»Sie wollen dich für Fotos buchen, irgendein besonderer Auftrag. Darf ich ihnen deine Adresse und Telefonnummer geben? ... Was? Ach so. Moment, Nevio.«

Ich lausche verwirrt, während Konrad mit den Damen – sofort produziert mein Gehirn Bilder von Spitzenhäubchen und berüschten Sonnenschirmen – spricht.

Wer zum Geier will mich für Fotos buchen? Was für Fotos überhaupt? Und weshalb kommen sie damit zu Konrad?

Als ich endlich den Gedankensprung von meiner Verkaufsausstellung vor der Buchhandlung zu diesem obskuren Auftrag schaffe, ist Konrad wieder dran.

»Hör mal, Nevio, wo können sie dich treffen? Es ist wichtig.«

»Was, jetzt?«

»Ja, jetzt. Es dauert auch nicht lang – sofern du einverstanden bist.« Sein Grinsen ist unüberhörbar.

»Das passt mir eigentlich gar nicht. Ich wollte in Ruhe fotografieren.«

»Könnte ein lukrativer Auftrag werden, zumindest habe ich das so verstanden.«

Lukrativ hört sich nicht schlecht an. Lukrativ hört sich sogar ausgezeichnet an. Lukrativ wäre ein Begriff, den ich meinem Vater um die Ohren werfen kann, wenn er sich wieder mal über meine Berufswahl mokiert.

»Also gut«, sage ich und nenne Konrad Name und Adresse der Bar. »Sie sollen sich beeilen. Sobald es dämmert, lege ich los, da habe ich keine Zeit für sie.«

»Geht klar.«

Kopfschüttelnd stecke ich das Handy ein. Ich habe selten Aufträge. Wenn man die obligatorischen Fotos bei Familienfeiern oder für diverse Ausweise wie Führerschein und Pass wegrechnet, eigentlich gar keine.

Bislang habe ich es mit meinen Fotos immerhin in ein paar Fachzeitschriften geschafft, aber damit hat es sich auch schon. Noch bin ich einfach zu unbekannt.

Was sich schlagartig ändern kann.

Ein Auftrag, Nevio! So was kann den Durchbruch bedeuten. Die meisten Starfotografen haben so angefangen: ein Shooting und der dazugehörige mediale Rummel. Der Rest folgte von allein.

Im Geiste spiele ich den Dominoeffekt mehrmals durch, angefangen von den illustren Damen der oberen Zehntausend, mit denen ich gleich sprechen werde, bis hin zur Ausstellung in der *Schirn* in Frankfurt oder im *Museum of Modern Art* in New York.

Berühmt ist zwar ein Wort, das ich noch als zu anmaßend empfinde, aber *höchst erfolgreich* trifft es schon ganz gut.

Meine Visionen zersplittern, als die besagten Damen dann vor mir stehen.

Ich brauche einen Moment, bis ich sie überhaupt als meine Auftraggeber in spe identifiziere. Vor allem die Schwarzhaarige in dem abgefahrenen Gothic Outfit ist exakt das Gegenteil von dem, was ich mir unter einer *Dame* vorstelle.

Konrad, du alte Socke!

»Bist du Nevio?«, fragt mich die andere, ein groß gewachsenes Mädchen mit Modelmaßen. »Der Fotograf?«

Mein Blick huscht wieder zu der schwarzen Braut, die einen halben Schritt zurückgetreten ist, als wäre ihr die Sache extrem peinlich. Ihr Lippenstift ist von einem so dunklen Rot, dass er fast schwarz wirkt. Überhaupt ist so gut wie alles an ihr schwarz, nur nicht ihr hell geschminktes Gesicht.

»Ja«, sage ich gedehnt. »Seid ihr das mit dem Auftrag?«

»Genau. Ich bin Mavie und das ist Li… Lianna.« Sie setzt sich und zieht ihre Freundin auf den Stuhl daneben. »Du fotografierst professionell?«

Du zahlst lukrativ?, wäre wohl die passende Entgegnung gewesen, aber natürlich macht mir meine Schlagfertigkeit mal wieder einen Strich durch die Rechnung. »Na ja, ich bin noch in Ausbildung …« Ein Tritt gegen mein Schienbein lässt mich den Rest verschlucken.

»Entschuldigung«, vermeldet diese Lianna auch gleich. Trotz der Schminke färben sich ihre Wangen rot. »Das war ich. Du hast lange Beine.«

»Und du hast einen kräftigen Kick drauf. Fußballerin?«

Sie verbeißt sich ein Lächeln. »Nein.«

»Hast du schon mal Modefotografie gemacht?«, fragt Mavie. »Wir suchen einen Fotografen für ein Shooting am Mittwoch.«

»Für Gabriel Naab, den Modedesigner«, fügt Lianna hinzu, als wäre genau das der Umstand, der mich überzeugen müsste.

Dummerweise sagt mir der Name des Designers nichts. Und warum sollte er zwei Mädchen schicken, einen Fotografen an Land zu ziehen?

»Bevor wir weiterreden«, erwidere ich, »das hier ist kein Scherz, oder? Nicht so was wie ›Versteckte Kamera‹?«

»Sehen wir so aus?«

Ich räuspere mich. »Eigentlich schon.«

»Okay«, sagt Mavie spitz und erhebt sich, »gehen wir. Der bringt's nicht.«

Wahrscheinlich sollte ich jetzt so etwas wie »Wartet doch, war nicht so gemeint« sagen, aber ich durchschaue ihre Taktik.

Sie wollen mich. Sie wollen mich wirklich.

Ich winke den Kellner heran. »Noch einen Espresso, bitte. Auch einen?«, wende ich mich an die Mädchen. »Ach so, sorry, ihr wolltet ja gehen.«

Mavie sinkt wieder auf ihren Stuhl. Ihre Miene ist verkniffen, aber sie bestellt für sich irgendeinen Jet-Set-Girl-Drink, während Lianna eine Cola wählt.

»Wie seid ihr auf mich gekommen?«, frage ich. »Warum ich?«

Lianna sieht mich unverwandt an. »Mein Vater hat ein Foto bei dir gekauft. Einen Bahnhof.«

Ich kann ihr feines Lächeln nicht deuten.

Im Geiste gehe ich die spärliche Anzahl meiner Kunden durch. Keiner davon hätte ihr Vater sein können. Was vor allem daran liegt, dass es großteils Frauen waren.

Eine Lüge. Aber warum?

»Und aus diesem Foto schließt ihr, dass ich ein geeigneter Fotograf für ein Modeshooting wäre.«

»Egal welche Schlüsse wir ziehen«, meint Lianna, »letzten Endes zählt doch nur, was du darüber denkst. Kriegst du das hin?«

Gute Frage.

Ich habe noch nie abseits des Unterrichts Modeaufnahmen gemacht. Ich habe mich noch nicht mal theoretisch damit beschäftigt und viel Zeit, um mich einzulesen, bleibt mir nicht.

Mittwoch. Kurzfristiger geht es ja wohl nicht mehr! Offenbar ist den Herrschaften der Fotograf ausgefallen und ich soll als Ersatz herhalten.

Bekomme ich das hin?

Für die entsprechende Summe bekomme ich alles hin.

»Wo soll es denn stattfinden?«, erkundige ich mich. »Ich müsste mir die Lichtverhältnisse dort ansehen und Probeaufnahmen machen.«

»Schloss Charlottenburg«, sagt Mavie.

»Ha.« Ich kann nicht überspielen, dass ich beeindruckt bin. Okay, das wird eine große Sache. »Drinnen oder draußen?«

»Ist das wichtig?«

»Und ob. Vor allem für mich und mein Equipment. Die Lichtverhältnisse sind anders, bei schlechtem Wetter können wir das Shooting vergessen ...«

Mavie nickt. »Verstehe. Ich glaube, drinnen, aber beschwören kann ich es nicht.«

»Dann finde es heraus.«

Sie zieht ihr Handy hervor und telefoniert. Der Kellner bringt unsere Bestellung, und Lianna greift nach ihrem Glas wie eine Ertrinkende nach dem Schwimmreifen. Ihr Nagellack ist, wie nicht anders zu erwarten, schwarz. Ich frage mich, wie sie darunter aussieht, unter der Maske, und was sie zu verbergen versucht.

»Wer ist denn das Model?«, frage ich und nicke zu Mavie hinüber. »Sie?«

»Ja. Sie und Pierre. Sie modeln beide für Gabriel.«

»Du auch?«

Sie zeigt wieder ihr undefinierbares Lächeln. »Ich? Nein«, wehrt sie ab, als wäre der Gedanke grotesk. Dabei ist gerade sie dazu prädestiniert, vor die Kamera zu treten.

Sie ist ein wandelndes Motiv.

Nicht so wie Mavie mit ihrem glatten Gehabe. Mavie, die

erst durch Kleidung und Setting in Szene gesetzt werden muss. Die in jede Rolle schlüpfen kann und mit Sicherheit alles bringt, ob scheues Reh oder Femme fatale, genau wie es von Models erwartet wird.

So, wie sie hier vor mir sitzen, ist Mavie die weiße Leinwand, ein Versprechen auf unendlich viele Möglichkeiten. Lianna in ihrem Gothic Look aber ist bereits ein Meisterwerk.

Ich will alles an ihr entdecken.

Unbewusst habe ich nach meiner Kamera gegriffen. Nur ein Foto …

Aber Lianna merkt es und hebt die Hand. »Nein. Denk nicht mal im Traum daran.«

»Schade. Du wärst eine richtige Grabschönheit.«

Sie reißt die Augen auf, und mir schießt durch den Kopf, dass sie das wohl als Beleidigung aufgefasst haben könnte. Herrgott noch mal! Kann nicht ein Mal was Vernünftiges aus meinem Mund kommen?

Mavie nimmt das Handy vom Ohr. »Also, wir haben für Mittwoch die Rotunde in der Orangerie gebucht. Alle Aufnahmen müssen an dem Tag im Kasten sein. Gabriel bietet dir tausend, bar auf die Hand – wenn du einen guten Job machst.«

»Die Hälfte im Voraus und fix, auch wenn ihm die Fotos nicht gefallen.« Was rede ich denn da? Das Angebot ist großzügig, schon ein Tagessatz von dreihundert wäre mehr als zufriedenstellend für einen No-Name-Fotografen wie mich. »Außerdem muss ich mir den Saal vorab ansehen.«

Seufzend gibt sie meine Bedingungen durch.

Lianna spielt mit ihrem Glas, das sie zur Hälfte geleert hat, dreht es hin und her, fährt mit ihrem Zeigefinger über den Rand, als wollte sie ihm Töne entlocken.

»Er muss feucht sein«, sage ich, während Mavie mit Gabriel diskutiert.

»Wie bitte?«

»Der Glasrand. Du musst ihn nass machen.« Ich befeuchte meinen Finger mit einem Tropfen aus meinem Wasserglas und zeige ihr, was ich meine. Der Ton, der erklingt, hat Ähnlichkeit mit dem Wehklagen einer sterbenden Katze.

Lianna zieht einen Mundwinkel hoch. »Eindrucksvoll. Hoffentlich beherrschst du die Kamera besser.«

»Ich wollte eigentlich immer Musiker werden, aber Sony fand meine Demotapes zu einseitig. Man hat mir geraten, die Sache noch mal anzugehen, mit mehreren Gläsern.«

Das war nicht mal ansatzweise lustig, aber sie schenkt mir ein warmes Lachen. Als sie erneut nach dem Glas greift, streifen ihre Finger meine. Wir zucken zurück, alle beide.

Mavie hat ihr Gespräch beendet und nimmt einen Schluck von ihrem Drink. Dann sagt sie: »Er ist einverstanden. Wegen der Probeaufnahmen kannst du dich jederzeit beim Portier von der Orangerie melden, der zeigt dir den Saal. Mittwoch um neun geht's los. Deal?«

Ich schlage in ihre ausgestreckte Hand ein. »Deal. Ach so, fast hätte ich es vergessen: Ich brauche einen Assistenten. Jemanden, der mir ein bisschen beim Aufbau der Beleuchtung zur Hand geht und so.«

»Das ist ja wohl deine Angelegenheit.«

»Bei einer kurzfristigen Anfrage wie dieser? Vergiss es.«

Mavie zuckt mit den Schultern. »Nimm eben einen Freund mit.«

»Glaubst du etwa, meine Freunde stehen allzeit auf Abruf bereit? Die sind mit ihren Jobs oder dem Studium beschäftigt. Auf die Schnelle kann ich da niemanden auftreiben.«

»Und was heißt das jetzt? Lässt du den Deal platzen?«

»Ungern.«

Der Mittwoch scheint wirklich interessant zu werden. Mavie und ich liegen nicht gerade auf einer Wellenlänge.

»Ich könnte das doch übernehmen«, mischt sich Lianna ein.

»Es sei denn, im Schloss gäbe es ein paar Klos, um die ich mich kümmern müsste.«

»Lia!« Mavie wirft ihr einen entrüsteten Blick zu. »Das war doch nicht … Du wirst auch andere Aufgaben bekommen.«

»Wenn du meinst.«

Lianna oder Lia – die Abkürzung ist Mavie entschieden leichter über die Lippen gekommen – spielt wieder mit ihrem Glas, sie wirkt ruhelos und irgendwie unglücklich auf mich. Die Klo-Geschichte hat einen Hintergrund, den ich nicht durchschaue. Sie steht als ungeklärtes Ärgernis zwischen den beiden.

»Bei einem Shooting wie diesem muss sowieso jeder mithelfen«, sagt Mavie versöhnlich. »Gabriel kann gar nicht auf dich verzichten.«

»Ich auch nicht«, werfe ich ein. »Du bist gebucht, Lia. Wäre cool, wenn du mir assistieren und zur Not die Stange halten könntest, falls es hart auf hart kommt.«

Lia lässt ein Kichern hören, Mavie stöhnt. Mir dämmert, dass ich wieder mal das Kunststück fertiggebracht habe, mit eindeutigen Zweideutigkeiten um mich zu werfen.

»Und notfalls begleite ich dich auf die Klos«, füge ich hinzu. Wenn schon, denn schon. Hier wird nur mit wehenden Fahnen untergegangen. »Ich könnte ja mal eine Fotoserie über stille Örtchen machen. Die verkaufen sich womöglich besser als Bahnhöfe.«

»Bin dabei.« Lia grinst mich noch immer auf diese freche Art an. »Ich halte dir gern *die Stange.* Übrigens ist das stille Örtchen in dieser Bar auch einen Besuch wert. Für den Fall, dass du gleich mit der Fotoserie beginnen willst.«

»Nur in deiner Begleitung.«

Mavie leert ihr Glas in einem Zug, in schierer Verzweiflung vermutlich. »Ich brauche noch einen Drink. Und anschließend muss ich mich unbedingt für Mittwoch eindecken, sonst steh ich das nicht durch.«

»Ruhig Blut«, erwidert Lia, »das wird schon.« Und an mich gerichtet: »Musst du mich genauer instruieren oder reicht eine kurze Einführung vor dem Shooting?«

Mittlerweile kann auch ich das Grinsen nicht mehr aus meinem Gesicht wischen. Zwischen Lia und mir gibt es kein Halten mehr. »Ich könnte dir eine Anleitung schicken, per Mail, wenn du magst.«

»Lieber per SMS. Wenn es *hart auf hart kommt*, hab ich die schneller bei der Hand.«

»Bitte«, jammert Mavie, »sucht euch ein stilles Plätzchen …«

Lia und ich übertönen den Rest mit einem Prusten.

Mavie sackt mit dem Kopf auf die Tischplatte und schlingt die Arme um sich. »Hilfe, ich bin umzingelt«, ertönt ihr Nuscheln aus den Tiefen ihres Pullovers.

Lia organisiert Mavie noch einen Drink und ich nutze ihre Unaufmerksamkeit, um auf den Auslöser zu drücken. Ein paar Fotos gelingen mir, Schnappschüsse ihrer Bewegungen, ihres konzentrierten Gesichtsausdrucks, als sie nach dem Kellner Ausschau hält, ihres Lachens, als sie Mavies Schulter tätschelt.

Ich kann nicht genug von ihr bekommen.

Da wäre so viel Potenzial für mehr. Ich muss sie am Mittwoch fragen, ob sie nicht doch Lust hat, mir Modell zu stehen, am Französischen Friedhof vielleicht, an einem nebelverhangenen Tag.

Ehe sie bemerkt, was ich da treibe, hebe ich die Kamera an und halte den sensationellen Ausblick auf die Spree fest – die Weidendammer Brücke vor golden-violett gefärbten Wolkenfetzen.

»Die perfekte Abendstimmung«, sagt sie. »Wolltest du hier nicht sowieso Fotos schießen?«

Genau. Ich sollte langsam damit anfangen. Die Zeit flieht und mit ihr das Licht.

Also trinke ich meinen Espresso aus und verabschiede mich, Tasche und Stativ geschultert, die Kamera in der Hand.

Im Wegschlendern scrolle ich durch die Fotos und verliere mich in einem, das Lias Lächeln eingefangen hat. Es ist so natürlich, so echt. Unmaskiert.

Und ziemlich ansteckend.

Unweigerlich muss ich selbst lächeln.

Ganz versunken in meine Betrachtung merke ich erst, dass ich stehen geblieben bin, als ich meinen Namen vernehme.

»... Nevio zugesagt hat. Warum warst du übrigens so eklig zu ihm?« Das kommt von Lia. Ich ziehe den Kopf ein, stehe ich doch keine zwei Meter vom Tisch entfernt, ich Dumpfbacke.

»Er zeigt mir entschieden zu viel Interesse an dir«, erwidert Mavie.

»An mir? Wie kommst du denn darauf?«

»Ach bitte! Und du warst auch nicht gerade zurückhaltend. Dafür, dass du eigentlich ...« Sie verfällt ins Flüstern.

Rasch gehe ich weiter, bevor ich als Lauscher auffliege.

Als ich mein Stativ vor der Bar positioniere und die Kamera auf den Barkeeper richte, der mit Flaschen und Gläsern hantiert, kann ich mich kaum konzentrieren.

Displayausschnitte flackern vor meinen Augen auf – Lia in allen Facetten. Mein Gehirn ergänzt automatisch, was zum Gesamtbild ihrer Persönlichkeit fehlt: ihre Haltung, die Körpersprache, die Stimme.

Ihre Stimme.

Sie hat etwas in mir zum Klingen gebracht, aber ich komme einfach nicht drauf, was.

Das Gothic Girl verdeckt ihr wahres Gesicht, und ich vermute stark, dass genau das die Intention dahinter ist. Je besser die Tarnung, desto leichter gelingt die Täuschung. Und Lias Tarnung ist hollywoodreif.

Ich zwinge mich dazu, mich mit der Licht- und Farbkomposition der Drinks vor mir zu beschäftigen, die mir der Kellner für die erste Fotoserie gemixt hat.

Den Bildausschnitt aussuchen, die Blende wählen, die Belichtungszeit einstellen – all das ist reine Routine. Es braucht ein Gespür für Ästhetik, damit Fotos entstehen, die das Flair der Bar widerspiegeln: das Spiel von Licht und Schatten. Die Geräuschkulisse bestehend aus Gelächter, Gläserklirren und Loungemusik. Der Rhythmus der Nacht.

Was das betrifft, bin ich normalerweise nicht unbegabt. Heute allerdings bricht meine Konzentration ständig zusammen. Meine Gedanken sind auf der Suche nach Zusammenhängen, die sich einfach nicht greifen lassen.

Als mir Lia wenig später im Vorbeigehen ein Victory-Zeichen zeigt und grinsend zum Klo deutet, habe ich erst ein Foto geschossen. Ein lausiges Foto!

Ich winke zurück. Das Kribbeln im Bauch werte ich als unmissverständliche Aufforderung. *Okay, Planänderung, Nevio. Die Drinks laufen dir nicht weg.*

Ich schwenke die Kamera und visiere die Toilettentür an, hinter der Lia verschwunden ist. Mit dem Finger am Auslöser warte ich.

Diesmal, nehme ich mir vor, werde ich mein Hirn ausschalten. Ich werde nicht nach dem Motiv suchen, sondern einfach abdrücken, Foto um Foto schießen, eine ganze Serie von ihr.

Ich will die Realität dokumentieren, sonst nichts. Für die Interpretation bleibt hinterher genügend Zeit.

Fotos können lügen, verschleiern, verzerren. Sie können aber auch gnadenlos enthüllen, was wir, irritiert durch Eindrücke oder unser Gefühlsleben, nur zu leicht übersehen.

Wer die Wahrheit herausfiltern will, muss in ihnen lesen können. Und die richtigen Fragen stellen.

Wer bist du, Lia?

16
Lia

Ich kann kein Putzmittel mehr riechen. Manchmal meine ich, es sogar zu schmecken. Scharf und bitter liegt es mir auf der Zunge und verklebt meine Schleimhäute, eine zähe Schmiere, die sinnbildlich für mein momentanes Leben steht.

Morgens tauche ich in den Geruch ein, abends gehe ich damit zu Bett. Ein Wunder, dass ich noch nicht von Eimern, Bürsten und Schwämmen träume. Werde ich je eine Aufgabe bekommen, bei der ich zeigen kann, was ich draufhabe?

Seit vier Tagen arbeite ich nun für Gabriel, seit vier Tagen mache ich nichts anderes als putzen. Es kommt mir vor wie Monate.

Sogar am Sonntag hat er mich ins Atelier zitiert, damit ich die Schaufenster und die Verkaufsräume reinigen kann, ohne die Kunden zu stören.

Toiletten, Fenster, Böden, Arbeitstische, Umkleiden, Lagerräume – ich schufte ohne Ende. Selbst die Abstellkammer blitzt vor Sauberkeit, das allerdings aus reinem Eigennutz, denn dorthin ziehe ich mich zurück, wenn ich mir eine kurze Pause gönne.

Rica sowie Sonja und Helena, die Verkäuferinnen, und Polina, die Näherin aus Russland, gehen zum Mittagessen in ein nahes Café oder in die Pizzeria. Ich bleibe im Atelier.

Ich will Gabriel keinen Grund bieten, mich zu entlassen.

Zwischen den beiden Regalen, vollgestopft mit Schneiderzubehör, Stoffresten und Putzutensilien sitze ich auf einem umgedrehten Eimer und knabbere an einem Stück Brot. Es ist so still in der Kammer, dass ich das Flackern der Neonleuchte über meinem Kopf hören kann.

Meine Hände sind vom Putzmittel aufgequollen. Gestern ist mir auch das zweite und letzte Paar Handschuhe zerrissen und ich wage nicht, um ein neues zu bitten.

»Was meinst du«, frage ich die alte Schaufensterpuppe, die mit verrenkten Gliedmaßen im Regal liegt, »wie lange stehe ich das durch?«

Sie starrt mich blicklos an. *Sei froh, dass du diesen Job hast.*

»Klar.« Natürlich bin ich froh. Obwohl ich bisher keinen Cent gesehen habe. Ich lebe von den Vorräten, die Mavie mir geschenkt hat, und betreibe nicht gerade Völlerei. »Du bist schon jahrelang hier, wie?«

Ewig.

»Und was hast du ausgefressen? Warst du ihm nicht mehr gut genug?«

Er hat eine Jüngere gefunden. Besser und eleganter als ich.

»Tja, das Klischee macht auch vor Schaufensterpuppen nicht halt.«

»Mit wem sprichst du da?«

Ertappt fahre ich zusammen. Das russisch gefärbte Deutsch gehört zu Polina, die von mir unbemerkt hereingekommen ist und zunehmend hektisch in einem der Regalfächer kramt.

Überhaupt legen alle Mitarbeiter von Gabriel eine gewisse Hektik an den Tag. Er gehört zu jenem Menschenschlag, der im gestreckten Galopp durchs Leben jagt. Immer auf hundertachtzig. Anders kann er anscheinend nicht existieren.

Das sei ihm unbenommen. Nur leider stülpt er ausnahmslos jedem sein irres Tempo über. Wer da nicht mithalten kann, fliegt raus, das macht er bei jeder Gelegenheit deutlich.

»Ich habe telefoniert«, erwidere ich, »aber behalt's für dich.«

»Kann mir egal sein.« Schwups ist sie wieder draußen, eine Rolle Klöppelspitzenbordüre im Arm.

Ich will mich wieder meinem tiefschürfenden Gedankenaustausch mit der Schaufensterpuppe widmen, da stößt Polina die Tür erneut auf. »Er will was von dir.«

Gabriels Ärger rollt von unten herauf. Ich höre ihn schimpfen, sehr darum bemüht, nicht ausfällig zu werden. »… wo ist die schon wieder? Nie ist sie dort, wo man sie braucht! Hol sie her, Sonja!«

Ich lasse mein Brot fallen und stürme an Polina vorbei. Auf der Treppe kommt mir Sonja entgegen. »Bring einen Eimer mit. In einer der Umkleidekabinen ist ein kleines Malheur passiert.«

Sonja drückt sich grundsätzlich gewählt aus. Sie würde auch einen Verkehrsunfall als Malheur bezeichnen, daher mache ich mich auf alles gefasst.

Mit Eimer, Lappen und einer Flasche Putzmittel bewaffnet laufe ich hinunter. Gabriel steht mit einer wasserstoffblonden Dame mittleren Alters an der Ladentür. Eine reiche Russin, wie ich annehme, die gibt es hier in Charlottenburg zuhauf. Sie hält einen dieser Schoßhunde an sich gedrückt, einen Pekinesen mit Löwenmähne, der an ihrem ausladenden Busen sabbert und schnauft.

»Das ist wirklich nicht der Rede wert, meine Liebe«, versichert Gabriel gerade in unterwürfigem Ton. »Unsere Reinigungskraft bringt das gleich in Ordnung. Ah, da ist sie schon.« Er weist auf die Umkleiden. »Erste Kabine, beeil dich.« Dann wendet er sich wieder an die Russin: »Wollen Sie vielleicht in der Zwischenzeit einen Kaffee auf unserer Terrasse genießen? Sonja bringt Ihnen gern eine Tasse.«

Achtung, Schleimspur. Ich schüttle mich.

Meine Befürchtungen bewahrheiten sich, als ich in die Kabine blicke. Der Pekinese hat ein Repertoire seines Könnens hinterlassen und dabei ganze Arbeit geleistet. Es stinkt nach Fäkalien und verdorbenem Fleisch.

Ein Malheur? Das reinste Understatement.

Ich hole Papierhandtücher aus der Toilette und beseitige den gröbsten Dreck, während ich den Eimer voll Wasser laufen lasse.

In der Kabine hängen zwei Kleider zum Anprobieren. Größe vierzig. Gewagt. Ich hätte eher auf vierundvierzig getippt, aber Madame wird schon wissen, wie sie ihre Leibesfülle am besten zusammenquetscht.

Sicherheitshalber bringe ich die Kleider in die Nachbarkabine. Das fehlte noch, dass sie beim Putzen womöglich angespritzt werden. Erst als ich mit dem Eimer wiederkomme, entdecke ich die Handtasche der Russin. Eine Birkin Bag, ein sündteures Stück, sozusagen die Luxuskarosse unter den Handtaschen.

Ich will auch sie aus der Gefahrenzone entfernen, da schießt die Kundin herbei, genau in dem Moment, als ich mit der Tasche aus der Kabine eile.

Ich komme nicht dazu, eine Erklärung abzugeben. Sie reißt mir ihre heilige Birkin Bag aus der Hand und beschimpft mich in einem Kauderwelsch aus Russisch, Englisch und Deutsch – *bitch* ist noch das netteste Wort, das ich heraushöre. Dabei treibt sie mich in die Kabine zurück.

Prompt gerate ich auf der halb aufgewischten Sauerei ins Rutschen.

Nach Halt suchend rudere ich mit den Armen, erwische den Pekinesen an der Schnauze, worauf er jault und nach mir schnappt. Seine Zähne graben sich in meinen Zeigefinger und als wäre es damit nicht genug, ahndet sein Frauchen mein Vergehen mit einem kräftigen Schubs.

Ich finde mich auf dem Boden wieder, beide Hände im Hundedreck, und blicke zu der geballten Wut über mir auf.

Der Pekinese kläfft, die Russin keift, Gabriel lässt eine Schimpftirade auf mich niederhageln, und Sonja, die Tasse Kaffee in der Hand, blickt ihm mit schockierter Miene über die Schulter.

Kein Zweifel, dieses Malheur ist wirklich erste Sahne.

Die Situation hat Slapstick-Charakter, aber ich habe das dumpfe Gefühl, dass das abartige Kichern, das aus mir herausbrechen will, missverstanden werden könnte. Also unterdrücke ich es.

Ich rapple mich auf, stammle eine Entschuldigung und will die Sache aufklären. »Ich wollte die Tasche gewiss nicht stehlen, ich wollte sie nur …«

»Miststück!«, zischt die Kundin, garniert mit einer Salve Russisch, die der Pekinese mit einem Knurren untermalt. Sie sehen sich ein bisschen ähnlich, die beiden. Die gleichen herabgezogenen Mundwinkel. »Sie wollte sich an meinen Sachen vergreifen! Mein Geld, meine Kreditkarten, mein Schmuck!«

Sie schleppt tatsächlich Schmuck mit sich herum? Abgefahren.

»Ich bitte vielmals um Verzeihung«, sagt Gabriel. »Bitte kontrollieren Sie, was fehlt.«

Ich schüttle empört den Kopf. »Ich habe nichts gestohlen!«

Gabriel beachtet mich gar nicht. »Notfalls werden wir sie durchsuchen. Und natürlich die Polizei rufen.«

»Was? Ich habe doch gar nichts …«

»Halt den Mund!«, faucht er mich an.

»Aber …«

»Ich hätte mir denken können, dass du nur Ärger machst! Du bist gefeuert!«

»Ich mache Ärger?«, bricht es aus mir heraus. »Ich? Ich arbeite hier seit vier Tagen wie ein Tier! Ich habe das Atelier blitzblank geputzt! Und den Laden! Ich habe mich kein einziges Mal beschwert! Ich …« Das Kribbeln an meinen Handgelenken lässt mich verstummen. Es hat mehr Macht über mich als Gabriels Worte.

»Tut mir leid«, murmle ich und verstecke meine nackten Arme hastig hinter dem Rücken. »Ich mache hier sauber. Und …«

Erst jetzt fällt mir auf, wie still es plötzlich ist. Keiner rührt sich, nicht mal der Hund knurrt. Schockstarre?

»Und dann gehe ich«, vollende ich meinen Satz.

Sonja bemüht sich, die Wogen zu glätten. Die Kaffeetasse erhoben, schiebt sie die Russin samt Hund aus der Kabine. »Jetzt wollen wir uns mal alle bei einer schönen Tasse Kaffee beruhigen, nicht wahr? Ich bringe dir auch gleich einen, Gabriel.«

Er starrt mich noch ein paar Sekunden lang an, dann folgt er dem seltsamen Gespann nach draußen.

Ich bleibe inmitten der Misere zurück.

Zitternd. Atmend. Zählend.

Wie oft noch?

Wie oft werde ich noch an den Punkt kommen, an dem mir alles entgleitet?

Ich will die Arme um mich schlingen, mir selbst Halt geben, nur ein bisschen, aber beim Anblick meiner Hände zucke ich zurück.

Ich bin voller Dreck. Und ich blute.

Du schaffst das, sage ich mir wieder und wieder, während ich mich im Eimer wasche, *irgendwie schaffst du das.*

Der Pekinese hat mich ordentlich erwischt. Der Biss schmerzt und will nicht aufhören zu bluten. Eine Infektion ist das Letzte, was ich gebrauchen kann.

Die kraftvolle Aktivformel, die mir das Etikett auf der Putzmittelflasche verspricht, kommt mir gerade recht. Das Zeug hat bestimmt antibakterielle Wirkung.

Mit grimmiger Entschlossenheit kippe ich die halbe Flasche in den Eimer und fange an zu putzen, akribisch genau, obwohl das nun nicht mehr meine Aufgabe ist.

Bin ich eben gefeuert. Auch gut.

Ich werde nicht einknicken. So leicht mache ich es den Musettis nicht.

Als ich, den Finger mit einem Heftpflaster aus Polinas Notfallbox verarztet, den Laden eine gute Stunde später verlassen will, spricht mich Sonja an: »Vergiss nicht, morgen schon um sieben.«

»Wie, morgen um sieben?«, gebe ich zurück, die Hand schon am Türgriff. »Hast du nicht gehört? Er hat mich rausgeworfen.«

Sie rückt die Kleiderbügel auf der Stange zurecht. Exakt fünf Zentimeter Abstand muss zwischen den Haken sein, so will es Gabriel. Ich warte immer noch darauf, dass er das mal mit dem Maßband überprüft. »Morgen ist das Shooting.«

»Und ich bin eine Diebin.«

Sonja hebt den Blick und lächelt milde. »Unsinn. Niemand denkt das von dir. Es ging Gabriel doch nur darum, Kooperationsbereitschaft zu signalisieren. Du weißt doch: Kunden haben immer recht. Er braucht dich.«

Und das kann er mir nicht selbst sagen? »Er braucht eine Putzfrau. Nicht mich.«

»Oh, er hatte Putzfrauen. Aber alle haben nach einem Arbeitstag das Handtuch geworfen. Du bist die Erste, die nicht gekündigt hat. Lass dir nicht alles gefallen. Sag ihm, dass du deinen Aufgabenbereich erweitern willst. Dann wird er dich auch akzeptieren.«

Will ich das überhaupt?

Habe ich es nötig, mich von ihm erniedrigen zu lassen? Tag für Tag aufs Neue?

»Wirklich«, beharrt Sonja, »sprich mit ihm.«

Im Moment will ich nur fort von hier.

Morgen, ja, morgen kann ich hoffentlich eine vernünftige Entscheidung treffen, wie ich mit Gabriels Arroganz in Zukunft umgehen will.

Ich winke Sonja mit einem unbestimmten »Hm« zu und mache mich auf den Heimweg. Viel früher als üblich, aber ich habe einfach nicht die Kraft für ein weiteres Versteckspiel.

Berlin erscheint mir heute fremd. Der Puls der Stadt ähnelt einem Presslufthammer, der mich in die Knie zwingt.

Alles ist gedankengrau.

17

Lia

Als ich am Schrottplatz eintreffe, ist es noch hell. Lagerfelds Futterschüssel ist frisch aufgefüllt, ein gutes Zeichen. Für heute kann ich mich entspannen.

Ich gehe mit ihm an die Spree hinunter und werfe ihm Stöckchen, ein Spiel, mit dem er Stunden zubringen kann und das wir mittlerweile jeden Abend betreiben. Die Begeisterung, mit der er ins kühle Nass springt, um mir die Beute zu bringen, heilt etwas in mir.

Zerbrochenes fügt sich zusammen. Fort ist die trübe Stimmung, ich finde mein Lächeln wieder.

Man kann Glück überall entdecken, wenn man sich dafür öffnet. Man muss nur hinsehen.

Mein Glück ist Lagerfelds Ausgelassenheit, seine fliegenden Ohren, wenn er in großen Sprüngen ins Wasser hetzt, das Kläffen, mit dem er mich auffordert, noch mal zu werfen, sein Schwanzwedeln. Und ich sehe lange hin.

In der Dämmerung kehren wir zum Wohnwagen zurück.

Lagerfeld knurrt.

»Was denn?«, frage ich leise.

Ringsum fällt die Nacht ein, von Minute zu Minute löscht sie mehr Farben. Vereinzelt zirpt eine Grille auf, im Gras raschelt etwas, sonst ist da nichts.

Ich gehe in die Hocke, um die Welt mit seinen Augen zu betrachten, und lege ihm die Hand auf den Nacken.

Seine Muskeln zittern vor Anspannung. Gebannt starrt er zum Wohnwagen hinüber. Wir stehen keine drei Meter entfernt.

Wieder raschelt etwas und dann bilde ich mir ein, einen Schatten unter dem Wohnwagen wahrzunehmen, dort, wo die Matratze und die Kissen vor sich hin modern.

Familie Maus ist hartnäckig.

Lagerfeld beginnt zu bellen. Mit gerecktem Schwanz springt er vorwärts und schiebt die Schnauze unter den Wohnwagen. Erde regnet auf mich herab, als er wie wild zu buddeln beginnt.

Instinkt ist was Feines. Ich wette, dass sich sämtliche Mäuse gerade köstlich amüsieren.

»Hier!« Lagerfeld gehorcht nur widerwillig, als ich ihn zurückrufe. »Die Show ist zu Ende, Monsieur Lagerfeld. Wir müssen uns noch bettfein machen. Wie wäre es heute mal mit Crème Caviar? Das Beste ist für Sie gerade gut genug, *n'est-ce pas*?«

Ich schnappe mir den Kulturbeutel, den ich neuerdings besitze, ein Handtuch und die Waschmittelbox und pilgere mit Lagerfeld zur Garage. Die Nacht ist warm genug für eine Dusche, außerdem will ich meinen Rock waschen, bevor sich die Hundeexkremente auf dessen Kehrseite in den Stoff ätzen.

Lagerfeld gönnt sich ein paar Happen aus seinem Futternapf. Ich fülle einen Eimer mit Wasser und füge Waschpulver hinzu, schlüpfe aus dem Rock und weiche ihn ein.

Das Wasser ist jetzt eiskalt, das wird eine schnelle Dusche.

»Nicht gucken«, warne ich Lagerfeld, als ich mich anschicke, auch die Unterwäsche abzulegen.

»Schüchtern?«

Ich fahre mit einem Aufschrei herum. Der Dicke!

Er ist hinter der Garage aus dem Schatten hervorgetreten und kommt langsam näher. Sein Auto hat er wohl draußen abgestellt, ich sehe es nirgends. Er hat mir aufgelauert, dieser Drecksack, womöglich schnüffelt er mir schon seit Tagen nach.

»Ich habe dich doch nicht erschreckt?«, meint er sanft.

Verzweifelt versuche ich, meinen BH wieder zuzuhaken. Wo ist bloß das Handtuch? Auf der Tonne rechts von mir. Ein Katzensprung, Meilen entfernt – es macht keinen Unterschied.

»Lassen Sie mich in Ruhe«, stoße ich hervor und trete vorsorglich zurück.

Der Dicke hält inne. »Du wohnst hier, stimmt's? Auf *meinem* Schrottplatz.«

Ich gebe den Kampf gegen den BH auf und kreuze die Arme vor der Brust. »Nein.«

»Doch. In einem Auto. Hab dich gesehen, gestern schon, als du durch den Zaun eingestiegen bist.«

Gut, er weiß nicht, dass ich den Wohnwagen okkupiert habe. »Ich ... komme nur her, um mit dem Hund zu spielen ...«

Der Dicke macht einen weiteren Schritt auf mich zu. Ein Lächeln zuckt um seine Mundwinkel, so falsch wie sein Blick. »Oh, und da hast du dich schmutzig gemacht«, säuselt er. »Soll ich dir helfen? Beim Waschen?«

Ich weiche vor ihm zurück, kopfschüttelnd.

»Ich könnte dich einseifen. Oder abbrausen. Ich mache das gern, weißt du?«

Das glaube ich ihm aufs Wort. »Nein. Gehen Sie weg.«

Er lacht keckernd. »Das ist mein Grundstück. Wenn einer weggehen müsste, dann du.«

»Ich ...« Was ich sagen will, zersetzt sich zu Brei, der sich wie ein zäher Strudel in meinem Kopf dreht. Das unwirkliche Gefühl einer Wiederholung macht sich in mir breit. Eine Situation wie diese ist mir nicht neu.

Der Dicke drängt mich tiefer in die Ecke, genau wie ich ihn

bedrängt habe, an dem Abend, als er uns das erste Mal auf seinem Grundstück erwischte.

Noch zwei Schritte. Einer. Rauer Putz reibt an meinen Schultern, als ich an die Wand pralle.

»Nun hab dich nicht so«, sagt er leise, warm, väterlich. »Ist doch ganz einfach.«

Die Erinnerung an Daniele schießt grell in mir hoch. Ich weiß noch genau, wie ich mich fühlte. Dass ich es geschehen ließ, weil ich nicht wusste, was ich tun sollte, bis meine Mutter mir zu Hilfe kam.

Der Dicke stemmt die Hände beiderseits meines Kopfes gegen die Wand. Ich sitze in der Falle.

Halbherzig suche ich nach meiner Gabe, will in seiner Seele lesen, um zu erfahren, was er vorhat, wie weit er gehen würde, obwohl ich sie doch bereits kenne, nur zu gut kenne. Aber ich stoße sofort auf meinen Schutzschild.

Jetzt, wo ich ihn partout nicht gebrauchen kann, komme ich nicht an ihm vorbei. Er ist stabil. Undurchdringlich. Kein Zugang mehr zu Gefühlen, egal zu welchen.

Verdammt! Ich kann ihn nicht zertrümmern.

Vielleicht sollte ich nicht ständig gegen all das ankämpfen. Vielleicht sollte ich … akzeptieren?

Der Dicke legt den Kopf schief. »Ich könnte aber auch die Polizei rufen. Die interessieren sich sicher für dich.«

»Nein.« So hilflos, so elend, der Widerstand klebt mir an den Lippen fest.

»Wirst du nicht gesucht, kleine Ausreißerin?« Sein Atem streicht über meine nackte Haut. Ich rieche Bier und Schweiß, rieche seine Gier.

Akzeptieren, ja.

Ich sollte akzeptieren, was ich bin. Ein Opfer. Ich werde es immer sein, wie ich es auch drehe und wende. Entweder das Opfer der anderen oder das meiner Gefühle.

»Was wollen Sie?«, höre ich mich fragen. Heiser klingt sie, meine Stimme, zittrig, wie alles an mir.

»Du könntest nett zu mir sein. Und ich würde dich im Gegenzug hier wohnen lassen.« Ganz langsam streicht er über meine Wange, über den Hals, das Schlüsselbein. An meiner Brust, die ich immer noch bedeckt halte, verharrt er. »Keine Polizei, kein Ärger. Nur eine kleine Gefälligkeit, ab und zu.«

Eine Gefälligkeit. Damit er geht. Schweigt.

Er fasst nach meiner Hand und zieht sie nach unten an seinen Hosenbund, zur Gürtelschnalle, die ich unter dem Druck seiner Finger öffne, dann auch den Knopf, den Reißverschluss.

»Siehst du, geht doch«, murmelt er und sein Atem kommt jetzt in keuchenden Stößen.

Ich atme gar nicht mehr. In mir ist alles erstarrt.

Meine Mutter kann mir nicht mehr helfen.

Ich beobachte aus der Ferne, was ich da tue, an seiner Hose, beobachte, wie er sich an mich presst, beobachte das Mädchen, klein und schutzlos unter dem wuchtigen Körper.

Es ist nicht schlimm, sagen ihre Augen. *Man kann alles durchstehen, wenn man nur will.*

Ich beobachte die Träne, die sich aus ihr löst. Nichts sonst, keine Schreie, kein Wimmern, nur die Träne.

Halt still.

Ekel steigt aus dem tiefsten Inneren des Mädchens auf. Ekel vor diesem Leben, das sie führt. Vor dem fetten Mann, den sie bezahlen soll, für sein Schweigen. Ekel vor sich selbst.

Der Ekel ballt sich zu einer festen Kugel zusammen, tief drinnen, wo er zehrt und frisst und wächst. Größer und größer wird er, monströser, stärker, bis er sie beinahe zerreißt.

Sie kann ihn nicht länger bändigen.

Ihr Schutzschild birst mit einem Knacken.

Sie entlässt den Ekel, und genau in diesem Augenblick, da sie ihn mit aller Gewalt von sich stößt, ist es eine bewusste

Entscheidung. Nicht eine, die sie trifft, um sich zu schützen, nein. Sondern ein gezielter Angriff. Ein Ausbruch ihrer Gefühle, den sie gegen ihren Peiniger richtet. Gefühle, von denen sie glaubte, sie in diesem Ausmaß gar nicht mehr empfinden zu können.

Gelassen schaue ich zu, wie der Dicke zurücktaumelt.

Er keucht etwas Unverständliches, dann krümmt er sich. Der Ekel wuchert nun in seinem Magen, schlägt Wurzeln, treibt aus, bis hinauf in seine Kehle, sodass er sich grunzend übergibt.

Und ich fache ihn an.

Es ist nur ein schwaches Aufwallen meiner Gefühlswelt, quasi ein Zucken, doch die Auswirkungen sind gewaltig.

Der Dicke fällt auf die Knie, ein weiterer Schwall ergießt sich aus seinem Mund. Und noch einer.

Ich hake meinen BH zu und suche meine Kleidung zusammen. Den Rock lasse ich im Eimer zurück, er kann ruhig noch in der Waschlauge liegen bleiben. Das Handtuch schlinge ich mir um die Hüften.

Der Dicke röchelt und keucht und hört nicht auf zu würgen. Unter den säuerlichen Geruch nach Erbrochenem mischt sich der nach Blut.

Ich sehe mich nach Lagerfeld um und entdecke ihn der Länge nach ausgestreckt neben seiner Futterschüssel. Dieser Arsch hat ihn betäubt, damit er ihm nicht in die Quere kommt. Das macht sein perfides Spiel um einiges verwerflicher.

Ich klemme mir meine Sachen unter den Arm und packe Lagerfeld an den Vorderläufen.

Der Dicke krümmt sich auf dem Boden, die Hände an den Bauch gepresst. Ein feiner Blutfaden rinnt ihm übers Kinn, dunkel auf seiner fahlen Haut, die im Mondlicht schweißnass glitzert. Er wimmert. »Bitte …«, höre ich heraus.

Womöglich ist es jetzt genug?

Ich atme ein, tief und lang. Und wieder aus.

Mehr muss ich nicht tun, um Erleichterung zu produzieren. Erleichterung, die auch ihn erreicht.

Keuchend sinkt der Dicke zurück. Er liegt in einer stinkenden Lache, ein Anblick, der mich für die Schmach am Nachmittag entschädigt.

»Gehen wir«, sage ich zu Lagerfeld, der sich wieder regt. Er ist zu schwach zum Laufen und ich kann ihn nicht tragen, darum schleife ich ihn hinter mir her.

Die Nachtluft streift kühl um meine nackten Beine. Ich schaudere.

Beim Wohnwagen angekommen hieve ich Lagerfeld über die Schwelle. Er kläfft im Halbschlaf, beruhigt sich aber, als ich ihn auf die Decke lege.

Ein Schüttelfrost überfällt mich. Ich zittere so sehr, dass ich mich kaum in meinen Mantel wickeln kann. So dicht wie möglich rücke ich an den Hund heran. Schlage die Decke über uns.

Warm wird mir nicht.

Weil der Ursprung der Kälte aus meinem Inneren kommt. Der Ekel hat sie erschaffen, und ich weiß, dass nichts sie mehr vertreiben kann.

Nicht heute Nacht.

Vielleicht niemals mehr.

Sie ist wie ein eisiges Geschwür, das sich in jede Zelle meines Körpers fortpflanzt, in jede Spalte meines zerbrochenen Schildes kriecht.

Und das ist gut so. Denn die Kälte errichtet einen neuen Schutzschild in mir, massiv und starr.

Ab jetzt trage ich einen Panzer.

18

Lia

Enzo hat meine Mutter vergöttert. Aber mit Liebe hatte das nichts zu tun.

Sie war sein kostbarster Besitz, kostbarer als all die Luxusschlitten in seiner Garage oder der Jet, der Hubschrauber, die Gemäldesammlung, die Diamantencolliers.

Manchmal, wenn er sie ansah und glaubte, niemand würde ihn beobachten, flackerte dieser Stolz in seinen Augen auf. Stolz, dass sie ihm gehörte und er nach Belieben über sie verfügen konnte.

Und das tat er. Nicht zu knapp.

Er schleppte sie überall mit hin, zu jedem seiner Meetings, wie er sich ausdrückte, die sich, je nachdem, um welches Opfer es sich handelte, in einer Spelunke in Mailand oder in einem Konferenzraum eines bekannten Konzerns abspielen konnten. Dort brachte sie die Leute dazu, sich Enzos Wünschen zu fügen. Manchmal war es nur einer, dessen Gefühle sie manipulieren musste, dann wieder kam es vor, dass sie einen gesamten Firmenvorstand umkrempelte.

Sie säte Begeisterung, wo keine war, verwandelte Mut in Angst, Widerstand in Verzweiflung. Richter, Geschäftsmänner, Polizisten, Drogenbosse – es war viel subtiler, als ihnen eine Waffe an den Kopf zu halten. Und billiger als Bestechung.

Meine Mutter hat das nie gewollt. Sie hat gehasst, was sie tat, und sich damit gequält, dass sie so vielen Menschen Schaden zufügte. »Ihm sollte ich das alles antun, er hätte es mehr als verdient«, sagte sie, als ich sie wieder einmal zitternd vor Erschöpfung in ihrem Bett vorfand. Gewagt hat sie es nie, aus Furcht um mich, nehme ich an. Stattdessen sprach sie davon zu fliehen: »Irgendwann gehen wir hier weg, Lia, und fangen ein neues Leben an.«

Es war nur ein Traum.

Der Mafia entkommt man nicht, schon gar nicht als Frau. Man verschreibt sich ihr mit Leib und Seele.

Oder man stirbt.

Ich weiß nicht, was da gestern mit mir passiert ist. Weiß nicht, warum ich plötzlich über genau die Fähigkeiten verfüge, vor denen ich mich mein Leben lang versteckt habe. Weiß nicht, wie ich sie kontrollieren kann.

Alles, was ich weiß, ist, wie meine Mutter sich nach ihren Einsätzen gefühlt haben muss. Flüssiges Blei rinnt durch meine Adern, meine Haut spannt sich viel zu eng um die Gelenke. Mein Körper scheint Tonnen zu wiegen. Jede noch so winzige Regung bedeutet pure Qual.

Und das täglich? Über Jahre hinweg?

Kein Wunder, dass irgendwann das Limit erreicht war. Genau davor wollte meine Mutter mich bewahren, das begreife ich endlich.

Seit geraumer Zeit liege ich einfach nur da, starre ins Grau des beginnenden Tages und packe die zwingend erforderlichen Tätigkeiten in eine Liste, die ich Punkt für Punkt abarbeiten werde. Und nur diese. Sparsame Bewegungen, doppelte Wege vermeiden, Kräfte schonen, so lautet der Plan.

Na dann …

Ich stemme mich von meinem Nachtlager hoch, gerate ins Taumeln, falle hin. Lagerfeld jault.

»Geht schon, alles okay.« Nichts ist okay, mir ist kotzübel.

Allein die Tür zu öffnen und hinaus hinter einen Busch zu wanken, dauert gefühlte Stunden. Noch länger brauche ich, um mich anzuziehen und zu schminken.

Erst auf der Fahrt ins Atelier lassen die Symptome nach. Die Schattenbilder der Nacht verblassen, der Nachhall der Seele, die sich in mir eingenistet hat, erlischt unter einer Welle der Gleichgültigkeit.

»Du bist zu spät«, empfängt mich Gabriel, heute in einem giftgrünen, zart geblümten Hemd, als ich Punkt sieben Uhr eintreffe. Jemand sollte ihm mal mitteilen, dass fröhliche Farben allein keine positive Ausstrahlung bewirken.

Ein Van steht vor dem Laden, die Türen geöffnet. Zusammen mit Pierre ist Gabriel gerade dabei, einen vollgefüllten Kleiderwagen einzuladen.

Kein Wort über den gestrigen Vorfall, kein Wort darüber, dass er mich eigentlich gefeuert hat.

Aber gut, ich bin schließlich trotzdem hier. Vermutlich hätte er doof aus der Wäsche geguckt, wenn ich die Härte besessen hätte, nicht aufzukreuzen.

Härte gehört zu den Dingen, die mir fehlen. Hoffentlich wächst sie mit der Gleichgültigkeit.

Gabriel schickt mich hinauf ins Atelier. Auf der Treppe kommt mir eine total aufgekratzte Mavie entgegen. Sie keucht unter dem Gewicht der Kiste auf ihren Armen. »Alles klar bei dir? Vertragt ihr euch wieder, ja?« Sie wartet meine Antwort nicht ab. »Gabriel hat Spot für das Styling engagiert. Sie ist genial. Das werden hammergeile Fotos. Nevio kommt doch, oder?«

»Ich denke schon.«

»Gut! Wäre echt fatal, wenn er uns sitzen ließe.«

So schätze ich ihn nicht ein. Er steht zu seinem Wort oder würde notfalls absagen, meine Handynummer hat er ja jetzt.

»Bist du seinetwegen nervös? Brauchst du nicht. Du sprichst inzwischen astreines Deutsch. Er hat dich nicht erkannt.«

Das nicht, aber die Aufmerksamkeit, die er mir entgegengebracht hat, war alles andere als normal. Mir kommt es vor, als hätte ihn mein Outfit erst recht angefixt. Was nicht im Sinne der Erfindung war.

»Lia!«, dröhnt Gabriels Stimme herauf. »Bring den Rest!«

Mavie verfrachtet ihre Kiste nach unten und ich beeile mich, dem Befehl nachzukommen. Der *Rest* besteht aus elf weiteren Kisten. Klasse.

»Sieht aus, als würden wir ins Überlebenscamp fahren«, sage ich zu Rica, die gerade noch eine Nähmaschine dazustellt.

Sie wischt sich den Schweiß von der Stirn. »Glaub mir, wir brauchen das alles. Das hält den Chef bei Laune. Wehe, es fehlt auch nur eine Garnspule in der passenden Farbe, wenn er kurzfristig was abändern will.«

Ich nicke. Schlafende Hunde soll man bekanntlich nicht wecken. Und Monster noch weniger.

Eine Stunde später sind wir unterwegs. Ich sitze mit Mavie und Sonja bei Pierre im Auto, während Rica im Van mit Gabriel mitfährt. Polina und Helena sind wider Erwarten im Laden geblieben, denn Gabriel will sich keinen Verkaufstag entgehen lassen, wie Sonja auf meine Frage hin erklärt.

»Außerdem steht heute eine Stofflieferung an«, fügt sie hinzu, »die die beiden entgegennehmen müssen.«

»Ohne dass Gabriel die Stoffe begutachtet?«, frage ich verwundert. Enzo und Daniele waren stets anwesend, wenn eine Lieferung kam, um zu überprüfen, ob der Stoff auch keine Produktionsfehler aufwies.

Sonja streicht ihre braunen Locken hinters Ohr. »Er hat sie bereits ausgewählt. Obendrein haben die beiden ein etwas gespanntes Verhältnis, der Vertreter und er.«

Sollte mich das wundern?

»Wofür sind die Fotos heute gedacht? Für die Fashion Week?« Ich bin neugierig. Meines Wissens nach geben die Modemagazine Shootings in Auftrag. Dass ein Designer so etwas selbst organisiert, ist mir neu.

Mavie dreht sich zu mir um. »Nein, die Kataloge für die Fashion Week sind schon im Druck. Die Fotos sollen Tabea Liechtermann von *Up.Fashion* dazu animieren, Modelle von Gabriel in ihre Kollektion aufzunehmen. Sie produziert Abendmode in großem Stil.«

»Als Newcomer hat man es nicht einfach«, ergänzt Pierre. »Da heißt es Klinkenputzen und jemanden finden, der sich für deine Modelle begeistert und der die Kohle hat, dich groß rauszubringen. Wenn du es schaffst, einen Star in deinem Kleid auf den roten Hollywood-Teppich zu schicken, dann stehen dir alle Türen offen.«

Tja, mit diesem Problem hatte Enzo nie zu kämpfen gehabt. Er hatte genügend Eigenkapital angehäuft, um mit seinem Label von Anfang an durchzustarten, roter Teppich inklusive.

Schmutziges Geld für glamouröses Design – das wäre doch mal ein Werbeslogan.

Als wir bei der Orangerie von Schloss Charlottenburg eintreffen, steht der Van bereits vor dem Eingang und Gabriel läuft in Löwenmanier auf und ab.

»Wo ist er?«, herrscht er mich an, kaum dass ich ausgestiegen bin.

»Wo ist wer?«

»Dein Fotograf!«

»Er ist bestimmt nicht *mein* Fotograf«, erwidere ich. »Er wird schon kommen. Es ist ja erst viertel nach acht.«

»Aufbauen muss er ja schließlich auch noch.«

Unser Gespräch wird durch ein herannahendes Auto unterbrochen. Ein quietschgelber Fiat mit bunten Punkten, der mit einer Vollbremsung vor uns zum Stehen kommt, sodass der Kies nur so zur Seite spritzt. Spot.

In Latzhose und Schnürstiefeln fegt sie herbei, das schwarze Kraushaar mit einem Zopfgummi gebändigt und mit zwei riesigen Koffern in den Händen, die tonnenschwer anmuten.

Sie lässt eine Kaugummiblase zerplatzen, als sie die Rotunde für einen Moment abschätzend betrachtet.

»Da rein?«, fragt sie, hauptsächlich an Mavie und Pierre gerichtet. Auf deren Nicken hin läuft sie los und schmettert über die Schulter: »Na dann, ihr Hübschen, wer will zuerst?«

»Ich, ich!« Strahlend stürmt Mavie hinterher, nicht länger neunzehn und im Begriff zu modeln, viel mehr eine Grundschülerin vor dem Schminkkurs.

»Was Neutrales für den Anfang! Hörst du, Spot?«, ruft Gabriel den beiden nach und Spot antwortet mit einem Schulterzucken, wobei die Koffer wild umherschlenkern.

Ich mag sie.

Das nächste Auto rollt langsam heran, fast majestätisch, als würde der Kaiser persönlich vorfahren. In einem uralten Renault, nun ja. Hinter dem Steuer sitzt Nevio.

Unerklärlicherweise schleicht sich ein Lächeln auf meine Lippen. Der Herr weiß sich in Szene zu setzen.

Gabriel nicht weniger. Er spielt wieder mal die Diva. Mit verschränkten Armen blickt er dem Ankömmling entgegen, während wir anderen uns daranmachen, den Van zu entladen.

Ich nicke Nevio zu und er antwortet mit einem Victory-Zeichen. Mein Lächeln vertieft sich. Aus den Augenwinkeln nehme ich wahr, wie er Gabriel die Hand schüttelt.

»Nevio.«

»Gabriel.«

Eine Begrüßung unter Männern. Jetzt grinse ich breit.

Ich hebe eine Kiste aus dem Van, da packt Nevio auch schon mit an und wir stellen sie gemeinsam ab. Wie schon einmal berühren sich unsere Hände und wie schon einmal zucken wir wie elektrisiert zusammen.

Vielleicht trägt er ja auch einen Schutzschild?

»Schön, dich zu sehen«, sagt er und lädt auch gleich die letzte Kiste aus.

»Gleichfalls.«

»Hilfst du mir beim Aufbauen?«

Mein Blick zuckt zu Gabriel, dessen Miene noch einen Deut finsterer geworden ist. »Das musst du ihn fragen.«

»Klar, kein Problem.«

Nevio schlendert zu Gabriel hinüber, die Hände in den Hosentaschen vergraben. Das schwarze Hemd, das er heute trägt, macht ihn blass und lässt ihn älter aussehen, aber es unterstreicht seinen professionellen Fotografen-Look.

»Ich zweige Lia mal kurz ab«, erklärt er in lässigem Ton, »die anderen schaffen das gut allein. Sie muss mir unbedingt die Klos zeigen.«

Autsch. Gleich in die Vollen.

Der König wusste vor Zorn nicht ein noch aus und er ersann einen Plan, wie er das Mädchen für sich gewinnen konnte. Also lockte er den Jungen in den Wald und sperrte ihn in eine uralte Kammer aus Stein, in der das Böse hauste und die so versteckt lag, dass niemand sie finden konnte. Zu dem Mädchen aber sagte er: »Du kannst deinen Geliebten retten. Dafür verlange ich nichts als zwei Küsse, aus Liebe geschenkt: einen von dir und einen von deiner Tochter.«

19
Lia

Ich habe noch nie einen Jungen geküsst.

Bis auf Daniele. Aber zählt ein Kuss, der unter Gewaltandrohung eingefordert wird? Oder einer, der aus reinem Eigennutz gegeben wird? Was bleibt von Berührungen, die nur Schmerz hervorrufen?

Scham. Furcht. Verachtung.

Ein verbarrikadiertes Herz. Zutritt verboten.

Das eine Mal, als sich ein Junge für mich interessierte und ganz offensichtlich mehr als ein Gespräch suchte, bin ich ausgerastet. Der Arme bekam eine Ohrfeige und den Schock seines Lebens, dafür, dass er sich zu mir herunterbeugte. Ich hoffe, kein Mädchen hat ihm jemals wieder eine solche Abfuhr erteilt.

Nevio hat mich jetzt schon mehrmals berührt. Mit Absicht, da bin ich mir ziemlich sicher. Er weiß seine Hände sehr genau zu kontrollieren und trotzdem treffen sie immer wieder auf meine.

Eine Ohrfeige hat er noch nicht kassiert.

Ich reagiere nicht mehr so extrem. Ich habe meinen Panzer.

Trotzdem geistert Nevio durch meine Gedanken. Als wir sein Equipment zur Rotunde bringen, stelle ich mir vor, wie es wäre, ihn zu küssen. Richtig zu küssen, aus Liebe. Oder so.

Eine absurde Idee, aber sie geht mir einfach nicht aus dem Sinn. Dabei empfinde ich nichts für ihn.

Die Rotunde ist wunderschön anzusehen mit ihren Säulen, den bunten Deckenfresken in der Kuppel und den großen Rundbogenfenstern. Das perfekte Ballambiente. Ich bin gespannt, wie Nevio die Atmosphäre einfangen wird.

Wir beginnen sofort mit dem Aufbau. Er gibt knappe, aber leicht verständliche Anweisungen und ich reiche das Benötigte an ihn weiter. Als ich ohne zu zögern nach Stativen und Reflektorschirmen greife, hält er inne.

»Du hast ja wirklich Ahnung von der Materie.«

»Überrascht?« Ich war oft genug bei Shootings dabei, im Hintergrund natürlich, niemals vor der Kamera, und habe die gängigen Begriffe aufgeschnappt.

»Ein bisschen.« Er nimmt mir die Speedlights ab. »Und dumm bist du auch nicht gerade.«

Ich mache große Augen. »Gut zu wissen.«

Nevio presst sich die Hand an die Stirn. »Oh Gott. Ich meine, du begreifst schnell. Hast eine schnelle Auffassungsgabe, du weißt schon …«

Ich muss schon wieder grinsen und das nicht bloß, weil er von einem Fettnäpfchen ins nächste taumelt. Er hat einfach etwas an sich, das mich zum Dauerlächeln animiert.

»Okay«, sagt er beschämt. »Ab jetzt verständigen wir uns per Handzeichen. Das klappt besser.«

Ich antworte mit der Daumen-hoch-Geste.

Gabriel bespricht mit Rica und Sonja, welche Modelle wann zum Einsatz kommen sollen. Gleichzeitig hält er uns unter Beobachtung. Er sagt keinen Ton, aber ich spüre, dass sich Ärger in ihm zusammenbraut.

Punkt neun Uhr meldet Nevio, dass er bereit sei. »Irgendwelche Wünsche oder habe ich beim Setting freie Hand?«

»Nett, dass du fragst«, erwidert Gabriel angesäuert. »Ich

habe schon die ganze Zeit überlegt, ob das jemals der Fall sein wird.«

Nevio wirkt für einen kurzen Moment verunsichert, dann fängt er sich. »Na ja, ich sehe das als Beitrag zur guten Zusammenarbeit. Normalerweise entscheide ich lieber selbst, wo und wie ich die Models positioniere, um zum bestmöglichen Ergebnis zu kommen.«

»Weil du ja hier der Experte bist.«

»Genau. Ach«, er legt den Kopf schräg, »du etwa auch? Mann, ich wusste nicht, dass du fotografierst! Wozu hast du mich dann engagiert? Die paar Fotos hättest du auch mit dem Handy knipsen können.«

Ich habe den Eindruck, dass Nevio mit seinen Aussagen irgendwo zwischen Genie und Wahnsinn pendelt. Oder macht er das bewusst?

Gabriel presst die Lippen zusammen, sichtlich erbost über Nevios coole Antwort. Rica zieht eine belustigte Grimasse. Sonja wiederum ergreift die Flucht. Sie legt mit dem Kleiderwagen einen Sprint hin und verschwindet mit Geratter um die Ecke in die angrenzende Galerie, wo Spot Mavie und Pierre bearbeitet.

»Spot!«, ruft Gabriel. »Wie weit seid ihr?«

Sie steckt den Kopf heraus, einen Make-up-Pinsel in der Hand. »Sekunde noch. Wobei, eigentlich ... Pierre ist fertig. Er gehört ganz dir.« Ironie färbt ihre Stimme, das versucht sie gar nicht zu vertuschen.

Mit einem Hüsteln wendet sich Rica einer ihrer Kisten zu. Gabriel schreitet Sonja hinterher, und für einen Moment wird es still in der Rotunde.

Ich werde mir Nevios Blick nur zu bewusst. Er tut zwar so, als würde er Kameraeinstellungen vornehmen, aber in Wahrheit mustert er mich.

Das macht er bei jeder Gelegenheit. Selbst wenn er beschäftigt ist, hält er immer ein Auge auf mich gerichtet.

Mag sein, dass er nicht weiß, wer ich bin.

Mag sein, dass er etwas ahnt.

Falls dem so ist, kann ich nichts daran ändern.

Ich gehe ein wenig herum, den Kopf in den Nacken gelegt, und lasse das festliche Ambiente des Saals auf mich wirken. »Wo wirst du die Models platzieren, Nevio?«

»Schwierig. Bei den Säulen eventuell, aber …« Er seufzt. »Grundsätzlich würde ich einen neutraleren Hintergrund bevorzugen. Stellst du dich mal zum Fenster, damit ich das Licht prüfen kann?«

Ich tue ihm den Gefallen. Was sieht er, wenn er mich durch die Kameralinse betrachtet?

Mich? Oder das Mädchen in Schwarz?

Verlegen zupfe ich an der Spitzenbordüre meiner Bluse. Ich fühle mich unwohl auf dem Präsentierteller.

Das war schon immer so, daran konnten auch lange Ärmel und hochgeschlossene Shirts nichts ändern. Referate oder mündliche Prüfungen gehörten zu den Horrorszenarien meiner Schulzeit. Auch die Sportstunden rangierten nicht gerade unter den Highlights.

Ich entwickelte unzählige Verhaltensmuster, die mich vor den Blicken anderer bewahrten, viele davon gemeinsam mit meiner Mutter.

Verheimlichen, verschleiern, vertuschen, hieß die Devise. Vielleicht hätte mir ein bisschen mehr Selbstbewusstsein besser durchs Leben geholfen als all die Geheimniskrämerei.

Mir wird bewusst, was ich mir in Berlin binnen weniger Tage bereits erschaffen habe. Wie frei ich mich hier bewegen kann. Wie stark ich geworden bin.

Mein Panzer ist so stabil, dass ich sogar Nevios Kameraauge ertragen kann.

Ich straffe die Schultern, hebe das Kinn, und heiße mich im Geiste eine Idiotin, als mir klar wird, dass ich ihm gefallen will.

»Mach das noch mal«, sagt Nevio.

»Was?«

»Dieses geringschätzige Lächeln.«

»No chance.« Ich deute auf den Durchgang zur Galerie. »Wir zwei sind fertig. Da kommen deine Models.«

Bei ihrem Anblick stößt er einen bewundernden Pfiff aus.

Mavie erscheint in einer Robe, die sicherlich zu Gabriels Prunkstücken gehört. Die über und über mit Steinen besetzte karamellfarbene Seide schimmert auf ihrer leicht gebräunten Haut und ihre streng zurückgekämmten Haare geben den Blick auf den herrlichen Kragen frei, der sich breit und aus luftigem Organza quer über Brust und Schultern spannt. Ansonsten ist das Kleid auf Figur geschnitten, nur um die Knöchel umspielt der Rock ihre Beine.

»Wow!« Auch ich kann meine Bewunderung nicht verhehlen. Es gibt absolut nichts auszusetzen.

Pierre trägt einen dunkelbraunen Smoking mit besticktem Revers und darunter Hemd und Fliege im gleichen Farbton, der zu seiner dunklen Hautfarbe einfach nur edel wirkt.

Gabriel schickt seine Models an die Säule, und Nevio und ich rücken mit der Ausrüstung heran. Das allgemeine Klima hat den Gefrierpunkt erreicht, aber unter dem eisigen Schweigen brodelt es.

Die nächsten Minuten drückt Nevio gefühlte tausend Mal auf den Auslöser, während er die Models gekonnt instruiert oder Stimmung macht: »Etwas weiter links, die Schulter höher, das Bein vor. – Ein Strahlen, Mavie, du stehst hier mit deinem Traummann. – Die Nacht ist wie geschaffen für diesen Tanz. – Ihr seid die Stars des Abends, kommt schon, zeigt mir das.«

Er ist in seinem Element. Jedes Wort sitzt, er greift niemals daneben. Es muss die Kamera sein, die seine Sprache schärft.

Trotzdem kommen wir nicht weiter. Nevio experimentiert

mit der Beleuchtung, den Reflektoren und dem Aufsatzblitz, schickt mich hierhin und dahin, um etwas zu verrücken, Zentimeter oft nur, scheint aber nie zufrieden zu sein.

Mavie und Pierre posen unermüdlich, wie es sich für erfahrene Models gehört, aber Gabriel wird das Treiben bald zu bunt.

»Ich will sehen«, sagt er im Kommandoton desjenigen, der das beste Blatt am Pokertisch hat, und greift doch tatsächlich an die Kamera.

Gewagt. Kein Fotograf würde sich das gefallen lassen, und bestimmt traut er sich das nur, weil er Nevio für einen Anfänger hält.

Der rückt wenig begeistert beiseite. »Der Raum hier eignet sich nur bedingt«, sagt er, als Gabriel durch die Fotos switcht. »Ich muss alle Geschütze auffahren, um die Atmosphäre runterzuschrauben und trotzdem …«

Und trotzdem kommen die Kleider nicht genug zur Geltung, ergänze ich gedanklich. *Mist.*

Ich glaube nicht, dass es Nevio an Erfahrung fehlt. Vielmehr, dass er ein Perfektionist ist und zu hohe Ansprüche an seine Arbeit stellt. Ein Teufelskreis.

Wutentbrannt fährt Gabriel zu mir herum. »Das ist alles scheiße! Er hat keine Ahnung von Modefotografie! Er ist ein dahergelaufener Hobbyfotograf!«

Ich räuspere mich. »Das kann ich mir nicht vorstellen …«

»So? Kannst du nicht? Dann erklär ich es dir! Nur, weil du mit einem Kerl in die Kiste steigst, heißt das noch lange nicht, dass er einen guten Fotografen abgibt!«

»Oh, na ja, ich dachte, das sei bei euch so üblich. Schließlich warst du mit deinem vorigen Fotografen auch in der Kiste oder irre ich mich?«

Ich kann kaum glauben, was da völlig emotionslos über meine Lippen gekommen ist. Entsetzen zeichnet Mavies Gesicht und Gabriel sieht aus, als hätte jemand seine Kollektion verbrannt.

Ein Hoch auf die Gleichgültigkeit.

Ein Geräusch lässt Gabriel herumfahren. »Was soll das denn?«

Nevio, der bereits einen Teil seiner Ausrüstung zusammengepackt hat, hält inne, den Reflektor in der Hand wie einen Regenschirm. Seine Miene ist unbezahlbar, angewidert, mit leichter Tendenz zu milder Verwunderung.

Ich muss mir das Lachen verbeißen.

»Ich gehe, was sonst? Das hier«, er misst Gabriel mit einer eindeutigen Geste, »ist kilometerweit unter meinem Niveau.«

»Du bleibst! Ich habe dich gebucht! Du …«

»Du hast einen Profi gebucht. Der ich ja wohl nicht bin, wie du gerade festgestellt hast.« Seelenruhig faltet Nevio den Schirm zusammen und steckt ihn in eine Hülle. »Ich bin der Letzte, der einem Stardesigner wie dir unprofessionelle Fotos andrehen will.«

»Wenn du jetzt gehst, kriegst du keinen Cent!«

»Ja, klar. Ist notiert.« So ungerührt Nevio sich auch gibt, so sehr er seinen Ärger unterdrückt, er kann nicht überspielen, wie enttäuscht er ist.

Ich bin es auch, das ist das Dumme an der Geschichte.

Ich könnte die Angelegenheit abhaken. Muss nicht meine Sorge sein, dass Gabriel jetzt ohne Fotos dasteht. Auch nicht, dass Nevio umsonst gekommen ist und nicht mal seinen Fixbetrag erhält.

Aber ich kann nicht.

Ich kann nicht zulassen, dass das Shooting so endet.

Nicht, wenn ich es in der Hand habe, die Wogen zu glätten.

Ich denke an einen entspannten Tag daheim am Pool. Und es trifft mich wie eine Ohrfeige, dass ich Enzos Haus in Vanzago immer noch als mein Zuhause betrachte.

Konzentrier dich!

Ich ziehe mich in eine Schutzblase zurück, die all das Drumherum aussperrt: Nevio, der den Koffer schließt. Pierre und Mavie, die auf Gabriel einreden. Rica, die leise mit Sonja diskutiert. Und Spot …

Spot lässt die Blase platzen, wie ihren verdammten Kaugummi.

Wie habe ich das bei dem Dicken bloß angestellt?

»Es liegt doch eher am Ambiente«, sage ich laut, »oder Nevio?«

Achselzuckend schraubt er das Objektiv von der Kamera. Auf meine Bitte hin drückt er sie mir in die Hand.

Die Fotos sind gut. Mehr als das.

Aber er hat recht. Gabriels Kreationen kommen nicht zur Geltung. Die Säule, an der die Models stehen, der Stuck und all der barocke Schnickschnack dominieren.

Ich gebe ihm die Kamera zurück. »Kennst du zufällig einen passenderen Ort für das Shooting?«

»Doch, schon«, erwidert er zögerlich. »Eine verlassene Villa, keine halbe Stunde entfernt.«

»Gibt es dort Strom?«

»Ja. Ein paar Urban Explorer haben da eine provisorische Leitung gelegt.«

»Hervorragend.« Ich lächle und atme auf.

Jetzt endlich spüre ich einen Funken der Erleichterung in mir aufkeimen. Ich ergreife ihn, klammere mich an ihm fest, entfache ihn zu einem Feuer.

Und plötzlich überkommt mich eine Ahnung, was ich tun muss. Wie ich meine Gabe benutzen kann.

Es kostet mich meine ganze Kraft, die Erleichterung weiterzugeben, ohne mich darin zu verlieren. Schnell, ich muss schnell vorgehen, schnell und gezielt.

Entschlossen streife ich eine Seele nach der anderen. Ein

Schauer durchläuft mich, als ich auf die von Nevio treffe. Da ist ein Widerhall, der etwas in mir auslöst, einen sachten Schmerz vielleicht, wie man ihn fühlt, wenn man dem Wunsch, der in einem brennt, nicht nachgeben kann.

Ich kann nicht verweilen. Darf kein Gefühl an mich heranlassen. Muss weiter. Zur nächsten Seele.

Gabriel. Schwer. In sich gekehrt. Auf der Suche nach Anerkennung.

Pierre. Offen. Fröhlich. Voller Hingabe.

Mavie. Enttäuscht. Hungrig. Vertraut.

Rica. Sonja. Spot. Ha, Spot!

Als ich merke, dass meine Bemühungen fruchten, dass die Erleichterung willig aufgenommen wird, füttere ich die Seelen mit Enthusiasmus, Vertrauen, Harmonie.

Gefühle, die aus Freude resultieren.

Die Grundbedingung für eine Teamarbeit wie diese.

Ich arbeite eine Liste ab und während ich das tue, habe ich immer mehr das Gefühl, gar nicht daran beteiligt zu sein. Ich verstecke mich hinter meinem Panzer und beobachte.

Hinter ihm bin ich sicher.

»Packt zusammen«, höre ich jemanden sagen. »Wir verlegen das Shooting an einen anderen Ort.«

Erst als Nevio mich an der Schulter berührt, zerbricht meine Verbindung zu den Seelen. »Lia«, sagt er. »Alles okay?«

Ich schwanke, kurz davor zu fallen. Die anderen laufen geschäftig im Raum umher, sie sind nur Schatten am Rande meines Blickfeldes.

»Klar, alles bestens.« Ich drehe mich unter seiner Hand weg, und er weicht mit gerunzelter Stirn zurück. Dutzende Fragen flackern über sein Gesicht. Er stellt nicht eine davon.

Mir ist schwindelig, meine Nackenmuskulatur ist steif. Schon wieder fühlt es sich an, als würde ich Tonnen bewegen wollen, wenn ich nur daran denke, einen Schritt zu machen.

Da ist kein Pochen an meinen Handgelenken und meine Haut ist makellos, als ich heimlich unter den Ärmel meiner Bluse schaue. Mein Panzer hält, darüber sollte ich mich freuen. Stattdessen erfüllt mich wieder diese Leere, so als ob sämtliche Empfindungen verödet wären.

Ich merke, dass ich am ganzen Körper zittere.

Sonja und Rica schleppen bereits die ersten Kisten nach draußen. Gabriel schiebt den Kleiderwagen. Pfeifend.

»Was ist denn jetzt los?«, frage ich. Mit einem solch durchschlagenden Erfolg habe ich nicht gerechnet.

Mavie, bereits wieder in Jeans und T-Shirt, sieht mich verwundert an. »Na, wir wechseln die Location. Das hast du doch selbst vorgeschlagen.«

20
Nevio

Endlich sind wir am richtigen Ort.

Milchig trübes Licht quillt durch die von Staub verklebten Fensterscheiben. Farbe blättert von den Wänden, die Holzverschalung wellt sich, als wollte das Haus die Jahrzehnte abschütteln.

Das einzig Prunkvolle im Raum ist Mavies Kleid, eine Kreation in warmem Olivgrün, glitzernd und funkelnd, eng wie ein Schlauch und nur zusammengehalten durch eine armlange, kunstvolle Metallspange zwischen ihren Brüsten.

Sie ist der Farbfleck, purer Luxus inmitten von Tod und Verfall.

Ich habe hier schon öfter fotografiert, aber noch nie konnte ich dem Haus so viel Schönheit entlocken wie heute. Es ist, als würden sich Vergangenheit und Gegenwart vereinen, umsponnen von Melancholie.

Das ist es, was den Fotos in der Orangerie gefehlt hat.

Gabriel nickt mir zu, als ich Mavie in den Türrahmen schicke, wo sie sich lasziv anlehnt, den rechten Arm an die Wand gelegt, den Kopf seitlich geneigt.

Seit er die ersten Fotos, die ich hier geschossen habe, gesehen hat, ist er mit allem einverstanden, was ich vorschlage. Er vertraut mir jetzt, und das habe ich Lia zu verdanken.

Sie hat ihn dazu gebracht.

Sie hat uns alle dazu gebracht, weiß der Teufel wie.

Lia, die gute Fee. Sorgt für Friede, Freude, Eierkuchen.

Könnte man meinen. Wären da nicht die Bilder in meinem Kopf, die sich einfach nicht vertreiben lassen: Lia, völlig weggetreten. Steif wie eine Puppe. Schwankend.

Bin ich der Einzige, der gecheckt hat, dass da vorhin was ausgesprochen Sonderbares ablief?

»Ein Mann zu meinen Füßen. So lob ich mir das.« Mavie grinst mich frech an, als ich mich vor ihr auf dem Boden rekle, um sie aus der besten Position abzulichten.

»Nicht reden, nicht lachen, Herrschaftszeiten. Ich will prickelnde Erotik spüren«, stoße ich zwischen den Zähnen hervor, was sie nur noch mehr zum Lachen animiert.

»Pierre, nimm dir ein Beispiel an Nevio«, wirft Gabriel ein, der auf einer abgewetzten Chaiselongue sitzt, unfassbar entspannt im Vergleich zu vorhin in der Orangerie.

Hier stehen überall einzelne Möbelstücke herum, was ein Glück ist, denn sie bilden perfekte Motive. Vielleicht waren sie zu sperrig zum Abtransportieren, vielleicht wurden sie einfach vergessen, und jetzt ist das Haus dabei, sie zu absorbieren. Das stelle ich mir jedenfalls gern vor.

Pierre grinst anzüglich. »Das würde dir gefallen, was? Aber bevor ich dir die Füße küsse, fließt noch viel Wasser die Spree runter.«

»Wer redet denn von küssen. Es war von *huldigen* die Rede.«

»Okay, großer Meister, das kannst du haben – sobald eine deiner Kreationen auf der Titelseite eines Magazins landet.«

»Wirst schon sehen, Sweetheart.«

Angesichts dieser ungenierten Flirterei würde ich mir am liebsten an die Stirn greifen, aber leider hänge ich ja an der Kamera fest. So begnüge ich mich damit, die Augen zu verdrehen. Mavie kichert. Die anderen grinsen.

Unfassbar, wie sehr die Stimmung umgeschlagen ist. Alle sind so verdammt gut gelaunt, richtig euphorisch. Und das Beste ist: Wir arbeiten zusammen, fast wie ein Team.

Nur Lia ist auffallend still. Wie ein Gespenst huscht sie umher und macht sich nützlich, wo gerade eine zusätzliche Hand gebraucht wird.

Ich muss mit ihr reden. Später hoffentlich.

Die verlorene Zeit haben wir bereits aufgeholt. Der Ablauf zwischen den Fotosequenzen klappt reibungslos: umziehen, ein wenig Korrektur an Styling und Make-up, während ich für das nächste Setting umbaue, und schon legen wir wieder los.

Mavie in Rot, Türkis, Gold, Weiß. Als Hollywood-Star, als Braut, als Ballkönigin. Allein oder mit Pierre an ihrer Seite. Pierre, der in jedem Teil phänomenal aussieht – was Gabriel ihn auch bei jeder Gelegenheit wissen lässt. Ich glaube, er hat die Herrenkollektion exakt auf ihn zugeschnitten.

Am frühen Nachmittag legen wir eine Pause ein. Alle strömen ins Freie und prompt fahren Gabriel und Pierre los, um Snacks und Getränke zu besorgen. Wer's glaubt.

Ich bleibe, wechsle sämtliche Akkus und hänge die Kamera an den Laptop, um die Fotos rüberzuziehen. Eine Weile scrolle ich durch die Alben.

Ich bin mein größter Kritiker. Egal, in welchem Genre der Fotografie ich mich bewege, es gibt kaum ein Foto, an dem ich nichts auszusetzen habe. Zumeist sind das Kleinigkeiten, die einem Laien nicht auffallen, mir dafür umso mehr. Schließlich geht es immer noch einen Tick besser.

Auch diesmal sind in jeder Serie miese Fotos dabei oder einfach nur mittelmäßige. Aber dazwischen finde ich sogar einige Aufnahmen, bei denen wirklich alles passt.

»Die sind genial.«

Lia ist zurück. Ich habe nicht bemerkt, dass sie mir über

die Schulter blickt, so vertieft war ich. Ihre unerwartete Nähe facht meinen Puls an. »Findest du? Na ja, einige sind ganz okay.«

»Verkauf dich nicht immer unter Wert, Nevio. Du hast was drauf. Auch die Fotos in der Orangerie waren gut. *Du* bist gut. Du hast es nicht nötig, darauf hinzuweisen, dass du kein Profi bist.«

»Blöde Angewohnheit, ich weiß.« Sie hat recht. Ich kann mit der Ausbeute zufrieden sein.

Bleibt abzuwarten, was Gabriel dazu sagt.

Darf ich vorstellen: Nevio Weikert. Unfähig, über seinen Schatten zu springen.

Lia tritt ans Fenster und starrt hinaus. In ihrem weiten Rock aus schwarzem Tüll und der hochgeschlossenen Spitzenbluse wirkt sie wie eine Skulptur. Ein Teil des Hauses, vergessen von der Zeit.

Sofort bastelt mein Fotografenhirn einen Rahmen um das Bild, der all ihre Sehnsucht einfängt.

Ich will sie fotografieren, verdammt!

Genau aus dieser Perspektive. Vom Frühsommerlicht bemalt, dazu der Schatten, der von hinten herandrängt und die Kontur ihrer Wangenknochen schärft.

Mühsam halte ich meine Hände ruhig. Ich weiß, sie würde mich bemerken. »Was gibt's da draußen?«

»Gabriel und Pierre. In eindeutiger Pose.«

»Was? Wo?« Mit drei Schritten bin ich am Fenster und blicke nach unten. In den verwilderten Garten, in dem kein verliebtes Pärchen zu sehen ist, war ja klar.

»Dachte ich mir doch, dass du darauf anspringst«, sagt sie mit einem Seitenblick auf mich.

Was, hat sie es etwa darauf angelegt, dass ich zu ihr komme? Das lässt mich ganz kribbelig werden, ich merke, wie sich meine Gedanken verknoten.

»Überhaupt nicht. Außerdem ist Pierre der knackigste Typ aller Zeiten. Und Gabriel ist … interessant.« *Mann, Nevio! Geht's noch?*

»Aha.« Sie schlingt die Arme um sich, den Anflug eines Lächelns auf den Lippen.

»Also nicht, dass ich auf sie stehen würde … Ich steh auf Mädchen …«

Etwas ist geschehen, mit diesem Lächeln, etwas daran ist zersplittert. Ich will es wiederhaben, echt wie in der Bar, amüsiert wie heute Morgen, jedenfalls ohne Risse, darum quatsche ich einfach weiter: »Auf Mädchen wie dich zum Beispiel. The Girl in Black. Ich habe eine Schwäche für die Farbe Schwarz. Schwarz wie Espresso – hast du Lust, mit mir einen trinken zu gehen?«

Lia kommt nicht dazu, etwas zu erwidern, denn die anderen kehren aus der Pause zurück. Und ihr merkwürdiger Gesichtsausdruck brennt sich wie ein Tattoo in mein Gedächtnis.

Kann man vor Peinlichkeit sterben? Das wäre mir jetzt sehr recht.

»So«, Gabriel reibt sich die Hände, »jetzt kommen die besten Kreationen dran. Wohin damit? Irgendeine spektakuläre Idee, Nevio?«

»Auf der Treppe vielleicht?«, antworte ich lahm.

»Perfekt.«

Die Treppe zieht sich gewinkelt vom Erdgeschoss nach oben, bedeckt von einem zerschlissenen Teppich, der zu einem schmutzigen Graubraun verblichen ist. Rost nagt am schmiedeeisernen Geländer. Durch ein großes Rundbogenfenster über dem ersten Treppenabsatz fällt Licht herein, in dem Staub tanzt.

Perfekt. Absolut.

Mit Lias Hilfe baue ich am Fuß der Treppe auf, suche weiter nach ihrem Lächeln oder nach einer Geste, mit der sie mir zu verstehen gibt, dass ich kein Vollidiot bin, aber vergeblich. Sie blickt mich nicht ein Mal an.

Ich bin sogar ein selten dämlicher Vollidiot.

Das Kleid, in dem Mavie dann wenig später erscheint, ist wirklich etwas Besonderes – allerdings im negativen Sinn. Bisher konnte mich Gabriel von seinem Talent überzeugen, aber diesmal hat er eindeutig danebengegriffen.

Ich kann nicht mal sagen, woran es liegt. Ist es der Stoff? Dieses schwarz schimmernde Etwas? Der Schnitt, der eher an einen Bademantel erinnert? Die voluminöse Masche an Mavies Hüfte? Sie sieht trotz ihrer schlanken Figur pummelig und irgendwie billig aus.

Gabriel bemerkt den Fauxpas schnell. »Zieh das wieder aus, das ist ja abscheulich!«, ruft er, als Mavie erfolglos nach einer Position sucht, die ihr halbwegs schmeichelt. »Rica! Mach die Masche weg. Vielleicht hilft das. Nimm inzwischen das Rote, Mavie. Ach Gott …« Er seufzt schwer.

Die Damen verschwinden nach oben, Gabriel zieht sich, verdrossen über den Design-Ausrutscher, an die Wand im Erdgeschoss zurück, wo ihm Pierre tröstende Worte ins Ohr flüstert. Kurz darauf beginnt die Nähmaschine zu rattern.

Inzwischen lichte ich Mavie auf der Treppe ab, jetzt in einem überaus eleganten purpurroten Kleid, hochgeschlitzt bis zum Po, mit einem Ausschnitt, wie ich ihn noch nie gesehen habe, schlicht und trotzdem raffiniert. Wunderschön.

»Gabriel«, Rica beugt sich über das Geländer im Obergeschoss, gerade als wir mit der Fotoserie fertig sind, »wir sind jetzt so weit. Willst du dir das Kleid ansehen?«

Gabriel runzelt die Stirn. »Wir? Wer ist wir?«

Lia taucht hinter Rica auf. »Ich. Es war meine Idee.«

Er stößt sich von der Wand ab. »*Du?* Wie darf ich das verstehen?«

»Ich habe das Kleid abgeändert.«

Das Haus erzittert förmlich, als Gabriel einen Schrei ausstößt. »Bist du noch ganz dicht?« Mit unmissverständlichen Gesten zerhackt er die Luft, Wort für Wort. »Du vergreifst dich einfach an meinem Modell? Da könnte ich ja einem Kleinkind Schere und Nadel in die Hand drücken! Komm sofort da runter, Lia!«

»Sieh es dir erst mal an«, sagt Rica ruhig.

»Ich sehe mir gar nichts an! Wie konntest du sie an die Nähmaschine lassen, Ri…«

Lia erscheint auf dem Treppenabsatz und Gabriel klappt den Mund zu.

Ich klappe meinen auf.

Was sie aus dem Fetzen gemacht hat, ist einfach grandios. Aber viel grandioser ist, dass sie ihn selbst vorführt.

Ich kann meinen Blick nicht abwenden. Bin wie gebannt. Nur meine Hände machen sich selbstständig. Sie greifen zur Kamera. Zoomen Lia heran.

Aus dem Stoff der Masche hat sie einen geschweiften Stehkragen gezaubert, ihn dann beiderseits der Taille herab- und zur Mitte geführt und wie eine zweigeteilte Schleppe auslaufen lassen. Mit Abnähern an den richtigen Stellen hat sie das vormals unförmige Ding in Fasson gebracht.

Einfach klasse. Nein, mehr: eine Meisterleistung.

Die Damen beginnen spontan zu klatschen, Pierre entfährt ein begeistertes »Formidable!«.

Lia wartet. Auf das Urteil.

Sie ist die schwarze Königin, die auf uns herabblickt, kalt, ungerührt.

Unablässig drücke ich auf den Auslöser, während ich neben Gabriel die Treppe hinaufsteige, völlig hingerissen von der Gelegenheit, die sich mir hier bietet.

Fotos von ihr sind kostbar. Sie offenbaren mir mehr Schattierungen, als ich je von ihrer Maske ablesen könnte.

Schwarz ist nicht ihre Farbe, denke ich. *Blond. Blond müsste ihr stehen, wie Charlize Theron in diesem Schneewittchenfilm.* Mein Kopf schiebt ungefragt einen Layer über das Bild: Blond, wie das Mädchen vom Bahnhof.

Blond, wie die Italienerin, von der mein Vater erzählt hat. Mir fällt ein, dass er ihren Vornamen nicht genannt hat, nicht ein Mal.

Gabriel geht um Lia herum, der Blick konzentriert, sein Mund zusammengepresst. »Nicht schlecht, die Idee«, gibt er nach einem Moment angespannter Stille zu. »Mal sehen, wie Mavie darin aussieht.«

Uninteressant, will ich protestieren. *Da hast du dein Model, wer braucht Mavie?*

Natürlich halte ich meinen Mund.

»Trotzdem«, er sieht Lia finster an, »kannst du nicht einfach an meinen Outfits herumpfuschen.«

Sie hebt das Kinn, wieder drücke ich ab, fange ihre leicht gekräuselten Lippen ein, den ruhigen Blick. Ihre Entschlossenheit.

»Ich *pfusche* nicht. Ich habe das Kleid verbessert.«

»Ich habe dich aber nicht damit beauftragt.«

»Vielleicht solltest du das. Könnte sich als Gewinn entpuppen, deine kleine Putze.«

Ihr Zynismus ist mir nicht neu, doch diesmal ist er scharf wie eine Klinge.

Ich muss schlucken. Habe ein ganz blödes Gefühl im Bauch.

Aber bevor die Auseinandersetzung eskalieren kann, mischt sich Pierre ein: »Hey, jetzt kommt mal wieder runter, ihr zwei. Wir haben ein cooles Shooting hingelegt. Das bringen wir jetzt zu Ende und gehen dann alle zusammen feiern. Ich hab Lust, so richtig einen draufzumachen.«

Endlose Sekunden vergehen, dann wendet sich Lia ab. »Mavie? Tauschen wir?«

»Klar doch!«, ruft Mavie erleichtert und die beiden ziehen sich zurück, gefolgt von Spot.

»Die Haare hochstecken, Spot!«, fordert Gabriel immer noch grimmig und zu mir sagt er: »Ich will auch die Fotos von Lia.«

Ich nicke überrascht.

Danach ist Mavie dran. Ich mache unzählige Fotos von ihr, tolle, atmosphärische Fotos. Sie gefällt mir gut in dem Kleid, es steht ihr, keine Frage.

Aber sie ist nicht Lia Musetti.

21
Lia

Ich bin befördert worden.

Am Tag nach dem Shooting hat Gabriel mir das Bügeleisen anvertraut. Acht Stunden am Stück zu bügeln, ist zwar kein Honiglecken, aber zumindest eine Abwechslung zum Putzen.

Und heute Morgen durfte ich für Polina eine Naht auftrennen und etwas später Rica beim Abstecken helfen, außerdem Stoffballen schleppen, Nähgarn sortieren und in passenden Farben zu den Stoffmustern heraussuchen.

Ich kann mein Glück kaum fassen.

Wer in Zukunft die Klos betreuen wird, ist noch unklar.

Ich bezweifle allerdings, dass Gabriels Umdenken damit zusammenhängt, dass er mein Talent erkannt hat. Vermutlich profitiere ich einzig und allein von der Berliner Fashion Week, deren Termin unaufhaltsam näher rückt.

Gabriel wird mit seinem Label die Eröffnungsshow bestreiten und damit im Zentrum der medialen Aufmerksamkeit stehen. Eine unglaubliche Chance für einen Newcomer wie ihn.

Dementsprechend hektisch geht es bei den Vorbereitungen zu. Die Arbeit scheint mit jedem Tag mehr zu werden und unser Stardesigner in spe hat sich in einen Zombie verwandelt, blutleer und hungrig. Ich glaube, er fällt vom Atelier direkt ins Bett und das maximal für ein, zwei Stunden.

Noch dazu verhält er sich exzentrischer denn je.

Wenn er nicht gerade am Telefon hängt und mit Sponsoren, Presseleuten oder Modelagenturen verhandelt, kommandiert er uns herum. Oder er brütet über den Pinnwänden, an denen die gesamte Kollektion der Show abgeheftet ist, gut sechzig Laufsteglooks, die zum Teil noch produziert werden müssen, hauptsächlich Daywear, denn die Red-Carpet-taugliche Abendmode war ja bereits vor dem Shooting fertig.

Dafür finden auch bereits laufend Fittings statt, bei denen die gebuchten Models zur Anprobe kommen. Dann müssen Nähte neu gesetzt werden, Ausschnitte angepasst oder Längen gekürzt. Schließlich kann Mavie nicht alle Abendkleider allein vorführen.

Heute will Gabriel zehn Outfits fertigstellen. Deshalb steht Mavie schon den ganzen Tag zum Anpassen im Atelier, wie immer völlig ungerührt von dem Drama um sie herum.

Davon gibt es jede Menge: seit Tagen ausständige Stofflieferungen, Accessoires in der falschen Farbe, ein mieses Foto in der PR-Mappe oder das Chaos auf dem Boden, weil Gabriels kreativer Geist sich nicht auf die Tische beschränken kann.

Will man den Raum durchqueren, muss man von einer freien Insel zur nächsten hüpfen. Weit entfernt vom Idealzustand. Also mache ich mich daran, die dekorativ verstreuten Schnittbögen aufzusammeln.

Gabriel lässt ein undefinierbares Grummeln hören, das ich geflissentlich überhöre. Soll er sich doch bitte schön in Worten artikulieren, wenn ihm was nicht passt.

Mavie zwinkert mir zu. Sie sieht Gabriels Marotten wesentlich entspannter. Nie verliert sie die Geduld, niemals nimmt sie seine Ausbrüche persönlich. Bewundernswert.

Bereits zum dritten Mal schlüpft sie in eine schmale Hose aus wasserblauem Leinen mit einem aufgesetzten Wickelrock, bei dem sichtlich etwas nicht stimmt. Er trägt auf, anstatt weich um ihre Hüften zu fallen.

»Es ist der Stoff, das Leinen eignet sich einfach nicht«, fasst Rica die Tatsachen zusammen. »Ihn doch zu füttern, wäre noch die beste Option.«

Gabriel lehnt mit finsterer Miene am Tisch. Er ist unrasiert, sein Haar glänzt fettig und das lavendelfarbene Shirt hatte er gestern schon an. Vielleicht sollte ihm Pierre einen Wegweiser zur Dusche aufstellen. Ich habe was läuten hören, dass er endlich bei Gabriel landen konnte.

»Jetzt ist es sogar noch schlimmer«, murmelt er. Mit einer Handbewegung fordert er Mavie auf, noch mal auf- und abzulaufen und wirklich: Nach ein paar Schritten wandert der Rock ihren Po hinauf und legt sich in Falten. »Dreck, verfluchter!«

»Vielleicht Seide?«, schlägt Rica vor.

»Die haben wir nicht in der passenden Farbe da. Außerdem will ich bei dem Teil keinen Materialmix. Lassen wir ihn eben weg. Nimm den Rock runter«, befiehlt er Rica und Mavie zieht die Hose wieder aus. »Oder warte. Hast du vielleicht eine zündende Idee?«

Die Frage bleibt im Raum hängen, bis er sich räuspert. »Lia?«

Erstaunt blicke ich auf, die Hand noch am Bügel, an dessen Klemmen ich gerade einen Schnittbogen befestigt habe. »Ich?«

»Heißt hier sonst noch jemand Lia?«

Ich schüttle den Kopf. Rica nickt mir aufmunternd zu und ich nehme die Hose von ihr entgegen. Das Leinen ist wunderbar weich, die Farbe einmalig. Mit einer passenden Jacke dazu, unbedingt kurz, vielleicht im Blazerstil, würde sogar ich schwach werden.

Ach nein. Meine Lieblingsfarbe ist ja nun Schwarz.

»Na?«, bohrt Gabriel nach. »Nichts? War das ein One-Hit-Wonder in der Villa?«

»Der Rock wird zu eng gewickelt«, sage ich langsam. »Ich würde ihn tiefer setzen und lockerer, nicht unbedingt wickeln. Eventuell mit Knöpfen an der Seite, den Bund etwas breiter, mehr wie einen Gürtel.«

Schnaubend wendet sich Gabriel ab.

Fail. Auf ganzer Linie.

Ich will Rica die Hose gerade wieder zurückgeben, da fährt er herum. »Okay.«

Rica und ich tauschen einen Blick. »Okay, was?«, hakt sie nach.

»Machen wir es so.«

Hilflos hebt sie die Schultern. »Und wie genau?«

»Mein Gott! Schläfst du?«, braust Gabriel auf. »Besser, sie macht die Änderung selbst. Wenn sie das kann.«

»Sie kann das«, sage ich spitz und schreite aus dem Raum, die Hose auf dem Arm. »Ich brauche Knöpfe!«, rufe ich über die Schulter zurück. »Möglichst große. Blaue wären hübsch.«

Polina reißt die Augen auf, als ich ins Nähzimmer komme.

Zum Glück ist der Rock nur locker an die Hose geheftet und ich habe ihn schnell heruntergetrennt. Kurz überlege ich, den überschüssigen Stoff vom Wickelrock nur einzuschlagen, aber dann würde er sich erst recht hochschieben. Also greife ich zur Schere.

»Er bringt dich um«, stößt Polina hervor.

Ich zucke mit den Schultern. »Ich an seiner Stelle würde warten, bis das Teil fertig ist.«

Zehn Minuten später bin ich bereits wieder am Heften. Anstelle des Wickellooks lasse ich den Rock seitlich eine Handbreit überlappen, fertige eine Knopfleiste an und nähe ihn zu zwei Dritteln zu.

Die Arbeit geht mir leicht von der Hand. Mode nach meinen Vorstellungen erschaffen zu können, war alles, was ich je wollte. Und trotzdem empfinde ich dabei nicht die gleiche Freude wie früher, nicht mal Befriedigung. Aufregung?

Nichts dergleichen. Ich bleibe gänzlich ungerührt.

Vielleicht ganz praktisch, wenn man sich erst mal dran gewöhnt hat.

Rica bringt eine Dose mit Knöpfen in wunderschönen hellen Blautönen. Ich entscheide mich für einen Mix und suche drei unterschiedliche, ziemlich auffällige heraus.

Gabriel, der die Ungewissheit offenbar nicht ausgehalten hat, baut sich hinter mir auf, nicht ohne Polina anzuschnauzen, ob sie denn wirklich Zeit zum Glotzen habe.

Seine Nervosität prickelt auf meinem Rücken, ein abscheuliches Gefühl, und sobald ich die Knöpfe angenäht habe, flüchte ich zurück zu Mavie, Rica und den Meister dicht hinter mir wissend.

Unter unseren kritischen Blicken führt sie das fertige Outfit vor. Die schweren Knöpfe senken den Rock ein wenig ab, sodass er schräg über ihre Hüfte fällt. Weich und fließend schmiegt er sich jetzt bei jedem Schritt an ihren Po. Keine Falten, kein Raufkriechen beim Gehen, genau wie ich beabsichtigt hatte.

»Jetzt ist es aber kein Wickelrock mehr«, sagt Gabriel, als Mavie vor ihm stehen bleibt.

Eine bahnbrechende Erkenntnis. Ich merke, dass sich meine Augen weiten. »Ach echt? Ist mir gar nicht aufgefallen.«

Rica tippt sich hinter seinem Rücken vielsagend an die Stirn. Ich weiß bloß nicht, was sie damit meint:

Dass er ein Trottel ist? Oder dass mir nicht zu helfen ist?

Ich wette, Letzteres.

Minutenlang starrt Gabriel seine adaptierte Kreation an, dann erwidert er: »Muss ja nicht sein. So ist es ganz okay.«

Ganz okay aus seinem Mund bedeutet so viel wie: *Gut gemacht.* Das höchste Lob, das er zu bieten hat.

Ich lächle. Weil sich das so gehört.

***

Gabriel hat mir eine alte Nähmaschine geschenkt.

Ich weiß nicht, wie ich zu der Ehre komme, aber offenbar wollte er sich in irgendeiner Form erkenntlich zeigen.

Ob er krank ist?

Unwahrscheinlich ist jedenfalls, dass er meinen wehmütigen Blick aufgeschnappt hat, als ich Rica bei der Fertigstellung des wasserblauen Outfits beobachtete. Jetzt hängt es mit einem passenden Kurzblazer auf dem Bügel.

Ich mag es. Es steckt eine ordentliche Portion Lia Kranz darin.

Wie anders doch die Arbeit bei *Musetti* abläuft. Enzo hat drei fix angestellte Designer und mehrere Direktricen, die sich darum kümmern, seine bizarren Vorstellungen zu Papier zu bringen und daraus extravagante, aber dennoch tragbare Mode zu produzieren.

Er begutachtet nur noch das Ergebnis in sogenannten Finalrunden, die einmal pro Woche stattfinden und bei allen Mitarbeitern gefürchtet sind. Es soll schon vorgekommen sein, dass er die halbe Kollektion kurz vor der Produktion wieder umgestoßen hat und alles neu designt werden musste.

Seit Daniele zum Chefdesigner aufgestiegen ist, kommen solche Katastrophen allerdings nur noch selten vor. Er hat den Herstellungsprozess optimiert, und Enzo verlässt sich auf ihn. Über kurz oder lang wird er das Geschäft übernehmen.

Daniele arbeitet streng nach Plan, um nicht zu sagen schablonenhaft. Er ist ein Handwerker, ein ziemlich guter sogar, das will ich nicht bestreiten, aber er hat absolut kein Talent. Was zur Folge hatte, dass das Label *Musetti* in den letzten beiden Jahren teilweise seelenlose Mode auf den Markt geworfen hat.

Kreationen springen durch meinen Kopf, während ich mit der U-Bahn nach Hause fahre, bunt, originell, flüchtig und so konträr zu den grauen Häuserzeilen, die an mir vorbeischaukeln.

Wird Zeit, dass ich mir endlich einen Skizzenblock kaufe. Ich will wieder für meine Ideen brennen, will Entwürfe machen, technische Zeichnungen, Schnittbögen.

Ich will meine Lust am Designen zurück.

Vielleicht kann ich Gabriels Spendierlaune ausnutzen und ihm noch Stoff und Nähgarn abluchsen, ein paar Reste, das würde schon genügen.

Die Nähmaschine musste ich im Atelier lassen. Sie ist einfach zu schwer, um sie durch Berlin zu schleppen. Pierre wird sie mir hoffentlich demnächst zum Wohnwagen bringen.

Andererseits frage ich mich, was ich dort damit anstellen soll. Ich habe noch nicht mal Strom …

Als ich beim Schrottplatz eintreffe, erwartet mich die Polizei. Der fehlende Stromanschluss ist wohl mein kleinstes Problem.

Ein Streifenwagen und ein Zivilfahrzeug parken vor der Einfahrt, dahinter hat der Dicke seinen Wagen abgestellt. Er steht am Tor, Lagerfeld an der Leine, und spricht mit einem Beamten.

Ich mache kehrt. Renne wie eine Besessene.

Ein Fehler, das wird mir nach wenigen Metern bewusst. Saudoof, dieser Fluchtinstinkt.

Wäre ich nicht weggelaufen, sondern einfach weitergegangen, um mich im nächstbesten Hauseingang zu verstecken, hätte ich mit Sicherheit keine Aufmerksamkeit erregt. So aber hämmern meine Absätze über den Asphalt und bringen Bewegung in die Truppe.

Hinter mir hallen Schreie, der Befehl, stehen zu bleiben, die Schritte meiner Verfolger. Sie sind nur zu dritt, doch es hört sich an wie ein Stoßtrupp in Angriffsformation.

Zu allem Überfluss bellt sich Lagerfeld die Seele aus dem Leib.

Ich sprinte die Straße hinunter, vorbei an einer Autowerkstatt, an einem Shop für Anglerbedarf, an der Pizzastube.

Weiter komme ich nicht.

Eine Hand schließt sich um meinen Oberarm und reißt mich herum. Der Schwung kugelt mir beinahe das Schultergelenk aus, ich knicke im Knie ein, aber da packt der Kerl mit der zweiten Hand zu und fängt meinen Sturz ab.

Ich starre in braune Augen, in ein Gesicht, in dem sich unerklärlicherweise Besorgnis spiegelt, bis sie von Ärger abgelöst wird.

Es ist ein Beamter in Zivil, der mich gestellt hat. Ein Mann in den Vierzigern, Jeans, offenes Hemd, unter dem ein ausgeleiertes T-Shirt hervorblitzt, Dreitagebart, das Haar wirr – *Der letzte Bulle* lässt grüßen.

Kriminalpolizei.

Ich kämpfe gegen seinen Griff an, aber er dreht mir den Arm auf den Rücken. »Lassen Sie mich los!«

»Den Teufel werde ich tun. Sie kommen mit aufs Revier.«

»Was er Ihnen auch erzählt hat – es ist gelogen!«

»Er hat Sie angezeigt. Und wir haben Ihre Sachen im Wohnwagen sichergestellt.«

Shit. »Okay, ich habe zwei-, dreimal hier übernachtet. Was ist so schlimm daran?«

»Einbruch, Hausfriedensbruch«, zählt er auf, während er mich zum Schrottplatz zurückschleppt. Die beiden Streifenpolizisten gehen nebenher. Der eine keucht asthmatisch, aber der Typ, der mich abführt, ist nicht mal annähernd außer Puste. »So was nennt man gesetzeswidrig«, fügt er hinzu.

Aus seinem Mund klingt es, als hätte ich illegal Musik oder Filme gedownloadet. Und dafür tanzt die Kripo an? »Ich störe doch niemanden.«

»Körperverletzung ...«

»Klar doch. Sie wissen aber schon, dass er rund sechzig Kilo mehr wiegt als ich.«

»Und Diebstahl.«

Wir sind beim Tor angelangt. Feixend lacht mir der Dicke ins Gesicht und in mir kribbelt der Impuls, ihm gleich die nächste Ekelattacke zu spendieren. Oder noch besser: ihnen allen!

Ich muss mich zusammenreißen. Das Risiko ist zu hoch.

»Was macht der Magen?«, erkundige ich mich freundlich und er erblasst.

Lagerfeld dreht völlig durch, bellend und knurrend wirft er sich in die Leine. Er spürt, dass ich in Gefahr bin.

Und ich spüre seine Angst. Sie verdichtet sich zu einem Knoten, tief in mir drinnen.

Wie komm ich da wieder raus?

»Diebstahl?«, wende ich mich an den Kripobeamten. »Was soll ich ihm denn gestohlen haben? Eine rostige Karre?«

»Seinen Hund«, erwidert einer der Streifenpolizisten.

»Seinen Hund. Diesen hier? Wissen Sie eigentlich, was dieser Fettsack mit dem Hund so anstellt? Er hält ihn an der Kette, lässt ihn tagelang allein. Das arme Tier war total vernachlässigt. Und wissen Sie, dass er seine Frau misshandelt und einen Haufen Spielschulden hat und in der Garage Diebesgut hortet? Ihn sollte man anzeigen, nicht mich!«

»Schlampe!«, keucht der Dicke. »Sie lügt, diese Schlampe!«

»Wir kümmern uns darum«, sagt der Kripobeamte. »Aber jetzt kommen Sie erst mal mit.«

»Bin ich verhaftet?«

»Nein, Sie sind festgenommen. Es besteht eindeutig Fluchtgefahr.«

Als er mich zum Auto schiebt, ist es um Lagerfeld geschehen. Er reißt sich los, springt auf den Beamten zu und verbeißt sich in seinem Arm. Der brüllt auf, versucht den Hund abzuschütteln, packt ihn sogar beherzt im Genick, doch Lagerfeld ist so in Rage, dass er keine Chance hat.

Die Polizisten ziehen ihre Schlagstöcke, der Dicke weicht zurück, schwitzend, ich schreie den Hund an, schreie, schreie, schreie …

Zwecklos. Die Hiebe fallen.

Lagerfeld stürzt jaulend zu Boden.

Mein Schrei verfängt sich in meiner Brust, wird dutzendfach zurückgeworfen, fährt mir in jede Zelle. Er füllt mich mit Schmerz.

Niemand hält mich auf, als ich mich über den Hund beuge.

Er blutet stark aus einer Platzwunde am Kopf. Das Blut ist warm, sein Fell warm, sein Atem warm. Seine Pfoten zucken.

Noch lebt er, aber er ist so schwer verletzt, dass er nicht mehr auf die Beine kommt.

In seinem Blick liegt eine Wahrheit, die mich beinahe in Stücke reißt. *Es ist meine Schuld, das alles ist meine Schuld.*

Jetzt zerren sie mich weg und ich glaube, an meinem Schmerz zu ersticken. »Bitte«, flüstere ich in einem fort, »bitte, bitte, bitte …«

»Gebt ihm den Gnadenschuss!«, zischt der Kripobeamte, den Arm an den Körper gepresst. Sein Hemd hängt in Fetzen, darunter schimmert rohes Fleisch. »Verdammte Scheiße, so erschießt ihn doch schon!«

22
Lia

Meine Hände sind voller Blut. Jetzt ist es nicht mehr warm, sondern klebrig. Wie das Entsetzen, das sich an mir festgesaugt hat.

Seit gut zwei Stunden sitze ich auf diesem Stuhl, an diesem Tisch, in diesem Zimmer. Auf diesem gottverdammten Revier. Und warte.

Worauf, weiß ich nicht.

Sie haben noch nicht mal meine Daten aufgenommen. Dafür mein Handy eingesackt. Wie lange wird es dauern, bis sie herausgefunden haben, wer ich bin?

Die Tür ist nicht abgeschlossen, aber davor schiebt ein Polizist Wache. Ob er mich aufs Klo begleiten würde? Vielleicht gäbe es dort ein Fenster, aus dem ich türmen könnte, wie die Heldin eines Hollywood-Blockbusters.

Aber Helden sind unerschrocken, tapfer.

Das war ich nie. Nicht mal am Tag der Hochzeit. Mag sein, dass ich den Musettis in den Arsch getreten habe, wie Mavie sich so gern ausdrückt, doch das war eine reine Kurzschlussreaktion.

Das passiert mir, wenn man mich in die Enge treibt.

Jetzt bin ich zu mutlos, um eine Flucht auch nur in Erwägung zu ziehen. Zu mutlos, zu müde, zu traurig. Ich bin nur noch zur Hälfte da, der Rest von mir ist weit fort.

Bei der Beerdigung.

Erinnerungen überschwemmen mich: die endlosen Grabreihen unter einem weißen Blütenregen. Der Wind, der den Duft der Orangenbäume weiterträgt. Schwarze Anzüge, schwarze Kleider, schwarze Sonnenbrillen. Der mit Lilien geschmückte Sarg.

Ich zwischen Enzo und Daniele, dort, wo ich niemals hatte enden wollen. Sie verabschieden ihre Königin.

Und heißen die neue willkommen.

Meine Finger öffnen sich. Ich sehe die Rose ins Grab fallen, tiefrot zwischen all dem betörenden Lilienweiß.

Das Knallen der Tür reißt mich zurück in die Wirklichkeit, zurück zu den hellgrau gestrichenen Wänden, dem grauen PVC-Belag, dem Grau des hereinbrechenden Abends.

Vor mir steht der Beamte mit dem zerfleischten Arm. Er trägt jetzt einen Verband unter dem hochgerollten Hemdsärmel. Und in der anderen Hand eine Aktenmappe.

»Kriminalkommissar Weikert«, stellt er sich vor und nimmt mir gegenüber am Tisch Platz. Die Mappe platziert er in der Mitte, schlägt sie aber nicht auf.

Einen Moment lang messen wir uns mit Blicken. Ich sage nichts.

»Danke der Nachfrage. Drei Nähte, eine Tetanusspritze, eine gegen Tollwut, sonst geht es mir gut.«

Was interessieren mich seine Befindlichkeiten?

»Der Hund wird übrigens durchkommen.«

Ich schnappe nach Luft. »Aber ich dachte …«

»Er liegt in der Tierklinik die Straße runter.«

Meine Schultern sacken nach vorn. Eine einzelne Träne rollt aus meinem Augenwinkel, mehr spuckt mein Gefühlsleben nicht aus. Unbedacht wische ich sie weg und schmiere mir damit blutige Kriegsbemalung ins Gesicht. Großartig.

Weikert schiebt eine Packung Taschentücher über den Tisch und ich schnäuze mich. »Die Toilette ist über den Flur und dann rechts.«

»Geht schon.«

Er zieht Notizblock und Kugelschreiber hervor. »Name?«

»Tamara Lechner.«

»Können Sie sich ausweisen?«

»Nein.«

»Lassen Sie mich raten: Sie haben die Papiere verloren?«

»Genau.«

Er öffnet die Aktenmappe, entnimmt einen durchsichtigen Plastikbeutel und legt ihn vor mich hin. »Diese hier?«

In dem Beutel befinden sich mein Pass, den ich an der ledernen Hülle erkenne, meine Papiere, wie Geburtsurkunde und Staatsbürgerschaftsnachweis, mein Portemonnaie – leer, wie ich vermute – und die Versicherungskarte.

Ich blicke auf. »Nein.«

Weikert stößt ein freudloses Lachen aus. Er legt mir den Pass vor und tippt auf das Foto. »Tatsächlich nicht. Ihre Haare sind ja schwarz und nicht blond, wie konnte ich mich bloß so irren.« Sein Ton schärft sich. »Oder wollen Sie vielleicht die Perücke abnehmen?«

Ich unterdrücke ein Stöhnen. »Wie lange sind Sie schon hinter mir her?«

»Sechzehn Jahre.«

Meine Stimme zerbricht, ich kann sie nicht mehr zu Worten zusammensetzen.

Sechzehn Jahre? Die Bedeutung des Gesagten will sich mir nicht erschließen, nicht in Einzelheiten jedenfalls.

Sechzehn Jahre.

Ich klammere mich an seinen Augen fest, hilflos, erdrückt von dieser Offenbarung.

Was weiß er? Wasweißerwasweißerwas …

»Hören Sie, Lia. In Mailand wird gegen Sie ermittelt, wegen versuchten Mordes. Schlimmstenfalls müssen wir Sie ausliefern – sollten wir Sie ausfindig gemacht haben.«

Ich überhöre den Nachsatz, etwas anderes füllt mein Denken. »Er lebt?«

Weikert nickt. »Ja, Enzo Musetti ist am Leben. Soweit ich informiert bin, liegt er noch im Krankenhaus, ist aber auf dem Weg der Besserung. Haben Sie auf ihn geschossen?«

»Ich glaube nicht.«

»Sie glauben? Das ist zu wenig.«

»Ich kann mich nicht erinnern.« Die Worte stürzen jetzt nur so aus mir heraus: »Bei dem Attentat, ich hatte die Waffe in der Hand, sie gehörte einem der Bodyguards, nicht mir, aber ob ich abgedrückt habe … *falls* ich abgedrückt habe, war es jedenfalls kein geplanter Mord. Enzo wollte mich aufhalten. Und ich wollte weg.«

»Warum sind Sie geflohen? Sie wollten doch heiraten.«

Scherz lass nach. »Nein. Eben nicht.«

»Also wurden Sie zur Hochzeit gezwungen?«

Das liegt ja wohl auf der Hand.

Er schweigt und in mir kriecht ein schrecklicher Gedanke hoch: Was, wenn er auf der Gehaltsliste der Musettis steht? Er könnte ebenso korrupt sein wie die Polizisten in Bella Italia.

»Ich möchte jemanden anrufen«, sage ich.

»Jetzt?«

»Ja. Das Recht habe ich doch, oder?«

Weikert verschränkt die Arme. »Hm. Ich hatte gehofft, wir könnten einiges klären, bevor wir den offiziellen Weg einschlagen.«

Also doch. Ich kann ihm nicht trauen.

»Was denn klären?«, erwidere ich. »Wer sind Sie überhaupt? Warum suchen Sie mich? Schon so lange«, setze ich rau hinzu.

Sein Blick löst Schichten von mir ab. Jahre. Mein Leben zerbröckelt zu Staub. Was bleibt, sind eine Dreijährige und ein Mann, der meine Vergangenheit offenbar besser kennt als ich.

Er räuspert sich. »Was wissen Sie über Musettis Geschäftspraktiken?«

»Nichts. Was wissen Sie über meine Eltern? Meinen Vater?«

»Einiges.«

»Zum Beispiel?«

»Zum Beispiel, dass Ihre Mutter die rechte Hand Ihres Vaters war.«

Das umreißt die Tätigkeit meiner Mutter im Groben. Der Clou liegt im Detail.

»Unfreiwillig. Und er ist nicht mein Vater. Ich bin keine Musetti. Sehen Sie denn nicht, was in meinem Pass steht? Kranz. Lia Kranz.« Ich bleibe erstaunlich ruhig, angesichts dessen, dass ich immer, immer und immer wieder, die Fakten richtigstellen muss. »Ich meinte meinen leiblichen Vater, das wissen Sie haargenau.«

Weikert weicht mir aus. »Lassen Sie es mich so formulieren: Ihre Mutter war in sämtliche Transaktionen von Enzo Musetti involviert, egal ob unfreiwillig oder nicht.« Er greift erneut in seine Aktenmappe und hält mir Fotos vor, die meine Mutter an Enzos Seite zeigen. »Hier, bei der Übernahme der Grassi-Gruppe, oder da, mit Antonio Cavero.«

Danach legt er mir Zeitungsausschnitte hin. Hierbei geht es nicht mehr um den Erwerb eines Ledergroßhandels oder um einen Deal mit einem Stofffabrikanten. Sie decken angebliche Drogen- und Waffengeschäfte auf, Scheinfirmen, illegale Baugeschäfte, Produktpiraterie, Schutzgelderpressungen, das ganze Programm. Straftaten, die man mit Enzo in Verbindung bringt, die man ihm aber bisher nicht nachweisen konnte.

Vermutlich ist er der einzige Mafioso, der sich im Licht der Öffentlichkeit sonnen kann. Er stattet Hollywoodstars und

It-Girls aus, Politiker, Musiker, Geschäftsleute kaufen seine Mode, es gehört zum guten Ton bei Partys oder beim Business Lunch in einem Original-*Musetti* zu erscheinen, er brilliert mit seinem Label bei sämtlichen Modeschauen der Welt – und niemand kann ihm etwas anhängen.

Dank Mama. Sie hielt das Unheil nicht bloß von mir fern, sondern auch von ihm. *Und jetzt brauchen sie Ersatz.*

Wieder einmal wird mir in aller Deutlichkeit bewusst, wie viel ich den Musettis wert bin. Sie werden alles, wirklich alles daransetzen, mich zurückzubekommen. Ein Berliner Kripobeamter ist dabei nur ein kleines Rädchen, an dem gedreht werden muss.

»Ihre Mutter war bei allen Abschlüssen dabei«, fährt Weikert fort. »Sie wäre die perfekte Kronzeugin gewesen. Leider ist sie ja nun tot. Die Frage ist, was wissen Sie, Lia?«

Er traut mir genauso wenig wie ich ihm. Wir belauern uns mit Worten, dabei würde mir ein Blick in seine Seele vieles offenbaren.

Ich wage es nicht.

Die Sache mit Lagerfeld und die Befragung haben mir zugesetzt. Ich bin total durch den Wind, die Gefahr eines Gefühlsausbruchs ist zu groß. Was er wohl zu dem Seelenchaos auf meiner Haut sagen würde?

»Nichts«, gebe ich kühl zurück. »Ich weiß gar nichts.«

Er lacht in sich hinein. »Sie verbringen sechzehn Jahre unter einem Dach mit *dem* Mafia-Boss Mailands und Sie wissen *nichts*? Das nehme ich Ihnen nicht ab.«

»Ich bin nur seine Stieftochter. Glauben Sie etwa, er hat mir jeden Abend Bericht erstattet?«

»Ich weiß, wie die Kinder von Mafiosi aufwachsen. Wer einmal das Geschäft übernehmen soll, muss es von der Pike auf lernen.«

»Dafür hat er Daniele.«

»Seinen Neffen. Den Sie heiraten sollten, um einen Enkel zu zeugen, wie ich annehme. Warum bekam Ihre Mutter kein Kind mehr von Enzo? Den einen wahren Erben?«

Das hatte ich meine Mutter auch gefragt. »Er ist zeugungsunfähig.« Ich schiebe die Fotos und Zeitungsausschnitte beiseite. »Was wollen Sie von mir?«

Weikert blickt mich eindringlich an. »Ich will Enzo Musetti drankriegen. Und dafür brauche ich Ihre Hilfe, Lia.«

»Ihn zu überführen, ist doch Sache der italienischen Polizei. Inwiefern haben Sie damit zu tun?«

»Er ist Hauptverdächtiger in einem alten Fall, den ich neu aufrollen möchte.«

Seine Augen sind jetzt dunkel. Voller Reue, die mir beinah ehrlich erscheint.

Etwas daran rührt an meinem Herzen. Neuerlich verkneife ich es mir, in ihm zu lesen. Ich muss hart bleiben.

Sein Fall kann mir egal sein, mein Leben nicht.

»Und dafür soll ich das Bauernopfer spielen?«, sage ich. »Bedauere, nicht mit mir. Ich will meinen Anwalt sprechen.«

23
Lia

Der Streit vor der Tür könnte aus einem zweitklassigen Krimi stammen.

Ich blende aus, dass es dabei ja um mich geht. Versuche ganz unbedarft zu lauschen und meine Schlüsse zu ziehen. Mit etwas Glück stopfen die beiden Kontrahenten da draußen meine Wissenslücke, deren Ausmaß beträchtlich ist.

Jahre türmen sich darüber, sechzehn, um genau zu sein. Eine totgeschwiegene Vergangenheit, unter dem Vorwand, mir eine Zukunft zu gewährleisten, in der ich vor Enzo sicher bin.

War dies der eigentliche Zweck?

Oder hatte meine Mutter andere Gründe? Ich weiß nicht mehr, was ich denken soll. Meine vorbehaltlose Liebe zu ihr hat einen Riss bekommen. Zweifel fressen sich durch alles, was ich bisher für das Zentrum meines Universums hielt.

»Du hast nichts gegen sie in der Hand«, stellt Max bereits zum zweiten Mal fest, die Stimme gut zehn Dezibel lauter als zuvor. »Sie hat den Kerl weder verletzt noch bestohlen. Selbst den Zaun hat sie nicht aufgeschnitten. Das Loch war bereits da, das haben Nachbarn bestätigt.«

Das kann er nicht nachgeprüft haben, unmöglich. Wer würde ihm um die Uhrzeit auch Auskunft geben?

Er spricht ohne Punkt und Komma weiter. »Sie hat dort übernachtet und seinen Hund betreut, er sollte ihr dankbar dafür sein, von mir aus verpass ihr eine Geldbuße wegen Hausfriedensbruch und dann lass sie gehen.«

»Das ist ja wieder mal typisch für dich!«, gibt Weikert in ähnlicher Lautstärke zurück. Die zwei unterhalten das ganze Revier beziehungsweise die armen Schlucker, die heute Nachtdienst haben. »Da bietet sich die Gelegenheit, alles aufzuklären und du ziehst den Kopf ein!«

Dass sich die beiden kennen, sehr gut kennen, überrascht mich genauso wenig, wie es Weikert überraschte, als ich Max ins Spiel brachte.

Er hätte ja annehmen können, dass ich einen von Musettis Anwälten zurate ziehen wolle. Das tat er nicht. »Lenhardt, ja? Sie meinen, Max Täubner«, erwiderte er. »Verstehe.«

Schön.

Ich verstehe gar nichts.

»Was denn aufklären?«, fragt Max. »Wenn du meinst, dass die Kleine auch nur einen Schimmer davon hat, was damals ablief, bist du ein noch größerer Idiot, als ich dachte.«

»Werd' bloß nicht ausfällig, Täubner!«

»Lenhardt. Mein Name ist Jochen Lenhardt. Und du kannst mich mal!«

»Ja, genau, steck den Kopf in den Sand. Oder nein, du bevorzugst ja Bier.«

Über das darauffolgende Rumpeln brauche ich nicht nachzudenken. Es ist Max, der Weikert gegen die Tür drängt. Einen Kripobeamten. So viel Courage hätte ich ihm nicht zugetraut.

»Jetzt tu bloß nicht so!«, faucht er. »Du hast damals keinen Finger gerührt, als ich dich um Hilfe bat, weil die Polizei doch wohl nicht aufgrund eines Verdachts ausrückt, nicht mal für einen Freund – wobei ich diese Freundschaft mittlerweile sowieso stark infrage stelle!«

Bitterkeit tropft aus jeder Silbe, als er weiterspricht. »Deinetwegen bin ich fürs Leben gezeichnet! Deinetwegen habe ich alles verloren, was mir lieb und teuer war! Du bist dafür verantwortlich, du allein! Wage es ja nicht, mir jetzt so blöd zu kommen, das rate ich dir, Weikert!«

»Chef?«, ertönt eine dritte, ziemlich unsichere Stimme.

»Schon okay, Raskovits.« Weikert klingt gepresst, dann hustet er und atmet hörbar auf. Angesichts der Verstärkung namens Raskovits hat Max es wohl vorgezogen, seine Kehle wieder loszulassen. »Du bist ein Meister im Verdrehen von Tatsachen, unglaublich! Es kann mir prinzipiell egal sein, solange es nur dich betrifft …«

»Tut es! Es betrifft mich. Und Lia. Dich hingegen geht das Ganze einen Scheißdreck an! Oder kannst du einen Haftbefehl vorlegen? Einen Auslieferungsantrag? Nein? Dann fürchte ich, dass ich meine Mandantin jetzt mitnehmen muss.«

»Es wird gegen sie ermittelt, auch im Hinblick auf ihre Mitwisserschaft …«

»Und wir wissen beide, wie unbestechlich die italienischen Behörden sind, insbesondere die DIA.«

»Wenn du sie wieder da hinausschickst, servierst du sie ihnen auf dem Silbertablett, das muss dir doch klar sein!«

»Das hat dich nicht zu kümmern. Geh mir aus dem Weg, Weikert, ich bitte höflichst darum.«

»Du sturer Esel!«, schimpft Weikert noch, dann wird die Tür auch schon aufgerissen.

Max blickt auf mich herab, das Gesicht hochrot, die vernarbte Haut jedoch schimmert hell. Er wirkt größer als bei unserer letzten Begegnung. Ist ordentlich über sich hinausgewachsen. »Wir gehen«, sagt er ruppig.

Ich springe auf und folge ihm auf den Flur. »Meine Sachen?«

Max gibt die Frage an Weikert weiter. Der wiederum knurrt einen jungen Beamten an, Raskovits, wie ich annehme, bleich wie ein Laken, der sich auch sogleich im Laufschritt verdünnisiert.

Zwei Minuten später übergibt er mir alles, was ich bei der Festnahme bei mir hatte: das Handy, das Monatsticket für die Berliner Verkehrsbetriebe und den Mantel.

»Das Zeug aus dem Wohnwagen können Sie morgen abholen, sofern es Ihnen gehört«, sagt Weikert. Er sieht erschöpft aus, wie er da im Flur an der Wand lehnt, mit roten Fingerabdrücken am Hals. »Suchen Sie sich einen festen Wohnsitz, Lia. Sollten wir Sie noch mal aufgreifen …«

»Sie wohnt bei mir«, fällt Max ihm ins Wort.

»Schön. Bleiben Sie in der Stadt, halten Sie sich zu unserer Verfügung.«

Ich salutiere. Und verlasse an Max' Seite das Revier.

So ein Triumph fühlt sich verdammt gut an.

Leider verebbt er schneller als erwartet. Max schenkt mir keinerlei Beachtung, dafür quassle ich umso mehr, weil ich das, was uns trennt, unbedingt niederreißen will.

»Danke. Ich hatte eigentlich nicht erwartet, dass Sie mich da rausboxen, nicht mal, dass Sie aufkreuzen, aber … Sie waren echt gut. Also danke.«

Keine Reaktion.

»Was wissen Sie über die Ermittlungen der DIA? Sind die hinter mir her?« Die *Direzione Investigativa Antimafia* ist für die Mafiabekämpfung zuständig. Eine Organisation, bei der es offenbar schwarze Schafe gibt, wie überall, das hat Max vorhin angedeutet. Auch dass es bei diesen Ermittlungen nicht mit rechten Dingen zugehen kann. Wahrscheinlich sind die Beweise fingiert.

Natürlich erhalte ich keine Antwort. Hat er sich eben derart verausgabt, dass er den Mund jetzt nicht mehr aufkriegt?

Ich will ihn dazu zwingen, packe ihn am Arm, aber dummerweise erwische ich den linken, die Prothese, die sich prompt löst – verdammt noch mal, wieso löst sich dieses Ding einfach? – und aus dem Ärmel rutscht. Für den Bruchteil einer Sekunde halte ich sie fest, leider nicht fest genug, sie entgleitet mir und plumpst auf den Boden.

Wir fluchen.

Wir bücken uns.

Wir greifen nach der Prothese.

Ich gebe ein erstklassiges Spiegelbild ab, es ist zum Lachen.

Dann reißt Max sie mir aus der Hand. Er läuft ein paar Schritte die Straße hinunter, ehe er mit verkrampften Schultern stehen bleibt, die Prothese an sich gepresst. Sein Jackenärmel hängt schlapp herab.

Ich hole ihn ein. »Tut mir leid. Das wollte ich nicht.«

Er schüttelt stumm den Kopf.

»Wie ist das passiert?«, frage ich leise.

»Motorradunfall.«

»Wann?«

Er zerbeißt die Antwort zwischen den Zähnen und ich spüre, dass ich einem Schreikrampf nahe bin. Vor sechzehn Jahren – das habe ich heute schon mehrmals gehört und mir so oft vorgesagt, dass es mir schal auf der Zunge klebt.

»Was ist das für ein magisches Datum?«, poltert es aus mir heraus. »Klären Sie mich auf, verdammt! Offensichtlich hat es ja was mit mir zu tun. Und mit meiner Mutter. Mit Enzo auch? Mit meinem Vater? War er dabei? Was ist damals vorgefallen? Und wie steckt Weikert da mit drin? Jetzt reden Sie schon!«

Max kneift die Augen zusammen. Weint er? Zittert er? Oder sind das die Blätterschatten der Bäume, die seine Gesichtszüge verknittern?

Der Wind peitscht die Äste auf und nieder, unaufhörlich zerfetzen sie den Lichtkegel der Straßenlaterne. Es ist merklich kühler geworden.

Max wirkt, als stünde er knapp vor einem Zusammenbruch.

Mir geht es ähnlich.

Gefühle brechen in mir Bahn, winzige, beißend scharfe Funken aus einem vergessenen Glutnest, die gegen meinen Panzer sprühen. Ihn durchsieben, als wäre er aus Papier.

»Bitte«, füge ich hinzu. »Ich muss es wissen.«

»Damals«, setzt er an, die Faust gegen die Schläfe gedrückt, »als sie mit dir fortgegangen ist … war es zu spät … in diesem Wald … ich konnte ihn nicht aufhalten … ich … er …« Er erstickt fast an seinem Gestammel. »Ich kann nicht.«

Fassungslos sammle ich ein, was er mir vor die Füße geworfen hat, im Versuch es zu sortieren. »Wald? Was für ein Wald?«

Der aus meinem Traum?

Bäume rings um mich herum, schwarze Silhouetten, die Hand, die an meiner zerrt, die Angst, die mich fressen will, monströs, lähmend …

Max setzt sich in Bewegung, schwankend, als hätte er eine Flasche Wodka intus. Wie viel musste er all die Jahre in sich hineinschütten, um zu vergessen?

Seine Erinnerung besteht nur noch aus Fragmenten und selbst die will seine Psyche nicht freigeben. Zu gut hat er sie trainiert.

Oh.

Das kommt mir vertraut vor.

Desorientiert laufe ich neben ihm her. Wir queren Straßen. Schlängeln uns zwischen parkenden Autos durch. Missachten rote Ampeln. Berlin gleitet an mir vorbei, eine Kulisse aus einem Stummfilm.

Ich krame nach Worten, die stark genug sind, an Max zu zerren. Stark genug, doch noch etwas aus ihm herauszuquetschen, vielleicht, hoffentlich, wenn ich es schlau anstelle. »Max! Haben Sie meine Mutter geliebt? Haben Sie … waren Sie … sind Sie …« Und damit habe ich meine Gedanken gegen die Wand gefahren. *Sauber, Lia.*

Absurderweise muss ich an Nevio denken. Ein Lächeln zuckt über meine Lippen, das ich festhalten will, nur für die Dauer eines Atemzugs.

Max macht es unmöglich.

Er lacht auf. Schüttelt den Kopf. Lacht wieder und deutet auf einen Taxistand gegenüber. »Hier werden wir uns verabschieden. Meine Arbeitszeit stelle ich dir in Rechnung.«

»Was?« *Hast du wirklich gedacht, dass er dich bei sich aufnimmt, Lia? Dass ihr bei einem Glas Wein über alte Zeiten plaudert?*

»Oder hast du den Betrag schon zusammengespart?«

Der Anwaltstonfall, seine unnahbare Maske, die Fünfhundert im Voraus. Wieder einmal bin ich wie vor den Kopf gestoßen.

»Nein?«, redet er weiter. »Wo arbeitest du, hast du gesagt?«

»Bei Gabriel Naab, dem Designer«, erwidere ich frustriert. Erst der Zusatz, dass ich einen Job habe, hat ihn bei unserem Telefongespräch vorhin dazu animiert, seinen Hintern aufs Revier zu bewegen.

Unverzeihlich, dass ich das verdrängt habe.

»Na, dann kann es ja nicht mehr allzu lang dauern, bis du mich beza…« Er unterbricht sich, blickt sich argwöhnisch um und schubst mich weiter. »Schnell, weg hier.«

Hitze kriecht zwischen meinen Schulterblättern hoch. Ich sehe jemanden zwischen den Autos verschwinden. Oder dort im Hauseingang? Hinter dem Baum?

Überall scheinen Gestalten mit der Nacht zu verschmelzen.

Enzos Leute, denke ich. *Wie lange verfolgen sie uns schon?*

Mein Atem geht unregelmäßig, als wir die Straße überqueren. Panik will sich durch meinen Panzer wühlen. Ich kämpfe sie nieder.

Max steckt mir einen Geldschein zwischen die Finger, schiebt mich auf ein Taxi zu und reißt die Tür auf. »Rein mit dir.«

»Und Sie?«

»Ich tauche unter, keine Sorge.«

Das Taxi fährt mit quietschenden Reifen an. Max bleibt in der Dunkelheit zurück.

Oder vielleicht ist er auch längst untergetaucht.

***

Ich sitze vor Mavies Gartentor. Eingemummt in meinen Mantel und mit schmerzenden Füßen, weil man für zehn Euro nun mal auch nur eine Zehn-Euro-Fahrt bekommt. Die Stadtrundfahrt im Anschluss daran war obligatorisch, um ja sicherzugehen, dass mir niemand folgt.

Mavie aus der Sache rauszuhalten, kann ich mir abschminken. Wohin sonst hätte ich gehen sollen?

Sie ist nicht da, das Haus ragt dunkel in den Himmel. Im Garten rauscht der Wind durch die Wipfel der hohen Fichten. Zwischen den Ziersträuchern wispert und knackt es. Man könnte meinen, irgendwo in den Bergen zu sein, weit weg vom Puls der Stadt.

Ich bin so müde.

»Du schnarchst.«

Schlaftrunken blinzle ich ins Dämmergrau des Morgens. Die Zeit ist heimlich an mir vorbeigerast.

Mavies Gesicht schiebt sich vor meines. »Wie lange hockst du denn da schon?«, fragt sie mit schwerer Zunge.

»Die ganze Nacht.«

»Warum hast du nicht angerufen?«

»Du bist nicht rangegangen.«

»Richtig …« Sie tippt am Tor einen Nummerncode ein, scheitert aber an der Komplexität dieser Aufgabe, also übernehme ich das für sie und tatsächlich springt das Schloss nach dem zweiten Versuch auf.

Mavie klatscht. »Gut, dass du nicht über den Zaun geklettert bist. Alarmanlage. Starkstrom. Wahrscheinlich auch Landminen. Mein Vater ist sehr misstrauisch, sehr …«

»Und du bist betrunken«, stelle ich das Offensichtliche fest.

»Nein. Vielleicht. Ein bisschen. Ich habe da so einen Typen kennengelernt. Echt heiß.«

Oje.

Mavie hört nicht auf zu plappern. Sie erzählt von der großen Liebe, von bombastischem Sex, von einer Vertrautheit, die es in der ersten Nacht nicht geben kann.

Aber was weiß ich schon davon? Mir liegen keinerlei Erfahrungswerte vor, um die Situation beurteilen zu können.

Ich drifte ab. Konzentriere mich ganz darauf, sie zu stützen und heil in ihr Zimmer zu bringen, wo sie mit ausgebreiteten Armen auf das Bett sackt.

»Das Leben ist ein Traum«, nuschelt sie glückselig.

»Mhm.« Ich teile ihre Begeisterung nicht. Die Uhr auf meinem Handy zeigt Viertel vor fünf.

»Du kannst gern hier schlafen. Was ist mit deinem Wohnwagen? Mäusevasi… Mäuseinvi… Invasion?«

Auweia, Mavie. »Die Polizei hat ihn geräumt.«

»Kacke.« Sie gibt ein kurzes Grunzen von sich, bevor sie im Halbschlaf weiterspricht. »Was soll's … bleibst du eben hier … ist sowieso besser.«

Das Bett ist einladend weich und breit genug für zwei. Also schlüpfe ich zu Mavie unter die Decke. Sie rollt herum, bläst mir ihren Alkoholatem ins Gesicht und erzählt von ihrem Mr Right.

»Weißt du, er ist der Hammer. Bei ihm muss ich mich nicht verstellen, ich kann einfach ich sein. Er beschützt mich.«

Geborgenheit. Das, was ihr am meisten fehlt. So betrunken kann sie gar nicht sein, dass sie darauf nicht anspringt. Er hatte leichtes Spiel.

»Wie alt ist er denn?«, frage ich misstrauisch.

»Nicht viel älter. Aber erfahrener. Er zeigt mir Dinge, Lia … Dinge …«

Ich kriege nicht heraus, welche Dinge, denn Mavie sackt endgültig weg.

»Sei vorsichtig«, murmle ich und streiche ihr eine Strähne aus dem Gesicht, die sich über ihre Lider gelegt hat. »Sei bloß vorsichtig.«

24
Lia

Manchmal habe ich Phasen, in denen meine Kreativität nur so übersprudelt. Dann greife ich zum Stift und zeichne drauflos, ohne groß zu überlegen.

Ich vergesse alles um mich herum. Meine Welt beschränkt sich auf das Blatt Papier, das sich mit meinen Ideen füllt. Und das nächste. Und wieder eins. Hosen, Jacken, Kostüme, Kleider – stundenlang, bis der Rausch verebbt.

In meinem alten Zuhause habe ich viele meiner Entwürfe sofort umgesetzt. Meine Mutter hatte für uns eine Schneiderwerkstatt eingerichtet. Stoff gab es reichlich, Restposten oder solche, für die Enzo keine Verwendung fand, also konnte ich nach Herzenslust experimentieren.

Meine besten Stücke sind so entstanden.

Heute und hier muss ich mich aufs Zeichnen beschränken. Die Nähmaschine hat es noch nicht bis ins Gartenhaus der Raubachs geschafft, wo ich seit drei Tagen wohne. Und von Stoffen kann ich nur träumen.

Ich schlage das letzte Blatt des Blocks auf.

Mit wenigen Strichen skizziere ich ein sportlich-elegantes Ensemble für die Business-Lady von heute. Ein knielanger Rock mit einer Mittelnaht vorn, eine Bluse in A-Linie, darüber eine leichte Jacke.

Ich stelle mir Mavie darin vor, ändere den Schwung des Revers und verharre über der Zeichnung.

Wie es ihr wohl mit ihrem neuen Lover ergeht? Ich vermisse sie.

Wir sehen uns kaum noch. Im Atelier, ja, aber da kommen wir nicht zum Quatschen. Abends ist sie ständig unterwegs. Sie hat mir einen Hausschlüssel gegeben, für den Notfall.

Ich werde mich hüten, ihn zu benutzen.

Das Gartenhaus ist perfekt für mich. Geräte wie Rasenmäher oder Laubsauger gibt es hier nur wenige, dafür aber eine Sauna und einen Whirlpool, weil Mavies Vater es für witzig hielt, sich im Garten abkühlen zu können. Außerdem eine Toilette, einen Ruheraum mit Bar, in dem ich schlafe, und sogar einen kleinen Kühlschrank.

Für so viel Luxus nehme ich es gern in Kauf, nicht auf direktem Weg vom Atelier nach Hause fahren zu können. Bisher musste ich noch keine Verfolger abschütteln. Sie haben meine Spur verloren.

Weikert habe ich nicht wiedergesehen, als ich das Inventar vom Wohnwagen abholte, auch von Max habe ich nichts gehört.

Gutes oder schlechtes Zeichen? Ich bin mir nicht sicher.

Gestern habe ich Gabriel um meinen Lohn gebeten. Und angesichts meines deutschen Passes hat er ihn tatsächlich rausgerückt.

Ich führe Buch über meine Schulden. Grob geschätzt muss ich noch ein paar Monate arbeiten, bis ich Mavie und Max bezahlen kann. Vor allem, wenn ich auch noch für Lagerfeld sorgen will.

Noch befindet er sich in der Klinik. Aber sobald er ans Tierheim überstellt wird, will ich ihn übernehmen. Ihm all das zurückgeben, was er mir geschenkt hat.

Ich blättere durch den Skizzenblock, den Stift immer noch

zwischen den Fingern. Die Ausbeute dieser Nacht: über dreißig Designkreationen. Manches ist brauchbar, das meiste nicht.

Ich habe keine Stunde geschlafen.

Den Traum fürchte ich nicht mehr, nicht den Wald und nicht die Angst. Im Gegenteil. Ich sehne ihn herbei, in der Hoffnung, mehr zu erfahren. Mehr über meine Vergangenheit, über mich.

Aber wer nicht schläft, kann nicht träumen.

Und wer rastlos ist, dem fehlt es an Geduld, Großes zu erschaffen.

Ich reiße die Skizzen heraus. Bis auf drei zerknülle ich alle und werfe sie auf den Boden, zu den Dutzenden anderen Papierbällen.

Alles Mist. Ich fabriziere nur Mist.

Wo ist meine Leidenschaft geblieben? Meine Fantasie? Das Glücksgefühl, das mich sonst immer erfüllt hat?

Ich kann nichts davon greifen.

Als ich auf die Uhr sehe, trifft mich fast der Schlag. Es geht auf Mittag zu und ich habe nichts mitgekriegt. Super, da kann ich mich auf eine ordentliche Standpauke von Gabriel gefasst machen.

In Rekordzeit mache ich mich fertig, reduziere meine Umwege und die üblichen Vorsichtsmaßnahmen auf ein Minimum und treffe eine Dreiviertelstunde später im Atelier ein.

Sonja rollt mit den Augen, als ich an ihr vorbeiflitze. »Er hat Besuch. Soeben sind ausländische Investoren eingetroffen. Vielleicht fällt ihm deine Verspätung nicht auf.«

Das bezweifle ich, immerhin bin ich gute vier Stunden zu spät dran, aber zumindest abgelenkt wird Gabriel sein. Ich danke dem Schicksal und husche die Treppe hinauf.

Vor der Tür zu seinem Arbeitsraum steht ein Kerl in schwarzem Anzug und Krawatte, lauschend, den Blick abgewandt. Das allein hätte mich nicht stutzig gemacht, aber die Art, wie er die Hände vor dem Körper gekreuzt hält, rüttelt etwas in mir wach.

Einen Urinstinkt, der mir mit pochender Hitze in die Schläfen schießt.

Noch ehe mich der Kerl bemerkt, trete ich den Rückzug an. Meine Füße wollen auf schnellstem Wege nach unten, aber ich überzeuge sie davon, erst mal abzuwarten.

Kann ja sein, dass alles ganz harmlos ist. Viele Leute haben heutzutage einen Leibwächter, insbesondere reiche Investoren. Oder?

»… muss sich um einen Irrtum handeln«, höre ich Gabriel sagen. »Hier arbeitet niemand, auf den Ihre Beschreibung zutrifft.«

»Wirklich nicht?« Daniele! Himmel, das ist Daniele!

Seine Stimme würde ich aus Hunderten heraushören, weich, freundlich und mit dieser unterschwelligen Tücke, die genau dann zum Einsatz kommt, wenn man sie am wenigsten erwartet. Er spricht einwandfreies Deutsch, darauf hat Enzo Wert gelegt, außerdem natürlich Englisch, Französisch und sogar ein paar Brocken Arabisch und Russisch. Ein Geschäftsmann von Welt muss viele Sprachen beherrschen, damit er andere aufs Kreuz legen kann.

Gut. Harmlos können wir streichen. Hau ab, Lia!

Aber jetzt, wo ich will, wollen meine Füße wiederum nicht. Wie festgewachsen verharre ich auf der Treppe. Irgendwo muss es einen Leitungsschaden in meinem Nervensystem geben.

»Meiner Information zufolge …«, setzt Daniele an, doch Gabriel fällt ihm ins Wort.

»Ihre Information ist falsch.«

»Das bezweifle ich. Lia. Lia Kranz.«

»Das sagten Sie bereits. Ich kenne niemanden mit diesem Namen.«

Oh Gott, Gabriel! Ich liebe dich.

»Nun«, sagt Daniele betont langsam, »vielleicht hat sie ihn ja geändert, genau wie ihr Aussehen. Sie ist ausnehmend kreativ.«

Gabriel lässt sich nicht beirren. »Nein. Tut mir leid.«

»Sind Sie sicher?«

»Bin ich. Hören Sie, ich arbeite seit Jahren mit dem gleichen Team. Meinen Sie nicht, ich wüsste, dass ich jemand Neuen eingestellt habe?«

Was als Spitze gedacht war, verwendet Daniele nun gegen ihn. »Natürlich wüssten Sie das«, erklärt er sanft. »Genau darum geht es ja.«

»Was wollen Sie damit sagen?« Wut vibriert in Gabriels Worten, ich spüre ihre Ausläufer heranrollen. »Ich glaube, es ist besser, wenn Sie jetzt gehen.«

Daniele lenkt ein. »Aber sicher. Ich entschuldige mich für unser Eindringen. Wir werden Sie nicht länger aufhalten. Sie haben bestimmt viel zu tun, nicht wahr?«

»Allerdings.«

»Die Fashion Week. Wann darf man Ihr Label dort bewundern?«

»Am vierten Juli, bei der Eröffnungsshow. Aber woher wissen Sie …«

Tja, kalt erwischt. So ein Ego lässt sich eben immer gern streicheln. Danieles Amüsement ist unüberhörbar, als er weiterspricht. »Wie überaus spannend. Ich wünsche viel Erfolg.«

»Danke.«

Schritte nähern sich.

Und mir wird klar, dass es für eine Flucht zu spät ist. Ich stehe mitten auf der Treppe wie das berühmte Schaf vor der Schlachtbank. Ich kann nirgendwo hin, ohne Aufsehen zu erregen.

Jetzt hat er dich.

Zu meinem Erstaunen bleibe ich gelassen. Keine Panik, die mich überschwemmt, keine Verzweiflung, kein Hass.

Ich fühle nichts.

Ich *bin* nichts.

Bin langweilig. Uninteressant. Bedeutungslos.

Ein Niemand.

Ein Schatten erscheint über mir. Ich senke den Kopf und setze mich in Bewegung, hinauf, dem Unheil entgegen.

Der erste Kerl zwängt sich an mir vorbei, ohne mich zu beachten, dann der nächste, Daniele, ich rieche sein Aftershave, sein Jackett streift über meine Hand, ich erschauere, dann der dritte Typ, und endlich bin ich oben, biege um die Ecke und stoße beinah mit Gabriel zusammen, der mich in seiner Hast genauso wenig wahrnimmt. Was hält er da in den Händen?

Wir bleiben beide stehen, er an der Treppe.

»Sie haben etwas vergessen!«, ruft er. »Ihr Paket!«

»Ach?«, gibt Daniele von unten zurück. »Nicht doch, das ist für Sie. Mit meiner Hochachtung. Auf Wiedersehen, Herr Naab.«

Es wird still. So still, dass ich meinen Puls höre, der wummernd durch meine Gedanken fräst.

Daniele ist weg.

Und Gabriel hat mich gedeckt. Ich bin ihm so dankbar, so unendlich dankbar.

Er blinzelt ins Leere, die Stirn gerunzelt, als wollte er ein kompliziertes Rätsel lösen. Das Paket in seinen Händen ist unerwartet groß, in edles Papier gewickelt und mit einem Geschenkband versehen.

Unsere Blicke treffen sich.

Danke, forme ich mit den Lippen.

Er sieht mitgenommen aus. »Du bist zu spät. Ganze vier Stunden. Langsam wird das zur Gewohnheit.«

Eine maßlose Übertreibung. Das ist das zweite Mal und ich habe nicht vor, eine Gewohnheit daraus zu machen.

Gabriel wendet sich ab und geht zurück in seinen Arbeitsraum, wo er das Paket auf den Tisch legt.

Ich husche an ihm vorbei zum Fenster und linse nach draußen. Unten parkt ein schwarzer SUV. Soeben hält einer der Lakaien Daniele die Tür auf und der steigt ein, nicht ohne einen Blick heraufzuwerfen.

Ich weiche zurück.

Ich glaube nicht, dass er mich gesehen hat, aber sein Lächeln, dieses selbstsichere, mir so verhasste Lächeln fährt mir unter die Haut.

Als ich wieder hinausschaue, biegt der SUV gerade um die Ecke. Ich kann nirgendwo einen Wachposten entdecken, was nichts heißen muss. Seine Leute sind darauf trainiert, sich unsichtbar zu machen. Ab jetzt benutze ich besser die Hintertür zum Atelier.

Ich drehe mich um.

Mein Blick heftet sich auf die goldene Schleife.

Das ist für Sie? Nicht doch: *Das ist für* sie.

Mir wird schlecht.

Gabriel spricht es aus. »Ist wohl deins. Mach es auf.«

Ich schüttle den Kopf.

»Wer war das, Lia?«

»Ein Bekannter.«

Er öffnet ein paar Knöpfe an seinem Hemd, violett diesmal. Ich glaube, bald habe ich den Farbkreis komplett an ihm gesehen. Seine Brust ist unbehaart, rechts blitzt ein Tattoo hervor, ein chinesisches Schriftzeichen. »Nette Bekannte hast du.«

»Tut mir so leid. Und danke noch mal für deine Hilfe.«

Das Warum steht im Raum, aber ich rühre es nicht an. Es würde einen Haufen neuer Fragen aufwerfen, die ich nicht beantworten will.

Gabriel schnaubt. »Jetzt mach es schon auf. Oder sollen wir es entsorgen?«

Ich zucke mit den Schultern. Da es von Daniele kommt, wäre das wohl ratsam. Andererseits will ich schon wissen, womit er denkt, mich in der Hand zu haben.

Ich zupfe an der Schleife und schlage das Papier auf. Darunter kommt ein Karton mit dem Musetti-Schriftzug zum Vorschein.

»Musetti?«, fragt Gabriel prompt. »Dann stimmt es also doch? Er ist *der* Musetti?«

Ich gebe keine Antwort, sondern hebe den Deckel an.

Cremefarbenes Seidenpapier, duftend wie ein Blütenteppich, verhüllt ein blutrotes Etwas aus Stoff. Ich nehme es aus der Schachtel, halte es hoch, Gabriel atmet scharf ein, und wir verfallen beide ins Starren.

Daniele schenkt mir ein Kleid? Echt jetzt?

»Perfekt«, haucht Gabriel.

»Findest du?«

»Du etwa nicht?«

»Na ja. Es ist schön, keine Frage.«

»Es ist sensationell. Sieh dir nur diese Träger an. Ist das Nerz? Rot gefärbt?«

»Igitt.«

Er wiegt den Kopf. »Trotzdem. Der Schnitt ist ausgefallen. Und erst der Stoff, diese durchbrochene Seide. Wo bekommt man die? Zieh es an.«

»Sicher nicht.«

»Würde mich interessieren, ob es dir passt.«

»Davon kannst du ausgehen. Er macht keine Fehler«, fauche ich, ohne jede Vorsicht. Ich lege das Kleid zurück in den Karton. »Es ist gut. Aber es hat keine Seele.«

Gabriel hebt die Augenbrauen. »Keine *was*? Du müsstest es schon tragen, um ihm Seele zu verleihen.«

Ich lächle in mich hinein. Dieser irrigen Annahme erliegen viele. Dabei liegt es doch nur daran, dass sie nicht spüren, was ich spüre.

»Wozu schickt er es dir?«, will er wissen.

»Um mich zu übertrumpfen. Er will mir vor Augen führen, dass er talentierter ist als ich.«

»Soll heißen, du bildest dir ein, das besser zu können?« Er zeigt auf das Kleid. »Das hier?«

»Wollen wir wetten?«

Ungläubig schüttelt Gabriel den Kopf.

»Vorschlag«, sage ich, »ich entwerfe ein Kleid, das dieses übertrifft. Sollte es dir zusagen, dann darf Mavie es bei der Fashion Week vorführen.«

»Abgemacht.« Er schlägt in meine ausgestreckte Hand ein, siegessicher, unverkennbar. »Oh. Hier ist eine Karte.« Er reicht mir ein Kuvert, das auf den Tisch gefallen ist, ebenso cremefarben wie das Papier.

Ich öffne es. Mit leichtem Unbehagen lese ich:

Lia, meine Liebste,

du hattest eine schwere Zeit, deshalb sei dir deine überstürzte Flucht verziehen. Komm zurück und wir vergessen, was geschehen ist. Wir fangen neu an, gemeinsam. Du darfst dein Studium fortführen und bekommst eine Spitzenposition bei Musetti. Du kannst Kleider wie dieses designen, das ist es doch, was du dir wünschst.

Wie nett. Wie fürsorglich. Wie überaus großzügig.

Aber Daniele wäre nicht Daniele, gäbe es nicht noch einen Nachsatz, der alles in einem anderen Licht präsentiert.

Ich möchte versuchen, für dich da zu sein. Freunde sind so wichtig, nicht wahr?

In Liebe

Daniele

Arschloch.

Das Mädchen war verzweifelt, denn es fürchtete den König und konnte ihm gewiss keine Liebe schenken. Aber weil es den Jungen so sehr liebte, wollte es alles auf sich nehmen, um ihn zu befreien.
Darum ging es zu einem Zauberer und bat ihn um Hilfe. Der Zauberer aber sagte: »Hier hast du tausenderlei Flickwerk. Nähe daraus einen Mantel und er wird dich vor allen Gefahren beschützen.«
Das tat das Mädchen und als der Mantel fertig war, traf es damit im Versteck des Königs ein und gewährte ihm im Austausch für den Jungen die zwei Küsse.

25
Nevio

Als ich im Atelier eintreffe, platze ich in ein Verkaufsgespräch. Sonja nickt mir zu und deutet nach oben, während sich ihre Kundin in einem hellgrünen Kostüm vor dem Spiegel dreht.

Die Farbe ist kräftig und warm und steht bestimmt nicht jedem, aber sie bringt das rote Haar der Frau zum Leuchten und lässt sie gut und gern zehn Jahre jünger aussehen.

Langsam beginne ich zu begreifen, was die Faszination von Mode ausmacht. Kleidung kann die Persönlichkeit unterstreichen oder verändern oder ganz verbergen, je nachdem. Sie kann ein Ausdruck von Stimmungen sein oder umgekehrt.

Nichts anderes macht ein Fotograf. Er sucht nach einem ganz bestimmten Aspekt, den er hervorkehren will, und setzt ihn in Szene. Schönes oder Hässliches, Neues, Vergessenes oder gänzlich Unerwartetes.

Ich denke an die Fotos in meiner Mappe, Hochglanzabzüge, um die mich Gabriel zusätzlich zu den Bildern in Digitalform gebeten hat. Drei davon zeigen Lia auf der Treppe der alten Villa, in dem Kleid, das sie abgeändert hat.

Ich gebe sie ihm ungern. Es fühlt sich wie ein Verrat an.

Auf der Treppe kommt sie mir entgegen, eine Nähmaschine auf den Armen, keuchend unter dem Gewicht. Wir halten beide inne.

Ich hatte gehofft, ihr zu begegnen. Hatte mir ausgemalt, wie unser Wiedersehen ablaufen würde.

Ich, mit einem coolen Spruch auf den Lippen, wie etwa »Hey, gut, dass ich dich treffe, wie steht's mit unserem Date?« oder »Hey, vergiss unser Date morgen Abend nicht, wehe, du versetzt mich!«. Und Lia, wie sie lachend den Kopf schüttelt, sich ein bisschen ziert und sich dann nach Ort und Uhrzeit erkundigt.

»Hey«, sage ich also jetzt, da sie vor mir steht.

Und damit hat es sich auch schon, ich bringe nichts mehr raus. Nichts Cooles, kein lässiges »Wie geht's?«, nicht mal was Bescheuertes, einfach gar nichts.

Nevio, der Tagträumer.

»Hi.« Sie will sich an mir vorbeidrücken, aber es ist zu eng. Resignierend stellt sie die Nähmaschine auf einer Stufe ab. »Du zuerst.«

Vermassle das bloß nicht, Nevio!

Hilfe suchend deute ich auf das braune Unikum. »Was hast du denn damit vor? Eine Spende fürs Museum?«

Sie bläst sich eine Haarsträhne von der Wange. »Die gehört mir. Ich nehme sie mit nach Hause.«

»Oh. Cool. Und dann?«

»Was und dann? Ich werde nähen.« Ein Funkeln zuckt in ihren Augen auf. Und erlischt wieder.

Das macht mich traurig.

»Richtig«, erwidere ich. »Nähen. Was sonst? Ich wusste bloß nicht ...« *Klar weißt du das, denk an das schwarze Kleid.* »Du bist ziemlich kreativ. Hast du eine Modeschule besucht?«

Lia schüttelt den Kopf. »Ich habe ein Jahr Modedesign studiert.«

»Warum hast du aufgehört?«

»Familiäre Probleme.«

»In Mailand?«

»Wie kommst du denn darauf?«

Oh, na ja, weil ich inzwischen weiß, wer du bist. Oder zumindest glaube ich, es zu wissen.

Ich hole Luft und blase sie langsam raus, nach Ausflüchten suchend. »Mailand ist doch das Zentrum für Mode. Das Mekka für alle Designer. Der ultimative Modehimmel. Oder nicht?«

Endlich! Endlich lächelt sie und mein Herz macht einen Satz. Legt einen Turbo-Start hin. Dafür gebe ich gern stundenlang Gebrabbel wie dieses von mir.

»Du bist echt ein verrückter Kerl, Nevio«, sagt sie.

Ich lächle auch. »Ich werte das mal als Kompliment. Aber jetzt ernsthaft: Willst du das Ding wirklich allein heimschleppen?«

»Ich schaffe das schon.«

»Ich stelle mir das irgendwie sperrig vor, in der U-Bahn, abgesehen vom Gewicht. Mit dem Auto hingegen …« Draußen steht der Renault, den ich nur dabeihabe, weil Nora ein Sturschädel ist.

»Du bist mit dem Auto hier?«

Bingo. *Es lebe die Familie!* »Ja. Soll ich dich fahren?«

Lia überlegt kurz, dann nickt sie. »Wenn es dir nichts ausmacht, gern.«

»Klar, ist gar kein Problem. Ich bring das nur schnell Gabriel nach oben, dann können wir sofort los.«

Zehn Minuten später sitzen wir im Auto. Üblicherweise fahre ich mit den Öffentlichen und spare mir die Berliner Stauhölle. Doch heute ist die ganze Familie bei Nora in Potsdam zum Abendessen eingeladen. Sie hat darauf bestanden, dass ich ihr die letzten Sachen aus ihrer ehemaligen Wohnung vorbeibringe. Lauter Kleinkram, an dem ihr Herz hängt und der nun den Kofferraum füllt.

Die Nähmaschine thront daher auf dem Rücksitz, gleich neben einer ausrangierten Schaufensterpuppe, die Lia Gabriel offenbar abgeluchst hat.

Anfangs ist der Blick in den Rückspiegel befremdlich. Die Fahrgäste, die ich sonst so kutschiere, also meine Freunde, haben in einem fort die Klappe offen, und sei es nur zum Rülpsen.

Die Schaufensterpuppe weiß, was sich gehört, und schweigt vornehm.

»Wohin?«, erkundige ich mich.

Lia nennt mir eine Adresse. »Aber«, sie zögert und blickt unsicher nach hinten, »können wir eventuell noch einen Abstecher einlegen?«

»Können wir.«

Der Abstecher bringt uns zu einem winzigen Geschäft im Stadtteil Moabit. Ich parke vor dem Altbau und folge Lia. *Stoffquadrat*, verkündet das Ladenschild in Stoffmusterform.

Spannend.

Drinnen fühle ich mich in eine andere Zeit versetzt. Uralte Holzdielen knarren unter unseren Schritten. Die offenen Regale sind bis zur Decke mit Stoffballen vollgestopft, zu den oberen kommt man nur über eine fahrbare Leiter. Es riecht chemisch und zugleich moderig.

Der Inhaber ist ein Mann jenseits der siebzig. Anfangs begegnet er Lia mit Abneigung, aber als sie ihm erklärt, was sie sucht, steigt sein Interesse.

Er zeigt ihr eine Auswahl an Stoffen, wie ich sie noch nie gesehen habe. Schwarzer Brokat ist dabei, Spitze in einer Farbe, die Lia *Marsala* nennt, luftiger Organza und weich fallender Twill.

Die Fachausdrücke fliegen mir nur so um die Ohren, ich verstehe nicht mal die Hälfte des Gesprächs. Aber ich sehe, wie Lia zielsicher nach dem Besonderen greift.

Schließlich lässt sie sich ganz unterschiedliche Stoffe herunterschneiden, gleich mehrere Meter jeweils, kauft noch das passende Nähgarn dazu sowie ein paar Schneiderutensilien.

Die Rechnung, die ihr der Alte präsentiert, kostet uns beide ein Schlucken. Lia nimmt mich beiseite.

»Ich habe rund fünfzig Euro zu wenig dabei«, eröffnet sie mir hinter vorgehaltener Hand.

Soll ich sie daran erinnern, dass sie mich am Bahnhof bestohlen hat? »Okay. Ich schnapp mir das Paket, du bist für die Tür zuständig. Dann rennen wir um unser Leben.«

»Äh, wir haben ein Auto.«

»Richtig. Wir rennen um unser Leben zum Auto.«

»Es steht vor dem Laden.«

»Wird knapp. Er ist ein gerissener Jäger, er wird nicht aufgeben.«

Sie wirft einen belustigten Blick auf den Alten. Und in mir entsteht der Wunsch, ihr dieses Grinsen von den Mundwinkeln zu küssen.

Fuck, Nevio! Du bist total verschossen in das Mädchen.

»Ich weiß, ich weiß«, flüstere ich und drücke zuversichtlich ihre Hand. »Aber wir schaffen das. Du fährst. Du hast Erfahrung.«

Das Grinsen erlischt, sie entzieht sich meiner Berührung. »Ach ja?«

Der Vorstoß war wohl zu gewagt. »Ja. Du bist knallhart. Sieht man doch. The Black Witch.« Hastig durchwühle ich meine Brieftasche und addiere im Geiste Scheine und Münzen. »Ich habe noch fünfunddreißig. Den Rest musst du runterhandeln.«

Lia nickt erleichtert. »Danke. Du bekommst es zurück.«

Jetzt bin ich es, der sie skeptisch ansieht. »Ach ja?«

Wir wissen es beide.

Wir wissen, dass einer den anderen durchschaut hat.

Fragt sich bloß: Wie gehen wir damit um?

Abrupt wendet sie sich ab und beginnt zu handeln, als wäre sie auf einem marokkanischen Souk und der Alte ein Teppichhändler. Am Ende muss ich ihr nur einen Zwanziger leihen.

Wir ziehen mit der ehrlich erworbenen Ware von dannen. Der Alte begleitet uns zur Tür und verabschiedet sich mit einem Händedruck. Hinter der Scheibe beobachtet er, wie wir den Einkauf im Auto verstauen. Erst als wir einsteigen, zieht er sich zurück.

»Woher kennst du diesen Laden?«, frage ich kopfschüttelnd, als wir im Auto sitzen.

Lia blickt aus dem Fenster. »Ich war früher schon mal hier, als kleines Mädchen«, sagt sie versonnen. »Mit meiner Mutter. Reiner Zufall, dass ich ihn letztens wiederentdeckt habe.«

»Und der Alte? Hast du ihn gekannt?«

Ihr Gesicht verhärtet sich. »Nein. An ihn kann ich mich nicht erinnern.«

Und er sich umgekehrt wohl kaum an sie.

Ich versuche mir vorzustellen, wie sie damals ausgesehen haben muss. Blonde Löckchen, das Gesicht eines Engels und dieses süße Lächeln.

Damals, als sie noch keine Musetti war.

Wir verfallen in Schweigen. Lia hat ihre unnahbare Maske aufgesetzt, und mir fehlt der Mut, sie auf ihre wahre Identität anzusprechen.

Wie oft habe ich mir vorgenommen, es einfach zu sagen. Es wäre keine große Sache: *Ich weiß, dass du das Mädchen vom Bahnhof bist. Dass du mich bestohlen hast und dass du gesucht wirst. Aber keine Sorge, ich verrate dich nicht. Und das Geld kannst du mir später mal zurückzahlen. Anstelle von Zinsen nehme ich das Date.*

Ich wage es nicht.

Will mir keine Abfuhr einhandeln, ich dämlicher Feigling.

Es dämmert bereits, als wir bei Lias Zuhause eintreffen. Angesichts der Villa inmitten des parkähnlichen Gartens macht sich Verwirrung in mir breit.

»Hier wohnst du?«, frage ich, als Lia eine Tastenkombination am Gartentor eingibt. Ich hatte mit einer ganz anderen Absteige gerechnet.

Sie zuckt mit den Schultern. »Das Haus gehört Mavie. Oder besser gesagt ihren Eltern. Ich wohne hier nur ausnahmsweise. Ein Notquartier.«

Gemeinsam tragen wir ihre Sachen bis zum Gartenhaus, einem überdachten, weiß gestrichenen Holzpavillon, der groß genug ist, eine vierköpfige Familie zu beherbergen.

Ich stelle Nähmaschine und Stoffpakete zum Verschnaufen ab. Lia platziert die Schaufensterpuppe obenauf und kramt den Schlüssel hervor.

»Die reinste Lustlaube«, murmle ich. »Sogar mit Veranda. Fehlt nur noch der Whirlpool.«

»Oh, den gibt es. Und eine Sauna. Schick, oder?«

»Hast du Vivi deshalb mitgebracht? Damit sie dir Gesellschaft leistet?«

»Vivi?«

Ich ziehe die Schaufensterpuppe in meine Arme und streiche ihr über den kahlen Kopf. »Vivienne. Westwood. Du siehst, ich bin nicht ungebildet, was Modedesign betrifft. Sie ist doch eine Sie, oder? Ich meine, der Vorbau spricht dafür, andererseits …«

»Eindeutig, würde ich sagen.« Belustigt schließt Lia auf.

»Wusstest du, dass eine amerikanische Textilmarke mal die Idee hatte, haarige Schaufensterpuppen als Werbekampagne einzusetzen? Sehr kontrovers. War ein Riesenskandal.«

»Haarig?«

»Buschig.«

Sie hebt die Augenbrauen. »Worüber sprechen wir hier?«

»Über Haare.« Ich lehne die Schaufensterpuppe an den Türrahmen. »Die Vivi nicht hat. Armes komplexbeladenes Ding.«

Lia prustet los.

»Was denn?« Unweigerlich muss ich mitlachen. »Was ist so komisch?«

»Du.«

»Das ist nicht ganz das, was ich hören wollte.«

»Du bringst mich zum Lachen«, erklärt sie mit weicher Stimme. »Das ist schön.«

Ich registriere, wie sich meine Hand hebt, will einen Rückzieher machen, aber dann ist es auch schon passiert: Ich berühre sie an der Wange.

Sie zuckt zusammen, weicht aber nicht zurück.

Ihr Haar kitzelt an meinen Fingern, an meinen zitternden Fingern, die sich wie von selbst zu ihrem Kinn bewegen. Wo sie verharren.

Weich und warm ist ihre Haut an meiner. Ich fühle mich aufgeladen mit Energie und zugleich befangen, unschlüssig, verwirrt.

Noch nie war ich einem Mädchen so nah.

Klar hatte ich Freundinnen und da war auch mehr, auch Sex. Aber keine hat mich wirklich erreicht. Nicht dort, wo es wehtut, wenn ich bloß an sie denke.

Lia hat sich in mein Herz katapultiert und dort alles umgekrempelt. Sie zerrt Gefühle ans Tageslicht, von denen ich nicht wusste, dass sie sich in mir verbergen.

Ich möchte ewig so dastehen. Mir die Vertrautheit bewahren. Keinen Schritt weiter gehen.

Nur jetzt. Nur das. Nur wir.

Unser Lachen ist versiegt. Lia regt sich nicht, sie blickt mich einfach an. Ruhig. Weiß sie überhaupt, wie viel mir das bedeutet?

»Gern«, flüstere ich, weil ich mich erinnere, dass es an mir ist, etwas zu sagen. Ich streiche mit dem Daumen über ihre Lippen. »Du solltest viel öfter lachen. Ich kann nicht genug davon kriegen.«

Sie öffnet den Mund und ich rechne mit einer Antwort oder zumindest mit einem Lächeln, doch sie holt lediglich Luft. Und atmet sachte wieder aus.

Eine Gänsehaut kriecht mir über die Arme.

Mit einem Poltern fällt Vivi um. *Oh yes, Romantik pur.*

Ich räuspere mich. »Vivi will damit zum Ausdruck bringen, dass ihr etwas kühl ist. So ganz ohne Haare.«

Lia kichert, dreht sich unter mir weg und betritt mit Vivi unter dem Arm das Gartenhaus.

Na klasse.

Seufzend trage ich die Nähmaschine hinein und stelle sie auf einem Gartentisch aus Teakholz ab, während Lia den Rest hereinholt.

Indirekte Beleuchtung, geschickt hinter Bildern der Marke »Südliches Flair« platziert, spendet warmes Licht. Das Gartenhaus erinnert an den Wellnessbereich eines exklusiven Spas.

Wäre da nicht die Kleidung, die auf diversen Stühlen verstreut liegt und die Luftmatratze, auf der Lia offenbar schläft. Etwas, eine Art bunte Decke, zieht meinen Blick an und zupft an einer Erinnerung, aber bevor ich nähertreten kann, ist Lia zurück.

»Entschuldige das Chaos«, sagt sie mit einer nachlässigen Geste.

Erst jetzt bemerke ich das zerknüllte Papier, das den Boden bedeckt, nicht eins, unzählige. Ich klaube eins auf und streiche das Blatt auf dem Tisch glatt: ein klassischer Hosenanzug für Damen, mit energischen Strichen skizziert. Ich finde nichts daran auszusetzen, aber wer kommt schon gegen seinen Perfektionismus an?

»So schlimm?«, frage ich, als sie mir das Blatt aus der Hand reißt. Einen Augenblick betrachtet sie es, dann macht sie Papierschnitzel daraus und lässt sie zu Boden rieseln. »Nein«, sagt sie achselzuckend. »Zwei, drei gute Entwürfe waren schon dabei.«

»Das kenne ich. Tausend Fotos und eins, das einen umhaut.« Wieder eine Gemeinsamkeit. *Jetzt, Nevio. Jetzt oder nie.* »Hast du über meine Einladung nachgedacht?«

»Einladung?«

»Na, zu dem Date.«

»Ach, das war ernst gemeint?«

»Natürlich.«

»Nevio, ich …« Lia bricht ab und blickt zur Decke, blinzelnd. »Ich verbringe gern Zeit mit dir …«

»Trifft sich gut.«

Sie sieht mich wieder an. »Aber ich kann nicht das für dich sein, was du dir wünschst.«

»Und das wäre?«

»Deine Freundin?«, wispert sie. »Oder habe ich da was missverstanden?«

»Nein. Das kommt hin. Ich hatte ursprünglich mal an Spaziergänge bei Mondlicht gedacht, an Händchenhalten, an einen ersten Kuss und so was. Aber wir können diese Phase überspringen. Freundin klingt perfekt.«

»Es wird nicht funktionieren.«

»Sag das nicht. Bitte. Nicht, ohne es probiert zu haben.« Ich kann nicht glauben, dass ich mich hier zum Deppen mache. Dass ich sie anbettle. Ich würde auch vor ihr auf die Knie sinken.

Das ist schon ziemlich krank.

Lia schüttelt den Kopf. »Ich mag dich. Nur … ich empfinde nichts … für dich.«

Was für ein Klischee. Ich hätte nicht gedacht, dass mich das mal trifft. Der Gedanke verflüchtigt sich angesichts ihres Gesichtsausdrucks.

Urplötzlich weiß ich, dass es wahr ist. Ihr Blick vorhin vor der Tür, dieses ruhige Abwarten unter meiner Berührung, das war kein Genießen.

Sie empfindet wirklich nichts. Nicht für mich, nicht für andere. Keine Begeisterung, keine Freude, keine Liebe.

Sie ist leer.

Jetzt tut es richtig weh.

Denn, so abartig mir das auch vorkommt, ich will ihr helfen, ihr beistehen, ihr all das geben, was sie verloren hat, ungeachtet der Tatsache, dass sie mir gerade eine Abfuhr erteilt.

»Tja, das ist jetzt aber ganz blöd«, stoße ich hervor. »Ich empfinde nämlich eine Menge für dich. Und langsam weiß ich nicht mehr, wohin mit meinen Gefühlen.«

»Nevio …«

Ich trete den Rückzug an. Meine Hand, mit der ich sie Minuten vorher gestreichelt habe, ist zur Abwehr erhoben. »Schon gut, Lia. Gute Nacht.«

26

Lia

Das ist mir noch nie zuvor passiert.

Ich stehe da und warte begierig auf Antwort. Auf die Einschätzung eines Typen, dessen Arroganz zum Himmel stinkt. Der launisch, exaltiert und selbstverliebt ist und auf dessen Meinung ich keinen Cent gebe.

Schweigend sieht Gabriel die Skizzen durch, während Pierre ihm den Nacken massiert. Nach einer gemeinsamen Nacht sind die zwei jetzt offiziell ein Paar und Pierre ist total verknallt.

Ich freue mich für ihn. Ich fürchte nur, dass Gabriel nicht klar ist, was für einen Schatz er da an Land gezogen hat. Falls er ihn jemals abserviert, muss ich ihn mir leider vornehmen, so viel ist sicher.

Einer nach dem anderen fallen meine Entwürfe auf den Schreibtisch wie trockenes Laub, bis sie ihn zur Gänze bedecken. Ich habe sie in der Nacht nach Nevios Besuch angefertigt, total durcheinander von seinem Geständnis.

Gabriel blickt auf. »Und du hältst das hier für besser als das Design von diesem Musetti?«

Ich sage nichts. Zu früh, wenn überhaupt.

»Wieso, das ist doch klasse!«, meint Pierre und hält eine der Skizzen hoch. »Bei dem Kleid werde sogar ich schwach.« Grinsend zwinkert er mir zu.

»Wie jetzt, an einer Frau oder an dir?«, erkundige ich mich. Die Vorstellung, ihn in diesem Kleid zu sehen, will ich lieber nicht vertiefen.

»Och …« Sein Grinsen wird schäbig, er hebt eine Schulter.

»Untersteh dich«, warnt Gabriel. »Ich will einen Kerl in meinem Bett. Und lass dir gesagt sein, Sweetheart: Du hast Talent fürs Modeln, aber kein Auge für Mode. Das ist alles für die Tonne.«

Der letzte Satz ist an mich gerichtet. Ich schlucke ihn wortlos.

Pierre stemmt die Hände in die Seiten. »Wofür brauche ich ein Auge für Mode? Ich habe ja dich.«

»Nicht mehr lang, wenn du weiter so rumläufst. Dein Aufzug ist gruselig.«

Privat trägt Pierre, was ihm gefällt, oder vielleicht auch nur, was ihm aus dem Schrank *entgegen*fällt, ungeachtet dessen, dass Gabriel regelmäßig die Hände über dem Kopf zusammenschlägt, wenn sein Freund in Trainingshosen und weißen Socken zur Tür hereinspaziert.

Angewidert zupft Gabriel an Pierres fleckigem T-Shirt. »So kannst du dich bei der Fashion Week jedenfalls nicht an meiner Seite zeigen.«

Das gäbe bestimmt interessante Pressefotos.

Er wendet sich mir zu. »Also Lia«, beginnt er und erklärt mir in Folge lang und breit, wo bei der Herstellung meiner Entwürfe Schwierigkeiten auftreten könnten. Warum die Nähte am Dekolleté keinen schönen Busen machen würden. Dass Ärmel wie diese altmodisch seien. Das Design stinklangweilig. Und überhaupt diese Farben!

Ich lasse alles an mir abprasseln. Ich habe keine Begeisterung erwartet, nur konstruktive Kritik. Und genau die bekomme ich.

»Kurz gefasst: Das überzeugt mich nicht«, endet er mit

einem herablassenden Kopfschütteln. »Du hast zwar gute Ideen, aber mit deinem Talent ist es nicht weit her.«

Von Pierre kommt ein Schnauben. »Gabriel! Jetzt mach sie doch nicht so fertig!«

»Du bist meilenweit entfernt davon, eine gute Designerin zu sein«, fährt Gabriel unbeeindruckt fort. »Besser, du vergeudest deine Zeit nicht mit einem Traum, den du ohnehin nie verwirklichen kannst.«

Ich sammle die Skizzen ein und stecke sie zurück in die Mappe. »Das lass mal meine Sorge sein.«

»Du wolltest meine Meinung hören.«

»Wollte ich. Danke.«

Pierre breitet die Arme aus, und ich lande an seiner Brust. Er zerquetscht mich fast. Sein Kinnbärtchen kitzelt in meinem Nacken. »Vergiss ihn, Lia. Er hat bloß schlechte Laune. Die Panik vor der großen Show. Aber die treibe ich ihm schon noch aus.«

Ich löse mich von Pierre. Inzwischen bin ich seine Überschwänglichkeit gewohnt, sie schreckt mich nicht mehr. Doch alles hat Grenzen.

»Echt schade, Lia«, meint Gabriel.

»Was ist schade?«

»Dass unsere Wette so schnell geplatzt ist. Hätte Spaß gemacht.«

Spar dir deine Überheblichkeit. »Wieso denn? Die Wette gilt. Bis zur Show kriege ich das locker hin.«

Seine Miene hellt sich auf. »Umso besser. Und jetzt an die Arbeit.«

Ich ziehe mit der Mappe ab, zufrieden mit meinem Test. *Bestanden, Gabriel, Eins plus.* Ich habe noch nie so miese Skizzen begutachten lassen, aber das war es mir wert.

In drei Tagen, wenn ich ihm mein Kleid präsentiere, weiß ich dann hoffentlich, ob er ehrlich zu mir ist.

Drei Tage noch, in denen wir schuften wie die Tiere. Das ganze Team steht unter Strom, mit Ausnahme von Mavie, die mir auf ihrer Wolke sieben langsam aber sicher entschwebt. Und natürlich Pierre, der das fragile System mit seiner Fröhlichkeit vor dem Zusammenbruch bewahrt.

Inzwischen bin ich mit den gleichen Aufgaben betraut wie Rica oder Polina: zuschneiden, abstecken, heften, nähen, bügeln. Gabriel ist es egal, wer die Arbeit macht, Hauptsache, sie wird erledigt und das möglichst schnell.

Abends komme ich spät nach Hause, hungrig und todmüde. Und dann steht Nevio vor der Tür. So wie gestern und vorgestern und vorvorgestern. Ich hätte wissen müssen, dass er sich die Zahlenkombination am Tor merkt.

Er bringt mir Kuchen, der angeblich von einer Familienfeier übrig geblieben ist. Er schenkt mir eine Lampe, damit ich beim Nähen besseres Licht habe. Er kauft mir einen Regenschirm mit schwarzen Spitzenrüschen, damit ich stilecht trocken bleibe.

Er lässt sich nicht abwimmeln. Das, was er da mit mir macht, ist einfach nur süß. Ich bringe es nicht fertig, ihm die Tür vor der Nase zuzuschlagen.

Und mit jedem Tag öffne ich mein Herz ein Stück mehr.

Heute haftet der Nieselregen an seinen Haarspitzen, die unter der Kapuze seines Sweaters hervorlugen. Seine Wangen sind leicht gerötet, als ob er durch die Nacht gejoggt wäre.

Er hält mir eine Tüte unter die Nase, aus der es verführerisch duftet. »Wann hast du das letzte Mal was Ordentliches gegessen?«

In Mailand. Die Pizza zählt nicht. »Ist schon eine Weile her.«

»Hier, Chinesisch für uns, ein Negligé für Vivi.« Er überreicht mir die Tüte und ein Nachthemd in dezentem Rosé, bodenlang und hochgeschlossen.

Ich muss schon wieder lachen. »Etwas Unerotischeres hast du nicht gefunden?«

»Ich habe drei Kaufhäuser abgeklappert«, erklärt er mir ernst, »und zwei Beratungen hinter mir. Ich bin jetzt Experte für unerotische Damenwäsche. Es gab da auch noch Dessous im gleichen Stil, aber ich wusste Vivis Cup-Größe nicht und … na ja, es ging mir eigentlich nur darum, dir ein Lächeln zu entlocken. Sorry, der lästige Kerl, der täglich bei dir aufkreuzt, labert dich schon wieder voll, was?«

»Obwohl ich ihm gesagt habe, dass ich nichts von ihm wissen will.«

Nevio hebt die Augenbrauen. »Ein Missverständnis. Eigentlich wolltest du ihm ja eine Chance geben.«

Was mache ich bloß mit ihm?

Seufzend lasse ich ihn herein. Da der Tisch mit meinem Kram belegt ist, machen wir es uns auf den Liegestühlen bequem. Beide mit Stäbchen bewaffnet, zupfen wir Bratnudeln mit Hühnerfleisch und Gemüse aus dem Karton.

Nevio schweigt nicht lange. »Ich finde, Vivi hat Charakter«, sagt er und nickt zur Schaufensterpuppe hinüber. »Obwohl sie nur ein einziges Gesicht hat, das sie uns zeigen kann. Wir Menschen hingegen tragen jede Menge Gesichter. Oft ist keines davon echt. Aber unsere Gesten, die Bewegungen und die Körperhaltung, die Stimme und Sprachmelodie – die sind einzigartig, fast wie ein Fingerabdruck. Das ist es, was mich die Fotografie gelehrt hat: das genaue Hinsehen. Wenn man sich darauf konzentriert, wirklich hinzusehen«, sein Blick wandert von Vivi zu meiner Hand, wo er kurz verweilt, und hoch zu meinen Augen, »dann kann man hinter jede Maskerade blicken.«

Der Schreck fährt mir in die Glieder. Ich habe vergessen, den Ring abzuziehen. Ein Automatismus, der mich heute im Stich gelassen hat. Dumm, so dumm!

Hastig stelle ich meine Nudelbox ab und knete meine Hände. Nevio muss den Ring schon die ganze Zeit betrachtet haben.

In seinen Augen liegt so viel Wärme.

Sie fesselt mich. Sie erfüllt mich mit einem Prickeln, frisst sich durch und durch. Raubt mir jede Vernunft.

Sie macht mich schwach.

»Ich …«, setzen wir zugleich an.

»Du zuerst«, sagt Nevio, dabei weiß ich gar nicht, was meinem Intro folgen soll.

Ich? Ich, was? Er bringt mich völlig aus dem Konzept.

»Ich glaube, das Negligé ist Vivi zu groß«, erkläre ich schließlich in einem hilflosen Versuch, mich aus der Misere zu reden.

»Weißt du, was ich glaube, Lia? Dass wir uns schon mal über den Weg gelaufen sind.«

»Ja, gestern. Und vorgestern. Du kommst jeden Tag.« Warum zur Hölle zittert meine Stimme?

»Du bist das Mädchen vom Bahnhof, das mir mein Geld geklaut hat. Stimmt's?«

»Und wenn?«

»Und wenn das so ist, dann sollst du wissen, dass ich dir das nicht übel nehme. Weil«, jetzt macht er einen tiefen Atemzug, der die Unsicherheit in seiner Miene vertreibt, »ich mich in dich verliebt habe.«

Pause. Erwartet er eine Antwort?

»Du kannst mich abblitzen lassen, anlügen, mir was vormachen. Es ist mir egal. Ich bin der Idiot, der dir zu Füßen liegt. Und dort bleibe ich, bis du mich erhörst, falls nötig bis Weihnachten. Bis Eiszapfen aus meinem Bart wachsen. Ich bin ziemlich ausdauernd.«

Ich sage nichts, sondern drehe den Ring an meinem Finger. Ich habe genug damit zu tun zu atmen. Zu zählen.

Atmen, zählen, wie früher. Ich habe es nicht verlernt.

»Lia?«, fragt Nevio nach einer Weile.

»Bitte geh.«

»Lia …«

»Geh jetzt, bitte! Geh einfach!«

Ich springe auf. Ich kann das nicht länger ertragen. Kann ihm nicht widerstehen, will eintauchen, versinken in diese Wärme, ganz und gar. Weihnachten? Himmel, jetzt!

Und dann? Was dann, Lia? Liebe? Die kannst du nicht haben. Niemals.

Ich laufe zur Tür und reiße sie auf. »Geh schon!«

Ein Fehler. Denn dadurch gebe ich ihm Gelegenheit, noch mal bei mir anzudocken. Was er auch tut.

Er bleibt vor mir stehen. Setzt die Kapuze auf, schlüpft in seine Jacke, zieht den Reißverschluss hoch, alles betont langsam. Ebenso langsam beugt er sich zu mir herunter.

Ich drehe mich nicht weg.

Der nächste Fehler. Aber wer bin ich denn, dass ich keine Fehler machen darf?

»Okay. Ich respektiere deinen Wunsch«, flüstert Nevio an meinem Ohr. Sein Atem streicht über meine Haut.

Etwas in mir regt sich, tief drinnen, unter der Barrikade. Dort, im Dunkeln.

»Das will ich hoffen.« Ich flüstere ebenfalls.

»Ich warte einfach, bis du bereit bist.«

Das bin ich. Und wie!

Er ist mir so nah, dass ich schreien könnte. Sein Mund vor meinem. Sein Körper, eine Einladung. Seine Seele, seine Seele! Alles ist da. Ich brauche mir nur zu nehmen, was ich will.

Ich will ihn nicht enttäuschen.

»Kriegst du immer, was du dir in den Kopf setzt?«, frage ich und weiche ein bisschen zurück.

Ein Lächeln schwirrt in Nevios Augen. Fasziniert kralle

ich mich daran fest. *Nur ein Kuss, Lia, ein einziger verdammter Kuss …*

»Immer. Es ist nicht viel, weißt du? Lässt sich an einer Hand abzählen.« Er schiebt seine Hand zwischen uns und legt los: »Erstens: dich. Zweitens: dich. Drittens …«

Ich packe ihn im Nacken und ziehe ihn heran, an meine Lippen.

Endlich ist er still. Endlich küsst er mich. Sanft und zögernd zu Beginn, dann, als ich meinen Mund öffne, wird er stürmischer.

Ich streife die Kapuze von seinem Kopf. Vergrabe die Finger in seinem Haar.

Seine Hand rutscht tiefer und zieht eine Hitzespur mit sich, über meine Taille und den Rücken hinauf, bis sie dort zur Ruhe kommt.

Nevios Wärme umschließt mich.

Ich falle in seine Seele. Sinke …

Aus intensiven Gefühlen anderer wachsen Bilder in mir. Ich habe es Dutzende Male erlebt. In den Armen meiner Mutter. Vor der Kirche, an Enzos Hand gekettet. Bei Danieles Kuss. Zuletzt beim Dicken … Das ist eigentlich nichts Neues.

Neu ist, wie sie auf mich wirken, die Gefühle, die in Nevio aufwallen. Was die Bilder in mir auslösen.

Nämlich nichts.

Denn sie kommen nicht weit, kommen nicht an mein Herz heran. Sie prallen an meinem Panzer ab. Er ist undurchdringlich für jede Art von Gefühl.

Und ich … ich bin darunter erstarrt.

Viel zu schnell lösen wir uns voneinander.

Nevio blickt mich an. Fragend. Verwirrt. »Das war schön.«

Ich kann den Ausdruck nur zurückgeben. »Ja.«

»Das sollten wir wiederholen.«

»Ja.«

Was soll ich ihm auch anderes sagen?

Etwa, dass mich das, was ich in seiner Seele lesen konnte, nicht berührt hat? Dass ich seine Gefühle aufzählen und kategorisieren, aber nicht spüren konnte? Dass sich das Licht, das ihn durchflutete, auf dem Weg zu mir in Staub und Asche verwandelt hat?

Ich kann nicht. Das Entsetzen hängt mir in der Kehle fest.

Sachte schüttelt Nevio den Kopf. Im nächsten Moment ist er zur Tür hinaus, die leise hinter ihm zuschnappt.

Was habe ich aus mir gemacht?

Ich sinke an Ort und Stelle zu Boden. Reibe über meine nackten Arme, bis sie sich röten. Kratze sie blutig, nur um ein Gefühl hervorzurufen. Irgendeins.

Was gäbe ich jetzt für ein Rankengeflecht auf meiner Haut, wild und zackig wie meine Wut. Die ich empfinden sollte.

Vergeblich.

Mein Panzer ist aus Titan.

Was nützt er mir, wenn ich darunter verende?

27
Lia

In dieser Nacht arbeite ich an meinem Kleid. Es muss vor der Show fertig werden und mein Hirn braucht Ablenkung.

Mein Entwurf steht. Jetzt wird sich zeigen, ob mein Design was taugt. Ich drapiere den Probestoff, den ich von Gabriel abgezweigt habe, auf der Schaufensterpuppe.

Trotz abgetrennter Gliedmaßen und auf einen alten Kleiderständer gespießt, eignet sich Vivi nur bedingt für meine Zwecke. Sie ist instabil und schief und hat zu viel Oberweite. Unter Fluchen markiere ich sämtliche Details meiner Skizzen.

Sitzen die Falten an den richtigen Stellen? Wo muss ich noch Abnäher einfügen? Lässt sich der Schwung des Ausschnitts auf den Stoff übertragen?

Weist das Kleid neben Tragekomfort genug Dramatik auf?

Denn das muss es.

Ich entwerfe hier eine Robe in Haute-Couture-Qualität. Eine Inszenierung, bei der sich Ästhetik und Innovation die Waage halten sollen.

Normalerweise gehen bei diesem Arbeitsschritt Kreativität, Technik und Erfahrung Hand in Hand. Während ich an der Puppe modelliere, entfalten sich laufend neue Ideen, die ich sofort umsetze. Dadurch verbessere ich die ursprüngliche Kreation, bis sie mich am Ende wirklich überzeugt.

Normalerweise.

Heute nicht.

Heute ist es ein Gewaltakt. Denn in mir herrscht Ebbe. Woraus sollte ich auch Kreativität schöpfen? Aus der Trostlosigkeit, die ich in meiner Seele gebunkert habe?

Ob Wissenschaftler oder Künstler, wir alle nutzen Emotionen. Sie unterstützen unseren Denkprozess, wenn wir uns mit vollstem Einsatz hinter eine Sache klemmen.

Aber etwas Außergewöhnliches zu erschaffen, ist unmöglich, wenn man nichts fühlt. Und ich habe systematisch sämtliche Gefühle in mir vernichtet, ohne zu bedenken, was das mit mir anstellt.

So viel Blödheit gehört bestraft. Das habe ich nun davon.

Ich arbeite trotzdem wie eine Besessene. Tüftle herum, krame nach Ideen, experimentiere. Valentino, Dior, Gaultier – im Laufe der Jahre habe ich mir eine Menge von den Meistern abgeschaut und eingeprägt.

Das ist der Vorteil von geistigen Listen. Man kann immer und überall darauf zugreifen. Bin ich eben ein Handwerker wie Daniele. Was er kann, bringe ich erst recht fertig.

In den frühen Morgenstunden wechsle ich zum Originalstoff und da, endlich, zeigt sich, dass es mir gelungen ist, das Besondere an meiner Kreation herauszuarbeiten.

Völlig kaputt falle ich auf die Luftmatratze. Die Erschöpfung schenkt mir den Schlaf, mein zerstückeltes Seelenleben einen Traum.

Der Wald, wieder einmal. Dunkler und bedrohlicher als zuletzt. Mein Weg endet an einer Tür mit einem weißen Schild, auf das eine Zahl gepinselt ist. Zwei Ziffern bleiben mir im Gedächtnis: sieben und drei.

***

Die Berliner Fashion Week startet an einem Dienstag. Am Nachmittag vor der Eröffnungsshow schickt uns Gabriel gegen drei Uhr nach Hause. Zur Erholung von den Strapazen, wie er sich ausdrückt.

Wahrscheinlich braucht er eine Rundumerneuerung, ehe er sich morgen vor Publikum zeigen kann. Sein gnadenvoller Akt kommt mir allerdings mehr als gelegen.

An meinem Kleid gibt es noch einiges zu tun, außerdem muss Mavie es endlich einmal anprobieren. Sie hat versprochen, abends vorbeizukommen.

Ich arbeite bis zum Einbruch der Dunkelheit. Als das Kleid dann endlich fertig auf einem Bügel an der Saunatür hängt, kann ich nicht glauben, dass ich es wirklich geschafft habe.

Immer wieder befühle ich den Stoff, streiche die einzelnen Lagen glatt und male mir aus, wie Mavie darin aussehen wird. Sie sollte ihr Haar offen tragen, in Wellen gelegt vielleicht. Oder zu einem seitlichen Zopf geflochten.

Ich hoffe, dass Spot eine coole Idee hat. Schuhe und Accessoires habe ich bereits aus Gabriels Fundus ausgewählt. Was fehlt sonst noch?

Ein Klopfen reißt mich aus meinen Gedanken.

»Ist offen!«, rufe ich und blicke auf die Uhr auf meinem Handy. Zehn. »Komm rein, Mavie!«

Klar, dass es nicht Mavie ist. Eigentlich hätte ich damit rechnen müssen.

Es ist das erste Mal, dass wir uns seit dem Kuss wiedersehen. Gestern war Nevio nicht hier. Zur Begrüßung hält er mir ein kleines Schaf entgegen, schwarz-weißer Plüsch, riesige Augen, flauschig.

Oh bitte nicht. Ich verschränke die Arme. »Was soll Vivi denn mit einem Schaf?«

»Mit ihm schmusen, was sonst?«

»Nein. Sie ist beschäftigt. Nimm das Schaf und gute Nacht.«

Ich weiß, wie das enden wird. Aber ich komme nicht gegen diesen Blick an. Gott! Ich grabe ein Lächeln aus, für ihn. Und das Schaf. »Kommt schon rein.«

»Sie lässt uns rein, siehst du? Ich hab's dir ja gesagt«, flüstert Nevio dem Schaf zu und positioniert es auf dem Gipfel meines Schneiderchaos.

»Ich habe zu tun. Und Mavie kommt gleich vorbei.« Wie auf Kommando klingelt mein Handy. »Das muss sie sein.«

»Ich wollte …« Nevio nickt mir zu. »Geh erst mal ran.«

Ein Schluchzen dringt an mein Ohr, als ich abhebe. »Mavie?«

»Lia? Ich … Kannst du … mich abholen? Mir … mir geht's nicht so gut.«

Sie klingt ganz furchtbar. Vor meinen Augen läuft ein Film ab, in dem ihr ominöser Lover die Hauptrolle spielt. Offensichtlich hat er ihr Herz in Stücke gerissen.

»Klar. Ich komme. Wo bist du?«

Jetzt weint sie haltlos.

»Mavie, wohin soll ich kommen? Wo bist du?«

»Ich … in einer Bar … keine Ahnung, wie die heißt … in Berlin Mitte … *Lights* oder so …«

»*Headlights*«, flüstert Nevio, der alles mitgehört hat. »Ich begleite dich.«

»Okay, Mavie, ich komme. Bin gleich da.«

Sie wimmert auf, dann ist die Leitung tot.

»Scheiße, was ist los mit euch Typen?«, fahre ich Nevio an, der doch gar nichts dafür kann. Er packt mich an der Hand und zerrt mich durch die Tür, hinein in eine laue Sommernacht voller Grillengezirpe.

Nevio telefoniert, während wir durch den Garten und vor das Tor laufen. Auf der Straße angekommen, wird mir erst klar, dass er gar nicht mit dem Auto hier ist.

»Wir fahren mit dem Taxi«, sagt er.

»Ich habe kein Geld dabei.«

»Aber ich.«

Ich gehe nervös auf und ab. Nevio brütet vor sich hin, und ich bin unendlich froh darüber. Das Letzte, was ich jetzt ertragen könnte, wäre, eine Diskussion mit ihm zu führen. Über den Kuss, oder so.

Die Fahrt dauert eine gefühlte Ewigkeit. Ich versuche mehrmals, Mavie zu erreichen, aber sie hebt nicht ab. Schließlich hält das Taxi vor einem Luxushotel.

»Was, hier?«, frage ich Nevio entgeistert.

»Oben, im Dachgeschoss.«

Wieder nimmt er mich an der Hand und wir laufen durch die Lobby, die um diese Uhrzeit noch gut besucht ist. Am Fahrstuhl ist Endstation, weil wir den Dresscode nicht erfüllen. Nevio trägt Jeans und Sneakers, ich bin wie immer im Gothic Look unterwegs. Nicht konform.

Bedauernd schüttelt der Türsteher den Kopf. »Tut mir leid. Im *Headlights* ist Abendgarderobe erwünscht.«

Um das zu verdeutlichen, winkt er ein Pärchen durch, sie im gelben Cocktailkleid, er im Anzug, beide bestens gelaunt.

»Bitte«, flehe ich. »Wir wollen nicht bleiben. Wir suchen nur eine Freundin. Sie hat mich angerufen und um Hilfe gebeten. Ihr ist …«

»Sie ist Allergikerin«, fällt mir Nevio ins Wort, »und hat Nüsse gegessen. Das könnte schlimm ausgehen. Wir machen nur einen Sprung auf die Toilette und dann sind wir auch schon wieder weg.«

Der Türsteher grinst. »Gute Geschichte. Was glauben Sie, wie oft ich so was höre?«

»Und wie oft ist in Ihrem Etablissement schon eine abgekratzt?«, hält Nevio dagegen. »Der Manager wird begeistert sein, wenn er die Bar morgen in den Schlagzeilen erwähnt findet.«

Der Türsteher verzieht das Gesicht. Angesäuert greift er zum Telefon, wechselt ein paar Worte mit seinem Gesprächspartner und legt wieder auf. »Okay«, sagt er, »Sie dürfen rauf. Eine Kollegin erwartet Sie.«

Der Fahrstuhl schießt zweiundzwanzig Stockwerke hoch. Die Rückwand ist verspiegelt. Ich begegne einer Fremden. In ihren Augen finde ich eine Verlorenheit vor, die mich zurückschrecken lässt.

Meine Seele ist mir entglitten.

Ich wünschte, ich könnte noch mal von vorn anfangen. Es richtig machen. Aber wahrscheinlich würde ich auch diesmal auf dem Scherbenhaufen tanzen, bis meine Sohlen bluten.

Man muss sein Schicksal annehmen, um daran zu wachsen. Leider ist in mir schon alles verdorrt.

Der Junge neben mir hingegen sieht unerwartet gut aus.

Nachdenklich streicht er mir eine Haarsträhne hinters Ohr. Blond, wie ich im Spiegel bemerke. Ich wende mich ab und stopfe sie unter die Perücke. Die Scham färbt meine Wangen. Zumindest auf diese Körperfunktion kann ich mich verlassen.

Als sich die Türen öffnen, umfängt uns Lounge-Musik. Wir tauchen in sattes Violett, kombiniert mit unzähligen Scheinwerfern, die der Bar ihren Namen geben. Vorwiegend Schwarzlicht. Möbel, Hemden, Zähne, alles glüht.

Eine sichtlich gereizte Mitarbeiterin der Bar nimmt uns in Empfang und bringt mich zur Damentoilette. Ich stürze hinein.

»Mavie? Ich bin's, Lia. Wo bist du?«

Die Toilette ist so groß wie ein Appartement. Weicher Teppichboden schluckt meine Schritte. Vor den Spiegeln stehen gepolsterte Stühle, Minihandtücher liegen zu Dreiecken gefaltet in Körben, die Seife duftet nach Rosen.

Erst auf den zweiten Blick entdecke ich die Glassplitter

auf der Ablage, ein zerknülltes Taschentuch, einen Blutspritzer. Hier hat jemand sauber gemacht, allerdings nur oberflächlich.

Ein Schluchzen geleitet mich zur letzten Kabine. Ich rüttle an der Tür. »Mach auf, Mavie.«

»Ist er weg?«

»Das will ich ihm geraten haben. Mach auf.«

Das Schloss klickt. Mavie kauert vor der Kloschüssel auf dem Boden und umschlingt ihre angezogenen Beine. Sie hält den Kopf gesenkt. Auf ihrem Handrücken klebt getrocknetes Blut.

»Mavie?« Ich gehe in die Hocke und streiche ihr das Haar zurück. »Scheiße.«

Ihr Gesicht, ihr wunderschönes Gesicht ist komplett verschwollen. Die Lippe ist aufgeplatzt. Sie bekommt das linke Auge kaum auf. Und auf dem Jochbein prangt ein übler Cut. Ich bin keine Expertin, aber ich schätze, dass die Wunde genäht werden muss.

Er hat sie krankenhausreif geprügelt.

»Sieht nicht gut aus, was?«, flüstert sie. Blut und Tränen haben Spuren über ihre Wangen gezogen. In unregelmäßigen Abständen überkommt sie ein Schluchzen.

»Das wird schon wieder.« Ich helfe ihr auf. »Komm, wir bringen dich ins Krankenhaus.«

Mavie stemmt die Füße in den Teppich. »Auf keinen Fall.«

»Das gehört ordentlich verarztet, sonst bleiben Narben zurück.« Und dann adieu, Modelkarriere.

»Ich kann nicht ins Krankenhaus. Sie würden meinen Vater kontaktieren.«

»Nicht ohne dein Einverständnis. Du bist erwachsen.«

»Trotzdem«, beharrt sie.

»Mavie, sei vernünftig. Du hast genug Kohle für eine Schönheitsklinik. Ein Spezialist kann das bestimmt retten.«

Ich umarme sie mit sanftem Druck, um sie zum Mitkommen zu bewegen. Da zuckt sie mit einem Wimmern zusammen.

Mir wird kalt.

Vorsichtig schiebe ich ihr schwarzes Seidenkleid hoch. Beide Hände gegen die Wand gestützt, lässt sie es geschehen.

Striemen.

Verlaufen über ihren Rücken. Bedecken ihre Oberschenkel. Verschwinden unter ihrem Höschen. Die Spitze muss entsetzlich reiben.

Ich lasse das Kleid fallen. Mavies Kopf sinkt an meine Schulter. Sie weint wieder.

»Wir gehen zur Polizei«, sage ich.

»Nein.«

»Der gehört angezeigt.«

»Nein.«

»Wo ist das passiert?«

»Unten. In seiner Suite.«

»Er wohnt hier? Und dann seid ihr noch rauf in die Bar? Danach?«

Mavie nickt. »Wir haben uns gestritten. Ich wollte aufs Klo, aber er ist mir gefolgt. Da habe ich ihm die Blumenvase ins Gesicht geworfen.« Jetzt flüstert sie: »Er ist ausgerastet. Er wollte das nicht. Er ist eben sehr … temperamentvoll.«

»Temperamentvoll, ja? Und die Schläge? Womit hat er …? Mit einem Gürtel?«

Sie nickt wieder.

In mir tanzt ein Funken Wut. Stark genug, um meine Stimme zu färben. »Ich bring den Kerl um!«

Mavie richtet sich auf. »Nein, Lia, nein. Ich … ich wollte das. Ich wollte, dass er mir zeigt, was ihn antörnt.«

»Welche Zimmernummer? Dem werde ich zeigen, was *mich* antörnt!«

»Bitte nicht. Bring mich einfach nach Hause, Lia. Bitte.«

»Okay. Okay.«

Umbringen kann ich ihn später auch noch. Jetzt zählt erst mal Mavie.

28

Lia

Diesmal bringt uns das Taxi zu Nevios Wohnung. Ein Nachbar, ein enger Freund seines Vaters, sei Arzt, hat er erklärt, der würde sich Mavie bestimmt ansehen und gegebenenfalls auch nähen. Er sei absolut diskret.

Die beste Lösung. Die einzige jedenfalls, der Mavie zugestimmt hat.

Sie sitzt steif an meiner Seite und verzieht bei jeder Erschütterung das Gesicht. Ich lasse sie in Ruhe, aber in meinem Kopf entspinnen sich Mordfantasien.

Ich muss nur den Namen und die Zimmernummer von diesem Drecksack rauskriegen, dann kann ich ihn in seiner Suite aufsuchen. Gleich morgen früh, wenn er nicht damit rechnet.

Nevios Wohnhaus ist ein Altbau aus der Gründerzeit. Erkerfenster und Stuckverzierungen schmücken die Fassade. Während er den Arzt aus dem Bett klingelt, zuckeln wir mit dem Fahrstuhl nach oben ins Dachgeschoss, den Wohnungsschlüssel in der Hand.

Die Wohnung entpuppt sich als Juwel. Gute hundert Quadratmeter, eine geräumige Wohnküche sowie eine Dachterrasse, alles aufs Feinste renoviert.

Die Einrichtung dagegen ist … alternativ. Sie besteht aus aufeinandergestapelten Bierkisten. Immer mehrere sind mit

Kissen und Gurten zu Sitzelementen zusammengeschnallt, in der Mitte bilden vier Kisten und eine aufgelegte Spanplatte einen Tisch. Sogar Bierkistenregale gibt es.

Nirgendwo kann ich richtige Möbel entdecken, auch die Küche besteht aus einer provisorischen Anordnung von Einzelstücken. Herd und Kühlschrank scheinen aus den Achtzigern zu stammen.

Ich bugsiere Mavie ins Bad und wasche ihr das Gesicht. Sie starrt apathisch vor sich hin, darum verzichte ich darauf, sie auszufragen. Später, später passt es hoffentlich besser.

Dann ist der Arzt auch schon hier, ein Großvatertyp mit schwarzer Tasche und ruhigem Auftreten, der mich aus dem Raum schiebt und die Tür schließt.

Ich setze mich auf eine der Bierkistenbänke. Nevio drückt mir ein Glas Wasser in die Hand, das ich auf einen Zug austrinke. Er nippt an einer Tasse Kaffee. Schwarz. Natürlich.

»Sehr kreativ, dein Interieur. Das Werk eines Innenausstatters?«, bemerke ich amüsiert. »Der Rausch danach muss jedenfalls gewaltig gewesen sein.«

Nevio lacht. »War eine lässige Einweihungsparty. Die Wohnung hat meiner Schwester Nora gehört«, erklärt er nach einer kurzen Pause. »Als sie zur Familiengründung ausgezogen ist, hat sie alles mitgenommen. Meine Eltern wollten mir neue Möbel sponsern, aber … na ja. Ich will es allein schaffen. Ich schlafe auf einer Matratze auf dem Boden. So wie du.«

Nevio wendet sich ab und erspart mir damit die Antwort. Er öffnet die Terrassentür.

Es muss geregnet haben, ein kurzer Guss, wie er in Berlin so oft vorkommt, und jetzt trägt die Nacht den Duft der Stadt herein: staubfeucht und honigsüß von den Linden, die unten in der Allee in voller Blüte stehen.

»Dieses Arschloch darf nicht ungestraft davonkommen«, sagt Nevio. Die Sache geht ihm genauso nahe wie mir.

Ich habe ihm nichts von den Striemen erzählt. Der Blick in Mavies Gesicht genügte. Mehr muss er nicht wissen.

»Mavie will ihn nicht anzeigen«, erwidere ich.

Er dreht sich zu mir um. »Dann müssen wir sie eben überreden.«

Ich nicke. »Vielleicht morgen, wenn sie den ersten Schock überwunden hat.«

»Du musst Gabriel Bescheid geben.«

Das war bisher meine geringste Sorge. Aber natürlich hat er recht. Mavie wird morgen ausfallen. Kein Modeln mehr für sie, jedenfalls nicht in nächster Zeit. Ich stöhne. »Shit. So kurzfristig findet er bestimmt keinen adäquaten Ersatz.«

Die guten Models sind seit Wochen ausgebucht. Übrig bleiben Durchschnittsmädchen, die zwar alles für einen Laufstegauftritt tun würden, aber eben nicht grundlos zur verschmähten Ware gehören: zu speziell, zu dürr, zu viel Oberweite, zu plump beim Walken.

»Hm. Eventuell könnte man die Outfits auf die anderen Mädchen aufteilen«, überlege ich, weiß aber im Grunde, dass das ein Ding der Unmöglichkeit ist. Die Looks und die Reihenfolge sind für alle Mädchen festgelegt. Es würde unseren ganzen Masterplan für die Show über den Haufen werfen. »Nein«, murmle ich. »Wir brauchen ein zusätzliches Model.«

»Du«, sagt Nevio leise.

»Ich?«

»Du könntest für sie einspringen. Ihr habt eine ähnliche Figur.«

Im ersten Moment kann ich über den Vorschlag nur lachen. Ich, auf einem Catwalk, vor Hunderten Menschen, die mit Handys und Kameras bewaffnet sind, unter Scheinwerfern, die alles entblößen. Unvorstellbar!

Doch der Gedanke setzt sich in mir fest. Und je genauer

ich ihn durchleuchte, desto mehr Zweifel kann ich über Bord werfen.

Allzu viel müssten wir an den Kleidern nicht ändern. Bloß die Länge, schließlich bin ich doch etwas kleiner, und eventuell ein wenig in der Taille, weil ich in den letzten Wochen zum Klappergestell mutiert bin.

Im Geiste switche ich durch die Kollektion, die Mavie präsentieren soll. Ja, da ist kein Outfit dabei, dass sich nicht mit ein paar Handgriffen abändern ließe.

Ich habe keine Laufstegerfahrung, aber eventuell könnte Mavie mir auf die Schnelle noch den einen oder anderen Trick beibringen. Für den Notfall würde es reichen.

Ich spüre Nevios Blick und sehe auf. Er beobachtet mich. Liest alles aus meinem Gesicht.

Was ist mit den Zuschauern?, überlege ich weiter. *Wirst du ertragen können, dass alle Augen auf dich gerichtet sind?* Angesichts meiner derzeitigen Gefühlsarmut brauche ich mir darüber eigentlich keine Gedanken zu machen. Reine Gewohnheit, die mich immer wieder an diesen Punkt bringt.

Und Daniele? Guter Einwand. Ich schiebe ihn beiseite. Für Daniele habe ich momentan keinen Nerv.

Einziges Hindernis: der Meister persönlich.

»Gabriel wird was dagegen haben«, sage ich seufzend. »Er findet mich und mein Outfit unter jeder Kritik.«

Nevio verlässt seinen Platz am Fenster. »Irrelevant. Du bist die einzige Alternative. Das weiß er. Und ich gehe mal davon aus, dass die Stylingabteilung auch über eine Perückenauswahl verfügt.«

Anzunehmen. »Sekunde. Worum geht es denn hier?«

Er stellt die Tasse ab und setzt sich auf den Tisch, mir gegenüber, seine Knie an meinen. Legt die Hände auf meine Schultern. »Um dich. Du musst dich nicht verstecken, Lia. Sei einfach du selbst.«

Ich atme hörbar aus. »Du wärst schockiert.«

»Du kommst aus einer Mafiosi-Familie, und wenn schon? Man kann sich seine Verwandten nicht aussuchen.«

»Die Musettis sind gefährlich. Wer einmal in ihre Fänge geraten ist, der …«

»Das ist mir egal. Hier geht es nicht um die Musettis. Es geht um dich. Für mich zählt nur, was für ein Mensch du bist.«

»Wie gesagt: Du wärst schockiert.«

»Hast du jemanden abgeschlachtet?«

Mein Blick huscht zum Bad. »Noch nicht.«

»Dafür hätte ich vollstes Verständnis.«

»Nevio, ich weiß nicht, wie ich es dir erklären soll …«

Er senkt seine Stirn auf meine. Flüstert. »Du musst mir nichts erklären. Ich weiß schon alles.«

Er weiß gar nichts. Er ahnt nichts von meiner Gabe, die sich unkontrolliert in mir entfaltet. Dass ich dabei bin, zum Monster zu mutieren, das sich seiner Emotionen bedienen und ihn damit manipulieren könnte. Er hat keinen Schimmer davon, dass ich Hass oder Zorn in ihm hervorrufen könnte, obwohl er gerade Liebe empfindet.

Vielleicht sollte ich das versuchen. Dann wäre ich ihn für immer los.

Stattdessen presse ich meine Lippen auf seine. Eine Kurzschlusshandlung, natürlich.

Nevio stöhnt leise auf. Erst will er sich wegdrehen, dann erwidert er den Kuss. Zärtlich, aber das ist nicht das, was ich will.

Ich brauche mehr.

Mehr Intensität, Leidenschaft, keine Ahnung, was, um das Vakuum in mir zu füllen. Ich muss diese emotionale Starre loswerden, in die ich mich durch den Aufbau meines Panzers manövriert habe, unbedingt, ehe ich daran zerbreche.

»Lia …«, keucht Nevio.

Ich klammere mich an ihn, gewaltsam, wie eine Ertrinkende. Sauge in mich auf, was ich kriegen kann, da schiebt er mich weg.

»Lass uns nichts erzwingen, Lia. Lass uns auf den richtigen Moment warten.«

Ich ringe um Fassung. »Na, aber hallo! Das nenn ich mal ein Statement. Darauf kann ich mir echt was einbilden.«

»So hab ich das nicht gemeint …«

»Schon klar. Vergessen wir's. Zwischen uns funkt es einfach nicht.«

Nevio wirkt, als würde sämtliche Kraft aus ihm weichen. Als hätte jemand das Licht in seinem Gesicht ausgeknipst.

Dieser Jemand war ich.

Ich stehe auf. Dieser Raum ist mir zu eng, also fliehe ich auf die Terrasse, wo ich Luft in meine Lungen pumpe. Stahlbänder spannen sich um meinen Brustkorb, jeder Atemzug schmerzt.

Von drinnen höre ich den Arzt um Hilfe bitten, dann ist es wieder still.

Nach einer Weile habe ich mich halbwegs im Griff. Nevio ist im Bad verschwunden. Hoffentlich ist mit Mavie alles in Ordnung. Nervös wandere ich durch die Wohnung. Öffne Türen, dringe in Bereiche vor, die nicht für meine Augen bestimmt sind.

Ich weiß nicht, wonach ich suche. Ob ich überhaupt etwas suche. Ich fühle mich so kaputt.

Eines der Zimmer ist offenbar Nevios Fotostudio. Hier bewahrt er seine Kameras auf, Kabel, Akkus, Blitzgeräte und sonstige Utensilien, hier stehen auch PC und Drucker. Eine der Wände ist mit Fotos gespickt. Ich trete näher.

Erkenne mich.

Erst auf einem Foto, dann auf dem nächsten und wieder auf einem anderen. Teils sind es Schnappschüsse, teils Nahaufnahmen, die meine Gestik oder Mimik enthüllen, sogar meine Gefühle, von denen ich dachte, sie ausgelöscht zu haben. Andere wiederum sind die reinste Liebeserklärung an mich.

Ich bin überall.

Verträumt. Lächelnd. Abwesend. Still. Verzweifelt. Verärgert.

Foto für Foto. Nur ich.

Wahrscheinlich sollte ich wütend sein.

Stattdessen wende ich mich ab und schließe die Tür. Er kennt mich nicht.

Wie auch? Ich kenne mich nicht einmal selbst.

29
Lia

Meistens zieht eine Katastrophe einen Dominoeffekt nach sich. Wenn etwas schiefgeht, dann gewaltig.

Diesmal scheint das Gegenteil der Fall zu sein.

Als ich frühmorgens um halb sieben im Atelier eintreffe, ist Gabriel – heute in stilsicherem Champagnerweiß – bereits informiert.

»Mavie hat mich angerufen«, sagt er mit Gewittermiene. »Das habt ihr euch ja fein ausgedacht.«

Noch in der Nacht haben Rica, Polina und ich uns im Atelier getroffen und sämtliche Outfits auf mich angepasst. Es war weniger Arbeit als erwartet.

Anschließend habe ich unter Ricas erfahrenen Augen das Walken ausprobiert. Sie hat mir Tipps gegeben und mir versichert, dass ich das bestimmt gut hinkriegen werde, angesichts der Umstände und so.

Tja, auf deine Mitarbeiter ist eben Verlass, will ich antworten, aber Gabriel kommt mir zuvor: »Zeig mir mal, wie du läufst.«

Was, kein Tobsuchtsanfall? Keine Theatralik? Mavie muss sehr überzeugend gewesen sein.

Sie hatte Tränen in den Augen, als ich ihr von der Idee erzählte. »Ich könnte mir niemand Besseren als dich vorstellen«, waren ihre Worte. »Du rockst das Ding, Lia.«

Nun ja. Zum Modeln geboren bin ich nicht, aber die letzten Wochen haben mich das Schauspielern gelehrt. Und für Mavie würde ich sowieso alles tun.

Ich schlüpfe in das Outfit, in dem ich die Show eröffnen soll. Das erste und das letzte Model sind die wichtigsten. Ihnen gilt die ganze Aufmerksamkeit des Publikums. Ihr Look muss daher alle von den Sitzen reißen.

Das weiße Samtkleid wird dieser Anforderung gerecht. Es ist knielang, mit Paillettenapplikationen, langen, engen Ärmeln und einem Spitzeneinsatz im Dekolletébereich. Wunderschön. Und ziemlich freizügig. Darüber werde ich ein rotes Cape mit Kapuze tragen, die sogar mein Gesicht verdeckt, und passend dazu einen künstlichen Wolfspelz inklusive Kopf. Rotkäppchenlike.

»Die Schuhe werden mich umbringen«, murmle ich, als ich vor Gabriel auf und ab stöckle. Der schmale Blockabsatz hat High-Heel-Dimensionen.

»Möchtest du lieber in deinen Tretern laufen?«, fragt er.

»Ist das ein ernstzunehmendes Angebot?«

Er klatscht in die Hände. »Nur über meine Leiche. Schön, Mädels, das nächste.«

Wieder bin ich irritiert. Er hat tatsächlich nichts auszusetzen? Es kann nur der Nebel der Nervosität sein, der seinen Blick trübt.

Während wir einen Look nach dem anderen durchgehen, trudeln auch die übrigen Models im Atelier ein. Sechzehn sind es insgesamt, die Gabriel gebucht hat, darunter zwei Männer, zusätzlich zu Pierre.

Spot und ihr Stylingteam haben bereits Dutzende Spiegel und Schminkutensilien auf den Tischen aufgebaut und machen sich an die Arbeit, die Models zu schminken und zu stylen. Erst kurz vor der Show geht es mitsamt der Ausrüstung zum Eventzelt.

Gabriel beauftragt Spot, sich persönlich um mich zu kümmern. »Du siehst übermüdet aus«, stellt sie fest. »Schlecht geschlafen?«

Schlafen? Was ist das?

Vier Stunden waren es immerhin, traumlos, aber unruhig.

Spot betrachtet mich skeptisch. »Willst du die Perücke wirklich aufbehalten?«

Ich zucke mit den Schultern. »Diese oder eine andere.«

»Weiß Gabriel davon?«

»Das kann ihm egal sein.«

Spot lässt eine Kaugummiblase platzen. Heute trägt sie eine pinkfarbene Mütze, unter der ihre Drahtlöckchen nach allen Seiten abstehen. Wie ein Vogelnest.

Sie bemerkt meinen Blick. »Bad Hair Day. Frag lieber nicht. Und nein, das kommt für dich nicht infrage. Ein hübsches Gesicht hast du ja«, meint sie nach kurzem Überlegen. »Das sollten wir zeigen. Wie wäre es, wenn wir dir die Haare glatt zurückfrisieren? Das passt auch zum Look der anderen, herb und schlicht.«

»Okay.«

Die Models sind alle langhaarig. Mit meinem Bob würde ich herausstechen, so aber passe ich wenigstens ins Bild.

Spot instruiert einen jungen Hairstylisten und er macht sich an die Arbeit. Danach tobt sich auch noch die Visagistin an mir aus.

Die ganze Zeit über muss ich an Mavie denken.

Der Arzt war zuversichtlich, dass die Wunden gut verheilen würden. Auch der Cut. Und eine kleine Narbe wie diese mache sie umso interessanter, wie er mir augenzwinkernd erklärte. Dann wurde er ernst. Er wolle sich ja nicht einmischen, aber eine Anzeige sei seiner Meinung nach unabdingbar. Ich müsse Mavie überzeugen, zur Polizei zu gehen.

Das habe ich vor.

Sobald der Fashion Week-Wahnsinn vorbei ist. Sobald ich Mavie ausgehorcht und den Typen, der ihr das angetan hat, zur Rechenschaft gezogen habe.

Als die Stylisten endlich von mir ablassen, erblicke ich wieder einmal ein fremdes Mädchen im Spiegel. Strenge Züge, betonte Wangenknochen, rote Lippen. Eine Frisur wie aus den Zwanzigerjahren.

Wie viele Gesichter habe ich noch?

Wir fahren im Konvoi zum Zelt am Brandenburger Tor, Gabriel, die Models, Spot und ihr Team sowie Rica und Polina und ein paar Direktricen, die extra für den heutigen Tag angeheuert wurden.

Überall sind Absperrungen und Umleitungen, aber Gabriel zeigt seinen Ausweis vor und wir können zum Backstagebereich durchfahren. Die Show soll in einer Stunde starten. Noch genügend Zeit für einen Probelauf.

Noch einmal wird das Styling aller Models überprüft, das Make-up nachgebessert und in aller Schnelle gebügelt, was durch den Transport Falten abbekommen hat.

Die fertigen Outfits kommen inklusive der Accessoires auf eine Kleiderstange, für jedes Model eine eigene. Auf zugehörigen Karten kann man Name und Position ablesen, außerdem ist auf Fotos der jeweilige Look festgehalten, damit beim schnellen Umkleiden alles reibungslos klappt.

Für mich ist das alles neu und verwirrend. Ich war noch nie als Model in einem Backstagebereich wie diesem. Hier ist von Glanz und Glamour der großen Show nichts zu spüren.

»Wo sind die Söckchen für Nummer acht?«, ruft Polina im Vorbeilaufen.

»Ich dachte, die hättest du eingepackt«, schallt es vom anderen Ende des Zelts zurück. Rica. Mit einem Dampfbügeleisen bewaffnet.

»Nein, nur Strümpfe.«

Gabriel rauscht an Polina vorbei. »Dann schneide sie eben ab. Du liebe Güte, wie wär's mit eigenständigem Denken!«

Tja, die Hektik ringsum macht vor kaum jemandem halt, nur die Models wirken etwas gelangweilt, während sie auf ihren Auftritt warten.

»Du springst für Mavie ein, habe ich gehört?« Das Mädchen am Schminktisch neben mir, eine Dunkelhaarige mit Lippen à la Angelina Jolie, blickt kaum von ihrem Handy auf, als sie mich anspricht. Sie ist direkt nach mir dran, fällt mir ein. Ihre Arme sind zu dürr.

»Ja.« Abwartend hebe ich die Augenbrauen.

»Na, das wird spannend.«

Ihre gemurmelte Antwort entgeht mir nicht. »Weil?«

Miss Jolie misst mich mit einem mitleidigen Blick. »Wie oft bist du schon gelaufen?«

»Etliche Male«, lüge ich. »In Mailand.«

»So? Aha.«

Ich erinnere mich dunkel daran, sie heute schon im Gespräch mit Gabriel gesehen zu haben und zähle eins und eins zusammen. »Bist wohl abgeblitzt, oder? Wollte er dich als Ersatz nicht haben? Sei froh, dass du als Nummer zwei rausdarfst.«

»Pff«, faucht sie erbost und wendet sich ab.

Ich grinse in mich hinein. Dieser Zickenterror ist mir so was von egal. Rückblickend war die reine Mädchenklasse im Gymnasium doch eine verdammt gute Schule fürs Leben.

»Alles klar bei dir?« Pierre legt mir eine Hand auf die Schulter. Sein Aftershave steigt mir in die Nase, Zedernholz und Zitrusaromen. Passt zu ihm. In seinen wadenlangen Hosen und dem hellen Jackett sieht er phänomenal aus. Männer sollten viel öfter Bein zeigen.

Ich blicke ihn durch den Spiegel an. »Yep.«

»Wie geht es Mavie?«

»Sie wird wieder. Ich hoffe, sie schläft und kommt nicht auf blöde Gedanken.«

»Ich hätte nie mit so was gerechnet. Er war so liebevoll. Hat ihr jeden Wunsch von den Augen abgelesen. Echt rührend.«

»Du kennst den Kerl?«

Pierre winkt ab. »Kennen, ach. Ich habe die zwei einmal getroffen, in einem Klub.«

»Weißt du, wie er heißt?«

»Hm, ja, Mavie hat den Namen erwähnt. Ich komm gerade nicht drauf. Da müsste ich noch mal nachdenken.«

»Nach der Show?«

»Ja, klar.« Er nickt. »Lia?«

»Hm?«

Pierre dreht meinen Stuhl herum, sodass ich ihm direkt ins Gesicht blicken muss. »Du kriegst das hin. Du wirst das Publikum verzaubern, glaub mir. Wann führst du dein Kleid vor?«

Mein Kleid. Ich habe es dabei, natürlich. Es hängt in einer Schutzhülle auf einer der Kleiderstangen.

»Ich konnte es Gabriel noch nicht zeigen. Durch das Chaos heute früh ging das irgendwie unter. Und jetzt, na ja, er …«

Ich picke Gabriel aus der Menge und Pierre folgt meinem Blick. »Er flattert wie ein aufgescheuchtes Huhn durch den Stall«, bringt er es auf den Punkt. »Das wird nichts mehr.«

Ich nicke. »Kein Ding. Ich …«

»Warte mal, ich hab da eine Idee.« Schon ist er weg und ich klappe irritiert den Mund zu.

Miss Jolie kriegt sich vor Neugier kaum ein, aber ein tödlicher Blick von mir sorgt dafür, dass sie sich wieder mit ihrer Facebook-Timeline beschäftigt.

Wenig später ist Pierre zurück, ein Mädchen im Schlepptau. »Das ist Elissa, Nummer vier.«

Ja, sie ist mir schon aufgefallen. Blond, verboten grüne Augen, liebenswürdig. Ich nicke ihr zu.

»Sie würde dir den Schlussact abnehmen«, erklärt Pierre, »dann könntest du hinterher dein Kleid vorführen.«

»Njet. Gabriel wird mich zerfleischen, bevor es dazu kommt.«

Pierres Zähne blitzen, als er grinst. »Ich lenke ihn ab.«

»Okay …« Ein solches Angebot kann ich mir nicht entgehen lassen. Ich stehe auf und betrachte Elissa genauer. Wir sind gleich groß, Oberweite und Taillenumfang scheinen aufs Erste zu stimmen. Elissa nennt mir ihre Maße und wirklich, da ist kaum ein Unterschied zu meinen.

»Also gut«, sage ich. »Aber – falls du das überlebst – wird das ein dickes Minus in deinem Portfolio.«

Elissa winkt ab. »Quatsch. Ich bin bis ins nächste Frühjahr gebucht.«

Beruhigend.

Als wir in den eigentlichen Backstagebereich direkt vor dem Showzelt umziehen, landet der Bügel für den Schlussact auf Elissas Kleiderstange. Ich staune nicht schlecht, denn Rica hat doch tatsächlich eine passende Karte parat, sodass niemand auf die Idee kommen könnte, wir hätten da was gedreht. Sogar das Foto passt. Sie hat mein Gesicht glatt mit Elissas überklebt.

Mit verschmitztem Lächeln packt sie mein Kleid aus und hängt es auf meine Stange, ebenfalls mit Karte und gefälschtem Foto. Dann instruiert sie das Mädchen, das mir beim Umziehen helfen soll.

»Schau nicht so«, sagt sie zu mir. »Das Kleid ist der Knaller. Wäre eine Schande, wenn das heute nicht auf dem Catwalk punktet.«

»Gabriel …«

»Jetzt hör mir mal zu, Süße.« Rica hebt drohend ihren Zeigefinger. Obwohl sie so klein ist, kann sie ziemlich einschüchternd wirken. »Wir bei GN sind ein Team, da unterstützt jeder jeden. Du willst Modedesignerin werden? Was kann dir Besseres passieren als eine Vorstellung durch einen bekannten Designer! Mach dir keine Sorgen wegen Gabriel. Um den kümmern wir uns. Und jetzt liefere den Modefuzzis da draußen eine Show, die sich gewaschen hat.«

Ich beiße mir auf die Lippe, um nicht zu widersprechen, ihr zu danken oder sonstigen Unsinn zu verzapfen.

Zieh das durch, Lia! Das ist deine große Chance.

Nach einem letzten Check durch Gabriel begeben wir uns ins Zelt für die Generalprobe. Hier ist ein Catwalk errichtet, der dem im Veranstaltungszelt aufs Haar gleicht.

Ein Typ mit Headset und Mikro hat das Sagen. Er will Coolness und Professionalität verbreiten, stattdessen schürt er die Nervosität. Seine Assistentin hingegen ist die Ruhe selbst. Sie hat den Überblick und hält sich minutiös an ihren Plan auf dem Klemmbrett.

Mein erster Walk gelingt mir ganz gut, wenngleich ich noch ein bisschen unsicher bin. Ich spüre die Augen der Mädchen in meinem Rücken. Vor allem Nummer zwei, Miss Jolie, feixt todsicher, als ich einmal umknicke und mich gerade noch so fange. Der Boden ist extrem rutschig und das Cape, das ich hinter mir herschleife, hinderlich.

Gabriel wird mich killen. Vermutlich noch vor dem Publikum.

Mr Headset fordert uns auf, im finalen Lauf die Lücken zu schließen oder Abstand zu wahren, eine Armlänge soll es sein, nicht mehr.

Alles geht im Eilzugtempo über die Bühne. Schon bugsiert uns die Assistentin zum Eingang des Veranstaltungszelts und sorgt dafür, dass wir uns richtig aufstellen. Sie weiß genau, welches Model wann dran ist. Wie soll ich es bloß auf die Reihe kriegen, mich nach Elissa auf den Laufsteg zu schummeln?

Das wird nicht funktionieren.

Und überhaupt …

Es ist nicht richtig.

Was wir vorhaben, ist feige und Gabriel gegenüber nicht korrekt. Es ist sein großer Tag und ich reiße womöglich alles an mich.

Ich nehme mir vor, ihn um Erlaubnis zu bitten, aber dann wird er plötzlich von einer Redakteurin eines Magazins zu einem Interview entführt.

Wir warten.

Ich stehe ganz vorn, wieder eingemummt in mein Cape. Der Wolf schmiegt sich um meinen Hals. Er hat blaue Glasmurmelaugen.

Meine Gedanken wirbeln durcheinander. Sie huschen zu Lagerfeld. Dann zu Mavie. Zu meinem Kleid.

Nein, ich kann Gabriel das nicht antun. Irgendwann möchte ich mit meiner Mode groß rauskommen. Aber ich will nicht, dass mein Erfolg auf einer Lüge aufbaut.

»Noch zwei Minuten«, verkündet die Assistentin.

»Pierre?« Ich recke den Hals und entdecke ihn auf seiner Position, Nummer fünf.

Er kommt an meine Seite, doch ehe ich die ganze Aktion abblasen kann, schnippt er mit den Fingern. »Jetzt weiß ich ihn wieder.«

»Was weißt du wieder?«

»Seinen Namen. Daniele. Er heißt Daniele. Ich glaube ja, er ist Italiener … Lia?«

Der Schock hat mich gepackt. Er wühlt mit Eishänden in meiner Brust und versucht dort etwas zu zerquetschen. Wahrscheinlich mein Herz. Es schlägt langsamer.

Das war doch sonnenklar, sage ich mir. *Er hat es dir sogar angekündigt. Wie doof bist du eigentlich?*

»Lia?« Pierre blickt mich besorgt an.

»Danke«, krächze ich. Sogar die Daumen-hoch-Geste bringe ich zustande.

Die Assistentin nickt mir zu. »Es geht los. Fertig?«
»Ja.«
»Drei, zwei, eins – und raus mit dir.«
Ich schreite in die Dunkelheit.

30
Nevio

Ich bin zu spät dran.

Im Zelt ist es stockfinster, hier und da glühen Handydisplays auf. Die Show scheint ausverkauft zu sein. Ein Platzanweiser bringt mich zu meinem Sitzplatz. Seine Taschenlampe streut einen Lichtkegel in die Dunkelheit.

Vor einem leeren Stuhl bleibt er stehen. »Bitte sehr. Front Row.«

»Wie bitte?« Ich habe einen Presseausweis, keine Vitamin-B-Spritze. »Hier sitzen die Promis, ich bin nur Fotograf.« Ich habe was von Gemma Arterton, James McAvoy und Emma Watson läuten hören. Nicht, dass ich die hätte fotografieren wollen. Ich bin wegen Lia hier, na ja, hauptsächlich. Und für den Auftrag.

»Glück gehabt.«

Ich sinke auf meinen Platz. Zu meiner Linken schweres Damenparfüm und leises Gekicher. Rechts rieche ich ein dezentes Aftershave. Als ich meinen Kopf drehe, nickt mir mein Nachbar zu. Sein Handy summt.

Im Licht des Displays mustere ich ihn, während er eine Nachricht tippt. Dunkles Haar, dichte Augenbrauen. Bartschatten. Ein Body wie ein verdammtes Model. Er gehört selbst auf den Laufsteg, anstatt hier zu protzen.

Ich setze mich möglichst lässig hin, ein Bein ausgestreckt, den Arm über die Stuhllehne gelegt. Wenn du von Raubtieren umgeben bist, dann tu so, als wärst du ihr Chef. Ein Rat, der von meinem Vater stammt.

Der dumpfe Laut, mit dem meine Kameratasche auf dem Boden aufschlägt, lässt mich zusammenzucken. Hastig hebe ich sie auf.

Danke, Papa. Ich bin maximal ein Schmusekater.

Musik bricht über uns herein. David Guettas »She Wolf«. Weiß leuchtende Wolfsköpfe flirren durch das Zelt und der Zugang zum Catwalk erstrahlt.

Da kommt sie.

Zwei Spots fangen sie ein und folgen ihr, als sie dahinschreitet. Blitzlicht fegt durch die Dunkelheit.

Sie ist in ein rotes Cape gehüllt, über ihrer Schulter liegt ein totes Tier. Ich kneife die Augen zusammen. Ein Wolf, logisch.

Mit ordentlicher Verspätung reiße ich die Kamera hoch. Die Agentur, die mich so kurzfristig gebucht hat, wird sich schön bedanken, wenn ich ihr keine Fotos vom Eröffnungsmodel liefere.

Ich visiere Lia an und drücke auf den Auslöser. In diesem Moment geht das Licht an. Der Laufsteg selbst schimmert weiß, das perfekte Parkett für meinen Star.

In einer fließenden Bewegung lässt Lia Cape und Wolf von den Schultern gleiten. Das Kleid, das darunter zum Vorschein kommt, ist eine Klasse für sich. Weiß, kurz und mit einem Ausschnitt, der tief blicken lässt.

Weiß sie eigentlich, wie sie auf andere wirkt? Auf mich?

Sie ist so sexy, so schön, so verletzlich, so … Sie ist das, was ich will.

Es hat sehr wohl zwischen uns gefunkt, das kann sie noch so oft abstreiten. Welches Mädchen wirft sich schon einem Jungen an den Hals, für den es nichts empfindet? Im Vollrausch vielleicht oder für ein schnelles Abenteuer, aber das hier, das mit uns, das ist etwas ganz anderes.

Ich weiß das.

Sie weiß das.

Sie will die Liebe bloß nicht zulassen. Aber ich werde nicht aufgeben.

Ich gehe vor dem Laufsteg in die Hocke, halte auf sie drauf, schieße ein Foto nach dem anderen.

Ein kurzer Stopp, ein wiegender Schritt, ein Blick in die Menge, dann macht Lia kehrt. Das nächste Model kommt ihr bereits entgegen.

»Ist sie nicht sensationell?«, murmelt mein Sitznachbar in meinem Nacken. Ein Akzent schwingt in seiner Stimme mit.

»Allerdings«, erwidere ich. *Aber du bist der Letzte, der sie kriegt.*

»Ich bin nur ihretwegen hier.«

Verwirrt werfe ich ihm einen Blick zu. »Ach ja?«

»Ja. Als ich hörte, dass sie für jemanden einspringt, habe ich alle Beziehungen spielen lassen, um die drei Tickets zu ergattern.«

»Na, so was.« Ich halte nach seiner Begleitung Ausschau, da geht ein Raunen durch das Publikum. Ich fahre herum.

Lia ist gestrauchelt. Sie versucht noch, das Gleichgewicht zu wahren, doch hat sie sich offenbar auch noch im Cape verheddert. Es ist wie ein Tanz auf dem Eis, der Boden muss verdammt glatt sein. Am Ende stürzt sie doch.

»Scheiße«, entfährt es mir. In der Menge werden Ohs laut.

Das zweite Model geht an mir vorbei. Ich könnte schwören, Schadenfreude in ihrem Gesicht zu lesen.

»Sie hat ihr ein Bein gestellt«, murmle ich.

»Glauben Sie? Das wäre ja unerhört.« Mein Sitznachbar. Ein Lächeln schwingt in seinen Worten mit, ein ekelhaft schmieriges Lächeln.

»Tja«, fügt er hinzu, »man sollte doch besser bei dem bleiben, was man kann.«

»Ich dachte, Sie seien ihretwegen hier?«

»Eben darum.«

Ich begreife nicht ganz, was er damit ausdrücken will.

Ein Mann hilft Lia gerade auf die Beine. Sie lächelt, macht einen Knicks, winkt ins Publikum und stolziert zum Ausgang, als wäre nichts gewesen, Cape und Wolf lässig über die Schulter geworfen.

Rotkäppchen lässt sich eben nicht einschüchtern.

Ich bin so stolz auf sie. Und einmal mehr fährt mir dieses Gefühl durch und durch, eine Mischung aus Wärme, Sehnsucht und Schmerz. Es macht mich noch verrückt.

Am liebsten würde ich aufspringen, in den Backstagebereich laufen und sie umarmen, einfach festhalten und ihr sagen, wie sehr ich auf sie stehe. Dass ich wünschte, sie würde sich endlich öffnen.

Im Gartenhaus, bei unserem ersten Kuss, war ich kurz davor, ihr Herz zu berühren. Die wahre Lia zu erreichen. Aber was macht sie? Sie fährt diese Wand zwischen uns hoch, immer und immer wieder.

Beim nächsten Mal werde ich sie niederreißen, das schwöre ich.

»Vergessen Sie nicht Ihre Fotos«, säuselt mein Sitznachbar, als ich wieder Platz nehme.

»Hm? Ach so.« Langsam geht er mir auf den Geist.

Ich lehne mich zurück und linse an ihm vorbei. Neben ihm sitzt ein Typ mit Stiernacken. Und wieder daneben niemand mehr. Die Reihe beginnt hier, wir haben die ersten Plätze belegt.

Stiernacken wirkt gelangweilt. Er trägt einen Kurzhaarschnitt und einen Anzug, der ihm eine halbe Nummer zu klein ist. So muskelbepackt wie er ist, sieht er aus wie ein Security-Typ.

Ist mein Sitznachbar nun ein Promi? Irgendwas an ihm kommt mir merkwürdig vor, mal abgesehen von seinem schmierigen Gehabe.

Die Musik geht in sommerlichen Happy-Sound über und mein Blick zuckt zurück zum Laufsteg.

Das dritte und vierte Model habe ich verpasst. Ich schieße Fotos von Pierre und frage mich, ob es Lia gefallen würde, mich in wadenlangen Hosen zu sehen. Ich habe ganz ansehnliche Beine, finde ich.

Ich fotografiere Model Nummer sechs, sieben, acht und neun und stelle mir Lia in den Outfits vor. Sie hat noch viel ansehnlichere Beine.

Nummer zehn ist ein Kerl, aber elf, zwölf und dreizehn haben ihr Gesicht. Ihre Figur. Ihren Hüftschwung.

Verdammt! Sie ist die reinste Fata Morgana.

Und ich bin ein Traumtänzer.

Ich ringe mir Konzentration ab, aber dann ist Lia auch schon wieder dran, diesmal in einer lichtblauen Hosen-Rock-Kombi. Der Sturz von vorhin hat nicht mal eine winzige Ecke ihres Selbstbewusstseins gekappt. Sie präsentiert sich unbefangen und natürlich. Das Publikum goutiert ihren Auftritt mit vereinzeltem Klatschen.

Ich beeile mich, Fotos zu schießen, völlig fasziniert von ihrem Outfit. Unglaublich, wie gut ihr die hellen, sommerlichen Farben stehen.

»Blond gefällt sie mir besser.«

Mein Sitznachbar hat recht. Das helle Blau schreit nach blondem Haar und gebräunter Haut. Nach der Lia, die ich am Bahnhof kennengelernt habe.

Eine Ahnung steigt in mir auf. Nichts Greifbares, nur das Gefühl, etwas Wesentliches verpasst zu haben.

»Sagen Sie mal«, antworte ich, »wer sind Sie überhaupt? Kennen wir uns?«

Er nimmt den Blick nicht von Lia, die bereits wieder auf dem Rückweg ist. »Ach, habe ich mich denn nicht vorgestellt? Wie unhöflich. Sie arbeiten für mich.«

»Das wüsste ich.«

»Aber ja.« Er packt wieder dieses Grinsen aus. Es macht ihm Spaß, mich im Ungewissen zu lassen. Was für ein Fiesling!

Mein Blick huscht weiter zu seinem Begleiter und wieder zurück. *Drei Tickets, er hat von drei Tickets gesprochen.* Sollte es also nicht noch irgendwo im Zelt jemanden geben, der zu ihm gehört, dann sitze ich auf Platz Nummer drei.

»Sie sind von der Agentur«, stelle ich fest. »Sie haben mich für heute engagiert.«

Er neigt den Kopf. »Richtig. Und jetzt tun Sie was für Ihr Geld. Bitte.«

Schuldbewusst fotografiere ich, was das Zeug hält. Gehe wieder vor dem Laufsteg auf die Knie, um die Models aus der besten Perspektive ablichten zu können. Sein Blick bohrt sich in meinen Rücken.

Immer noch weiß ich keinen Namen, immer noch fühle ich mich wie ein dummer Junge, der einen Fehler ausbügeln will, obwohl er doch gar nichts angestellt hat.

Als Lia das nächste Mal erscheint, führt sie zu einem R&B-Titel ein Abendkleid vor.

Es ist eines von denen, die ich bereits vom Fotoshooting kenne, das olivgrüne mit der Goldspange. Lia passt es sogar noch besser als Mavie. Sie ist dazu geboren, solche Kleider zu tragen.

»Ah, Alta Moda«, sagt mein Auftraggeber. »Spannend.«

Und da endlich finde ich das fehlende Puzzleteil. Es rutscht ins Bild, und ich wundere mich, wie ich das Offensichtliche bloß habe übersehen können.

Er ist aus der Branche, er kennt Lia, er gibt sogar zu, nur ihretwegen gekommen zu sein.

Ich Idiot!

Das ist Musetti! Dem Alter zufolge der Neffe des Stardesigners und Mafiabarons Enzo Musetti. *Er hat sie gefunden.*

»Sie sind Daniele Musetti.«

Er wendet sich mir zu. Wie blind war ich denn? Er ist ganz eindeutig Italiener. »Angenehm. Ihren Namen kenne ich ja mittlerweile.«

»Und woher?«

»Kontakte.«

»Sie haben sie schon überall gesucht, oder?«, sage ich ihm auf den Kopf zu. Jetzt ist eh schon alles egal, da können wir die Karten gleich auf den Tisch legen. »Und sie hat Sie ausgetrickst. Das muss Sie ordentlich wurmen.«

Er verzieht das Gesicht zu einer leidenden Miene. »Sie ist impulsiv. Und die große weite Welt ist verlockend. Wir wollten ihr ein wenig Freiheit gönnen. Das kann sehr charakterbildend sein.«

»Charakterbildend? Reden Sie nicht so einen Scheiß! Sie ist Ihnen davongelaufen. Und wenn ich Sie mir so ansehe, dann wundert mich das nicht.«

Das lässt ihn ziemlich kalt. »Jetzt ist das Abenteuer jedenfalls vorbei. Ich bringe sie nach Hause, zu ihrer Familie.«

Das klingt, als wollte er das verlorene Schaf zur Herde zurücktreiben. »Das können Sie vergessen. Sie lebt hier, in Berlin. Sie kommt nicht mit Ihnen zurück.«

Er blickt mich mitleidig an. »Doch, das wird sie. Noch heute.«

Fuck. Ich muss Lia warnen. Sie muss gleich nach der Show verschwinden. Nein, besser sofort.

Ich springe auf und will mich aus dem Staub machen, aber Stiernacken ist fix. Er stellt sich mir in den Weg und lüftet sein Sakko, unter dem Metall glänzt. »Schön hinsetzen.«

»Also wissen Sie«, ich hebe abwehrend die Hände, »ich habe eigentlich keine besondere Affinität zu Waffen.«

Daniele lacht leise. »Aber Sie müssen doch zugeben, dass sie ziemlich überzeugend sind.«

Schon. Irgendwie habe ich in letzter Zeit einen echten Lauf, was das betrifft. Messer, Pistole und das Maschinengewehr wird nicht lange auf sich warten lassen.

Ich trete den Rückzug an und setze mich. »Ich hätte nicht gedacht, dass man damit überhaupt ins Zelt kommt. Am Eingang steht doch Security.«

»Kontakte.«

Na klar. Wozu frage ich überhaupt?

Daniele deutet zum Laufsteg, wo Lia gerade in diesem genialen purpurroten Kleid erscheint, das mir in der alten Villa an Mavie so gut gefallen hat. »Die Fotos, mein Freund.«

Ich bemühe mich um ruhige Hände. Trotzdem zittert die Kamera, als ich sie zum Fotografieren anhebe.

In meinem Kopf arbeitet es fieberhaft. Wie kann ich hier abhauen? Und gleichzeitig Lia in Sicherheit bringen? Wir müssen weg, beide. Weg aus Berlin. Aus Deutschland. Aus Europa. Eine Rakete zum Mond wäre praktisch.

»Und wann sehe ich mein Geld?«, erkundige ich mich möglichst gelassen.

Daniele lacht.

»Also gar nicht? Na toll.«

»Du kannst froh sein, wenn du morgen noch in deinem Bett aufwachst.«

Ich ignoriere die unmissverständliche Drohung. »Seit wann sind wir per Du? Ach, ich weiß schon! Mit einer Waffe bedroht zu werden, ist so was wie ein Freundschaftsritual bei der Mafia. Gehöre ich damit zur Familie? Was kommt jetzt? Die *omertà*? Muss ich mein Schweigen mit Blut besiegeln?«

Daniele klopft mir so kräftig auf die Schulter, dass ich fast vom Stuhl falle. »Meine Leute hatten recht: Du bist ein echter Knüller!«

Ich blecke die Zähne. »Freut mich. Und du bist ein echter Arsch. Du willst Lia in einen goldenen Käfig sperren. Das wird sie sich niemals gefallen lassen.«

»Sie ist der Familie verpflichtet.«

»Schwachsinn! Ihre Mutter hat deinen Onkel geheiratet. Und das nur, weil er sie erpresst hat.«

Daniele beugt sich zu mir herüber. Seine Stimme ist gefährlich leise geworden. »Du scheinst mehr zu wissen, als gut für dich ist.«

Die Show geht ins Finale. Über unseren Köpfen leuchten die Buchstaben GN auf, hundertfach in die Dunkelheit projiziert. Auch beiderseits des Catwalks sind der Schriftzug des Labels und Gabriels Name zu lesen. Gleich ist der Schlussact dran.

Ich brauche einen Plan. Jetzt!

»Du hast keine Ahnung, mit wem du dich da anlegst, Musetti«, stoße ich zwischen den Zähnen hervor. Ob er weiß, dass mein Vater jener Kripokommissar ist, der in dem Drama damals in einer Nebenrolle auftrat? Ist vermutlich nicht das Schlaueste, davon anzufangen. »Lia wird sich niemals fügen. Sie ist stärker, als ihr ahnt.«

»Ach.« Sein Gesicht ist jetzt ganz nah, ich spüre seinen Atem an meinem Ohr. »Und was würde sie wohl tun, wenn ich mir einen ihrer Freunde schnappe? Dich zum Beispiel?«

Ich balle die Hand zur Faust. Mitfühlend und warmherzig wie Lia ist, würde sie niemals zulassen, dass einer ihrer Freunde ihretwegen in Gefahr gerät. Sie würde sich ausliefern. Für Mavie, für Pierre, sogar für mich.

»Schieb dir deine Mafiamethoden sonst wohin. Wir sind in Deutschland. Hier gibt es Gesetze …«

»Genau. Aber wem nützen sie denn? Dem Mädchen mit dem verunstalteten Gesicht, das sich dafür schämt, was ihr angetan wurde? Sie hatte solch perfekte Haut.«

Ich reiße den Kopf herum und knalle mit voller Wucht gegen den von Daniele. Feuer explodiert hinter meiner Stirn. Es ist mir egal. Alles was zählt, ist, ihm Schmerz zuzufügen.

»Au«, in gespielter Entrüstung reibt er sich die Schläfe, »das hat aber wehgetan. Du hast einen festen Schlag drauf, das hätte ich dir gar nicht zugetraut.«

In mir brodelt alles vor Zorn, ich kriege kaum noch Luft, so viel Kraft kostet es mich, ihm keine reinzuhauen, so richtig diesmal. »Du Scheißkerl!«, zische ich. »Du kommst schon noch in meine Gasse, das verspreche ich dir!«

Daniele lehnt sich zurück und deutet zum Laufsteg. »Erledige gefälligst deinen Job.«

Ich spendiere ihm einen erbitterten Blick. Dann gehe ich in die Hocke und hole heimlich mein Handy hervor, während ich einhändig fotografiere. Vielleicht kann ich meinen Vater alarmieren. Eine kurze SMS würde genügen, damit er hier mit einem Sonderkommando auffährt.

Als ich zu tippen beginne, zieht mir Stiernacken das Handy unter den Fingern weg. Wieder fällt mein Blick auf die Waffe.

Und plötzlich ist sie da, die rettende Lösung.

31
Lia

»Wow! Ist das auch von ihm?« Yvonne, das mollige Mädchen, das mir ins Kleid geholfen hat, reißt vor Bewunderung die Augen auf.

Von dem arroganten Drecksack, der mich vorhin angeschrien hat? Ich habe den Wortlaut noch genau im Kopf: *Du dämlicher Trampel! Nicht mal geradeaus laufen kannst du, ohne zu stolpern. Du bist zu blöd für alles! Geh zum Teufel, ich will dich nie wieder sehen!*

Gabriel in Bestform, dramatisch wie immer. Unerheblich, dass mich Miss Jolie auf dem Laufsteg geschubst hat. Dass so ein Sturz schließlich jedem mal passieren kann, noch dazu auf dem spiegelglatten Glasboden. Das Publikum war von meinem Auftritt jedenfalls unüberhörbar begeistert.

»Nein«, sage ich, »das ist von mir. Die Schuhe bitte, die schwarzen von vorhin.«

Yvonne stellt sie vor mir ab und ich schlüpfe hinein.

»Oh Gott«, haucht sie, »es ist traumhaft!«

Ich schneide meinem Spiegelbild eine Grimasse und zupfe unschlüssig am Rock. Das Kleid ist wirklich gelungen, über das Model lässt sich streiten. Irgendwas fehlt noch, irgendwas fühlt sich falsch an.

»Lia!«, drängt Rica, die mich von hinten abschirmt. »Elissa muss gleich raus. Und Gabriel wird das spitzkriegen. Pierre kann ihn nicht länger hinhalten.«

Es ist die Perücke.

Um mein Kleid zu präsentieren, muss ich Lia sein, kein Gothic Girl, kein Mädchen aus den Zwanzigern. Einfach ich.

Und plötzlich will ich es so sehr, dass alles andere an Bedeutung verliert.

Scheiß auf das Verstecken, scheiß auf Daniele!

Mit einem entschlossenen Griff zerre ich mir die Perücke vom Kopf. Rica stößt ein Keuchen aus, dann klettert sie auf einen Stuhl, um Yvonne zu helfen, die bereits an den Haarnadeln nestelt. Ruckzuck ziehen die beiden alle heraus.

Rica kämmt mein Haar mit den Fingern durch. In dichten, ungezähmten Locken fällt es mir über die Schultern.

»Ach du …«, jetzt kommt auch noch Spot angelaufen, »… heiliger Antonius! Bist du übergeschnappt, Lia?«

»Ist das eine rhetorische Frage?«

Spot schüttelt den Kopf. »Haarspray!«, schnaubt sie und Yvonne zaubert eine Dose hervor. »Vorbeugen!« Der Befehl geht an mich. Meine Haare berühren den Boden, als ich gehorche. Sie sind gewachsen.

Spot sprüht die halbe Dose leer und ich ersticke fast. Als ich mich aufrichte, die Haare zurückwerfe und mich im Spiegel betrachte, muss ich lächeln.

Jetzt ist es perfekt.

Das hier, dieser Traum aus schwarzem Brokat, marsalafarbener Seide, Federn, Tüll und Spitze ist nicht einfach ein Haute-Couture-Kleid. Es ist ein Statement. Eine Kampfansage, an alle Gabriels, an alle Musettis der Welt.

Und ein Ja zum Leben, zu dem, was ich bin.

Ein Mädchen, eine Designerin und, ja, auch eine Empathin.

Lia Seelenauge.

Niemand wird je wieder über mich bestimmen.

Ein Gefühl der Erlösung durchfährt mich. Es kommt mir vor, als könnte ich endlich wieder atmen. Ich fühle mich so frei wie nie zuvor und das will ich der Welt da draußen zeigen.

Umringt von Rica, Spot und Yvonne begebe ich mich zum Laufsteg. Der Assistentin fallen fast die Augen aus dem Kopf. »Was ist denn jetzt los?«

Ricas Ton duldet keine Widerrede, als sie sich vor ihr aufbaut, das Kinn gereckt. »Planänderung. Wir schieben sie ein.«

Im Showzelt brandet Beifall für Elissa auf, die gerade den Schlussact vorführt. Gabriel hat noch nichts von unserem Tausch mitbekommen.

»Ist Lia zurück? Dann bin ich dran«, vernehme ich seine Stimme, ehe er mit einem Seufzen verstummt.

Ich werfe einen Blick über die Schulter und finde Pierre und Gabriel mitten im Kuss vor, komplett versunken, ungeachtet der vielen Leute um sie herum. Der Moment hat etwas so Intimes und zugleich so Inniges, dass ich mich hastig abwende.

»Oho«, macht Spot.

»Klappe!«, faucht Rica, jetzt komplett in Fahrt.

Ich grinse. Elissa kehrt zurück und wünscht mir im Vorbeigehen viel Glück. Ich mache mich auf den Weg.

Raunen hebt im Publikum an. Man hat den Designer erwartet, nicht ein weiteres Model. Schon gar nicht mich, die blonde Unbekannte.

Das Scheinwerferlicht zittert, die Musik bricht ab, sodass ich Gabriels Kommentar aus dem Hintergrund höre: »Wer ist sie? Und was macht sie in diesem … Wahnsinnskleid auf meinem Catwalk?«

Schau an. Ein wohliger Schauer durchzuckt mich, der tief in mir seinen Anfang nimmt und sich bis in meine Fingerspitzen ausbreitet.

Irritiert bleibe ich stehen.

Das kann nicht sein.

Dreh um, auf der Stelle, ermahnt mich mein Unterbewusstsein, geschult durch das Training. *Noch kannst du es abwenden.*

Will ich das?

Ich schiebe Vernunft vor, ein letztes Aufbegehren, jetzt, da mir alles zu entgleiten droht: *Hol Gabriel an deine Seite.* Das wäre nur fair. Der Applaus, der gerade einsetzt, gebührt ihm, nicht mir. *Geh, Lia, geh!*

Ich kann mich nicht rühren.

Erstmals nehme ich meine Umgebung bewusst wahr. Was ich vorhin noch ausblenden konnte, erschlägt mich jetzt förmlich: Blitzlicht, Handydisplays, Scheinwerfer, Leute, die ihre Köpfe zusammenstecken. Die dunkle Silhouette des Publikums scheint zu pulsieren.

Musik streift mich.

Der Tontechniker hat seine Überraschung überwunden und spielt ein Instrumentalstück ein, sphärische Klänge, die sich um mich verdichten. Sie locken, rufen, verführen mich, und ich folge ihnen willig.

Bin wie ein Blatt Papier, Note für Note weitergetragen, aber nicht länger leer. In mir ist alles in Aufruhr, alles laut und wirr. Nur die Zeit scheint stillzustehen.

Zwei Spots begleiten mich über den Laufsteg. Mein Herzschlag trommelt gegen meine Brust, mein Atem geht unnatürlich laut. Jeder Schritt bringt mich meiner Seele näher.

Gefühle wallen in mir auf. Da ist Stolz. Aber auch Befriedigung. Freude. Ich erwarte, dass sie auf meinen Panzer treffen.

Doch den habe ich zerschmettert.

Ich trage keine Maske mehr, keinen Schutzschild. Ich genieße die Emotionen, die mich durchfluten, bis in jede Fingerspitze, bis in jeden Winkel meines Herzens.

Ich empfinde etwas!

Nach den furchtbaren Tagen der Starre ist diese Erkenntnis schier überwältigend, sodass ich nicht damit umzugehen weiß.

Ich kann in mir lesen, nur, ich begreife nichts. Es ist, als würde alles, was mich definiert, neu angeordnet.

Ich fühle, wer ich bin. Was ich bin.

Verwirrt bleibe ich am Ende des Laufstegs stehen. Prickeln kriecht über meine Handgelenke. Vertraut und doch ... erschreckend. Ich traue mich nicht hinzusehen.

Furcht packt mich. Ich empfinde so viel, viel zu viel.

Blitzlicht hagelt auf mich nieder. Wogen der Begeisterung rollen über mich hinweg, Erregung, Neugierde, Verzückung, all das trifft mich mit ungeahnter Intensität, und ich erkenne, dass dies die Emotionen des Publikums sind.

Nun blicke ich doch auf meine Arme. Wie erwartet überziehen die Ranken meine Haut, tiefrot und in ständiger Bewegung. Ich spüre, dass ich annehmen muss, was da aus mir herausbricht. Dass ich das wirbelnde Chaos nur kontrollieren kann, wenn ich eins mit ihm werde.

Also lasse ich es zu.

Ich tauche ein in die Flut an Bildern. In die unzähligen Seelen, die mich berühren. Alte, junge, gequälte, verunsicherte Seelen. Seelen voller Glück, Leidenschaft und Euphorie. Seelen, die gebrochen sind, und andere, die gerade heilen.

Ich kenne sie alle.

Jubel brandet auf. Die Menschen springen von ihren Sitzen, applaudieren und johlen. Ich kann sie führen, beeinflussen, manipulieren mit nur einem Wimpernschlag.

Noch ein Tick mehr. Oder einer weniger. Sie gehören mir.

Die Macht ist berauschend. Ich gebe mich ihr hin, spiele mit ihr.

Da fällt mein Blick auf ihn.

Daniele.

Er steht zu meiner Rechten, direkt am Laufsteg, und blickt zu mir hoch. Doch, er *ist* hingerissen. Er ist genauso Wachs in meinen Händen wie alle anderen. Bis ich geschockt innehalte.

Wir starren uns an – Jäger und Gejagte.

Dann zersplittert der Moment. Ich verliere den Kontakt zu den Seelen, verliere die Kontrolle, verliere mich in meiner Panik, die mich auf dem Laufsteg festnagelt.

Scheißgefühle.

Daniele lächelt überlegen. *Da bist du ja*, formen seine Lippen. Als wäre ich ein Kugelschreiber, den er verlegt hat.

Mein Blick jagt weiter und trifft auf ein Augenpaar, das ich nur zu gut kenne und das ich hier, an Danieles Seite, nicht erwartet habe. Nevio steht wie angewurzelt da, die Hände noch an der Kamera, den Mund halb geöffnet. Ich kann seine Gefühle nicht orten, meine eigenen sind vorherrschend.

Ich merke, dass ich keuche. Immer noch erblühen Ornamente auf meiner Haut, wilder und zackiger jetzt als vorhin, bestimmt klettern sie längst über meine Schultern den Hals hoch. Zeichnen mein Gesicht.

Alle können sie sehen. Alle können sehen, was für ein Freak ich bin.

Der Gedanke fährt wie ein Pfeil durch die Hülle der Panik. Er sorgt dafür, dass ich mich in Bewegung setze. Im Blitzlichtgewitter eile ich über den Laufsteg, lieber würde ich rennen, aber der Sturz vorhin hat mich gelehrt, vorsichtig zu sein.

Applaus und Bravorufe geleiten mich hinaus, die Zuschauer toben vor Begeisterung. Schon will ich in den Backstagebereich huschen, da versperrt mir Gabriel den Weg.

»Oh nein«, zischt er, »das bist du mir schuldig!« Er packt meine Hand und zerrt mich zurück auf den Laufsteg. Noch einmal brandet Jubel auf, als er sich verbeugt und in die Menge winkt.

Ich stehe mit einem Zuckergusslächeln neben ihm und zähle im Geiste die Sekunden.

Wo wird Daniele mich wohl abfangen? Wohin soll ich fliehen?

Die Stimme, die durch den Applaus bricht, verstehe ich anfangs gar nicht. Erst als sich tödliche Stille ringsum ausbreitet, vernehme ich Nevio klar und deutlich: »… Gott, er hat eine Waffe! Eine Waffe! Alle raus hier!«

Tumult bricht aus, Schreie gellen. Angst kocht hoch, sie trifft mich wie ein Peitschenhieb. Gabriel lässt mich los, und ich stürme an ihm vorbei, ignoriere Rica und Spot und ihre Fragen, ihre ratlosen Gesichter, ihre Blicke, die über meine Arme rieseln, heiß wie Glut sind sie. Ich streife die Schuhe ab, fahre herum, renne fast Yvonne über den Haufen, die mir aus dem Kleid helfen will, keine Zeit, lass mich in Ruhe – und lande in Pierres Armen.

Geborgenheit überschwemmt mich, Nähe und Schutz, die er mir bietet, lähmen mich. Für einen Augenblick verstecke ich mich bei ihm, verdränge, was mir draußen blüht. Mehr Auszeit kann ich mir nicht leisten, ich stoße mich von ihm ab.

»Lia, warte!«

»Sie sind hinter mir her, ich muss weg!«

»Barfuß?«

»Notfalls nackt.«

Er mustert mich von oben bis unten. Schüttelt verwirrt den Kopf. Ich weiß, was er sagen will. Ich bin nicht nackt, bin voller Farbe, voller Gefühlschaos, mein Innerstes nach außen gestülpt. Aber er sagt nichts.

Ich werfe mich herum und renne, gefolgt von seinen schweren Schritten. Shit.

Ich drehe mich im Laufen nach ihm um. »Nein! Hau ab!«

»Vergiss es!«

Hintereinander sprinten wir aus dem ersten Backstagebereich in den zweiten, in dem bereits die nächsten Models vorbereitet werden. Hier hat keiner etwas von dem Chaos im Showzelt mitgekriegt.

Ein Mann, gewiss der Designer, wird gerade vom Fernsehen

interviewt. Da bemerkt mich der Kameramann, fährt herum und hält auf mich drauf. Der Reporter zieht nach und springt mir quasi vor die Füße.

»RTL. Darf ich Ihnen ein paar Fragen stellen?«

»Nein!« Ich umschiffe die beiden und laufe weiter, aber am Ausgang wartet schon der nächste Hai auf mich. Ein Wortschwall bricht aus ihm heraus.

»Jaron Telfs, ich bin Booker und habe dich gerade bei Gabriel Naab gesehen. Du bist der Wahnsinn, Mädchen! Du brauchst jemanden, der dich entsprechend vermarktet …« Ich schubse ihn beiseite.

Draußen ist es nass. Vom Himmel sprüht feiner Regen, der mein Gesicht im Nu mit Feuchtigkeit überzieht. Ich sehe Hunderte Köpfe vor mir. So viele Besucher?

Nein, da finden noch andere Veranstaltungen statt: eine Modenschau von Alternativdesignern, mitten auf dem Platz, sowie eine Demo von Tierschutzaktivisten, die sich der Öffentlichkeit splitternackt präsentieren. *Besser nackt als mit Pelz*, verkünden ihre Transparente.

Sirenen heulen, Blaulicht flackert, als mehrere Einsatzfahrzeuge heranbrausen. Feuerwehr, Polizei, Notarzt.

Polizisten versuchen, sich ihren Weg durch die Flüchtenden zu bahnen, jemand plärrt in einen Lautsprecher, abgehackt, unverständlich.

Da fällt ein Schuss.

Er fährt mir bis ins Mark. Leute schreien, die Situation eskaliert, eine Massenpanik bricht aus. Alles flüchtet unkoordiniert. Genau das hatte Nevio wohl im Sinn.

Oh Gott, Nevio! Was, wenn Daniele ihn …

Angst schnürt meine Kehle zu. Ich renne einfach drauflos, blindlings durch die Menge, zum Bahnhof, in den Park, keine Ahnung, wohin.

Die Leute drängen, ich schlängle mich an ihnen vorbei,

hektisch, schiebend, boxend, schlüpfe in Lücken, verliere Pierre aus den Augen und die Orientierung sowieso.

Irgendwann lande ich an einer Straßenecke. Hier ist es ruhiger, die Menge verläuft sich. Wieder höre ich die Stimme aus dem Lautsprecher. *Ruhe bewahren*, verkündet sie. Schon klar.

Da vorn ist ein U-Bahn-Schild.

Kurzerhand biege ich ab und halte darauf zu, aber bevor ich zum Treppenabgang gelange, bemerke ich den Mann, der sich dort postiert hat. Eindeutig einer von Danieles Leuten. Noch hat er mich nicht entdeckt.

Ich wende mich nach rechts und schaffe es in die Seitengasse. Der Regen verstärkt sich, prasselt auf meine Schultern und durchweicht das Kleid. Der Asphalt ist rutschig, jetzt, da sich die Nässe mit dem Straßenstaub mischt.

Dreck spritzt auf, als Autos an mir vorbeifahren. Ich schrecke bei jedem zusammen. Meine Fußsohlen beginnen zu brennen, trotzdem laufe ich nur noch schneller.

Wieder eine Querstraße. Fußgängerzone. Gut, da kommen sie mit dem Auto nicht an mich ran. Die nächsten beiden Straßen überquere ich, biege links ab und endlich taucht wieder ein U-Bahnhof vor mir auf.

Regenschirm- und Kapuzenträger kommen mir entgegen und spenden mir teils mitleidige, teils hämische Blicke. Kein Wunder, meine Haare triefen, an meinen Füßen perlen schmutzig graue Tropfen ab und was das Kleid angeht, das ist sowieso im Eimer.

Ich weiche einer jungen Frau mit Kinderwagen aus.

Und renne einem Kerl in die Arme, der mich sofort um die Mitte packt. *Shit, shit, nein, verdammt!*

Sein Griff ist fest. Ich zapple, stemme mich dagegen, komme aber nicht frei. Als ich um Hilfe schreie, bohrt er mir den Lauf einer Waffe in die Rippen.

»Halt ja die Fresse!«, zischt er auf Italienisch.

»Sonst was? Knallst du mich auf offener Straße ab?«

»Schalldämpfer. Würde gar nicht auffallen. Und so ein Schuss ins Knie macht einen Krüppel aus dir.«

Ich keuche. Blinzle gegen Tränen an. Weiß, dass ich verloren habe.

Er zerrt mich in eine enge Seitengasse, in der kaum Menschen unterwegs sind, und weiter unter die Arkaden eines Bürogebäudes.

Daniele erwartet mich. Umringt von drei Männern lehnt er an einer der Säulen, lächelnd und so verdammt gut aussehend. Diese Glutaugen unter den schräg stehenden Augenbrauen. Seine perfekt geformten Lippen. Das dunkle, gewellte Haar, das ihm locker in die Stirn fällt. Ich kann verstehen, dass Mavie auf ihn reingefallen ist.

Zur Begrüßung breitet er die Arme aus. »Lia! Endlich sehen wir uns wieder.« Er spricht deutsch, was mir nur recht ist.

Ich spucke ihm vor die Füße. »Wie konntest du Mavie das nur antun?«

»Hübsches Mädchen. Und so anhänglich.«

»Du verdammtes Arschloch!«

»Gut siehst du aus, Lia. Ich mag, dass du deine Gabe jetzt so voller Stolz trägst. Deine Mutter konnte das nie.«

Auf meinen Armen tanzen Kringel und Zacken um die Wette. Ich ignoriere es, von Stolz bin ich weit entfernt.

»Du hast meiner Mutter alles zu verdanken, das weißt du«, sage ich bitter.

Daniele hat nie eine Modeschule besucht oder ein Studium absolviert. Was er heute kann und weiß, hat er von meiner Mutter. Sie war es, die ihm auf Enzos Geheiß Unterricht gegeben und ihm alles Nötige beigebracht hat, damit er als Designer in die Firma einsteigen konnte.

Daniele nickt abwesend. »Das stimmt. Du übrigens auch. Und jetzt überleg mal, was wir erst auf die Beine stellen könnten, du und ich, zwei so begnadete Künstler. Hat dir mein Geschenk gefallen?«

»Künstler? Du?« Ich lache auf. »Du bist ein Nachahmer, ein Ideenräuber. Nichts, was du erschaffst, entspringt deinem Können. Das Kleid ist scheiße.«

»Nun, deines ist ganz wunderbar. Aber leider ruiniert.«

Er fasst an meinen Ausschnitt und zieht einmal kräftig daran, viel zu schnell, als dass ich hätte zurückspringen können. Mit einem Ratschen reißt der Stoff.

Fassungslos blicke ich auf meine Brust hinunter. Der BH ist aufreizend durchsichtig, ich fühle mich komplett entblößt.

Dornenranken schlagen auf meiner Haut empor, Ausdruck meiner Wut, die mich endgültig überrollt. Was bildet sich dieses Arschloch ein?

»Du glaubst, du kannst über mich verfügen, ja? Ich bin nicht dein Eigentum!« Mit der Linken bedecke ich mein Dekolleté, mit der anderen winke ich einem Passanten, der sich eilig nähert. »Hallo …«

Weiter komme ich nicht. Eine schweißfeuchte Pranke legt sich über meinen Mund. Ich erhalte einen Stoß in den Rücken, sodass ich an Danieles Brust lande. Er schlingt die Arme um mich.

Sofort wühlt sich seine Seele in meine. Bilder entstehen in mir, die meine Angst anfachen, altbekannte und neue, ein abscheuliches Zeugnis seiner Perversion.

»Du willst doch nicht, dass noch jemand zu Schaden kommt«, flüstert er und leckt mit der Zunge über mein Ohr.

Gott, ich möchte sie ihm am liebsten herausreißen! »Das würdest du nicht wagen.«

»Willst du es darauf ankommen lassen?«

Ich presse die Lippen zusammen. Halte die Wut in mir fest.

Der Mann hastet an uns vorbei, den Blick gesenkt. Beklommenheit durchströmt ihn, das spüre ich deutlich. Er hat gemerkt, dass hier was faul ist, traut sich aber nicht einzugreifen.

Na schön, bin ich eben auf mich gestellt. Insofern muss ich Daniele recht geben. Das ist allein unsere Angelegenheit.

»So ist's brav. Vater wird erfreut sein, dass du dich fügst.«

»Beste Grüße. Was für ein Pech, dass ihn die Kugel nicht kaltgemacht hat.«

Daniele grinst scheinheilig. »Ja, wirklich Pech.«

Ich atme tief ein und fokussiere mich auf meine Gefühle. Zorn und Hass sind vorherrschend. Ich muss sie eindämmen, sie wären nur hinderlich.

Was ich brauche, ist Angst.

Zum Glück gibt es auch davon reichlich.

Daniele dreht mich herum. Sein Blick brennt sich in meinen, als er eine meiner Locken ergreift und sie zwischen den Fingern zwirbelt. »Du bist so schön, Lia. Ich liebe all die Emotionen auf deiner Haut.« Er seufzt tief. »Und jetzt komm, bringen wir dich ins Trockene.«

»Ich gehe nicht mit dir.«

»Aber sicher tust du das.«

»Nein!«

Ich lächle.

Dann packe ich all meine Angst und stülpe sie den Männern über.

32
Nevio

Die Pistole in meinem Hosenbund fühlt sich so unwirklich an. *Alles* fühlt sich unwirklich an.

Das bin nicht ich, der da durch die Straßen läuft, mit der größenwahnsinnigen Absicht, Lia zu finden und sie dem Mafia-Schönling zu entreißen. Das kann gar nicht ich sein.

Dass ich Stiernacken die Waffe abgeknöpft habe, ist mir im Eifer des Gefechts passiert. Eigentlich wollte ich nur meine Kamera zurück, die er mir im Showzelt geklaut hat.

Aber in dem Tumult vor dem Brandenburger Tor gab eins das andere: im Gedränge das Bein gestellt, ein Tritt an die Kehle und schon war ich der Chef.

So eine Pistole an der Schläfe lässt auch den härtesten Kerl kapitulieren.

Fragt sich nur, was ich damit anstelle. Ich, der Fotograf. Mein Vater würde sich kaputtlachen, wenn er das wüsste.

Der Schuss war nicht meine Schuld. Stiernacken kam mir hinterher, da musste ich ihn doch aufhalten. Ich fürchte, er hat jetzt ein Loch in der großen Zehe.

Meine Kamera habe ich trotzdem nicht zurück, vermutlich ist sie jetzt in Danieles Besitz. Mitsamt dem Objektiv ist sie satte tausend Euro wert. Ich muss diesen Mafioso aufspüren.

Dabei ignoriere ich bewusst, dass Daniele bestimmt mehrere Handlanger hat, gegen die ich mich behaupten müsste. Drei, vier werden es schon sein.

Gesehen habe ich bisher zwei, Stiernacken nicht mit eingeschlossen. Einen vor dem Brandenburger Tor und den anderen am Steuer eines schwarzen Toyotas.

Wie soll ich es mit denen aufnehmen?

»Nevio, warte!«

Ich fahre herum, die Pistole griffbereit. »Pierre!«

»Hast du Lia gesehen?«, fragt er, als er herankommt. Er ist ziemlich aus der Puste, hält aber mit mir Schritt.

»Ich suche sie schon überall.«

»Ich habe sie in der Menge verloren. Hoffentlich ist sie in Sicherheit.«

Das hoffe ich auch, obwohl ich langsam am Verzweifeln bin. Womöglich ist Daniele mit ihr längst auf dem Weg zum Flughafen.

Ich frage Pierre nach seinem Handy, aber er steckt ja noch im Outfit der Fashion Show und hat es nicht dabei.

»Gabriel kriegt bestimmt die Krise«, sagt er mit einem gequälten Blick auf seine Hosenbeine. Der helle Stoff ist durchnässt und im Knöchelbereich voller Flecken.

Mein Bedauern hält sich in Grenzen. Ich bin selbst klitschnass. »Da rüber.«

Mit Pierre an meiner Seite fühle ich mich gleich besser. Zu zweit haben wir vielleicht eine Chance.

Wir rennen über einen Platz zur nächsten Seitengasse. Der Regen lässt meine Sicht verschwimmen und mein Kopf ist voll wirrer Überlegungen. Angst und Nervosität beeinträchtigen analytisches Denken, das ist allgemein bekannt. Mir ist beinahe schlecht vor Angst.

Ich muss Lia finden.

»Du warst bei der Show, oder? Hast du mitgekriegt, was da

passiert ist?« Pierre keucht beim Reden. Er ist lange nicht so fit, wie er aussieht. Sein solides Sixpack reicht maximal fürs Foto. »Ich meine, mit Lia.«

Oh ja. Das habe ich. Wer hätte das nicht?

Ich nicke wortlos.

»Was war das? Sah aus wie Tattoos. Seit wann hat sie die? Und wie ist das möglich, dass die ständig wechseln oder verschwinden? Das Licht? Eine spezielle Farbe?«

Ich sage nichts. Ich weiß einfach nicht, was ich davon halten soll. So etwas wie an Lia habe ich noch nie zuvor gesehen.

»Und ihre Haare! Wie kann sie die nur unter diese bescheuerte Perücke stopfen? Und sich so anschmieren? Mann, sie ist doch so hübsch!«

Hübsch? Ich kneife kurz die Augen zusammen, als ich mir Lias Anblick auf dem Laufsteg in Erinnerung rufe.

Sie ist so schön, dass es wehtut.

Abrupt bleibt Pierre stehen und zieht mich hinter ein geparktes Auto. »Da, die Typen dort drüben«, flüstert er.

Schräg gegenüber bewegt sich etwas in den Arkaden. Tatsächlich, da stehen ein paar Männer herum. Mein Blick fällt nach vorn, die Reihe der abgestellten Autos entlang. Da ist der schwarze Toyota, ein Land Cruiser. Und gleich davor ein zweiter.

»Das sind sie«, gebe ich zurück.

»Und wer genau?«

»Mafia. Haben sie Lia geschnappt?«

Die Frage erübrigt sich, denn in diesem Augenblick taucht sie hinter einer Säule auf. Die Hände zu Fäusten geballt, der Blick konzentriert, macht sie ein paar Schritte rückwärts. Sie sieht wie eine Märchenprinzessin aus.

Bewegung kommt in die Männer. Einer taumelt über den Bürgersteig, die Hand an den Brustkorb gepresst. Einen anderen sehe ich zwischen den Säulen auf die Knie sinken. Wimmert er?

Was zum Teufel geht denn hier ab?

»Bleib hier.« Ich warte Pierres Antwort nicht ab, sondern sprinte hinüber. Habe keinen Plan, keine Idee, will einfach nur zu ihr. Noch im Laufen greife ich zur Waffe.

Als ich in die Arkaden stürze, habe ich das Gefühl, gegen eine unsichtbare Wand zu knallen. Der Schwung zieht mir die Beine unter dem Körper weg, ich schlittere weiter und falle auf den Allerwertesten, Ihrer Hoheit zu Füßen.

Weltklasse, Nevio! Das soll dir mal einer nachmachen.

Lia starrt mich wutentbrannt an. Auf ihren Armen, dem Hals, sogar über ihr Gesicht tanzen wilde Schnörkel. Unwillkürlich muss ich an Magie denken.

Okay, Irrtum, keine Prinzessin, vielmehr die böse Fee, die gerade bei ihrem Fluch gestört wurde.

Es gelingt mir nur unter äußerster Anstrengung, mich aufzurappeln, und als ich endlich stehe, rast mein Herz wie verrückt. Panik überfällt mich, in völlig irrationalem Ausmaß. Meine Blutgefäße wollen schier platzen, kalte Schauer rasen mir über den Rücken. Ich schwanke.

Was ist hier los? Gut, ich bin aufgeregt, aber so was ist ja nicht normal.

Den anderen ergeht es ähnlich. Sie torkeln umher, lehnen an der Wand oder knien, alle keuchend, alle unfähig zu handeln. Drei Muskelprotze, die sich verhalten wie verängstigte Kinder.

Und mittendrin Daniele. Er lehnt an einer Säule, nach vorn gebeugt und mit verzerrtem Gesicht.

»Nevio!«, ruft Lia. »Verschwinde! Ich kann es nicht kontrollieren.«

Sie kann *was* nicht kontrollieren? *Was?*

In diesem Moment lassen die Symptome nach, geringfügig nur, aber immerhin so weit, dass ich mich aufrichten kann.

Daniele blöderweise auch.

»Luca, schnapp ihn dir!«, stößt er hervor und der blonde Kerl hinter Lia zieht seine Waffe. Doch als er auf mich zielt, zittert seine Hand derartig, dass er sie frustriert wieder sinken lässt.

Ich bücke mich nach der Pistole, die mir vorhin entglitten ist. Gerade, als ich sie zu fassen kriege, rammt mir dieser Luca die Faust in den Magen.

»Fuck! Du Arsch!« Raketen scheinen in mir zu zünden. Vor meinen Augen zerplatzen helle Punkte, ich blinzle unter Tränen. Verzweifelt atme ich gegen den Schmerz an.

Daniele krallt sich Lia und zerrt sie an den Haaren mit sich. Sie kreischt und windet sich, da scheuert er ihr eine und als sie weiter gegen ihn ankämpft, gleich noch mal. Beim dritten Mal schlägt er sie so fest, dass Blut aus ihrer Nase schießt.

Ich raffe all meine Kraft zusammen, stürze mich auf ihn und reiße beide zu Boden. Lia rollt herum und kriecht weg. Ich komme nicht dazu, Daniele in den Schwitzkasten zu nehmen, er ist schneller, stärker und nagelt mich mit den Knien auf dem Boden fest.

Seine Hand schießt an meine Kehle und drückt mir die Luft ab. Lia schreit.

»Hör auf, Daniele, lass ihn!«

»Gern. Gibst du Frieden und kommst mit uns?«

Sie schluchzt auf.

Das musst du nicht, Lia, nicht für mich, mach das ja nicht, will ich sagen, aber aus meinem Mund kommt nur ein Röcheln.

»Schluss jetzt!«, schreit jemand. Es ist Pierre, der hinter Daniele steht und ihm den Lauf der Pistole in den Nacken drückt, während er sich hektisch umschaut. »Schluss, oder ich puste dir das Hirn weg!«

Daniele erstarrt, seine Finger lockern sich und ich hole hustend Luft. Lucas Blick geht gehetzt hin und her, aber keiner kommt ihm zu Hilfe. Die Männer sind offenbar noch nicht einsatzfähig.

Memmen.

»Pierre, nicht …« Lia ist wieder auf die Beine gekommen. Blut tropft ihr aus der Nase, sie wischt es mit dem Handrücken ab.

»Nicht, Pierre«, krächze auch ich. Dabei will ich nichts lieber, als dieses Schwein für alles büßen zu lassen.

Der Moment zerplatzt, als ein Schatten aus dem Nichts heranfährt: Stiernacken. Er verpasst Pierre einen Kinnhaken, der ihn von den Füßen reißt und gegen die Säule hinter uns schleudert, sodass er mit voller Wucht mit dem Kopf gegen den Stein donnert. Ich meine, ein Knacken zu hören.

Lia keucht auf. »Nein …!«

Pierre sackt in sich zusammen, bewusstlos oder tot, ich weiß es nicht, will es auch gar nicht wissen, kann damit nicht umgehen, nicht jetzt. Jede Kraft weicht aus meinen Muskeln, ich beginne unkontrolliert zu zittern.

Stiernacken grinst dümmlich und reibt sich die Faust.

»Na endlich kreuzt du auf«, sagt Daniele. »Aber musstest du ihn gleich umbringen, du Volltrottel?«

Stiernacken grunzt. »Ist halt passiert. Aber den da, den will ich auf jeden Fall erledigen. Er hat mich angeschossen, Boss. Schau mal, mein Fuß …«

»Halt ihn in Schach.«

Stiernacken gehorcht und drückt kalten Stahl an meine Stirn. Daniele klettert von mir herunter. Seine Männer kommen langsam wieder in die Gänge und scharen sich um ihn. Lia ist an Pierres Seite gesunken und hält seine leblose Hand. Blut sickert in den Kragen seines Sakkos.

In meinen Ohren rauscht es. Ich schiele auf die Straße. Sintflutartiger Regen hat eingesetzt. Nirgendwo sind Passanten zu sehen, die uns zu Hilfe kommen könnten.

Stiernacken tätschelt meine Wange. »Hallo, hier bin ich. Jetzt wird abgerechnet. Linker oder rechter Fuß?«

Gut, also das wäre jetzt der Moment, in dem die Polizei anrücken könnte.

Daniele holt sein Handy hervor, wählt und bekommt auch sofort Verbindung. *»L'abbiamo presa. … Certo. Oggi pomeriggio. … Sì. Ciao.«*

»Lia«, keuche ich, »mach das noch mal … das von vorhin, was immer das war. Bitte.«

Sie hebt den Kopf, rührt sich ansonsten aber nicht.

Ihr Kleid ist im Ausschnitt zerrissen, der BH bedeckt sie kaum. Andere Muster ziehen jetzt über ihre Haut, weichere, und sie verändern sich nicht so rasend schnell.

Instinktiv weiß ich, dass es Trauer ist, die sie zeichnet.

Auch mir rinnen jetzt Tränen über die Wangen. »Lia! Bitte!«

»Boss?« Stiernacken krallt die Hand in mein Haar und hebt meinen Kopf an. »Schau, der hat noch nicht genug. Darf ich?«

Daniele, der sich das Sakko glatt streicht, schnaubt belustigt. »Tu, was du nicht lassen kannst. Und dann los, wir hauen hier ab. Lia, komm her und wage es nicht, diese Show noch mal abzuziehen. Ich schwöre dir, er wird es zu spüren bekommen.«

Stiernacken tobt sich mit mehreren Boxhieben an mir aus, schön über meinen Körper verteilt. Schreie brechen aus mir heraus, Schwärze kriecht in mein Blickfeld und ich möchte mich nur noch hineinfallen lassen.

Ich weiß nicht, wie lange ich noch durchhalten werde.

»Lia!« Daniele klingt jetzt ziemlich angepisst. »Verdammt, Luca, schaff sie her!«

»Lia!«, stöhne ich. »Bitte, ich weiß … du kannst es.«

Ihr Blick klärt sich.

Und genau in dem Moment, in dem der Blonde sie auf die Füße zerrt, legt sie los.

Es ist wie eine Welle, die uns alle niederringt, ungleich stärker als zuvor.

Todesangst steigt in mir auf. Mein Puls hämmert, es fühlt sich an, als würde Lava durch meine Adern gepumpt, zähflüssige, feurig heiße Lava. Ich bin ein Vulkan vor dem Ausbruch.

Das hier ist eindeutig eine Panikattacke. Ich weiß nicht, ob man dabei draufgehen kann, aber ich wünsche es mir.

Keuchend rolle ich mich zusammen und nehme beiläufig wahr, dass alle von der Angst betroffen sind. Daniele hält sich als Einziger noch aufrecht, aber auch er sieht aus, als stünde er kurz vor einem Kreislaufkollaps. Stiernacken flennt, in seinem Schritt breitet sich ein dunkler Fleck auf der Hose aus.

Ich möchte zu gern feixen, aber ich kann nicht.

Ich will sterben. Bitte, lass es endlich vorbei sein!

Jetzt begreife ich, warum Lia uns vorhin aus dem Weg haben wollte. Sie kann es nicht steuern. Sie kann diese Gefühle nur auf alle übertragen oder auf keinen.

Ich hebe den Blick und finde sie in ähnlicher Haltung vor wie beim ersten Mal, hoch konzentriert und schwer atmend.

Wie sollen wir je entkommen?

Sämtliche Körperfunktionen spielen verrückt und meinem Herzschlag zufolge bin ich einem Infarkt ziemlich nahe. Mein Denken droht mir zu entgleiten.

Wenn du es nicht mehr aushältst, geh woanders hin.

Ein Ratschlag, den ich seit meiner Kindheit nicht beherzigen musste, und der mir nun wie ein Rettungsanker erscheint. All die Übungen mit dem Therapeuten sind wieder präsent: *Begib dich an einen Ort voller Licht, Wärme und Stille, wo du sicher und geborgen bist. Dort kannst du deinen Schutzschild aufladen, bis nichts ihn durchdringen kann.*

Ich schließe die Augen und besuche meinen Kraftplatz. Ein Baum steht dort, unter blauem Himmel im Sonnenlicht, und ich laufe in Gedanken darauf zu und umarme ihn.

Das Gute ist, dass man einmal Verinnerlichtes nie wieder

vergisst, egal, ob man sechs, wie ich damals, sechzehn oder sechzig Jahre alt ist.

Ein paar Atemzüge genügen, um mich zu erden. Ich schicke die Angst zum Teufel und sauge Licht und Wärme in mich auf.

Es hilft. Zwar nur minimal, aber immerhin.

Als ich die Augen wieder aufschlage, kniet Daniele auf dem Boden, eine Hand vor sich aufgestützt. Er kotzt.

Lia bebt. Ihr Gesicht ist grau. Nur die Tattoos, die über ihre Wangen und hoch bis zu ihren Schläfen flackern, leuchten feurig rot.

Es kostet mich eine Menge Energie zu ihr zu kriechen und noch viel mehr, an ihre Beine gekrallt aufzustehen.

»Ist gut«, presse ich hervor, »genug, Lia.«

Ihr Blick gleitet über mich hinweg.

Die Angst droht wieder über mich hereinzubrechen. Sie ist eine Wolke, die sich mehr und mehr zusammenballt, mir Licht und Wärme entzieht, mich lähmt.

»Lia, komm!« Ich kralle ihr die Nägel in den Arm. »Wach auf!«

Ein Zucken durchfährt sie, mit einem Stöhnen sackt sie in meinen Armen zusammen. Ich fange sie auf, gebe mir größte Mühe, sie zu halten, aber wir fallen gemeinsam auf die Knie.

Die Angst weicht.

Ich komme wieder auf die Beine, lege Lias schlaffen Arm um meine Schulter und stemme sie hoch. Ihr Gewicht lässt mich schwanken.

Daniele hebt stöhnend den Kopf. Ich verstehe kaum, was er nuschelt. »Ich komme sie holen … Das schwöre ich.«

Ich erwidere nichts, sondern stapfe torkelnd voran. Trage Lia auf meinen Armen durch den Regen.

Der König war erfreut, dass das Mädchen auf seine Forderungen einging. Doch als es ihn küsste, konnte er die Liebe, die er verlangt hatte, nicht spüren und geriet in Wut. Anstatt sich nun den zweiten Kuss zu holen, packte er ihre Tochter und übergab sie seinen Schergen.
Dann sagte er: »Und nun entscheide dich: Willst du die Freiheit für deinen Geliebten, so gebe ich dir den Schlüssel. Willst du aber das Leben deiner Tochter retten, so musst du mit mir kommen.«
Da erkannte das Mädchen, dass es in eine Falle gelockt worden war.

33
Lia

Alles hat sich verändert.

Mein Leben lang habe ich immer nur Nein gesagt. Nein zu meiner Gabe, zu Empfindungen, zu den Bildern, die mich heimsuchten.

Nein zu mir.

Doch ein Problem löst sich nicht, indem man den Konflikt vermeidet. Man kann es ignorieren oder erdulden, im Endeffekt verlagert es sich nur. Und im schlimmsten Fall wächst es sich zu einem Monster aus, das einen zerstört.

Wahrscheinlich wäre alles anders verlaufen, hätte ich von Anfang an gelernt, mich zur Wehr zu setzen.

Ach Mama, zusammen hätten wir die Musettis einfach weggepustet.

Jetzt, da ich meinen Panzer gesprengt habe, da ich mich akzeptiere, wie ich bin, kann ich hinter den Schleier der Realität blicken. Mein Seelenauge ist wie ein zusätzliches Sinnesorgan.

Sogar in meinem Traum. Er ist realer als früher, voller Details, die mir neue Wahrheiten offenbaren.

Ich bin längst wach, habe die Umgebung als Nevios Wohnung identifiziert, aber ich halte die Augen geschlossen, bemüht, die Vergangenheit Stein für Stein zusammenzusetzen.

Der Wald, meine Mutter, die mich weitertreibt, die Angst – all das kenne ich bereits. Neu sind die vielen kleinen Häuser, die sich tief in den Boden ducken. Ihre Türen sind mit Zahlen markiert, dreiundsiebzig steht auf jener, durch die wir wollen. Dunkelheit und moderiger Geruch strömen uns entgegen und als wir uns hineinwagen, schreie ich …

»Sch, alles ist gut.«

Ich blinzle. Gegenstände zeichnen sich im Dämmerlicht ab, die Matratze, zwei Bierkistenstapel mit einer Besenstange dazwischen, auf der Kleidung hängt, eine Bücherreihe auf dem Boden.

Nevios Gesicht, seine Augen wie zwei matte Spiegel.

»Ich muss noch mal eingeschlafen sein«, murmle ich. Der Schrei klebt wie Asche auf meiner Zunge, pelzig, alt.

»Wie fühlst du dich?«

»Gut?«

Ich habe mich bei der Fashion Show – tja, geoutet, würde man wohl dazu sagen. Ich habe das Publikum dazu gebracht, mich zu lieben, Dutzende Menschen, Hunderte vielleicht. Ich habe ihre Gefühle manipuliert, genau wie meine Mutter.

Und danach?

Habe ich meine Angst benutzt, um meine Gegner zur Strecke zu bringen. Acht Seelen, die unbeabsichtigte Streuung auf meine Freunde mit einberechnet, die unter meiner Einwirkung regelrecht kollabiert sind.

Unfassbar, dass ich dazu fähig bin! Dass ich gewagt habe, mich Daniele zu widersetzen.

Unfassbar. Und so irritierend.

Dennoch fühle ich mich … anders als ich mich fühlen sollte. Keine Symptome diesmal? Keine Schwere in den Gliedern? Keine Erschöpfung? All die Seelen klingen in mir nach wie eine Melodie, mehr nicht.

Wieso nur?

Ich weiß, ich habe mich komplett verausgabt. Ich weiß sogar noch, dass ich in Nevios Armen zusammengebrochen bin.

Mein Blick fällt wieder auf ihn.

Er hat mich hierher gebracht. Er hat dafür gesorgt, dass wir entkommen konnten, wir zwei.

»Pierre«, flüstere ich, als die Erinnerung in mir auflodert. Seine Hand in meiner, schlaff, das Blut an seinem Hals, seine Seele, die dabei ist zu entweichen …

»Er ist im Krankenhaus. Verdacht auf Schädel-Hirn-Trauma, Hirnblutung, das ganze verkackte Programm. Er liegt im Koma. Sie wissen nicht, ob er überleben wird.«

Oh Gott, nein! Ich schlage die Hände vors Gesicht.

»Du gibst dir doch nicht die Schuld dafür, oder?«

Ich reibe mir über die Augen, die tränennass sind. Auf meinen Unterarmen erblühen ganz zart die ersten Ranken. Mir fällt ein, dass Nevio jetzt Bescheid weiß. Über mich und meine Gabe.

»Wir hätten bei ihm bleiben müssen«, sage ich erschöpft. »Wir haben ihn im Stich gelassen.«

»Das haben wir nicht. Ich habe dich bis zum nächsten Taxistand getragen und dort einen Krankenwagen gerufen. Die waren ganz schnell da, drei Straßen weiter sind sie uns schon entgegengekommen. Pierre war keine zehn Minuten allein. Wir hätten nichts anderes tun können, Lia. Nichts.«

»Aber Daniele …«

»Der war selbst vollkommen erledigt. Die sind abgehauen, glaub mir. Deinetwegen, du hast sie reihum kaltgestellt.«

Meinetwegen.

Pierre liegt im Koma. Auch meinetwegen. »Ich muss zu ihm.«

»Mavie und Gabriel sind bei ihm. Du kannst nichts für ihn tun. Du … du solltest dich ausruhen.«

Ausruhen. Wie denn, wenn Daniele bereits zum nächsten Schlag ausholt?

»Hey.« Nevios kühle Finger berühren mich an der Schläfe. »Hier kann dir nichts passieren.«

Das bezweifle ich. Die Sicherheit, die mir dieser Ort vermittelt, ist trügerisch. »Jetzt habe ich dich auch noch in die ganze Scheiße hineingezogen.«

»Nein, Lia. Sie haben mich schon damals erwischt, am Bahnhof, nach unserer ersten Begegnung. Außerdem kann ich das sehr gut allein. Mich in die Scheiße reiten, meine ich.«

Ich setze mich auf und entdecke, dass ich nicht mehr mein Kleid, sondern ein T-Shirt trage. Ich dehne es, bis ich den Schriftzug lesen kann. »*Geile Titten, pralle Ärsche, Whiskey, Grillfleisch und 'ne Latte?* Endlich weiß ich, was im Leben zählt.«

Nevio grinst. »Ein Geburtstagsgeschenk. Ein paar meiner Freunde sind recht simpel gestrickt. Dein Kleid war klitschnass. Und dieses Shirt groß genug, also, ich wollte ja nicht, dass du dich nackt fühlst, deshalb habe ich ein großes ausgesucht. Ich habe auch die Augen zugekniffen, als ich dich umgezogen habe, so gut es ging eben.«

»Tja, jetzt kennst du mein Geheimnis.«

Nevios Flüstern ist rau. »Ja.«

»Was willst du sonst noch wissen?«

»Alles. Alles, Lia. Und nichts. Nichts, was du mir nicht erzählen möchtest.« Er schluckt hörbar. Setzt sich ebenfalls auf und nimmt meine Hand. »Das, was gestern passiert ist, ändert nichts zwischen uns. Verstehst du? Du bist immer noch das Mädchen, in das ich mich verliebt habe. Auf das ich warten werde, bis in alle Ewigkeit. Mein Bart wächst schon, bis Weihnachten gehe ich locker als Santa Claus durch …« Ein unsicheres Lächeln huscht über sein Gesicht. »Entschuldige, ich wollte nur, dass du das weißt.«

Gefühle schlagen in mir hoch, als ich ihn so viel wirres Zeug reden höre. In alter Gewohnheit will ich sie abschmettern, mich hinter meinem Panzer verstecken, aber den habe ich ja gestern zertrümmert.

Ich lache auf, glücklich für den Moment.

Auf meiner Haut wirbelt Lebendigkeit. Es gibt kein Verstecken mehr.

Sanft zeichnet Nevio die Ornamente nach und ich erschauere. Seine Seele öffnet sich vor mir wie ein Buch. Noch traue ich mich nicht, darin zu lesen.

»Wie konntest du das nur all die Zeit verbergen?«, fragt er.

Ich erzähle ihm von meinem Panzer. Wozu er gut war und was ich damit verhindern wollte. Von meiner Flucht. Von meinem Leben in Italien. Vom Tod meiner Mutter. Von Lagerfeld und der Verhaftung.

Eins gibt das andere. Ganz leicht kommen mir die Worte über die Lippen, da ist keine Sperre mehr, kein Schweigen, das ich mir auferlegt habe. Und ich merke, wie gut es mir tut, mich ihm anzuvertrauen.

»Lia Seelenauge«, sagt er ein bisschen ehrfürchtig. »Für mich warst du immer das Mädchen in Schwarz. Du könntest also die Gefühle jedes x-beliebigen Menschen beeinflussen. Meine, die von Verbrechern und Präsidenten, von Huren und Adeligen?«

Belustigt über seine Gedankensprünge reiße ich die Augen auf. »Yep.«

»Du könntest mich Enttäuschung spüren lassen? Hilflosigkeit?« Ich nicke. »Trauer? Einsamkeit? Nervosität? Einfach so?«

»Ja, all das. Auch gute Gefühle wie Freude. Aber einfach ist das nicht. Es kostet mich eine Menge Konzentration und auch Energie, das hast du ja gemerkt.«

»Konntest du das schon immer?«

Gute Frage. »Die Veranlagung dazu hatte ich von Anfang an, nur hat meine Mutter dafür gesorgt, dass sie verkümmerte, ehe sie sich überhaupt richtig entfalten konnte. Erst hier in Berlin kam Bewegung in die Sache, keine Ahnung, wodurch.«

Nachdenklich streicht sich Nevio die Haare aus der Stirn. »Du siehst also meine Zukunft?«

»Nicht zwingend. Ich kann deine Seele ergründen. Das umfasst alles, was du bist, dein ganzes Sein. Deine Vergangenheit, deine Ängste, deine Sehnsüchte, die eben auch die Zukunft betreffen können. Manches kommt in Bildern bei mir an, anderes erfasse ich intuitiv.«

»Was … empfinde ich jetzt?«

Ich zögere. Halte den Atem an, ehe ich ihn seufzend ausstoße. »Nevio, das ist keine gute Idee.«

»Warum nicht? Wovor hast du Angst?«

Ich schlucke, als ich an unseren Kuss denke. An die Entdeckung, dass er mich vollkommen kaltließ. Was, wenn es nichts mit meinem Panzer zu tun hatte?

Womöglich würde ich erkennen, dass das, was da zwischen uns kribbelt, nicht intensiv genug ist, um mich wirklich zu berühren. Nicht echt genug, nicht …

Ach, Himmel!

Ich weiß doch nichts über die Liebe. Ich weiß noch nicht mal genug über Freundschaft, außer dass ich meinen Freunden nur Unglück bringe.

»In erster Linie? Ich habe Angst, es zu Ende zu führen«, rede ich mich heraus. »Erst Mavie, dann Pierre. Wie viele werden noch dafür bezahlen, dass ich frei sein will?«

Nevio verbirgt seine Enttäuschung über meine ausweichende Antwort gut. Zu gut.

Er zieht mich an sich und ich bin so überrascht, dass ich ihn gewähren lasse. Automatisch sinkt mein Kopf an seine Schulter, in seinen Geruch, oh, und seine festen Muskeln sind auch nicht zu verachten.

»Mach dich damit nicht verrückt«, sagt er. »Genau das will Daniele doch. Er will, dass du klein beigibst, und verwendet deine Sorge um deine Freunde gegen dich. Das darf dich nicht davon abhalten, deinen Weg zu gehen.«

»Aber ich ziehe alle ins Verderben. Du könntest der Nächste sein.«

Er antwortet nicht, streicht mir nur über die Wange. Sein Blick ist unergründlich, als ich mich aus seinen Armen schäle.

Ich räuspere mich verlegen. »Wie hast du es überhaupt geschafft, gegen meine Angstattacke anzukämpfen?« *Prächtig, Lia, immer schön die Gefahrenzone umschiffen.* »Gestern. Wie konntest du trotz allem …?«

Nevio klopft sich auf die Brust. »Du wirst es nicht für möglich halten, aber ich bin ein Ritter und habe meinen Schild benutzt.«

»Scherz, oder?« Ich muss lachen, aber er schüttelt den Kopf. »Okay, die Schutzschildmethode ist offenbar weiter verbreitet, als ich dachte. Was musst du denn darunter verstecken?«

»Mittlerweile fast nichts mehr, aber früher, als ich noch klein war, da hatte ich ihn bitter nötig. Nora, meine Schwester, war schwer krank, Krebs.«

»Ist sie … gestorben?«

»Nein, Gott sei Dank nicht. Sie ist geheilt. Aber meiner Mutter ging es damals ziemlich dreckig, sie konnte sich nicht mehr um mich kümmern. Sie hat nur noch für Nora existiert.«

»Das war bestimmt schrecklich für dich.«

»Tja. Ich habe ihr Verhalten gespiegelt. Ich habe nicht mehr gesprochen.«

»Gar nicht mehr?«

Nevio schüttelt den Kopf. »Fast zwei Jahre lang. Selektiver Mutismus wird das genannt. Später hatte ich beim Sprechen extreme Schwierigkeiten. Ich konnte mich nicht richtig ausdrücken, vor allem bei emotionalen Themen bin ich immer ins Stolpern geraten, habe Silben ausgelassen und Wörter verschluckt. Darum rede ich heute noch manchmal ziemlichen Quatsch, wenn ich mich nicht genügend konzentrieren kann. In solchen Fällen spreche ich einfach immer weiter, bis ich den Faden wiederfinde. Du hast dich bestimmt schon gewundert.«

Ich hebe die Schultern. »Ich hätte nie eine Sprachstörung dahinter vermutet.«

»Sie war hauptsächlich psychisch bedingt, darum zielte die Therapie damals auch darauf ab, mein Selbstwertgefühl zu stärken.«

»Und so wurdest du zum Ritter«, werfe ich lächelnd ein.

»Man benutzt Kraftplätze und Schutzschilde aus Licht, um sich abzugrenzen. Das war ganz praktisch bei deiner Attacke. Damit konnte ich die Angst zumindest teilweise zurückdrängen.« Er atmet tief durch. »Es fühlte sich so surreal an. Ich hatte wirklich Panik, dabei draufzugehen.«

Ich seufze. »Ich muss erst lernen, meine Gabe kontrollierter anzuwenden.«

»Dann werden wir eben trainieren.«

»*Wir* werden gar nichts. Du wirst dich ab jetzt aus der Sache raushalten, verstanden?« Das war zu schroff, ich erschrecke selbst. »Ich will nicht, dass dir etwas zustößt«, flüstere ich. Nichts entspricht so sehr der Wahrheit wie das.

Nevio legt den Kopf schief. »Ich dachte, du empfindest nichts für mich.«

Das dachte ich auch.

Aber langsam dämmert mir, dass das eine Ausrede war.

Ich taste nach seiner Hand und er streift mit dem Daumen über meine, hebt sie an und drückt einen Kuss darauf.

Die Geste lässt etwas in mir erzittern. Es ist ein Funke, genau wie beim letzten Mal, nur diesmal entflammt er etwas in mir.

Ich will es wissen.

Ich will wissen, ob sein Kuss jetzt anders schmeckt.

Ich halte seinen Blick fest, als ich mich vorbeuge und seinen Lippen begegne, in einer simplen Berührung, hauchzart.

Einen Atemzug später ist es um uns geschehen.

Ich ziehe ihn an mich, Nevio stößt ein raues Stöhnen aus und all meine dummen Gedankenkonstrukte, die mich gehemmt haben, bröckeln davon.

Seine Seele strömt in meine und mit ihr seine Ehrlichkeit, ein bisschen Verblüffung und schließlich Lust, die wie Glut in ihm aufzuckt.

Oh Gott. Definitiv anders.

Da sind Atemzüge, die immer schneller werden, seine, meine, Hände, unruhig auf der Suche, und wir sinken auf die Matratze.

Die Gefühle, die ich unter meinem Panzer bis vor Kurzem so wunderbar in Schach halten konnte, tanzen Breakdance in mir. Prickeln zieht über meine Haut, nicht bloß an den Handgelenken. Und Nevios Seelenbilder sagen mir, dass er mich lieben will, aber Sorge hat, zu weit zu gehen, mich zu überfallen, etwas kaputt zu machen, das gerade erst beginnt, sich richtig anzufühlen.

Ich lache leise auf.

Er zuckt zusammen. Stemmt sich hoch und blickt mich an, die Stirn in Falten gelegt. »Du analysierst mich doch nicht etwa, oder?«

»Gut möglich.«

Was lese ich in ihm, in diesem Jungen, der sich hier zusammenreißt und einen auf cool macht?

Ich bin das, was er will.

Und sonst? Abseits des Verlangens, das seine Lider schwer werden und seine Augen glitzern lässt?

Ich finde innere Stärke vor und das Lebensglück, das ihn erfüllt, Selbstlosigkeit, aber auch Unruhe, die ich schwer deuten kann. Verlustangst, die er gut verbirgt.

»Ach was, ist mir egal«, sagt er so zärtlich, dass es mich fast um den Verstand bringt, und küsst mich erneut.

Ich ziehe Nevio das T-Shirt über den Kopf und er mir meines. Seine Haut ist kühl, meine heiß, ich bin erfüllt von einer Energie, die ich bis heute nicht kannte.

Als würde ich innerlich leuchten.

»Okay«, flüstere ich an seinen Lippen, »ich muss meine Meinung revidieren.«

»Inwiefern?«

»Könnte sein, dass ich doch etwas empfinde. Ein bisschen.«

»Wusste ich's doch.« Süßer Triumph färbt seine Stimme. Plötzlich stutzt er und rollt ein wenig zur Seite.

»Was?«, murmle ich.

»Sieh dir das an, Lia. Schau, wie schön du bist.« Er folgt den Kringeln und Schnörkeln auf meinem Arm, findet Verästelungen, die sich gerade erst bilden, immer neue, immer andere, gleitet mit dem Finger höher, über meinen Hals bis an meine Schläfe. »Überall. Sogar auf deinen Beinen. Wunderschön.«

Ich folge seinem Blick. Ich bin bedeckt von lebendigen Zeichnungen, über und über, ich bin ein Kunstwerk.

»Okay. Das muss ich noch in den Griff kriegen. Aber jetzt …«

»Nicht jetzt«, bestätigt er und liebkost meine Haut mit Küssen, Ranke für Ranke.

Glück strömt in Wellen über mich hinweg. Immerhin wird er lange brauchen, meinen Körper zu erkunden.

34
Lia

In meinem verdammten Hirn ist kein Platz für die Liebe.

Ich habe Rubriken für alles Mögliche, für Rachepläne, Selbstverwirklichungsfantasien, Zukunftsvisionen, hippe Outfits, meinen täglichen Kampf um die Nahrungsbeschaffung, meinen aktuellen Schuldenstand, meine Freunde und Feinde.

Nevio fällt eindeutig unter *Freunde,* allerdings sollte ich vielleicht eine Unterkategorie erstellen. Enge Freunde?

Zum Glück bin ich vollkommen schmetterlingsbefreit und auch mit rosa Wolken habe ich nichts am Hut.

Stattdessen bestehe ich aus neunhundertneunundneunzig Teilen und er ist der eine, der tausendste, der mich komplett macht. Ich stehe an einer Klippe, meine Hand fest in seiner verankert. Wenn wir fallen, dann gemeinsam.

Im Krankenhaus gibt es nichts Neues. Pierres Zustand ist unverändert, was zumindest bedeutet, dass er am Leben ist. Ich darf nicht zu ihm, niemand darf das, doch das hält Gabriel und Mavie nicht davon ab, ständig vorbeizuschauen.

Pierres Mutter und seine Schwester werden noch diese Woche aus Paris erwartet. Die Familie überlegt, ihn nach Hause zu holen, doch er ist nicht transportfähig. Nach Ansicht des Arztes wird das in nächster Zeit auch nicht der Fall sein.

Natürlich gab es jede Menge Fragen zum Unfallhergang. Bislang konnte die Polizei keine Augenzeugen ermitteln, aber aufgrund eines anonymen Hinweises wird nach zwielichtigen Typen gefahndet, deren Beschreibung ganz zufällig auf Daniele und seine Handlanger passt.

Das verschafft mir hoffentlich ein wenig Luft.

Im Atelier läuft heute, am Tag nach der Fashion Show, alles seinen gewohnten Gang. Sonja steht im Laden, der ausnehmend gut besucht ist, und bedient die Kunden, wie immer die Freundlichkeit in Person, obwohl sie alle Hände voll zu tun hat.

Oben werde ich von Rica begrüßt. »Gabriel ist nicht da.«

Verdammt, ich wollte reinen Tisch machen. Ich hatte noch keine Gelegenheit, mit ihm über mein Kleid zu sprechen. Über den Auftritt. Über die Tatsache, dass ich ihn gelinkt habe.

»Und du bist gefeuert.«

»Wie schön. Was gibt es zu tun?«

Rica grinst. »Er wurde zu einem Fernsehinterview in der Morgenshow eingeladen, inklusive kleiner Modenschau. Übermorgen. Eine Live-Übertragung. Er hat zwei Models gebucht. Sie kommen heute zum Fitting und sollten bald hier sein.«

»Ein Fitting ohne ihn?«

Rica deutet auf den Kleiderwagen. »Hier, das sind die Outfits, wir brauchen sie nur anzupassen.«

Ich begutachte die Auswahl. Die rote Hollywood-Robe, das karamellfarbene Seidenkleid mit dem extravaganten Ausschnitt und zwei weitere von Gabriels besten Stücken. Auch das schwarze Kleid mit dem Stehkragen ist dabei, das ich beim Fotoshooting geändert hatte. Rica hat es perfektioniert.

»Okay«, sage ich, »die Mädchen werden toll aussehen.«

»Aber in Wahrheit wollen sie dich, Lia.« Die Stimme gehört Mavie, die in der Tür steht. Ihr Gesicht schillert in allen Farben, der Cut allerdings ist bereits nur noch mit einem kleinen Heftpflaster versehen.

Sie wird wieder, denke ich und hoffe, dass auch ihre seelischen Wunden heilen werden. Noch weiß sie nichts über mein Geheimnis und meine Verbindung zu Daniele.

Sie wirft zwei Klatschzeitschriften und ein Modemagazin auf Gabriels Schreibtisch. »Du bist auf den Titelseiten. Und Thema Nummer eins auf allen Modeblogs. *Kayture* hat sogar ein Portrait von dir erstellt, mit der Headline: ›Who's that girl?‹.«

»Scheiße.«

»Ach ja?«

In Mavies Augen blitzt Eifersucht auf, das erkenne ich auch so, ohne mein Seelenauge zu befragen. Prompt reagiere ich mit Schuldgefühlen, aber ich stoße sie von mir, bevor sie sich auf meiner Haut ausbreiten können.

Noch bin ich ungeübt im Wechselspiel zwischen Zulassen, Eindämmen und Verbergen. Die Atem-Zähl-Technik funktioniert nach wie vor, allerdings fürchte ich die damit einhergehende Starre.

Ich will ja fühlen, bloß sollte nicht für jedermann sichtbar sein, was in mir vorgeht.

»Ist jetzt wieder Gothic angesagt?«, fragt Mavie spitz und ich versuche mir nicht anmerken zu lassen, wie sehr mich ihr Misstrauen kränkt. Als könnte ich ihr je etwas Böses wollen. Wir sind doch Freundinnen.

Also zucke ich lediglich mit den Schultern.

Die Perücke hilft mir eine Rolle zu spielen, in der ich mich nicht ganz so entblößt fühle. Die Hoffnung, dass ich damit Danieles Spürhunden nicht so leicht ins Auge falle wie mit blonden Locken, kann ich mir getrost sparen. Er weiß, wo ich zu finden bin.

Ich frage mich, wann er zuschlagen wird.

»Ich lass euch zwei mal alleine. Hab noch jede Menge Arbeit.« Rica wedelt mit der Hand und nickt zu Mavie hinüber, ehe sie hinausstapft. *Sprich mit ihr*, soll das bedeuten und genau das habe ich vor.

Mavie kommt an meine Seite. »Das Kleid ist grandios«, sagt sie versöhnlich. »Es ist absolut deins, das weißt du, oder? Ich hätte nicht annähernd so toll darin ausgesehen.«

Erleichtert wende ich mich ihr zu. »Danke. Ich wollte dir den Erfolg nicht stehlen, das musst du mir glauben.«

»Das weiß ich doch. Du bist für mich eingesprungen und was ich so gehört habe, hast du es nicht gerade vermasselt. Aber, Lia …« Sie zögert und deutet auf das Foto. »Was ist das?«

Jetzt muss ich wohl oder übel mit der Wahrheit herausrücken. Mavies Blick klebt ungläubig an meinen Lippen, als ich das zum Verständnis Nötige zusammenfasse. Am Ende wirft sie die Hände in die Höhe.

»Du verarschst mich, oder?«

»Nein.«

»Du willst mir erzählen, dass du so eine Art Hexe bist?«

»Nein. Oh mein Gott, nein. Ich bin ein Seelenauge.«

»Ähm, das ist jetzt aber Haarspalterei. Früher hätten sie dich so oder so auf dem Scheiterhaufen verbrannt.«

Ich schnaufe verärgert. »Ich bin empathisch veranlagt. Das ist alles.«

Sie bricht in Lachen aus. »Das ist alles? Das ist der absolute Wahnsinn! Allein schon die Tattoos. Du siehst wie eine Göttin damit aus. Als wolltest du die Menschheit für ihre Vergehen bestrafen oder sie auf ewig unterjochen.«

Das Titelbild zeigt das in aller Deutlichkeit. Wilde Muster zeichnen meine Haut hoch bis zu den Schläfen, dazu die offenen Haare, der leicht entrückte Gesichtsausdruck, meine halb erhobene Hand …

Mich so zu sehen, ist eigenartig. Ich glaube, ich habe mich überhaupt noch nie in einem solchen Zustand befunden, geschweige denn, dass er auf einem Foto festgehalten wurde.

Was für ein Ausbruch meiner Kräfte. Was würde meine Mutter davon halten?

»Und das könntest du, oder?«, meint Mavie.

»Ich könnte was?«

»Na ja, alle manipulieren. Könntest du meine Gefühle verändern?«

Sie zeigt echte Neugier. Keinerlei Angst.

Ich reibe mir den Nacken. »Hör mal, ich glaube, du schätzt die Situation falsch ein. Ich bin eine Gefahr für dich, für euch alle. Du siehst doch, was mit Pierre passiert ist.«

Mavies Gesicht verdüstert sich. »Soweit ich das verstanden habe, war das einfach ein Riesenpech. Er war zur falschen Zeit am falschen Ort. Hat sich eingemischt.«

»Ja, aber meinetwegen, begreif das doch! Er wollte mir helfen. Und du … du bist da reingeraten, weil wir befreundet sind.«

»Zeigst du es mir?«

»Hörst du mir eigentlich zu? Daniele hat dich eiskalt ausgewählt, um mich zu quälen. Und er würde es wieder tun, falls ihn das ans Ziel bringt. Er ist ein verdammter Sadist, der vor nichts zurückschreckt.«

»Ich weiß doch. Jetzt weiß ich es.«

»Du darfst nicht mehr zu Hause schlafen, Mavie. Bitte. Übernachte bei einer Freundin, bei Verwandten, bloß nicht in meiner Nähe.«

»Okay.«

»Versprochen?«

»Ja doch. Wenn du mir zeigst, wie sich das anfühlt.«

»Du hast 'nen Knall. Ich mach das doch nicht aus Spaß! Ich würde die Gefühle anderer niemals absichtlich beeinflussen, schon gar nicht die meiner Freunde. Die Musettis zwingen mich dazu. Sie wollen mich für ihre Zwecke einspannen, ich soll ihr Werkzeug sein. Ich habe mich nur gewehrt.«

»Das ist mir schon klar, aber …« Sie würgt ein Schluchzen

ab und blinzelt gegen das verdächtige Schimmern in ihren Augen an, unaufhörlich und ziemlich aussichtslos. Ich spüre, wie sehr sie leidet. »Bitte. Tu es für mich.«

Mavies unkompliziertes Wesen, ihre Gelassenheit, sogar ihre Schönheit lassen mich immer wieder vergessen, wie gebrochen ihre Seele in Wahrheit ist. Vernachlässigt von den Eltern, zutiefst verletzt, hungrig nach Geborgenheit und Liebe.

Was kann ich ihr schenken?

Glück? Fröhlichkeit? Beides wäre flüchtig und ich will sie nie wieder belügen.

Was bleibt, sind meine Zuneigung, echte Nähe, das Versprechen auf meine Freundschaft.

Ich nehme sie in die Arme. Halte sie ganz fest und lasse meine Gefühle für sie in ihre Seele fließen.

Wieder bin ich erstaunt, wie leicht mir das gelingt. Wie konnte sich meine Gabe nur derart perfektionieren? Von null auf hundert sozusagen.

Mavie lacht unter Tränen. »Das bedeutet mir so viel. Und damit das klar ist: Ich will diese Dosis jeden Tag.«

»Gern. Denn das ist es, was ich für dich empfinde.«

Sie bedankt sich mit zwei Küssen und salziger Nässe, die sie auf meinen Wangen verteilt. Ich habe sie sehr wohl glücklich gemacht, uns beide. Und erstmals muss ich mir eingestehen, dass ich mit meiner Gabe gesegnet bin.

Die Menschheit unterjochen? Ha! Ich würde ihr Liebe schenken.

Mavies Finger folgen den Verästelungen auf meinen Unterarmen, die langsam verblassen. »Es ist wirklich echt. Auf dem Foto sieht es aus wie gemalt oder irgendwie auf deine Haut projiziert.«

»Echt«, bestätige ich. »Und bevor du fragst: Ich muss das geheim halten, zumindest so gut es geht. Ich will nicht in einem Labor enden, wo sie an mir herumexperimentieren.«

»Geheim halten? Das da?« Sie tippt mit dem Zeigefinger auf das Modemagazin. »Dafür ist es zu spät. Du bist auf jedem Fernsehkanal, in jedem News-Ticker, auf YouTube. Alle Welt spricht von dir. Du bist Gabriels neue Muse und er wird als *der* Stardesigner gefeiert.«

Ich beiße mir auf die Lippen. »Das wollte ich nicht«, murmle ich. »Ich wollte doch nur mein Kleid präsentieren.« Gott, wie bescheuert kann man sein? Ich war so auf mich fixiert, dass ich überhaupt nicht an die Folgen dachte.

»Und ich hätte Nevios Nummer nicht weitergeben dürfen.«

Verständnislos blicke ich Mavie an.

»Es ist überall dasselbe Foto. Klar gibt es im Netz auch Aufnahmen von Handykameras, aber das hier ist von einem Profifotografen.« Sie blättert zur Titelstory und zeigt mir die Bildunterschrift beim Foto. »Na bitte, wusste ich's doch.«

Wer ist das Mädchen mit den Dornentattoos?, heißt es da. *Das unbekannte Model im wohl atemberaubendsten Kleid des Designers Gabriel Naab. Foto: Nevio Weikert*

Mir bleibt die Spucke weg. Hatte Nevio nichts Besseres zu tun, als das Foto an die nächstbeste Zeitung zu verkaufen?

Mavie zieht eine entschuldigende Miene. »Ich hatte einfach auf ein paar tolle Fotos von dir gehofft, du weißt schon, weil ich ja nicht dabei sein konnte. So ein Mist.«

»Schon okay«, sage ich, aber in mir ballt sich etwas zu einem schmerzenden Klumpen zusammen, dort, wo mein Herz für einen Moment aus dem Takt gefallen ist.

Ein deutlicher Hinweis, dass die Liebe ja gar keine Kopfsache ist.

35
Lia

Lange hat es gedauert, aber jetzt bin ich so weit.

Ich werde nicht darauf warten, dass Daniele mich aufspürt. Dass er mich holen kommt und zurück nach Italien schleppt.

Ich werde nicht abwarten, bis die Katastrophe über mich hereinbricht.

Ich werde sie auslösen.

Ausschlaggebend war Nevios Verrat. Ich habe ganz vergessen zu fragen, an wen Mavie die Telefonnummer weitergegeben hat, aber ich vermute mal, dass es eine Zeitung war. Sie hat ja genügend Kontakte.

Zudem wurmt mich, dass Gabriels »Haute-Couture-Sensation« in sämtlichen Blog- und Zeitungsartikeln über den grünen Klee gelobt wird. Ich gönne ihm den Titel Berlins Stardesigner 2016 wirklich, aber die Rede ist immerhin von meinem Kleid. Es ist meine Kreation, die da gefeiert wird, nicht seine. Wird Zeit, das richtigzustellen.

Und zu guter Letzt liegt mir Pierres schlechter Zustand schwer auf der Seele. Ich will jemanden dafür büßen lassen.

Mein Plan ist noch nicht ausgereift, aber er hat damit zu tun, dass ich Daniele herausfordere, Gabriel bloßstelle und Nevio … Über diesen heiklen Punkt habe ich noch nicht nachgedacht. Mein Herz ist zu sehr daran beteiligt.

»Diesmal allein?«, fragt mich der alte Ladenbesitzer, als ich im *Stoffquadrat* auftauche.

Meine Gedanken diesbezüglich sind ein verworrenes Knäuel, darum versuche ich erst gar nicht, sie in Worte zu fassen.

»Ich suche etwas Passendes dazu.« Vorhin, beim Einpacken, hat Rica gefaucht, jetzt würde sie mir vermutlich ins Gesicht springen, denn ich zerre das Kleid lieblos hervor.

Danieles Kleid.

Ja, auch in zerknitterter Form ist es noch ansehnlich. Es entlockt dem Alten einen Pfiff und er befühlt die Träger ehrfürchtig. »Ist das Nerz? Rot gefärbt?«

»Nein, Katze. Haben Sie etwas dazu?«

Er lacht schnarrend. »Dazu – und darunter – trägt man am besten nichts. Maximal eine Stola. Aus *Katze.*«

Ich seufze, weil er meine Ironie ins Lächerliche zieht. »Nein, nein, ich meinte, dazu passenden Stoff, mit dem ich das Kleid aufpeppen kann.«

Seine Augen werden schmal, er blitzt mich über den Rand seiner Brillengläser an. »*Aufpeppen*?«

»Es verbessern.«

»Ich weiß schon. Ich bin zwar alt, aber noch ziemlich funktionstüchtig im Oberstübchen. Was stimmt denn damit nicht? Es ist doch sehr hübsch.«

»Ja, schon, aber hübsch ist auch der Blümchenstoff, den Sie im Schaufenster haben. Ich will mehr.«

Er blickt mich lange an, auffordernd, wie mir nach ein paar Sekunden dämmert.

»Dem Kleid fehlt es an Seele«, sage ich schließlich ergeben. Anders kann ich es nicht erklären.

Er nickt, als hätte er nur darauf gewartet. »Es ist eine ganze Weile her, dass ich diese Worte zuletzt gehört habe. Bin gleich wieder da.«

Damit lässt er mich allein und ich verfalle ins Grübeln. Ob er sich an meine Mutter erinnert? An mich?

Im Nebenraum klappert eine Leiter, ich höre den Alten ächzend die Stufen erklimmen und rechne mit dem Schlimmsten. Doch er kehrt wohlbehalten zurück, mit einem Stoffballen, von dem er erst mal den Staub wegpusten muss.

Zum Vorschein kommt blutroter Samt mit eingearbeiteten Stickereien, der changiert, als wäre er von Sternenlicht übergossen.

»Na?« Mit schräg gelegtem Kopf wartet er auf mein Urteil.

Ich seufze schwer. »Perfekt. Nur, ich fürchte, den kann ich mir nicht leisten.« Ich habe mein Erspartes zusammengekratzt und Mavie angepumpt, aber dieser Stoff sprengt den Rahmen gewaltig.

»Wir werden uns schon einig. Kommen Sie, ich habe da noch etwas ganz Spezielles.«

Er nimmt mich am Ellenbogen und führt mich durch den Laden. Hinter einem schweren Vorhang aus grünem Samt verbirgt sich eine Extrakammer, eine Art Lager, in dem er Zubehör wie Nähgarn, Knöpfe, Borten und Spitzen hortet, alles in durchsichtigen Boxen verwahrt, alles fein säuberlich beschildert.

Ich kann mich nicht sattsehen und überlege bereits, ob ich den Samt mit Seidenbändern versehen soll, als der Alte eine knarrende Tür öffnet.

Dort, wo der Schatten das Licht schluckt, steht ein uralter Schrank, der die gesamte Breitseite einnimmt. Sein Holz ist wurmstichig und die Farbe an den Schnitzereien verblasst, ich gebe ihm hundert Jahre, wenn nicht mehr.

Zögernd trete ich näher. Ein Gefühl von Vertrautheit steigt in mir auf, zusammen mit dem untrüglichen Kribbeln im Bauch, das nur ein Geheimnis auslösen kann.

Ich kenne diesen Schrank.

Ich kenne sogar seinen Inhalt. Seine unzähligen Schätze.

Holzkassetten mit gläsernen oder metallenen Knöpfen und Fibeln aus ziseliertem Silber oder Perlmutt, Körbe voller Muscheln und glatt geschliffener Steine, Flaschen, gefüllt mit Glitzerpailletten in allen Größen und Formen, Ketten aus Silber, Gold und schwerem Eisen, Gürtelschnallen, Lederstücke und -schnüre und mit Gold- und Silberfäden durchwirkte Bänder und Borten.

Das hier ist das Zubehör, mit dem aus Kleidern Märchen gemacht werden.

Der Alte räuspert sich und da erst wird mir bewusst, dass ich zu seinen Füßen kauere, die Hand in einem riesigen Korb mit Stoffflicken versenkt, bunt, originell, einzigartig. Ich lasse sie fallen und fahre mit hochrotem Kopf in die Höhe.

Er hält mir ein in Organza eingeschlagenes Bündel hin. Vorsichtig schiebe ich den Stoff beiseite. Darunter verbirgt sich ein Stern, gefertigt aus roten Splittern, die auf Silberdraht gezogen sind, so filigran wie schön.

Ehrfürchtig ziehe ich den Atem ein. »Oh. Ist das Glas?«

Er fällt in ein heiseres Lachen. »Die Granate und Rubine bewahre ich in meinem Bankschließfach in der Schweiz auf.«

Der Stern ist doppelt so groß wie meine Handfläche und durch den dünnen Draht sehr biegsam. Er schimmert und funkelt. Sofort entsteht ein Bild in meinem Kopf. Er gäbe das perfekte Rückenelement für mein Kleid ab, für die Robe, die ich aus Danieles Versuch, mich zu beeindrucken, schneidern werde.

»Ich habe ihn viel zu lange aufbewahrt«, sagt der Alte. »Jetzt ist die Zeit gekommen. Nehmen Sie ihn mit, veredeln Sie das Kleid. Er ist geschaffen für eine Robe wie diese.«

»Woher wissen Sie …?«

»Ich lese in Ihnen, mein Kind. Sie haben so viel von Ihrer Mutter.«

»Sie war in Ihrem Laden.«

»Oft. Sie beide. Ich kenne Sie, da waren Sie so klein.« Er deutet die Größe einer Dreijährigen an und wirft einen missbilligenden Blick auf meine Perücke. »Und hatten blonde Löckchen.«

»Ich erinnere mich. Ich habe vor diesem Schrank gespielt. Kannten Sie auch meinen Vater?«

»Sicher. Ein junger Mann, ebenfalls blond. Sehr höflich, sehr zuvorkommend, immer gut gelaunt.«

»Er hat studiert, oder?«

»Da dürfen Sie mich nicht fragen.«

»Jura?«

»Möglich.«

Also doch. Er ist es. Er muss es sein. Warum hat er nie was gesagt? Will er nichts von seiner Tochter wissen?

Der Alte legt den Kopf schief, seine blassen Augen scheinen mich zu durchlöchern. »Hat sie den Mantel noch?«

Mir wird heiß und kalt zugleich. Manchmal ist eine Erinnerung so überwältigend, dass man ihren Kern übersieht.

Der Mantel ist hier entstanden.

Meine Mutter hat ihn genäht, in diesem Laden, vor diesem Schrank, während ich Muscheln auf dem Boden aneinanderreihte oder aus Glasmurmeln Muster legte.

»Ja.« Ich bringe es nicht fertig, ihm zu sagen, dass sie nicht mehr lebt. »Ich trage ihn jetzt.«

Er wirkt nicht überrascht. »Wie vorgesehen. Sein Garn ist magisch, also geben Sie gut darauf acht.«

»Magisch? Welches Garn überhaupt?«

»Das, mit dem Ihre Mutter die Flicken zusammengenäht hat. Es stammt aus dem Fundus meiner Großmutter und die hatte es wiederum von ihrer Großtante. Oder so ähnlich, bei den alten Geschichten weiß man ja nie, was dran ist. Angeblich wurde Elfenhaar darin versponnen.«

Ich grinse. »Ah ja. Das erklärt einiges.«

Er lächelt versonnen. »Sie war Schriftstellerin, hat Märchen geschrieben, müssen Sie wissen, und war mit dem Sohn von Wilhelm Grimm verheiratet. Ihre Mutter war fasziniert davon.«

»Ich weiß. Sie hat mir all die Märchen erzählt, als ich klein war. Unter dem *magischen* Mantel.«

Der Alte tätschelt meine Schulter. »Keine Sorge, so etwas wie Elfenhaar oder Magie gibt es natürlich nicht. Es ist nur ein Mantel.«

Oh mein Gott. Bist du blind oder einfach nur strohdumm?

Die Erkenntnis schießt mir so plötzlich in den Sinn, dass ich die Hand vor den Mund schlage.

Der Mantel kennt meine Seele.

Ich habe sie ihm anvertraut, in all der Zeit, da ich ihn nutzte, seit ich in Berlin bin, sogar Nacht für Nacht. Jedes verdammte Gefühl habe ich in ihm versteckt und mir im Austausch dafür ein Stück von meiner Panzerung geholt. Er hat sie alle für mich aufbewahrt, bis ich bereit war, mit ihnen zu leben.

Er kennt mich besser, als ich mich selbst kenne.

Ich strahle den Alten an. »Nein. Ist er nicht. Er ist mein Seelenbegleiter.«

»Was auch immer Sie darin sehen, mein Kind. Unser Glaube erst verleiht den Dingen ihre Macht.«

Zweifellos.

Wenig später verlasse ich den Laden mit neuen Schulden. In meinen Tüten befinden sich die Bestandteile für meine Kampfmontur. Ich muss sie nur noch adäquat zusammensetzen. Meine Waffen trage ich in mir, sie sind geschliffen und geölt.

Ich bin bereit.

Auf dem Heimweg mache ich einen Abstecher zur Tierklinik. Heute Morgen hat mich die Ärztin darüber informiert, dass Lagerfeld in den nächsten Tagen ins Tierheim überstellt werden soll.

Angeblich lagen bereits mehrere Strafanzeigen wegen Tierquälerei gegen den Dicken vor, sodass der Amtstierarzt sofort tätig werden und den Hund beschlagnahmen konnte.

»Sie könnten ihn natürlich noch vorher abholen«, hat sie erklärt. »Dem Hund ist bereits genug widerfahren, wäre schön, wenn wir ihm das Tierheim ersparen könnten.«

So weit, so gut.

Ich möchte Lagerfeld ja übernehmen, unbedingt. Dagegen spricht lediglich, dass ich in einem Gartenhaus wohne, für einen Modedesigner arbeite und mich selbst kaum ernähren kann.

And by the way – über meinem Kopf hängt ein Damoklesschwert namens Mafia, das jederzeit auf mich herabsausen kann.

Diese und ähnliche Gedanken fräsen durch meinen Kopf, ohne mir eine Lösung zu präsentieren. Als ich bei der Tierklinik eintreffe, hat ein anderer die Entscheidung getroffen.

Nevio wartet vor der Tür, Lagerfeld an der Leine.

Gerade dreht er ein Hundeohr wieder nach vorn, das der Wind umgeschlagen hat, rückt sein Bandana zurecht und winkt.

Ich schlucke.

Die Freude, die in den beiden hochjagt, greift nach mir und zeichnet in Sekundenschnelle meine Haut, bis zu den Schultern. Mein Gefühlsleben tanzt mir auf der Nase herum, es will nicht kapieren, dass ich sauer auf Nevio bin.

Die Begrüßung fällt stürmisch aus. Lagerfeld gerät über unser Wiedersehen komplett aus dem Häuschen und wedeljaulbellt ohne Unterlass.

Nevio steht daneben und strahlt. »Überraschung gelungen.«

»Woher wusstest du, dass ich ihn holen komme?«, frage ich lahm, während Lagerfeld mir die Leine um die Füße wickelt und bei jeder Runde über meine Hände leckt.

»Mein Vater hat mich angerufen.«

»Und soll mir das etwas sagen?«

»Na ja, nachdem der Hund fast krepiert wäre, weil er seinen Zahnabdruck im Arm meines Vaters hinterlassen hat, fühlte der sich verantwortlich für ihn. Schmerz verbindet.«

Weikert. Der Name unter dem Foto kam mir gleich so bekannt vor.

»Ach du Scheiße. Der Kripobeamte im Grunge-Style ist dein Vater?!«

»Er hat die Kosten für den Klinikaufenthalt übernommen, also lass ihn das keinesfalls hören.« Er zwinkert mir zu. »Der Hund gehört jedenfalls dir.«

Wäre jetzt ein Begrüßungskuss angebracht? Oder eine Dankeschön-Umarmung? Was sagt der Knigge für Verliebte?

Ich befreie mich aus der Leine. Ohne Aufforderung setzt sich Lagerfeld zwischen uns und blickt abwechselnd zu uns auf. Seine Welt ist in Ordnung.

Ich hingegen komme mir dumm und unerfahren vor. Und Nevio erscheint mir unerreichbar fern.

Verlegen huscht mein Blick zu den vollen Einkaufstüten, die ich bei der Begrüßung einfach fallen gelassen habe. »Hm. Ob er da auch noch reinpasst?«

Unsicherheit färbt Nevios Stimme. »Was hast du vor? Reist du … ab? Ich habe versucht dich zu erreichen.«

Die Anrufe und die vielen SMS, die ich nicht beantwortet habe. *Wo bist du? Geht es dir gut? Mach mir Sorgen.*

Ich begreife. Das mit uns ist noch zu frisch, zu wackelig. Er weiß nicht, woran er ist. Ob all die Küsse und Liebkosungen etwas bedeuten, heute, da wir einander so befangen begegnen.

Mir bedeuten sie alles. Doch wir müssen etwas klären.

»Ich bin auf den Titelseiten der Zeitungen«, sage ich.

In Nevios Gesicht steht Ratlosigkeit. »Aha.«

Ich will gerade zu einer Erklärung ausholen, da bemerke ich das Auto, das im Schritttempo auf uns zufährt. Kein SUV diesmal, sondern ein dunkelgrüner Kombi. Mailänder Kennzeichen. »Shit.«

Nevio schaut sich um. Er begreift sofort. »Hau ab!«

Ich raffe meine Sachen zusammen. »Der Hund?«

»Ist dir nur hinderlich. Los, lauf schon!«

Das mache ich. Der Fahrer des Kombis steigt aufs Gas, aber ich biege um die nächste Ecke in eine Einbahnstraße und er zögert einen Augenblick zu lang, bevor er mir verbotenerweise hinterherfährt.

Die Straße ist eng, das Schicksal hat ein Einsehen mit mir. Ein Lastwagen kommt aus der anderen Richtung gerumpelt, hupend und blinkend.

Ich renne daran vorbei, nehme die nächste Ecke und danach wieder eine. Nach zwei Straßen erreiche ich einen S-Bahnhof. Vier Minuten Wartezeit, die ich gut getarnt inmitten einer Reisegruppe verbringe, nervös von einem Fuß auf den anderen tretend.

Als ich endlich im Zug sitze, schicke ich eine SMS an Nevio: *Bin in Sicherheit. Sorg bitte für Lagerfeld.*

Alles klar, kommt die Antwort umgehend zurück, im Anhang eine Telefonnummer. *Die Nummer meines Vaters. Vielleicht redest du noch mal mit ihm. Er kann dir helfen.*

Kann er das? Meine Vernunft sagt mir, dass ich nichts dem Zufall überlassen sollte. Seufzend speichere ich die Telefonnummer ab.

Im Gartenhaus angekommen, mache ich mich sofort an die Arbeit und zerlege Danieles Kleid in seine Einzelteile.

Für das Drapieren mit einem Probestoff fehlt mir die Zeit. Es spielt keine Rolle, diesmal habe ich eine genaue Vorstellung im Kopf und sie ist großartig.

Das Kleid erhält einen Rückenausschnitt, sehr tief, sehr erotisch. Der Glasstern kommt zwischen die Schulterblätter. Aus der durchbrochenen Seide fertige ich Bänder an, die ihn in Position halten, sowie das Oberteil des Kleides, das bis über die Hüfte hinunterreicht. Kein Futter und zusätzlich ein ovales Loch bis zum Bauchnabel, durch das nackte Haut schimmert – auch hier möchte ich Einblicke gewähren. Im Gegenzug dazu sind die Träger breit.

Die Arbeit fällt mir leicht wie nie zuvor, meine Hand, die die Nadel führt, tanzt über den Stoff. Seit ich meine Emotionen ausleben kann, sprudle ich über vor Kreativität. Das Designen beglückt mich endlich wieder.

Der Samt ist hauchdünn und lässt sich leicht in Falten legen, ich unterfüttere ihn mit Tüll und hefte ihn an das Oberteil. Oh ja, das sieht grandios aus. Der Stoff wirkt, als würde er fließen. Wie Rotwein. Oder Blut.

Bevor ich mich schlafen lege, checke ich mein Handy, das ich ausgeschaltet hatte, um in Ruhe arbeiten zu können.

Eine Nachricht von Nevio trudelt ein. *Lagerfeld denkt an dich. Ich auch.*

Wieder weiß ich nicht, wie ich mich verhalten soll, also schreibe ich die Wahrheit: *Das spüre ich.*

Irgendwann zwischen zwei Uhr früh und der Morgendämmerung reißt mich ein dumpfer Knall aus dem Tiefschlaf. Noch während ich versuche das Geräusch zuzuordnen, wiederholt es sich.

Eine Explosion lässt die Wände des Gartenhauses erzittern, Scheiben klirren.

Gefangen zwischen Schock und Wut braucht mein Gehirn schier endlose Sekunden, bis es die Daten verarbeitet.

Jetzt jagt er sogar das Haus in die Luft.

Ein eigentümlicher Lichtschein flackert über die Wände. Draußen brennt etwas.

Oh Gott. Mavie!

36
Lia

Feuer macht mir Angst.

Nicht einmal der Romantik eines offenen Kamins kann ich etwas abgewinnen. Ich mag es nicht, wenn die Holzscheite knacken oder Funken sprühen. Sogar Kerzen beäuge ich stets skeptisch.

Immer wenn es brennt, muss ich an jene Nacht in der Fabrikhalle denken, als Enzo Berge von gefälschter Haute Couture – er gönnt seinen Designerkollegen keinen Cent – mit Benzin übergoss und in Brand steckte. Die Polizei war ihm auf der Spur, er hatte einen Tipp bekommen und wollte die Beweise beseitigen. Wie praktisch, dass wir gerade alle zusammen auf der Heimfahrt von einem Fußballspiel waren. Da konnte er Daniele und mir gleich beibringen, worauf es im Leben ankommt.

Seine einzige Warnung an die dreißig Chinesen, die für ihn arbeiteten, lautete: »Raus hier, sonst werdet ihr gegrillt!«

Einige haben es nicht nach draußen geschafft. Ich weiß das, weil ich ihre Schreie hörte.

Seither meide ich Feuer, so gut ich kann.

Heute kann ich nicht.

Das Wohnhaus der Raubachs brennt. Sirenen hallen.

Ich schlüpfe in Jeans und T-Shirt und laufe auf bloßen Füßen hinüber, Hausschlüssel und Handy in der Hosentasche.

Das Erdgeschoss steht in Flammen, oben quillt Rauch aus den gekippten Fenstern.

Hat Mavie sich an meine Empfehlung gehalten? Oder hat sie trotzdem hier übernachtet? Liegt sie in ihrem Zimmer, eingehüllt vom Qualm, bereits besinnungslos?

Zum wiederholten Male versuche ich sie auf dem Handy zu erreichen, doch sie hebt nicht ab. Okay, das muss nichts heißen. Sie könnte auch unterwegs sein, auf einer Party herumschwirren wie so oft.

Aber das war, bevor sie Daniele in die Hände fiel. Bevor ihr Gesicht entstellt wurde. Sie würde sich nicht unter Leute wagen, nicht so, nicht mal engeren Freunden würde sie sich zeigen.

Sie hat nicht auf mich gehört. Sie verbrennt, erstickt, ist längst tot.

»Mavie! Mavie, bist du hier irgendwo?« Keine Antwort.

Der Schlüssel gleitet mühelos ins Schloss der Haustür, aber ich kann ihn nicht herumdrehen. Weil innen einer steckt? Als ich die Hand auf den metallenen Türgriff lege, ist er warm. Ich rucke am Schlüssel, rüttle wie wild, nichts, die Tür geht nicht auf.

»Scheiße!«

Du dumme Kuh, schießt es mir durch den Kopf, als ich ums Haus herumrenne. *Man darf Türen zu brennenden Räumen nicht öffnen.* Der Luftzug hätte das Feuer nur noch mehr angefacht.

Da, ein Kellerfenster ist eingeschlagen! So also haben sich Danieles Männer Zutritt verschafft, denn selbstverständlich war das sein Werk, es kann gar nicht anders sein.

Rauch strömt mir entgegen, heiß und dicht. Ich muss husten. Wenn ich hier reinschlüpfe, halte ich vermutlich keine fünf Minuten durch. Von drinnen kommt ein Krachen, ein Geräusch, dass mir eine Heidenangst einjagt.

Blaulicht zerreißt die Dunkelheit, die Feuerwehr ist eingetroffen. Der Garten ist riesig. Sie werden hereinfahren müssen.

Alles dauert viel zu lange.

Wieder rufe ich nach Mavie, während ich um die Ecke sprinte, auf die Terrassentür zu. Vielleicht konnte sie auf diesem Weg entkommen.

Auch dieser Hoffnungsschimmer verfliegt. Die Schiebetür ist geschlossen. Entsetzt starre ich ins Wohnzimmer, wo die Designercouch lichterloh brennt.

Mit einem Knall birst ein Fenster und ich springe panisch zurück. Jetzt kann ich hören, wie das Feuer tost. Es zischt und faucht und knackt, ist hungrig. Funken sprühen, als es sich durch die Räume frisst.

Die Feuerwehrmänner rücken an. Zwei Einsatzfahrzeuge stehen bereits auf der Zufahrt zur Garage, Schläuche werden entrollt, ein Kran aufgefahren.

Einer der Männer spricht mich an: »Ist noch jemand im Haus?«

»Ich weiß es nicht, ich weiß nicht, wo sie ist.«

Er ruft seinen Kollegen etwas zu, das ich nicht verstehe, weil sich im Obergeschoss eine Explosion ereignet. Riesige Flammenwände schießen aus dem Dachstuhl. Glut regnet auf uns herab.

Ich sinke auf die Knie, Nässe rinnt über meine Wangen. Mavie …

»Kommen Sie, ich bringe Sie hier weg.«

Widerstandslos lasse ich mich zum Gartentor führen. Auf der Straße haben sich Schaulustige versammelt, die aufgeregt diskutieren. »Das hatte ja mal kommen müssen«, höre ich heraus und: »Das Kind lebt ja ganz allein da.«

»Jetzt haut schon ab!«, erschallt eine helle Stimme. »Los doch, verpisst euch, hier gibt's nichts zu sehen. Wehe, ich finde ein Video auf YouTube! Mein Vater verklagt euch!«

Mavie steht am Tor und fuchtelt mit den Händen. Ich bin so was von erleichtert, dass ich ihr einfach um den Hals falle.

»Lia«, sagt sie, »wo warst du denn? Ich hab dich schon überall gesucht!«

»Und ich dich! Ich dachte, oh Gott, ich dachte, du bist noch im Haus!«

»Das Haus ist also leer?«, versichert sich der Feuerwehrmann und wir nicken beide heftig.

Mavies Gesicht ist voller Ruß. »Die Explosion hat mich geweckt. Ich bin sofort raus aus dem Bett, die Treppe runter und durch die Tür ins Freie, bevor das Feuer sich ausbreiten konnte. Dann wollte ich zurück, mein Handy holen, aber ich hatte die Haustür zugeworfen. Also musste ich die Straße runter zur Telefonzelle, um die Feuerwehr zu rufen. Was unnötig war, denn jemand hatte sie bereits alarmiert. Und jetzt stehe ich im Nachthemd hier und all meine Klamotten verbrennen!«

Tatsächlich trägt sie nichts am Leib als ein kurzes Hemdchen mit Spaghettiträgern, das gerade mal ihren Po bedeckt.

Ich ziehe sie zum Gartenhaus, weg von den neugierigen Hyänen. In meinen Mantel gehüllt, setzen wir uns ins Gras, das vom Sprühregen des Wasserschlauchs feucht ist, und blicken still zum brennenden Haus hinüber.

Die Löscharbeiten scheinen zu fruchten, es sieht aus, als hätte die Feuerwehr den Brand bald unter Kontrolle.

»Das war Daniele«, meint Mavie nach einer Weile. »Oder?«

Ich nicke.

»Wann wird das aufhören?«

»Nie. Es sei denn, ich töte ihn.«

***

Um zehn Uhr vormittags heißt es endlich »Brand aus«. Rauchschwaden steigen aus dem Dachstuhl auf, aus letzten Glutnestern, die die Feuerwehrmänner noch beseitigen. Das Haus gleicht einer Ruine. Ich glaube nicht, dass es noch bewohnbar ist.

»Meine Eltern werden mich umbringen«, sagt Mavie düster.

Wie als Antwort auf diese Prophezeiung fährt ein Wagen vor. Anthrazitfarben und glänzend wie ein Raumschiff landet er hier in dieser Mondlandschaft.

Der Mann, der mit großen Schritten auf uns zueilt, kann nur Mavies Vater sein. Die Ähnlichkeit ist auffallend, die gleiche Nase, die gleiche Haarfarbe. Er trägt sie halblang und aus der Stirn gekämmt und auch sein Mallorca-Look, die weiße Jeans, das hellblaue Hemd und die weichen Lederslipper, soll wohl seine Lässigkeit unterstreichen.

Entspannt wirkt er allerdings nicht auf mich, sondern knallhart. In seinen Augen glüht Ärger.

»Was ist hier los?«, fährt er Mavie an, als sie auf ihn zugeht. Keine Umarmung, kein »Gott sei Dank ist dir nichts passiert«. Er ist so kalt wie Stein.

Ich erschauere.

Seine Lippen sind schmal und beim Zuhören bewegt er sie in einem fort. Fast wie ein nervöser Tick, aber ich tippe eher auf akute Ungeduld. Noch während seine Tochter spricht, greift er zum Handy und liest eine Nachricht, die Augenbrauen finster zusammengezogen.

Ein Feuerwehrmann unterbricht die beiden. »Herr Raubach? Guten Tag, Hauptbrandmeister Thürer. Das Feuer ist im Keller ausgebrochen. Wir gehen von Brandstiftung aus. Ein erster Verdacht auf Brandbeschleuniger hat sich bestätigt. Womöglich ein Anschlag?«

Herr Raubach lacht auf. »Womöglich!«

»Es gab eine Explosion«, wirft Mavie ein. »Ich konnte gerade noch raus, aber der Rauch war schon extrem dicht.«

Thürer nickt. »Ja, diesen Fehler machen viele. Man sollte im Zimmer bleiben und auf die Feuerwehr warten. Sie hatten wirklich Glück, das hätte schlimm ausgehen können.« Er wendet sich wieder an Herrn Raubach. »Die Täter konnten durch ein Kellerfenster ins Haus einsteigen. Wir haben Beweismaterial sichergestellt, unser Brandexperte muss es aber erst auswerten. Sie hören von uns.« Thürer tippt zum Abschied an seinen Helm und erntet dafür ein abfälliges Grunzen von Raubach.

»Mavie«, sagt er, »hattest du etwa die Alarmanlage nicht aktiviert?«

Sie windet sich. »Kann sein, dass ich es vergessen habe. Lia war in letzter Zeit oft hier, da war das kompliziert …«

»Lia.« Herr Raubach streift mich mit einem Blick, den man allenfalls für den Zeitungsausträger übrig hat. Ich mache drei Schritte auf ihn zu. »War hier. Öfter? Was genau darf ich darunter verstehen?«

Ich erwarte, dass Mavie eine Ausrede erfindet, irgendwas daherquasselt, das uns beide aus dieser verzwickten Lage rettet.

Ich täusche mich.

In Gegenwart ihres Vaters ist sie eine vollkommen andere Person, gehemmt in ihrer Wortwahl, sogar in Gestik und Mimik. Sie ist nicht die Mavie, die ich kenne und liebe, sondern ein blasses, viel zu dünnes Mädchen mit hängenden Schultern und einer weinerlichen Stimme.

»Sie … hatte keinen Platz zum Schlafen und da habe ich sie … ähm … ich habe sie hier übernachten lassen. Im Gartenhaus. Aber zusätzlich habe ich ihr … na ja … den Hausschlüssel gegeben.«

»Und ihr den Code für die Alarmanlage verraten.«

»Nein!« Mehrmals schüttelt Mavie den Kopf. »Nur den fürs Gartentor. Wir haben das immer abgesprochen, wann sie ins Haus kommt. In den letzten Tagen war ich aber ziemlich durcheinander …« Herr Raubach betreibt wieder Lippengymnastik und Mavie stößt den Rest beinahe unverständlich hervor: »Wegen des Unfalls.«

»Unfall.« Er beugt sich vor, packt sie am Kinn und dreht ihren Kopf zu beiden Seiten. »Wer war es diesmal? Wieder einer, den du in einem Klub aufgegabelt hast? Machst du das gern, ja? Lässt du dich gern von Milchbubis unterwerfen und misshandeln? Ist es das, was du brauchst?«

Oh, oh.

Mavie bricht in Tränen aus. Ihr Vater zieht die Hand angeekelt zurück. »Ach. Und jetzt heult sie eine Runde. War ja klar.«

Schluchzend stammelt Mavie eine Antwort, doch er verzieht nur verächtlich das Gesicht.

Ich kann das nicht mehr mit ansehen. »Mavie kann wirklich nichts dafür. Sie ist da in was reingeschlittert …«

»Offensichtlich durch dich. Verschwinde von meinem Grundstück, und zwar schnell. Hier ist kein Obdachlosenasyl.«

»Darf ich wenigstens noch meine Sachen zusammenpacken?«

»Zehn Minuten, mehr nicht. Wenn du danach nicht fort bist, rufe ich die Polizei.« Sein Handy klingelt und er hebt mit einem Schnauben ab. »Verdammter Mist, Sybill, was willst du? … Ja, sie ist da. Ob es mir gut geht? … Ach, ihr? Sie hat das Haus abgefackelt und sich verprügeln lassen, aber sonst ist alles bestens. … Und ob wir in die Wohnung ziehen, was denkst du denn? Nein, nicht die in Mitte, Lichtenberg ist mir lieber. … Übermorgen, genau. Und ich wollte mich zwei Tage erholen – denkste …«

Ich drücke Mavie den Hausschlüssel in die Hand, umarme sie kurz und mache mich ans Packen.

Es trifft keine Armen, sage ich mir. Die Raubachs werden das schon verschmerzen, sie nagen ja nicht gerade am Hungertuch. Was Danieles Vorgehen in keiner Weise entschuldigt.

Nur um Mavie tut es mir unendlich leid. Am liebsten würde ich sie mitnehmen, als ich mit zwei Tüten, in denen sich meine wichtigsten Besitztümer befinden, das Grundstück der Raubachs verlasse.

Aber sie steigt in das Auto ihres Vaters. Weil seine Liebe alles ist, was sie braucht. Und ihr selbst seine Geringschätzung noch gut genug ist.

37
Lia

Wir spielen ein Katz-und-Maus-Spiel auf den Straßen Berlins.

Ich tue so, als wäre ich die Maus, die keine Ahnung hat, in welcher Gefahr sie schwebt. In Wahrheit warte ich begierig auf den Moment, in dem Daniele checkt, dass ich die Katze bin.

Zweimal musste ich meine Verfolger heute schon abschütteln. Schwarze Autos, grüne Autos – immer bin ich schneller, gewiefter als sie. Ich bekomme Routine im Verschwinden. Leider kostet es mich enorm viel Zeit und so treffe ich erst am Nachmittag in Neukölln ein.

In meiner Hosentasche befindet sich erneut ein Schlüssel. Der zum Atelier, wo ich meine Sachen untergebracht habe. Rica hat ihn mir gegeben, damit ich in der Nacht mein Kleid fertigstellen kann.

Mir zu vertrauen, könnte sich als Fehler erweisen. Bestimmt tüftelt Daniele bereits was Hübsches aus.

Hinter einem Gebüsch versteckt, beobachte ich das Haus, in dem sich Max' Kanzlei befindet. Ich will endlich die Wahrheit erfahren. Muss wissen, ob meine Schlussfolgerungen richtig sind. Und was es mit diesem Wald aus meinem Traum auf sich hat.

Als ich mir sicher bin, dass die Luft rein ist, überquere ich die Straße, dränge mich in den Hauseingang und läute Sturm bei Nummer zwei, Jochen Lenhardt, Rechtsanwalt.

Nichts rührt sich. Auch telefonisch habe ich ihn nicht erreicht. Schließlich drücke ich sämtliche Tasten an der Sprechanlage und siehe da, es meldet sich jemand, der mir meinen Schwindel, die Postbotin zu sein, abnimmt.

Das Haustor springt auf und ich husche in den düsteren Flur, in dem es genauso riecht wie beim letzten Mal. Der Braten gehört wohl zum Standardmenü der Hausbewohner.

Ein mulmiges Gefühl steigt in mir auf, als ich die Tür zur Kanzlei angelehnt vorfinde. Das Schloss wurde aufgebrochen. Hier war jemand schneller als ich.

Ich unterdrücke ein bitteres Lachen. *Logisch ist das sein nächster Schritt, so logisch.*

Kein Geräusch ist zu vernehmen, darum wage ich mich hinein. Ich trete auf Glasscherben.

Mir bietet sich ein Bild der Verwüstung. Die Küchenschränke stehen offen, Geschirr liegt zerbrochen auf dem Boden, auch die Flaschensammlung ist nicht heil geblieben. An der Spüle tropft das Wasser. Gibt meinen Gedanken Takt.

Wo ist Max?

Ich empfange keine Gefühle, keine Seelenbilder. Ich bin allein mit meinem eigenen emotionalen Chaos. In der festen Annahme, auf eine grausig zugerichtete Leiche zu stoßen, betrete ich den anderen Raum.

Auch hier herrscht ein furchtbares Durcheinander. Schubladen wurden herausgerissen, ihr Inhalt auf dem Boden verteilt, Schränke durchwühlt und der Schreibtischstuhl liegt umgekippt vor dem Fenster.

Kein Max, auch im Bad nicht.

Entweder haben sie ihn mitgenommen oder – und das hoffe ich – er war gar nicht hier. Sollte Letzteres zutreffen, suchen sie ihn womöglich in seiner Wohnung auf.

Das war es!, denke ich. *Sie haben nach einem Hinweis auf seine Adresse gesucht.*

Und gefunden. Auf dem Berg von Akten und Papieren entdecke ich einen Brief, der an Dr. Jochen Lenhardt gerichtet ist. Doch die Anschrift ist eine andere.

Ich wirble herum. Meine Schnürstiefel donnern über den Hausflur, während ich mein Handy aus der Tasche fische. Wieder rufe ich Max unter beiden Telefonnummern an. Wieder erfolglos.

Auf der Straße erkundige ich mich bei einem Passanten nach der Adresse. Ja, das sei ganz in der Nähe, erklärt er mir und beschreibt mir den Weg.

Ich renne, angetrieben von Sorge.

Obwohl ich mir ausrechnen kann, dass sie ihn längst geschnappt haben oder dort auf ihn warten, obwohl mich meine innere Stimme warnt, nicht in ihre Falle zu tappen, nehme ich das Risiko auf mich. Ich muss mich vergewissern.

Die Wohnung befindet sich im zweiten Stock eines Mietshauses, das an einer belebten Hauptstraße gelegen ist. In nächster Nähe entdecke ich eine Apotheke, eine Kneipe und einen Supermarkt – vermutlich alles, was Max zum Leben benötigt.

Ich schlüpfe hinter einer alten Frau mit Silberhaar ins Haus und gebe keine Antwort, als sie mich fragt, zu wem ich möchte.

Fünf Stockwerke. Kein Fahrstuhl.

Ich nehme die Treppe im Laufschritt, sie hingegen keucht hinter mir, ihre schwere Tasche in der Linken. Der Aufstieg scheint ihr alles abzuverlangen, sie schafft immer nur zwei, drei Stufen, danach braucht sie eine Pause, das sehe ich durchs Geländer.

Ich mache kehrt. »Geben Sie mir die Tasche, ich trage sie für Sie.«

Sie überlässt sie mir mit einem seltsamen Blick, der zwischen Dankbarkeit und Protest schwebt. Sie hätte gern die

Kraft gehabt, zwei oder sogar drei Taschen zu schleppen so wie früher. Da brauchte sie schließlich auch keine Hilfe.

Manchmal hasse ich die Bilder, die mir mein Seelenauge schenkt.

»Wo wohnen Sie?«, erkundige ich mich.

»Im zweiten.«

»Dann kennen Sie sicher Herrn Lenhardt. Zu ihm will ich.«

Sie schnauft. Ihre Wangen sind eingefallen, der Kiefer schmal. Ich muss an einen Totenschädel denken. »Der arme Mann. Immer allein. Seit damals.«

»Seit wann damals?«

»Ach Kindchen, das weiß ich nun wirklich nicht. Schreckliche Sache, dass er gestorben ist.«

Okay, hier handelt es sich offenbar um einen Fall von Demenz. »Er ist nicht gestorben, er lebt noch.« Hoffe ich doch.

»Oder verschwunden? Wie das kleine Mädchen. Das war auch weg.«

»Welches Mädchen? Kannten Sie sie?«

»Er hat mal von ihr erzählt, als er einzog. Da ging es ihm sehr schlecht. Er konnte fast nichts alleine machen, mit dem Arm. Ich konnte noch, darum habe ich ihm geholfen. Ist sicher zehn Jahre her. Oder zwanzig? Früher habe ich alles leicht geschafft. Aber jetzt wollen meine Knochen nicht mehr. Ich habe nur Schmerzen, den ganzen Tag nichts als Schmerzen.«

Ich nicke. Ihre Seele weint, weil ihr Körper verfällt. »Wissen Sie denn, was ihm zugestoßen ist? Wodurch er den Arm verloren hat?«

»Nicht genau. Er hat viel getrunken, tut er immer noch. Und wenn er sich im Wein verliert, redet er viel. Es waren wohl zwielichtige Männer, die ihm alles genommen haben, nicht nur den Arm, auch sein Herz.«

Wir sind vor ihrer Wohnung angekommen. *Ida Jansen*, verrät der verschnörkelte Schriftzug auf dem goldenen Schild.

Hinter der Tür gegenüber ist Lärm zu vernehmen, Kampflärm, eindeutig, etwas wird umgestoßen, es klirrt, jemand schreit auf und jähe Stille folgt.

»Ach du meine Güte!« Frau Jansens Augen sind weit aufgerissen. Mit zitternden Händen kramt sie nach ihrem Wohnungsschlüssel.

»Schnell.« Ich schließe auf und schiebe sie in die Wohnung, dabei krallt sie sich so fest an meine Hand, dass ich unweigerlich mit hineingezogen werde.

Sie drückt die Tür hinter uns zu.

»Die Tasche!«, fällt mir ein. Ich habe sie auf dem Fußabtreter abgestellt, als ich … *Shit, shit, shit.*

»Scht!« Frau Jansen legt den Finger auf den Mund.

Auf dem Flur höre ich Schritte und Gemurmel. Ich linse durch den Spion.

Sie sind zu dritt. Und sie haben Max.

Ich will die Tür aufreißen, will ihm zu Hilfe kommen, aber Frau Jansen zerrt mich mit ungeahnter Kraft zurück. »Nicht, Kindchen, nicht.«

Und sie hat recht. Eine Konfrontation wäre nicht klug, schon allein deshalb, weil wieder eine Unschuldige gefährdet werden würde.

Die Männer, die den halb bewusstlosen Max schleppen, gehen bereits die Treppe hinunter. Der dritte aber, es ist der Blonde, der Kerl namens Luca, runzelt irritiert die Stirn und bleibt stehen, den Blick auf die Tür gerichtet, hinter der wir atemlos verharren.

Er läutet.

Unsere Blicke haken sich ineinander. Sachte schüttle ich den Kopf, aber Frau Jansen überrascht mich. Resolut drängt sie mich zur Seite und öffnet, während ich hinter der Tür versteckt ihren Eigensinn verfluche.

Erst nein, dann ja, was soll das bitte?

»Ja bitte?« Ihre Stimme zittert verräterisch. Ich bete, dass er das dem Alter zuschreibt und nicht der Tatsache, dass sie Zeugin der Entführung wurde.

»Guten Tag. Sie haben Ihre Tasche vergessen.«

»Wie bitte? Sie müssen etwas lauter sprechen, junger Mann. Ich verstehe Sie nur schlecht.«

»Ihre Tasche«, wiederholt der Blonde. »Sie haben sie vergessen.«

»Oh! Wo habe ich nur meinen Kopf! Danke sehr.«

»Kein Problem.«

»Was?« Sie legt die Hand hinters Ohr.

»Kein. Problem.«

»Ach so, ja. Ich war einkaufen, müssen Sie wissen, und habe sie hier abgestellt. Zum Aufschließen. Wenn man alt ist, kann man nicht mehr so viel gleichzeitig machen. Das ist ja wirklich nett von Ihnen, junger Mann.«

»Gern. Auf Wiedersehen.« Er wendet sich zum Gehen.

Frau Jansen starrt ihm hinterher, als er die Treppe hinunterläuft. »So ein netter Mann. Das war doch nett von ihm, oder Kindchen?«

»Durchaus.« *Jeden Tag eine gute Tat.* Ich hole die Tasche herein, bevor der Blonde auf weniger nette Ideen kommt, und schließe die Tür. »Uff.«

Frau Jansen hebt den Zeigefinger. »Sie wollten doch nicht wirklich gegen drei Männer antreten, Kindchen? Wo hat die Jugend nur ihren gesunden Menschenverstand?«

»Sie sind überhaupt nicht schwerhörig«, halte ich dagegen.

»Natürlich nicht.« Ihre Augen blitzen empört. »Ich bin gebrechlich, aber meine Ohren funktionieren noch sehr gut.«

Ich trage ihr die Tasche in die Küche, räume ihren Einkauf aus und verabschiede mich.

»Geben Sie auf sich acht, Kindchen«, sagt sie. »Solche Männer haben ihn damals entführt, das hat er erzählt, genau solche.«

Ich nicke und lasse sie allein, ein wehmütiges Gefühl im Bauch. Wo ist ihre Familie? Hat sie überhaupt noch Angehörige? Sie sollte nicht allein leben müssen oder sterben, niemand sollte das.

Die Tür zu Max' Wohnung steht offen. Drinnen finde ich Kampfspuren: Blutstropfen auf den Fliesen. Der Läufer im Vorraum ist zu einer Ziehharmonika zusammengeschoben. In der Küche ist eine Tasse auf dem Boden zerschellt, es riecht nach Kaffee, der eine Pfütze bildet und seine Spritzer sogar auf der Wand hinterlassen hat.

Die Prothese liegt in einer Ecke, zerbrochen.

Ich bücke mich nach den Teilen. *Nicht zerbrochen, gewaltsam auseinandergerissen.*

Die Einrichtung im Wohnzimmer scheint aus grauer Vorzeit zu stammen, Staub bedeckt Schränke und Ablagen, bestimmt in mehreren Schichten. Auch hier stehen überall leere Flaschen herum. Eine undefinierbare Zimmerpflanze vegetiert auf dem Fensterbrett vor sich hin. Es riecht säuerlich, nach ungewaschener Wäsche und einem Teppich, der sich langsam zersetzt.

Auf einem Regal finde ich ein halbvolles Glas. Könnte Whiskey sein, aber das ist es nicht, woran mein Blick klebt.

Eine gerahmte Fotografie steht daneben. Ein Bild vollgepackt mit Leben und Liebe, Sonnenflecken und strahlenden Gesichtern, herausgeschnitten aus der Zeit.

Ich kann das Lachen beinahe hören, und in mir zieht sich alles zusammen.

Gefühle explodieren auf meiner Haut. Der Verlust schmerzt so heftig, dass ich zu keuchen beginne.

Das Mädchen auf dem Foto, das, ihre kleinen Hände fest in zwei großen verankert, mit wehenden Löckchen durch die Luft segelt, bin ich.

Links meine Mutter, jung und schön und so glücklich.

Und rechts von mir mein Vater.

Max' Augen. Max' Lächeln. Das Haar viel heller als jetzt, seine Haltung aufrecht. Alles an ihm atmet pure Lebensfreude. Die ihm gestohlen wurde.

Als das Handy klingelt, liege ich auf dem stinkenden Teppich, zu einer Kugel zusammengerollt und das Foto an mich gepresst. Auf der Suche nach der Lia, die ich heute bin.

»Ja?«

»Pierre ist gestorben«, sagt Mavie und mir wird schlagartig klar, dass man im Leben nichts zurückbekommt.

Was verloren ist, ist fort. Für immer.

Man kann sich an Erinnerungen klammern, kann versuchen aus Träumen Vergessenes herauszufiltern, kann sich Bilder bewahren.

Aber leben muss man doch allein.

Mit diesem Schmerz, der an der Seele nagt. Sie durchlöchert, bis nur noch Splitter übrig sind, die nicht zusammenpassen.

Egal was noch kommt, was auch immer in meinem gottverdammten Kampf gegen die Musettis passieren mag, ich habe gelernt, dass das Glück der Menschen, die man liebt, mehr zählt als das eigene.

Ich drücke das Gespräch weg und wähle eine andere Nummer.

»Hallo, hier spricht Lia. Lia Kranz. Sie wollen die Musettis? Ich liefere Ihnen Daniele.«

38
Lia

Das Kleid ist pure Provokation.

Von Danieles Design ist nichts mehr übrig, mit Ausnahme der Seide, einzigartig und kostbar. Die sollte er unschwer wiedererkennen. Damit der rote Glasstern auch gut zur Geltung kommt, trage ich mein Haar zu einem seitlichen Zopf gewunden, der mir vorne über die Schulter fällt.

Ich schieße ein Selfie von mir und schicke es Daniele aufs Handy. Das Kleid und seine Designerin in ganzer Pracht, zusammen mit dem Sendetermin im Fernsehen. »Da, friss.«

Mehr braucht es nicht, um ihn auf den Plan zu rufen. Ich bin mir sicher, dass er mein Handy ortet, seit ich nach dem Brandanschlag mit einer Nachricht aus dem Schatten getreten bin.

Unser SMS-Verkehr liest sich amüsant:

Du Arschloch. Das war dein letzter Fehler. Lia.

Wie nett von dir zu hören, Prinzessin. Wir haben Max. D.

Du kannst mich mal.

Und so weiter, und so fort.

Heute werde ich es beenden.

Ich komme absichtlich auf den letzten Drücker zum Interview. Das Produktionsstudio, ein hässliches Gebäude aus Stahlbeton, liegt an der Spree, deren Wasser durch das regnerische Wetter braun und aufgewühlt ist.

Mein Erscheinen reißt den Portier hinter dem Tresen aus seiner Vormittagslangeweile und als ich auch noch den Mantel öffne und die Tropfen abschüttle, ist es ganz um ihn geschehen. Abwesend schickt er mich weiter, den Blick lüstern auf meine Beine geheftet, die bei jedem meiner Schritte unter dem Kleid hervorblitzen. Immerhin reicht der Schlitz vorne fast bis zur Hüfte.

In der Garderobe wechsle ich meine Schuhe und korrigiere das Make-up. Mein Styling ist zwar komplett selfmade, aber es wird mit Sicherheit reichen.

Im Studio ist es bis auf ein paar winzige Spots im Eingangsbereich dunkel. Genau dort treffe ich auf die Models, die ebenfalls bereits gestylt sind und auf ihren Auftritt warten. Rica, Spot und Gabriel zupfen an ihnen herum, zu beschäftigt, um mich wahrzunehmen.

Die Kulisse besticht mit freundlich buntem Aufwachambiente. Die Frühstücksshow läuft bereits seit drei Stunden. Laufend wird zwischen Liveeinspielungen, Beiträgen und Nachrichten gewechselt.

Während im Hintergrund Kameraleute, Beleuchter und Regieassistenten agieren, bereitet sich die rot gelockte Moderatorin auf das Interview vor und sieht ihre Fragekarten durch.

Eine Frau in Trägershirt und Sneakers, offenbar die Aufnahmeleiterin, bittet Gabriel, auf der Interviewcouch Platz zu nehmen. Er nickt und will ihr folgen, da bemerkt er mich.

»Lia.«

»Gabriel.«

Stress und Kummer haben ihm ordentlich zugesetzt, er wirkt noch hagerer als sonst. Bläuliche Schatten hängen unter seinen Augen. Oder liegt es am Hemd, das er zur schwarzen Jeans trägt? Türkisblau und schlicht ist es, mit kleinem Stehkragen, eine satte, fröhliche Farbe, zu fröhlich für einen Tag wie diesem.

In seinem Gesicht wechseln Verblüffung, Bewunderung und Ärger, als er mich umrundet. Er liebt das Kleid, das spüre ich sofort. Der Ärger gilt anderen Umständen.

»Und jetzt? Was willst du noch?«, fragt er. »Dachtest du, ich wäre nicht schon beim ersten Mal beeindruckt gewesen?«

»Warst du das? Wir hatten noch keine Gelegenheit für ein Gespräch.«

Er tritt näher. Verzieht die Mundwinkel zu einem verächtlichen Lächeln. »Du musstest ja ohne eine Erklärung davonlaufen. Und er, dieser Idiot, rennt dir auch noch nach! Weißt du überhaupt, was du mir angetan hast? Weißt du, wie lange ich nach einem Partner wie Pierre gesucht habe?«

Jähe Trauer überspült mich, seine, meine, die von Mavie, die unvermittelt hinter ihm aufgetaucht ist. Sie sorgt dafür, dass sich all meine Gedanken auflösen.

Ich kann nicht antworten.

Gabriels Kiefer mahlen, als auch er mühsam darum ringt, die Fassung zu wahren. »Die Chance, dass man die Liebe seines Lebens findet, ist an sich schon gering. Noch geringer wird sie, wenn man Tag und Nacht arbeitet. Da bleibt keine Zeit für die Partnersuche. Aber das kümmert dich nicht. Du hast genug mit dir selbst zu tun. Du kommst ungebeten in mein Leben getrampelt und reißt alles an dich, ohne Rücksicht, ohne jeden Anstand …«

»Es wird wirklich Zeit«, wirft die Aufnahmeleiterin ein, was Gabriel mit einem tödlichen Blick quittiert.

»Du hast mich von Anfang an wie Dreck behandelt«, zische ich, froh darüber, endlich einhaken zu können. »Rede du also nicht von Anstand.«

»Ich habe dich Pierre und Mavie zuliebe bei mir aufgenommen. Hätte ich mich bloß nie breitschlagen lassen. Ich wusste, dass du nicht gut für uns bist.«

Das Uns, von dem auch Rica gesprochen hat.

Ein Uns, dem das Zentrum entrissen wurde, der eine Mensch, um den sich alle scharten. Nicht Gabriel, wie ich fälschlicherweise angenommen hatte, sondern Pierre.

Nun ist sein Licht erloschen und zurück bleiben Einzelkämpfer, Verlorene, die ihren Halt erst wiederfinden müssen.

Wie ich.

»Du wusstest es?«, bohre ich nach. Noch ist mir seine Antwort nicht genug. »Woran hast du das erkannt, hm? An meinem Outfit? ›Eine wie sie kann ich nicht brauchen‹, hast du gesagt. Warum?«

Er wendet sich ab. Will mit der Aufnahmeleiterin mitgehen, die ihn schon zum dritten Mal weiterdrängt. Ich halte ihn zurück. »Warum?«

Gabriel schüttelt meine Hand ab. »Du bist wie ich, deshalb. Ich habe genauso angefangen, rastlos, auf der Flucht vor meinen Eltern, die mich in ihr Instant-Leben zwängen wollten. Die mir vorschreiben wollten, wie ich zu sein hatte, nämlich angepasst und vor allem um Himmels willen *hetero.* Ich habe mich in dir gesehen, du hattest sogar einen ähnlichen Look wie ich damals. Das konnte ich nicht ertragen.«

Mehr muss ich nicht wissen. Ich lasse ihn gehen, betroffen von seiner Ehrlichkeit.

Kaum dass er auf der Couch Platz genommen hat, zählt die Aufnahmeleiterin herunter: »Fünf, vier, drei …«

Mein Mund ist trocken. Ich zaudere.

»Was soll das werden?« Mavie, die Stimme hart, um sie vor dem Splittern zu bewahren.

Die andere Stimme ist weicher, zärtlich und voller Sorge. Sie gehört Nevio, der mich natürlich ebenfalls hier aufgespürt hat. »Lia, was hast du vor?«

Mein Herz will sich ihnen einfach nur in die Arme werfen. Will mit Mavie trauern und sich bei Nevio verstecken.

Ich verschließe es.

Es hat nichts zu melden, denn es ist schwach, weich, verletzlich. Eigenschaften, die mir nicht durch die kommenden Stunden helfen werden.

»Ich zeige der Welt, wer Lia Kranz ist«, sage ich leichthin. »Das ist alles.«

Das Interview startet mit Small Talk. Man nippt Kaffee, wie es sich für ein Frühstück gehört, man spricht über die Besucherzahlen der Fashion Week.

Dann kommt Schwung in die Sache.

Die Moderatorin fragt Gabriel nach seiner Kollektion und er berichtet routiniert und freundlich von den Highlights der Show, seinem Stil und seinen Zielen. Ich muss zugeben, dass er ziemlich sympathisch rüberkommt.

Mavie redet im Flüsterton auf mich ein. Nebenbei debattiert sie mit Nevio.

Ich höre nicht zu. Ich kämpfe mit mir. Verdammt, wieso kommt mir mein Gewissen jedes Mal in die Quere?

Schnell schwenkt das Gespräch zum *Tattoo-Girl,* wie ich in der Branche jetzt offenbar genannt werde. Total bescheuert. Ja, ich sei sein Model, erklärt Gabriel, aber er werde nichts zu meiner Person verraten. Noch nicht. Er habe eine kleine Überraschung mitgebracht.

Die Moderatorin lächelt verwirrt und kündigt die Modenschau an. Musik wird eingespielt, Scheinwerfer bestrahlen den improvisierten Catwalk, der neben der Couch errichtet ist, schon ist das erste Model unterwegs.

Gabriel kommentiert, weist auf Details seiner Kreation hin, der Kameramann fährt vor und zurück, die Moderatorin nickt begeistert.

Meine Zehen brennen in den High Heels, ich halte die Warterei nicht mehr aus. Ich dränge mich vor, als das zweite Mädchen starten will.

Gabriel schaltet sofort. »*Et voilà*, ganz exklusiv für die Frühstücksshow, mein Model Lia, in einem atemberaubenden Kleid für den roten Teppich.«

Die Wut zündet in mir, als Gabriel betont, dass ich für *ihn* laufe. Mit dem altbekannten Kribbeln züngeln zackige Ranken über meine Haut, hinauf bis zu den Schultern.

Die Moderatorin stößt ein Keuchen aus, deutlich vernehmbar in der atemlosen Stille, die sich im Studio ausbreitet. Faszination schwappt heran, Neid, Bewunderung – die Gefühle der rund fünfzehn Seelen im Studio.

Der Kameramann versteht seinen Job. Er hält auf mich drauf und überträgt die Bilder live, hinaus in die Welt.

Gerade will ich die Katze aus dem Sack lassen, da kommt Gabriel mir zuvor. »Ich möchte hier etwas richtigstellen«, sagt er. »Dieses exklusive Haute-Couture-Modell sowie das berühmte Kleid der Show am Dienstag laufen nicht unter dem Label GN. Ich bin nicht der Designer.«

Mir bleibt die Luft weg, ich kann nicht glauben, dass er das wirklich für mich tut.

Die Moderatorin schluckt ein nervöses Kichern hinunter. »Ach nicht? Wie spannend! Wollen Sie unseren Zuschauern denn verraten, wer die Kleider entworfen hat?«

Gabriel erhebt sich und hakt sich bei mir unter, ein Lächeln auf den Lippen, zu glatt, um ehrlich zu sein. »Sie. Beide Kleider sind von ihr persönlich entworfen. Sie ist nicht nur Model, sondern auch eine talentierte Designerin, die ich die Ehre hatte zu fördern. Darf ich vorstellen«, er löst sich von mir, schlägt die Fersen zusammen und neigt den Kopf in einer kleinen Verbeugung, die einem Zeremonienmeister alle Ehre machen würde, »Lia Musetti!«

Musetti?, schreit etwas in mir auf, zeitgleich mit der Moderatorin. »Musetti! Etwa das bekannte Modelabel aus Mailand …?« Sie hat ihre Hausaufgaben gemacht.

Den Rest spare ich mir. Ich stürme aus dem Studio, vorbei an Mavie, die beide Hände vor den Mund geschlagen hat, vorbei an Nevio, der mich mit einem »Lia, warte!« aufhalten will.

In der Garderobe pfeffere ich die High Heels mit solcher Wucht gegen den Spiegel, dass er zerspringt. Scherben regnen herab.

Ein irres Lachen bricht aus mir heraus, ich reiße die Hände hoch. »Was ist los mit dir?«, schreie ich und meine damit das Schicksal oder jenen beknackten Idioten, der da oben die Fäden zieht. »Hast du noch nicht genug davon, mir eins auszuwischen? Darf's noch ein bisschen mehr sein, ja?«

Es klopft.

»Lia? Alles okay?« Ohne meine Antwort abzuwarten, öffnet Nevio die Tür.

Nichts ist okay, das weiß er hoffentlich selbst. Ich bin so was von geladen, dass ich ihn anfauche, bevor er auch nur ein Wort vorbringen kann.

»Lass mich! Du brauchst gar nicht so scheißliebevollbesorgt zu tun. Immerhin hast du die Sache ins Rollen gebracht!«

»Ich? Welche Sache? Wovon redest du?«

»Du hast das Foto an die Zeitungen verkauft! Hast du auch ordentlich was dafür kassiert, ja?«

»Wie kommst du denn darauf? Das ist nicht wahr!«

Abwehrend hebe ich die Hand, als er sich mir nähern will. »Nein, erzähl mir keine Lügen! Ich weiß, dass du mich ständig fotografierst. In deinem Zimmer hängt eine verdammte Pinnwand voll mit Fotos von mir.«

»Das …« Er schüttelt den Kopf, streicht sein Haar aus der Stirn, setzt erneut an: »Jetzt verstehe ich! Daniele hat Mavie unter einem falschen Vorwand meine Telefonnummer abgeluchst, sich als Agent ausgegeben und mich beauftragt, Fotos zu schießen, und am Ende hat er mir noch die Kamera geklaut und das Foto an die Medien verhökert. Er hat sogar meinen Namen daruntersetzen lassen, als besonderes Bonbon. Er manipuliert dich, uns beide, darin ist er gut, das weißt du doch!«

Ich atme schwer. So sollte das alles nicht ablaufen, nicht so.

Wie soll ich mich auf meine Aufgabe konzentrieren? Ich habe ja noch nicht mal meine eigenen Gefühle im Griff.

»Wir reden später, ja?«, stoße ich hervor.

»Glaubst du mir etwa nicht?«

Nevios sanfte Stimme kitzelt Tränen aus mir heraus. Ich wische sie mit dem Handrücken weg. Ziehe mir den Mantel über und schlüpfe in meine Schnürstiefel.

»Doch, ich glaube dir. Aber ich muss jetzt los.«

Er überwindet die paar Schritte, die uns noch trennen, und schlingt die Arme um mich.

Ich wünschte, ich könnte behaupten, dass sich all meine Wut in Luft auflöst, aber dem ist nicht so. Sie schrumpft lediglich auf ein erträgliches Maß, gerade so weit, dass ich meine Distanziertheit fallen lassen kann.

Ich halte mich an ihm fest, will mit ihm verschmelzen, atme ihn ein, ihn, seine Nähe, die uneingeschränkte Liebe, die er für mich empfindet, alles sauge ich in mich auf.

»Ich tue nicht scheißliebevollbesorgt«, flüstert er in meinen Nacken. »Ich *bin* es, mehr als du dir vorstellen kannst. Ich bin sogar überdrüberscheißliebevollbesorgt, jetzt erst recht, wobei der Schwerpunkt auf *besorgt* liegt. Was hast du vor?«

»Er hat Max – meinen Vater.« Es ist das erste Mal, dass ich es ausspreche. Fühlt sich surreal an.

Ich fische mein Handy aus der Manteltasche und zeige Nevio die Nachricht von Daniele. Ein Foto von Max, geknebelt und gefesselt. Darunter: *Seine Freiheit gegen deine.* Klare Worte, wir müssen nicht mehr drum herumreden.

»Du willst dich Daniele ausliefern?«

»Nein, ich fordere ihn heraus. Er weiß jetzt, wo ich zu finden bin. Er wartet auf mich, da draußen. Und wenn wir aufeinandertreffen, wird die Falle zuschnappen.«

»Ich komme mit.«

»Nein. Niemand darf mehr diesem Kampf zum Opfer fallen.« Schon gar nicht der Junge, der mir sein Herz zugeworfen hat.

»Und du? Was, wenn du das Opfer bist?« Nevios Stimme ist rau vor Furcht. Furcht um mich.

Ich kann ihm keine Versprechungen machen, genauso wenig kann ich sein Angebot annehmen. Ich hatte gedacht, dass ich es könnte, weil es doch das ist, was Liebe ausmacht, ein Füreinandereinstehen, immer, aber ich bin chancenlos.

Ich werde allein von der Klippe springen müssen.

Alles, was ich für ihn habe, ist ein Kuss. Auf seinen Lippen schmecke ich die Verzweiflung, mit der wir uns aneinanderklammern, als gäbe es kein Morgen. Nie wieder ein Morgen …

Da fährt eine behandschuhte Hand von hinten heran und zerrt Nevio auf den Flur. Ich höre ihn aufschreien, höre einen dumpfen Schlag, danach nichts mehr. Im nächsten Moment packt mich ein maskierter Kerl, ein zweiter entreißt mir mein Handy und stülpt mir einen dunklen Sack über den Kopf.

Sie sind schnell. Sie sind effizient.

Einer nimmt mich um die Mitte, der andere meine Beine, ich bin ein Paket, das sie zwischen sich tragen. Ihr Griff ist fest, da kann ich strampeln, so viel ich will. So schleppen sie mich ins Freie, durch einen Hintereingang vermutlich.

Meine Hilferufe werden erstickt, eine Hand drückt mir die Luft ab. Kalter Schweiß bricht mir aus und ein Zittern durchläuft mich, als ich gegen die Todesangst ankämpfe. Klar wollen sie mich lebend, aber der Kerl ist zu doof, um zu checken, dass er mich fast umbringt.

Mit einem Wimmern mache ich mich schlaff. Wie erwartet verrutscht die Hand auf meinem Mund und ich kann Atem schöpfen.

Der Schock legt sich. Gibt der Wut neuen Raum. Ich bin so erfüllt von ihr, dass ich keinen Zugang zu anderen Gefühlen finde. Also nehme ich sie und projiziere sie auf die Männer.

Unvermittelt beginnt einer der beiden auf Italienisch zu toben. Er wirft mir unflätige Ausdrücke an den Kopf und ich hoffe, dass wir dadurch auffallen.

Die Kriminalpolizei sollte ohnehin vor Ort sein. Wann greifen die endlich ein?

Eine Autotür klappt auf. Ich schreie, so laut ich kann, aber da schubsen sie mich schon auf eine Sitzbank. Türen schlagen zu, ein Motor startet, ich verstärke die Wut. Jemand beginnt zu keuchen.

Hoffentlich erleidet der Kerl einen Schlaganfall.

»Hör auf«, sagt jemand dicht neben mir, als das Auto anfährt. Wir schlingern in überhöhtem Tempo vorwärts, streifen knirschend ein Hindernis, aber wir halten nicht an. »Ist schon gut, Lia, hör auf damit.«

Es dauert ein paar Sekunden, bis sich das Gesagte in mein Bewusstsein bohrt. Bis ich die Stimme erkenne, eine Stimme, die ich nicht erwartet hätte zu hören, niemals wieder.

Starr sitze ich da, wage nicht, mich zu rühren, da ich offenbar in einem Traum gefangen bin, der doch jeden Augenblick zerplatzen müsste.

Das Auto biegt um eine Ecke, gewinnt an Tempo und rast dahin.

Eine beruhigende Welle streift mich, so vertraut.

Als ich begreife, dass meine Hände frei sind, zerre ich mir den Sack vom Kopf.

Mein Blick trifft ihren. »Du?«

39
Nevio

Etwas lässt mein System wieder hochfahren.

Allzu viel dürfte nicht beschädigt sein, ich habe die Erinnerung sofort parat: Diese Scheißkerle haben mir eins übergezogen!

Eine Hand liegt auf meiner Schulter. »Nevio.«

»Lia?«, kommt es mir krächzend über die Lippen.

»Nein, ich.«

Ich brauche drei Anläufe, bis ich die Augen öffnen kann. Das Bild ist unscharf, das Gesicht irgendwie zerstört. Ich blinzle, aber es verbessert sich nur unwesentlich.

»Mavie.«

»Ja, komm, hoch mit dir.«

Mit ihrer Hilfe stehe ich auf, aber dann muss ich mich an der Wand abstützen, weil sich der Flur in eine Achterbahn verwandelt. Ich suche nach einem Fixpunkt und verhake mich in Mavies Blick, bis das Drehen nachlässt. Auf meinem Hinterkopf ertaste ich eine monströse Beule.

»Geht's wieder?« Ihre Stimme zittert. Mit aller Macht kämpft sie gegen die Tränen, die sie zu überwältigen drohen. Ihre Nerven liegen blank.

Ich nicke und stürze in die Garderobe, deren Tür offen steht. Scherben bedecken den Boden, ich habe das Splittern des Spiegels noch im Ohr, auch Lias Worte und diese abartige Wut, die in ihnen mitschwang.

Lia.

»Wo ist sie? Hast du sie gesehen? Wie lange war ich bewusstlos?«

Mavie ist mir an die Tür gefolgt. »Weiß ich nicht. Nein. Keine Ahnung.«

Inmitten des Chaos liegen die Schuhe mit den Mörderabsätzen, die Lia getragen hat. Und ihr Handy. Ich hebe es auf. »Was?«

»Die Antworten. Auf deine Fragen.«

»Mann, Mavie, mir ist echt nicht nach Rätselraten zumute.« Das Display lässt sich ohne Sperre aktivieren, ich scrolle durch die Nachrichten. »Sie hatte Kontakt zu Daniele. Wusstest du das?«

Mavie hebt die Schultern, traurig, endgültig. »Ich glaube, ich weiß noch nicht mal einen Bruchteil von der echten Lia und ihrer kranken Mafia-Familie.«

Und ich weiß mehr, als ich je erwartet hätte zu erfahren. Aber jetzt ist nicht die Zeit, darüber nachzudenken.

Ich zeige ihr das Foto von Max. »Er hat ihren Vater entführt.«

»Und jetzt sie.« Sie deutet vage nach vorn. »Ich … ich habe ihn rauslaufen sehen.«

»Was? Wann? Wohin?«

»Gerade eben. Raus halt, ins Freie.«

Deshalb ist sie so verängstigt. »Und das sagst du mir erst jetzt?«

Ich schiebe mich aus der Garderobe und laufe los, mehr Torkeln denn Rennen, doch es bringt mich immerhin bis vor die Tür am Ende des Flurs. Sie ist schmal und schwer, die Klinke rutscht mir aus der Hand, ich verliere wertvolle Sekunden, sie aufzuziehen, eine lächerliche Tür, verdammt.

Draußen füllt frische Luft meine Lungen, ich atme tief ein und aus, in der Hoffnung, dass sie auch meine Gehirnwindungen gründlich durchputzt.

Ich befinde mich an der Rückseite des riesigen Produktionsstudios, auf einem Parkplatz für Mitarbeiter, wie ich annehme, der von Hausmauern eingekesselt und voll belegt ist.

Die Schranke steht offen und gerade biegt ein Wagen auf die Straße, ein schwarzer, großer, könnte ein SUV sein, ja, es ist tatsächlich ein Toyota Land Cruiser, der von Daniele, er muss es sein.

Mavie taucht neben mir auf.

»Da!«, rufe ich. »Er hat Lia.«

»Oh Gott. Was machen wir jetzt?«

»Was schon? Ich verfolge ihn.« Ich ziehe meinen Autoschlüssel aus der Hosentasche, da fällt mir siedend heiß ein, dass ich das Auto vorn geparkt habe, beim Haupteingang.

»Sagt mal, was läuft hier eigentlich?«

Gabriel. *Der hat mir gerade noch gefehlt.* Mein erster Gedanke wird sofort von einem anderen abgelöst: »Bist du mit dem Auto da?«

»Ja. Warum?«

»Wo steht es?«

Er nickt zu einem silbernen Passat hinüber. »Gleich da, auf dem Besucherparkplatz. Warum? Wo ist Lia?«

»Deine Schlüssel!«

Demonstrativ verschränkt Gabriel die Arme. »Sonst noch Wünsche?«

»Gib ihm die Schlüssel, Gabriel!«, kommt mir Mavie zu Hilfe. »Bitte. Daniele hat Lia gekidnappt, er wird sie nach Italien verschleppen, wenn wir ihr nicht helfen.«

»Helfen, ja? Ich weiß noch, wie es das letzte Mal ausgegangen ist.«

»Mein Vater ist bei der Kripo«, sage ich. »Ich rufe ihn an.

Er wird Himmel und Hölle in Bewegung setzen, Musetti zu kriegen. Aber bis dahin dürfen wir seine Spur nicht verlieren.«

Gabriel schaltet auf stur und macht einen Schritt zurück. »Der Passat gehört Pierre. Hat gehört. Das ist alles, was ich noch von ihm habe. Wenn du ihn zu Schrott fährst …«

Ein Knurren kommt aus Mavies Kehle. Sie stößt Gabriel beide Hände vor die Brust. »Scheiß auf das Auto! Und scheiß auf deinen Egotrip! Tu mir den Gefallen und denk einmal nicht an dich! Ich habe Pierre auch verloren, weißt du?! Und jetzt verliere ich vielleicht auch noch Lia! Her mit den Schlüsseln, sofort!«

Missmutig rückt er sie heraus. Der Passat blinkt, als ich die Türen entriegle. Gabriel steigt ungefragt auf der Beifahrerseite ein, Mavie kann ich gerade noch davon abhalten.

»Nein, du nicht, Mavie. Ich brauche dich hier. Lagerfeld sitzt beim Portier, ich durfte ihn vorhin nicht mit ins Studio nehmen und Lia reißt mir den Kopf ab, wenn ihm was zustößt.«

Mavie gibt mir das Versprechen, sich um den Hund zu kümmern, und sieht dabei sogar ein wenig erleichtert aus.

Gut, zumindest sie habe ich aus der Schusslinie gebracht.

Bleibt noch Gabriel. Lia würde nicht wollen, dass ich ihn da mit reinziehe. Andererseits hätte sie auch entschieden etwas dagegen, dass ich als ihr Retter auf dem schnittigen Pferd herbeieile, sei es nun mit Schild oder ohne.

Ich starte den Motor und fahre rückwärts aus dem Parkplatz. Als ich gegen die Stoßstange eines abgestellten Wagens krache, verzieht Gabriel das Gesicht.

Ich zwinge ein Grinsen aus mir heraus. »Schnall dich an, es könnte holprig werden.«

»Danke für die Aufklärung«, murmelt er, »ich hatte schon so einen Verdacht.«

Ich trete aufs Gas und nehme die Ausfahrt mit Schwung. Der Passat setzt mit dem Unterboden auf der Schwelle auf, Gabriel krallt die Hand um den Haltegriff und unterdrückt ein Fluchen.

Ich biege rechts ab und rase um das Produktionsstudio herum zur Hauptstraße. »Wo geht's zum Flughafen?«

»Zu welchem?«

»Was weiß ich denn? Wo starten Privatjets?«

»Auf beiden, so viel ich weiß. Schönefeld ist näher.«

»Also fifty-fifty. Worauf setzen wir? Gibt's einen Telefonjoker?«

An der Kreuzung reihe ich mich links ein, reine Gefühlssache, außerdem lacht mich das Hinweisschild mit dem kleinen Flugzeug an.

Der Verkehr ist erträglich, was für Berlin recht ungewöhnlich ist. Vermutlich die Ruhe vor dem Freitagnachmittagssturm. Ich jage mit achtzig durchs Ortsgebiet, überhole, wo ich kann, und bete, dass ich keiner Streife auffalle.

»Da vorn, das ist er!«, rufe ich, als ich den schwarzen SUV entdecke.

Ich wechsle die Spur, schneide rechts rein und wechsle erneut. Erbostes Hupen macht mich darauf aufmerksam, dass ich ein dämliches Rindvieh bin, und nur für den Fall, dass mir das entgangen sein sollte, werde ich auch noch angeblinkt. Den Stinkefinger darf ich mir dazu denken.

Ich schließe die Hände fester ums Lenkrad.

Vier Autos trennen mich noch von Danieles Land Cruiser, was bestimmt besser ist. Ich kann für nichts garantieren.

»Er biegt ab«, sagt Gabriel. »Also doch Schönefeld.«

Nieselregen bestäubt die Windschutzscheibe und die Wischerblätter verarbeiten ihn zu grauen Schlieren. Noch dazu ist die Scheibenwischerflüssigkeit offenbar aus. Toll.

Drei Autos.

»Halt Abstand! Da kannst du ihn ja gleich anhupen, damit er weiß, dass wir hinter ihm sind.«

Zwei Autos.

Langsam beginnt Gabriel zu nerven. »Wozu folgen wir ihm überhaupt? Fahr doch direkt zum Flughafen, damit wir vor ihm dort sind ...«

Das *Und dann?* hängt zwischen unseren Köpfen fest. Wir wissen beide keine Antwort auf diese essentielle Frage.

»Wolltest du nicht die Polizei anrufen? Deinen Vater?«

Ein Schweißtropfen kitzelt zwischen meinen Augenbrauen. Ich wische mit dem Unterarm über meine Stirn. »Wollte ich.«

Ein Auto.

Was bezwecke ich damit? Die Scheiben sind getönt, einen Blick ins Innere zu werfen, um mich zu vergewissern, dass Lia wohlauf ist, ist demnach nicht drin.

»Dann mach!«

»Ich fahre, wie du siehst.«

»Soll ich? Wo hast du dein Handy?«

»Auf dem Rücksitz. In meiner Jackentasche.« Gabriel blickt sich um. »In meinem Auto.«

Haufenweise Anschuldigungen prasseln auf mich ein. Ich stoße einen Schrei aus, der ihn innehalten lässt.

»Du gehst mir auf den Zeiger! Halt endlich die Klappe, sonst schmeiß ich dich raus und du kannst die Verfolgung per Autostop aufnehmen. Ich habe Lias Handy bei mir – mit der Nummer meines Vaters. Bei der nächsten Gelegenheit werde ich anrufen. Okay?«

Das wirkt. Schweigen senkt sich über uns, untermalt vom Regen, der jetzt heftig gegen die Windschutzscheibe prasselt.

Die letzte Kreuzung vor der Autobahn. Eine wahnwitzige Idee blitzt in mir auf. Würde ich genauer darüber nachdenken, müsste ich mir eingestehen, dass ich dadurch nur noch mehr

Menschenleben gefährde, also lasse ich es bleiben, das Denken.

Ich verlasse mich auf meinen Instinkt.

Die Ampel schaltet auf Grün. Daniele fährt los und beschleunigt ordnungsgemäß. Ich beschleunige ebenfalls, die Tachonadel klettert auf siebzig, neunzig, hundertzehn …

»Was wird das jetzt?«, fragt Gabriel. »Hier sind achtzig erlaubt.«

»Erzähl mir was Neues.«

»Der hat kein ABS.«

»Okay.«

»Die Reifen sind ziemlich abgefahren.«

»Okay.«

»Wie viel Fahrpraxis hast du eigentlich mit deinen neunzehn Jahren?«

»Zwanzig. Ich habe zwei Fahrtechnikkurse absolviert. Keine Sorge.«

Die Wahrheit ist: Ich habe keinen Schimmer, ob das, was ich gerade abziehe, auch klappen wird. Ob wir das eventuell überleben, wir alle, Lia eingeschlossen.

David gegen Goliat. *Jeder weiß, wie das ausging, also nur zu, Nevio.*

Wir überholen den Land Cruiser. Ich schlage das Lenkrad ein, schneide nach rechts rüber und trete voll auf die Bremse.

Prompt geraten wir ins Schleudern, ich trete die Kupplung, der Passat dreht sich und wir schlittern quer über die Fahrbahn, Gabriel keucht, beide Hände auf das Armaturenbrett gepresst, die Räder blockieren immer noch, ich kann nichts tun, außer abwarten.

Wir schrammen gegen die Leitplanke, Funken sprühen auf, das Metall kreischt, der Passat vollführt eine Drehung in die andere Richtung und wir sind wieder auf Kurs.

Endlich reagiert die Bremse. Ich halte an und spähe hinaus, die aufsteigende Übelkeit unterdrückend.

Der Land Cruiser ist durch das Ausweichmanöver seitlich gegen die Leitplanke gekracht.

Das war eine Szene wie aus einem schlechten Actionfilm. Und ich bin der Hauptdarsteller, der das Drehbuch schmeißt.

»Bist du wahnsinnig?!«, schreit Gabriel mit reichlicher Verspätung. Als stünde das noch außer Frage.

Ich werfe ihm Lias Handy zu. »Jetzt wäre ein guter Zeitpunkt, meinen Vater anzurufen. Weikert. Hanno Weikert. Wärst du mal so gütig …?«

Ich steige aus und pirsche mich im strömenden Regen an den Land Cruiser heran. Nichts rührt sich. Weder springen Danieles Männer aus dem Auto noch versucht er, mit Lia zu fliehen. Merkwürdig.

Unschlüssig bleibe ich stehen.

Hinter uns baut sich ein Stau auf. Ein Kleintransporter bleibt neben mir stehen und der Fahrer bietet mir Erste Hilfe an, aber ich winke ihn weiter.

Ich kann mir gleich mehrere Szenarien für das nächste Kapitel ausmalen und sie enden allesamt miserabel für mich.

Viel hat der Land Cruiser nicht abgekriegt. Ein Scheinwerfer ist kaputt und der Kotflügel hat eine Delle, mehr kann ich nicht entdecken. Ein robustes Auto, keine Frage. Ich werde das im Hinterkopf behalten, sollte ich je in den Genuss kommen, mir einen SUV zulegen zu wollen.

Ich reiße die Wagentür auf.

Zwei Männer sitzen im Wagen, bewusstlos. Das allein kommt mir verdächtig vor, aber mein Gehirn verarbeitet dic Daten zu langsam und ich erkenne den Fehler erst nach zweimaligem Blinzeln.

Fahrer- und Beifahrersitz sind leer.

»Einsteigen«, flüstert Daniele an meinem Ohr. Die Pistole,

die er mir an die Schläfe drückt, verleiht dem Befehl Nachdruck. »Du bist anscheinend ein kolossal guter Fahrer, in den Genuss möchte ich unbedingt kommen.«

Ich gehorche, eine andere Option habe ich ohnehin nicht. »Wo ist Lia?«

»Lia?« Danieles Lächeln ist dünn, Wasser tropft aus seinem Haar. »Die ist nicht hier. Aber keine Sorge, wir holen sie schon ein.«

Er wirft die Tür hinter mir zu. Ehe Zweifel aufkommen können, spüre ich eine andere Waffe, diesmal im Nacken.

Hätte schlimmer ausgehen können. Ich wollte schon immer mal einen Land Cruiser fahren.

40

Lia

Es gibt Momente, da zerbricht alles Gewesene.

Ich wühle in Scherben. Und stelle fest, dass sie nicht mit dem Bild übereinstimmen, das ich mir so lange in Kopf und Herzen bewahrt habe. Egal wie ich sie zusammensetze, sie ergeben ein gänzlich neues.

Eine Lüge ist so einfach aufzubauen, wenn der Betrogene nicht hinterfragt.

»Ich«, bestätigt meine Mutter mit weichem Lächeln. Ihre nächsten Worte richtet sie nach vorn. »Alles in Ordnung bei euch, Toma?«

Der Mann am Steuer reibt sich über seinen fast kahlen Schädel, seine übliche Verlegenheitsgeste. »Alles bestens.« Er blickt in den Rückspiegel. »Hallo, Lia.«

Ich bringe keinen Ton hervor. Immer noch kann ich nicht fassen, dass sie neben mir sitzt, lebendig, gesund, kein Trugbild meiner überreizten Sinne, sondern wahrhaftig hier.

»Komm her«, sagt sie und zieht mich an sich.

Ich falle in helles, warmes Glück, das sie an meine Seele entsendet, wie sie es mein Leben lang getan hat.

Sofort will ich wieder darin ertrinken.

»Du hast es uns nicht leicht gemacht, dich aufzuspüren.« Nachsicht schwirrt in ihrer Stimme. »Mein großes Mädchen.

Unglaublich, was aus dir geworden ist. Ich habe geahnt, dass diese Fähigkeiten in dir schlummern, aber dass du schon so weit bist … Deine Wut hat dem armen Toma ganz schön zugesetzt. Er ist nicht mehr der Jüngste.«

»Zum Glück bin ich hart im Nehmen, Signora«, erwidert Toma grinsend. Er wechselt ins Italienische und boxt seinem langhaarigen Beifahrer kameradschaftlich in die Seite. »Was man von Mauro nicht behaupten kann. Der ist ein Weichei. Wusste gar nicht, dass du solche Flüche draufhast.«

Mauro gibt ein Schnaufen von sich. »Wäre ich vorgewarnt gewesen, hätte ich was Kultivierteres einstudiert.«

Meine Mutter haucht mir einen Kuss auf die Stirn. »Tja, du hast uns alle überrascht, Lia.«

Ich schäle mich aus ihrer Umarmung. Suche nach der Wahrheit in ihren blaugrauen Augen. Finde endlich Worte. »Was soll ich erst sagen? Du bist von den Toten auferstanden!«

Ihr Lächeln ist fein. »Das war eine List. Ich war nie krank, mein Tod war nur vorgetäuscht. Er war nötig, um …«

»Vorgetäuscht? Aber … du *warst* tot, du warst ganz kalt …«

»Die Ärzte hatten mich sediert. Keine Reflexe, flache Atmung, eine kleine Manipulation an der Überwachungsmaschine und schon hatte ich keinen Herzschlag mehr. Sie schalteten die Geräte ab und bestätigten meinen Tod. Das war alles.«

»Ich habe mir an deinem Bett die Augen ausgeheult.« Tatsache und zugleich Vorwurf, den meine Mutter aber ignoriert. Sie hält sich lieber an die Fakten.

»Das hast du falsch in Erinnerung. Die Ärzte haben alle Angehörigen so rasch wie möglich hinauskomplimentiert, damit wir nicht auffliegen.«

»Wir haben dich begraben.«

»Nicht mich. Eine namenlose Leiche.«

»Aber dein Gesicht …«

»Eine Maske, täuschend echt, nicht wahr?«

Ein Beben durchläuft mich, ich bin ein Kessel überschäumender Emotionen und für einen Moment fürchte ich, sie nicht bewältigen zu können. Doch schon flauen sie wieder ab, zusammen mit dem Kribbeln auf meiner Haut. Ich kann meine Gefühle zulassen und behalte trotzdem die Kontrolle, eine befriedigende Erfahrung.

Was bleibt, ist die Gewissheit, hintergangen worden zu sein. Von meiner eigenen Mutter.

Sie klemmt ihr Haar hinters Ohr. Sie trägt ihre Locken jetzt kurz und zu einer stylishen Frisur geföhnt, die ihr wirklich schmeichelt, aber ihre Gesichtszüge erscheinen mir dennoch strenger als früher.

Sie ist nicht mehr dieselbe.

Ich bin nicht mehr dieselbe.

Wo stehen wir überhaupt?

»Sind sie hinter uns her, Toma?«, erkundigt sie sich, als wir eine Kurve viel zu schnell nehmen.

»Nein, Signora. Aber ein Vorsprung kann nicht schaden.«

Wir sitzen in dem dunkelgrünen Kombi, den ich vor zwei Tagen das erste Mal gesichtet hatte. Soeben haben wir die Spree überquert und fahren nun stadtauswärts am Treptower Park entlang.

Ich muss an Weikert und sein Polizeiaufgebot vor dem Produktionsstudio denken. An Daniele, der womöglich auch ohne mein Zutun in ihr Netz getappt ist. An Nevio.

»Ihr habt meinen Freund niedergeschlagen.«

Toma macht ein betrübtes Gesicht. »Ja, tut mir unendlich leid, dass ich die Stimmung zerstören musstc, aber eine bessere Gelegenheit hätte sich wohl nicht geboten.«

Ich verdrehe die Augen. Die verpatzte Stimmung ist meine geringste Sorge.

»Ich bin sicher, er wird sich erholen.« Lächelnd streicht

meine Mutter über meine Wange. Es gibt mir einen Stich und ich weiche unter ihren manikürten Fingern zurück.

Ihre Hand sinkt in ihren Schoß. »Du wirst dich fragen, warum ich das getan habe. Erinnerst du dich an die Geschichte von dem Mädchen mit den goldenen Haaren, das sich in den Jungen verliebte und ihm eine wunderschöne Tochter gebar? Und an den König, der das Mädchen unbedingt zur Braut nehmen wollte?«

Ich nicke stumm.

»Nun, diese Geschichte ist wahr.« Ihr Blick driftet ab, hinaus, wo wir nach kurzem Ampelstau links abbiegen. »Aber ich habe dir das Ende nie erzählt. Sie ging nicht gut aus.«

»Was ist geschehen?«, flüstere ich.

»Der König gewann. Sie musste ihm in sein Reich folgen, um ihre Tochter zu schützen, und ihren Geliebten zurücklassen. Der König sperrte sie in seinem Schloss ein und verlangte von ihr bedingungslosen Gehorsam. Aus Angst um ihr kleines Mädchen tat sie, was er verlangte. Aber insgeheim sann sie auf Vergeltung, viele Jahre lang, bis ihre Tochter groß genug war, um auf eigenen Beinen zu stehen.«

»Warum hast du mich nicht eingeweiht?«

Meine Mutter wendet sich mir zu. »Das Schloss hatte tausend Ohren und hätte der König von ihrem Plan erfahren …«

»Schluss damit!« Ich kann mir dieses Gefasel nicht länger anhören. »Die Zeit der Märchen ist vorbei. Was hast du dir dabei gedacht, mich allein in ihren Händen zurückzulassen? Enzo hätte mich beinahe mit Daniele verheiratet! Wäre ich nicht geflohen … Moment«, mein Blick huscht zu Toma, der die Frechheit besitzt, breit zu grinsen, »meine Flucht gehörte zum Plan?«

»Natürlich, wir hatten alles bedacht.«

»Und das Attentat?«

»Auch das. Enzo sollte sterben. Wie sonst hätten wir zwei jemals neu anfangen können?« Sie sagt das nüchtern, ganz so, als wäre Mord ein ähnlich lästiges Übel wie die zwanzigstündige Flugreise zum Traumurlaub.

»Oh, na klar, unter diesen Voraussetzungen lebt es sich auch besonders gemütlich.«

»Glaub mir, Lia, sein Tod ist unausweichlich. Frauen und Töchter der Mafia gehören sich nicht selbst, sie gehören dem Clan, bestenfalls dem Boss oder der Polizei.« Ein Lächeln begleitet ihre Worte, bitter diesmal. Ich begreife: Die sechzehn Jahre unter dem Dach eines Mafioso fordern ihren Tribut.

»Warum hast du dich nicht eher bei mir gemeldet?«, frage ich nach einer kurzen Pause.

»Ich wusste nicht, wo du steckst. Und Max hat auf keinen meiner Anrufe reagiert.«

»Daniele hat ihn geschnappt.«

»Ich weiß. Zum Glück lassen wir Danieles Handy seit Monaten überwachen.« Kurz drückt sie meine Hand. »Wir werden ihn da rausholen.«

»Wo *da*?« Ich deute aus dem Fenster. »Wohin fahren wir eigentlich?«

»Nach Töpchin, das ist ein kleiner Ort in Brandenburg, nicht weit von hier. Enzo hat dort eine Scheinfirma, schon seit Ewigkeiten. Kunststoffrecycling. Nebenbei betreibt er Waffenhandel.«

»Waffenhandel. In Deutschland?«

»Wir sind nicht im Land der Heiligen, Lia. Er importiert die Einzelteile aus Tschechien oder Polen und lässt sie hier zusammensetzen. In Berlin findet er reichlich Abnehmer.«

»Das ist doch was für Kleinganoven.« Unter seiner Würde, wie Enzo so oft betont hat. Er macht lieber Geschäfte im großen Stil.

»Nebenbei, sagte ich. In erster Linie dient die Firma natürlich der Geldwäsche. Ich vermute, dass er Max dort gefangen hält, aus … nostalgischen Gründen.«

»Enzo ist hier?«

Toma bejaht. »Mauros Kontaktmann hat angedeutet, dass der Boss selbst nach dem Rechten sehen will, nachdem sein Neffe so viel Mist baut.«

»Das ist unsere Chance, Lia«, sagt meine Mutter. »Jetzt erwischen wir sie beide. Erst wollte ich dich nicht mitnehmen, aber nun, da deine Kräfte so stark entwickelt sind, denke ich, dass du mich gut unterstützen kannst.«

Kälte kriecht durch meine Muskeln. Was meine Mutter hier andeutet, kann unmöglich ihr Ernst sein! Und danach? Wie soll es weitergehen? Was will sie der Polizei erzählen?

Ich frage nicht nach, zu viel Ungeklärtes steht noch zwischen uns. »Mein Leben lang hast du mir eingebläut, dass ich meine Gabe verbergen muss. Und jetzt überschlägst du dich beinahe vor Euphorie?«

»Das war ein Fehler.« Sie seufzt. »Ich dachte wirklich, ich könnte dich auf diese Weise beschützen. Aber deine Entwicklung lief anders ab als erwartet. Du hast dich abgekapselt, warst gehemmt, unglücklich. All das Potenzial, das in dir steckte, ging ungenutzt verloren …«

»Potenzial? Du hörst dich an wie Enzo! Ich bin doch nicht euer Spielzeug!«

»Du missverstehst mich.«

»Nein. Ich glaube, ich verstehe sehr gut. Du willst mich für deine Rachepläne einspannen.«

»Ich will diesem Horror entfliehen. Mit dir. Sieh es einmal so: Der Monat in Berlin hat dir gutgetan. Du warst auf dich gestellt und bist daran gewachsen. Du hast dein Leben in Angriff genommen, hast gelernt, deine Gabe einzusetzen und du scheust kein Risiko. Dein Auftritt bei der Fashion Week hat mich sehr stolz gemacht. Ein traumhaft schönes Kleid übrigens«, fügt sie hinzu.

Ich fasse es nicht! »Das war alles Absicht, nicht wahr? Reines Kalkül. Du wusstest längst, wo ich zu finden war, du hast einfach nicht eingegriffen, damit ich an meinem Kummer und meiner Einsamkeit *wachse*? Zu meinem Besten, ja?«

»Und es hat funktioniert. Du hast enorm an Stärke gewonnen.«

»Ein Freund von mir ist dadurch gestorben!«

»Ich weiß. Verluste prägen unser Leben. So ist es nun mal.«

Mir verschlägt es die Sprache. Diese kalte, berechnende Frau kann unmöglich meine Mutter sein. Was hatte ich bloß für ein verklärtes Bild von ihr? Sie hat ihre Rolle perfekt gelebt und ich, verflucht noch mal, ich war Teil ihrer Tarnung.

Nach einer Weile erst habe ich meine Gedanken geordnet. Längst sind wir auf die Autobahn aufgefahren und rasen nach Süden. Zu unserer Rechten taucht der Flughafen Schönefeld auf. Mauro telefoniert, aber das blende ich aus.

Eine letzte Frage brennt mir noch auf der Zunge. »Hattest du niemals Kontakt mit Max? All die Jahre nicht?«

»Nein. Er hatte es schwer genug nach dem Unfall«, sagt meine Mutter ohne jedes Bedauern. »Außerdem wollte ich ihn nicht in Gefahr bringen, seine Telefonnummer zu eruieren, war kritisch genug. Er hatte sich als Jochen Lenhardt eine neue Identität aufgebaut, ein neues Leben. Es war gut, alles so zu belassen.«

»Gut für wen? Ihn hat es zerstört. Es hätte ihm vielleicht geholfen, ab und zu etwas von seiner Tochter zu erfahren.«

Verwirrt runzelt meine Mutter die Stirn. »Tochter?«

»Du hast mir nie von meinem Vater erzählt! Nicht ein Sterbenswort, ganz so, als ob Max nie existiert hätte!«

Ihr helles Lachen ist so unangebracht, dass ich angewidert das Gesicht verziehe. »Was hast du dir denn da zusammengereimt? Dein Vater heißt nicht Max, sondern Bernd. Bernd Täubner. Max ist dein Onkel, Lia. Dein Vater ist tot.«

Nun hatte der Junge aber einen Bruder, der ihm treu ergeben war und ihn so sehr liebte, dass er dem Mädchen in seiner Not zu Hilfe eilen wollte. Er kam auf seinem schnellen Pferd angeritten, um sie alle aus den Fängen des Königs zu befreien.

Doch der Ort, an dem der Junge gefangen gehalten wurde, war dunkel und kalt und das Böse lauerte in den Ecken und schwächte den Retter. Die Schergen des Königs waren in der Überzahl, sie nahmen ihre Schwerter und ihre Armbrüste und besiegten ihn.

41
Lia

Faszinierend, dass die menschliche Psyche in der Lage ist, verschüttete Erinnerungen auf Kommando wieder hervorzuholen.

Es brauchte nur ein Codewort, einen Namen, begleitet von den Seelenbildern meiner Mutter, und alles war wieder da.

Bernd. Mein Vater.

Ein Mann mit warmen, rauen Händen. Kein Jurist, sondern ein Tischler. Der Geruch nach Holz hing immer in seiner Kleidung. Er war nie ohne Taschenmesser unterwegs und konnte aus toten Ästen magische Wesen zaubern.

Hexen. Feen. Kobolde.

Ich sehe sie überall, als ich neben meiner Mutter durch den Wald haste. In meinem Haute-Couture-Kleid, das diesen Tag mit Sicherheit nicht überleben wird. Ständig verheddere ich mich in dem langen Rock. In Lederjacke und Jeans, wie meine Mutter sie trägt, wäre ich besser dran.

Enzos Firmengelände mit den roten Kränen und Förderbändern haben wir gar nicht erst betreten. »Hier sind sie nicht«, hat meine Mutter nach einem langen Blick auf das verlassen wirkende, mit einem schlichten Hinweisschild auf die Kunststoffrecyclinganlage versehene Gebäude erklärt. »Ich kann ihre Gefühle nicht wahrnehmen. Und du?«

Ich auch nicht.

Was aber eher daran liegt, dass ich ein blutiger Anfänger bin und meine Mutter die Expertin. Meine Fähigkeiten reichen nicht annähernd an ihre heran.

Feuchtigkeit tränkt die Luft, der Himmel ist bedeckt und die Angst begleitet mich, genau wie die Dreijährige aus meinen Träumen. Dass Toma und Mauro mit gezückten Waffen neben uns herlaufen, ändert rein gar nichts, im Gegenteil.

Bisher ist uns noch niemand begegnet, nicht mal Wanderer oder Radfahrer sind in der ländlichen Einöde unterwegs. Aus gutem Grund:

Sperrgebiet. Betreten und Befahren verboten. Explosionsgefahr.

So steht es auf den Tafeln, die gefühlt auf jedem fünften Baum angebracht sind. Vor dem Zweiten Weltkrieg befand sich hier in der Nähe des beschaulichen Ortes Töpchin ein Munitionslager, das später auch von den Russen genutzt und sogar erweitert wurde.

Das Militärgebiet wurde niemals abgerissen. Sämtliche Gebäude sind erhalten geblieben und mit ihnen unzählige Bunker, die im Wald verstreut liegen, von Gras und Buschwerk überwuchert wie schnuckelige Hobbithäuschen.

Zu einem dieser Bunker wollen wir.

Nummer dreiundsiebzig.

Ich stoße mit der Schuhspitze gegen verrostete Bahngleise, die im Boden versunken sind. Der lichte Wald ist gespickt mit Relikten aus der Vergangenheit. Auch mit Kratern in Wohnzimmergröße und mehr. Von wegen Idylle.

Soweit möglich bleiben wir auf den Wegen. Ab und zu tauchen verlotterte Backsteinhäuser auf, in denen laut Warnschildern explosives Material lagert. Deckung gibt es hier kaum und ich frage mich, warum Enzos Männer uns nicht längst aufgegriffen haben.

Er sollte doch darüber informiert sein, dass wir kommen.

»Sie sahen sich sehr ähnlich, Max und Bernd«, sagt meine Mutter unvermittelt. Ihre Stimme ist weich und von Erinnerungen gefärbt. »Sie und Hanno waren unzertrennlich – bis ich in Bernds Leben trat.«

»Hanno?«

»Hanno Weikert, Bernds bester Freund.«

»Signora.« Toma deutet auf einen Erdhügel zu unserer Rechten, auf dem ein kleiner Schornstein sitzt, ein Belüftungsschacht, wie mir erklärt wurde.

Ob das der richtige Bunker ist? Es ist bereits der vierte, den wir überprüfen, weil meine Mutter die Orientierung verloren hat.

Sie nickt. Toma und Mauro huschen voraus, um die Lage zu sondieren, während wir in einiger Entfernung hinter einem ausladenden Gebüsch warten.

Über unseren Köpfen schimmert Himmelsgrau durch das Blätterdach und meine Mutter schlägt mit ihrem Bericht Wort für Wort neue Pfade in meinen Gedankendschungel.

Sie war bereits kurz nach meiner Geburt wieder in einem Modeunternehmen als Näherin angestellt, unterbezahlt und bei ihrem Talent extrem unterfordert. Neben der Arbeit zeichnete sie ihre eigenen Entwürfe und so wurde Enzo, zu dieser Zeit in Verhandlungen mit dem Eigentümer, auf sie aufmerksam. Er kaufte die Firma auf, beförderte sie zur Chefdirektrice und hoffte, sie dadurch an sich binden zu können.

Doch meine Mutter wies ihn ab, notgedrungen unter Einsatz ihrer Gabe. Als Enzo erkannte, wozu sie fähig war, stieg sein Interesse. Er umwarb sie während der folgenden drei Jahre weiterhin, auf zunehmend aggressive Art.

Meine Mutter bat Hanno Weikert, der damals bei der Mordkommission war, um Hilfe. Er konnte zwar viel über Enzos Machenschaften und seine Verbindung zur Mafia herausfinden, aber nicht tätig werden.

Deshalb also hat sich Weikert der Bekämpfung organisierter Kriminalität verschrieben, denke ich. Bei meiner Festnahme hat er mit keinem Wort erwähnt, dass er in die Sache verwickelt war, genau wie Max. Langsam dämmert mir, warum.

Furcht.

Kalte, schwere Furcht, die auch um meine Mutter wabert, jetzt, da sie mir von den Ereignissen erzählt. Sechzehn Jahre liegen sie nun zurück, verwunden hat sie sie nie.

»Eines Tages hatte Enzo genug davon, dass seine Avancen unerwidert blieben. Er ließ deinen Vater entführen und stellte mir ein Ultimatum. Keine Polizei, lautete eine der Bedingungen. Max folgte mir auf eigene Faust. Da kam es zur Katastrophe.«

Tomas Kopf taucht zwischen den Bäumen auf. Er gibt meiner Mutter einen Wink und lotst uns zum Bunkereingang, der von Mauern gestützt tief in einem Erdhügel liegt. Auf der grün gestrichenen Tür leuchtet ein weißes Schild, die schwarze Zahl darauf beweist, dass wir richtig sind.

»Weiß Weikert von diesem Bunker?«

Meine Mutter zuckt mit den Schultern. »Ich glaube nicht. Die Polizei hat damals das Gelände durchkämmt, so stand es in den Zeitungen. Aber wo sie genau suchen sollten …«

»Hast du seine Telefonnummer?«

»Wofür? Wir regeln das unter uns.« *Wir sind die Mafia*, sagen ihre Augen. *Das ist unsere Angelegenheit.*

»Na großartig.«

Ich schlüpfe aus meinem Mantel, husche die Schräge hinauf auf die Hügelkuppe und platziere ihn genau über der Tür. Ein Hinweis – allerdings für jeden, der nach uns sucht. Es ist nicht von Belang, der Vorteil überwiegt.

Für einen Moment halte ich Ausschau nach Daniele, aber der Wald liegt still vor mir. Kein Vogel rührt sich. Erneut hat Regen eingesetzt. Ich reibe mir fröstelnd die Arme.

Als ich mich wieder bei den anderen einfinde, gibt meine Mutter das Kommando zum Vorrücken. Toma macht sich daran, die Bunkertür zu öffnen. Die Klinke knirscht beim Runterdrücken, die Angeln quietschen erbärmlich, da wird die Tür mit einem Mal von innen aufgestoßen und Toma regelrecht zur Seite gefegt.

Vier Männer stürmen aus dem Dunkeln und wir blicken in ihre Pistolenmündungen.

Mir war klar, dass Enzo den Bunker bewachen lassen würde, trotzdem jagt mir der Schreck heiß in die Glieder und sorgt dafür, dass ich zurückstolpere.

Meine Mutter hebt ruhig die Hände. »Alles okay, Lia. Bleib stehen.« Die nächsten Worte richtet sie an Toma und Mauro: »Waffen runter.«

»Genau, Waffen runter«, bestätigt ein schmächtiger Typ, sichtlich enttäuscht über unsere ausbleibende Gegenwehr.

Einer seiner Männer ergreift meine Mutter am Oberarm, die anderen befehlen Toma und Mauro, mit gespreizten Beinen und im Nacken verschränkten Händen an der Mauer Aufstellung zu nehmen, und unterziehen sie einer Leibesvisitation, die sie stoisch über sich ergehen lassen.

Alles ganz normal. Wir sind ja zivilisiert.

Der Schmächtige und seine Pistole beordern mich an die Seite meiner Mutter. Er kommt mir entfernt bekannt vor, ich kann mich bloß nicht erinnern, woher. Enzo hat viele Handlanger.

»Geiles Kleid«, stellt er fest.

Das war es mal, ja. Jetzt ist der Samtrock zerrissen und das Oberteil schweißfeucht. »Danke. Extra für euch.« Ich blinzle, als er mich aus halb zugekniffenen Augen mustert. »Was ist?«

»Lass dir ja nichts einfallen.«

»Keine Sorge«, sagt meine Mutter schnell. »So weit ist sie nicht.«

»Wir sind freiwillig hier«, füge ich hinzu. »Auf Einladung vom Boss.«

Der Schmächtige kichert. »Ja, der Boss. Immer höflich.«

Enzos Männer sammeln drei Pistolen, zwei Messer und einen Schlagring ein, ehe sie sich zufriedengeben.

Ungeduldig weist meine Mutter auf den Eingang zum Bunker, hinter dem sich ein düsterer Gang erstreckt.

»Nach Ihnen, Signora.«

Meine Mutter geht mit ihrem Begleiter voran, ich folge ihr, angestupst vom Schmächtigen und seiner Pistole, dahinter schließen die anderen Männer an.

Ich habe absolut keinen Plan, wie das enden wird.

Der Bunker verschlingt uns mit Kälte und Feuchtigkeit und einer Vergangenheit, die angeblich bewältigt ist. Sie zerquetscht mir fast die Brust.

Von der Decke baumeln vereinzelte Glühbirnen, doch Strom gibt es keinen mehr. Im Licht der Taschenlampe sehe ich Risse im nackten Beton, die Reste von ehemaligen Rohrleitungen ragen wie Stümpfe hervor.

»Nicht alle Bunker dienten als Munitionsdepot«, erzählt meine Mutter leise. »Manche waren geheime Kommandozentralen, Operationsstützpunkte, Luftschutzbunker. Einige sind mehrfach unterkellert. Dieser hier ist einer davon.« Sie deutet auf ein finsteres Loch in der Wand. »Ein Lagerraum. Die meisten Türen wurden gestohlen. Metall ist viel wert.«

Wir durchqueren einen Raum und biegen in einen anderen Gang ab, danach folgen wir einer Treppe nach unten und betreten eine schmale Kammer. Der Bunker ist in sich verschachtelt. Ich hätte Brotkrumen streuen sollen.

Unser Weg endet abrupt.

Dieser Raum ist größer, wie die anderen ohne jedes Inventar, dafür mit klebriger Angst gefüllt, die Beklemmungen in mir auslöst. Als wir vordringen, flammt ein Scheinwerfer auf, ein flaches, kabelloses Gerät, dessen Licht mir in den Augen schmerzt. Ich kann den Mann kaum erkennen, der sich zu uns umdreht und die Arme zur Begrüßung ausbreitet.

»Willkommen, ihr Lieben! Schön, dass ihr es so schnell geschafft habt.« Er geht auf meine Mutter zu und drückt sie an sich, was sie mit einem Keuchen über sich ergehen lässt.

Schon steht er vor mir, gut gelaunt und vortrefflich gekleidet wie immer, nur dass er heute einen schwarzen Anzug gewählt hat wie seine Männer auch. Jetzt weiß ich, woher ich den Schmächtigen kenne.

»Lia, mein Herz! Lass dich ansehen. Also wirklich, mit diesem Kleid hast du dich selbst übertroffen, wenngleich du mir als Braut auch gut gefallen hast.«

Ich bringe den Mund kaum auf. »Onkel Filippo?«

Er küsst mich auf die Wangen. »Da staunst du, was? Ist das nicht eine gelungene Überraschung? Hm, Tamara?«

»Wo ist Enzo?«, zischt sie erbost.

Filippo legt sein Strahlen ab wie eine ausgediente Maske und zieht die Mundwinkel nach unten. »Jetzt bist du enttäuscht, wie schade. Du musst mir schon verzeihen, dass ich dir zuvorgekommen bin, aber ich konnte nicht mehr warten. Zwanzig Jahre! Länger als du.« Glucksend tippt er meiner Mutter auf den Bauch, als wollte er sie necken, und packt sein Lachen wieder aus. »Damit habe ich die Nase vorn, stimmt's?«

Mein Seelenauge aktiviert sich ganz von selbst und ich ergründe Filippo in wenigen Sekunden: den Lebemann, den Nichtsnutz. Dahinter verbirgt sich gekränkte Eitelkeit. Aber auch über Jahre aufgestauter Zorn. Er hätte gern an der Spitze mitgespielt. Doch Enzo ließ ihn nicht. Schließlich kann es nur einen Boss geben.

Dass mir Filippos schauspielerisches Talent in all der Zeit entgangen ist, wundert mich nicht. Aber wie konnte das meiner Mutter passieren?

Sie schnaubt in sich hinein, sichtlich überfordert mit der veränderten Situation.

»Na, jedenfalls hast du gute Vorarbeit geleistet, Tamara. Er ist friedlich eingeschlafen. Unter dem Kissen.«

»Du hast ihn ermordet«, stelle ich fest. Das Bild, das in mir aufsteigt, ist eindeutig. »Im Krankenhaus.«

»Ich habe nachgeholfen. Es hatte ihn übel erwischt. Wen wundert es da schon, wenn er seinen Verletzungen erliegt?«

»Und du glaubst ernsthaft, du könntest Enzos Platz einnehmen?«, meint meine Mutter.

»Das habe ich längst. Nur euch muss ich noch überzeugen.«

Sie schenkt ihm ein kaltes Lachen. »Du bist derartig talentfrei, was das Geschäftliche anbelangt, es ist ein Jammer. Ich gebe dir ein halbes Jahr. Spätestens dann wird man dich in deinem Arbeitszimmer auffinden – erschossen. Aber mir soll's recht sein. Wir sind hier, um Max zu holen. Wo ist er?«

Filippo nickt dem Schmächtigen zu und der dreht den Scheinwerfer, sodass er den Raum komplett ausleuchtet.

Max blinzelt ins Licht.

Korrektur: Es gibt Inventar. Oder haben sie den Stuhl eigens mitgebracht? Ich traue ihnen auch das zu.

Sie haben ihn an die Lehne gefesselt, den Arm an den Oberkörper gepresst, mit so viel Seil, dass es geradezu lachhaft ist. Sein Knebel ist blutbefleckt. Trotz der Kälte glänzen Schweißtropfen auf seiner Stirn.

Direkt vor ihm befindet sich ein rundes Loch von gut zwei Metern Durchmesser im Boden und die Metallstreben im Beton lassen darauf schließen, dass hier früher eine Wendeltreppe befestigt war.

Jetzt ist es einfach ein Schacht, der in die Tiefe führt.

Max' Blick zuckt von meiner Mutter zu mir und wieder zurück. Im Nebel seiner Angst flackert Hoffnung auf.

Ich wünschte, ich könnte auch in mir welche finden. Aber da ist nichts als Abscheu.

Der Schmächtige platziert sich hinter Max und tätschelt ihm die Wange. »Zehn Meter, gar nicht so schlimm. Blöderweise ragen unten noch Metallträger in die Höhe.«

Max windet sich unter den Fesseln. Er muss kein Italienisch verstehen, um zu kapieren, was ihm blüht, sollte ihn der Schmächtige mitsamt dem Stuhl über die Kante kippen.

»Tja, ziemlich spitze sogar«, Filippo nickt zustimmend, »da waren die Metalldiebe schlampig. Aber mehr hat sich nicht verändert. Seit damals. Ist das nicht drollig, dass sich das Spiel jetzt wiederholt? Erst der eine, dann der zweite Bruder. So was mag ich. Und wieder liegt alles in deiner Hand, Tamara.«

»Was meinst du damit?«, hake ich ein. Filippos lauernder Ausdruck sagt mir, dass er genau darauf gewartet hat.

»Ach, hat sie dir das nicht erzählt? Dein Vater – wie hieß er noch gleich? Bernhard? Bernd? – stürzte ganz unglücklich über die Treppe in diesen Schacht. Hat sich wohl das Genick gebrochen, der Arme. Sie hat ihn geopfert. Für dich.«

Meiner Mutter entgleisen die Gesichtszüge, als sie Filippo anschreit: »Du kleiner Scheißer! Du warst nicht mal dabei!«

»Enzo hat sich oft genug damit gebrüstet.« Er blickt wieder mich an. »Viel lieber hätte er sie allein mitgenommen, weißt du, Lia? Aber sie wollte ihr Kind nicht aufgeben. Was deinem Vater nicht so gut bekam.«

Entsetzen jagt in mir hoch und zerpflückt meine Frage in Fragmente. »Mama? Du hast zugelassen … dass er meinen Vater … umbringt?«

Meine Mutter hat sich wieder im Griff. Sie gibt sich gleichmütig, obwohl sie innerlich in Rage ist. »Er drohte, *dich* umzubringen, sollte ich nicht mit ihm gehen.«

Ich starre sie schockiert an.

»Was hätte ich denn tun sollen? Wie hättest du gewählt?«

»Gar nicht«, sage ich betont eisig. »Kein Leben ist mehr oder weniger wert als das andere.«

Das ganze Theater hier widert mich an, Filippo, sein ekelig vergnügtes Getue. Und meine Mutter. Die eine von ihnen ist, obwohl sie mir das Gegenteil weismachen will.

Sie hat etwas Grundlegendes nicht begriffen. Man gehört nicht automatisch zu den Guten, bloß weil einem vonseiten der Bösen Leid angetan wurde. Man muss sich schon für das Richtige entscheiden.

Mag sein, dass die Mafia sie gefressen hat, aber sie hat das zugelassen. Und mich mitgerissen.

»Enzo konnte keine Kinder bekommen«, verteidigt sie sich. »Er wollte uns beide.«

Filippo winkt ab. »Die Kleine war ihm egal. Er hatte doch einen männlichen Erben – Daniele, den er mir aus genau diesem Grund weggenommen hatte. Was sollte er da mit einem Mädchen anfangen? Noch ahnte er nicht, dass in Lia die Kräfte ihrer Mutter schlummern.«

Er weiß davon. »Daniele hat dich informiert«, sage ich. »Er arbeitet für dich, schon länger, oder?«

Filippo neigt den Kopf. »Daniele hat erkannt, wie wichtig die Familie ist.«

»Seit wann interessierst du dich für Familie? Du warst niemals anwesend, all die Jahre nicht.«

»Nicht diese Familie, Lia. Nicht das, was Enzo aus dem Namen Musetti gemacht hat. Die echte, einzig wahre Familie: unser Clan.«

»Die Camorra? In Neapel?«

»Was für ein dummes Wort! Erfunden von ahnungslosen Beamten, um uns zu charakterisieren. Sie begreifen das System nicht.«

»Welches System?«, wirft meine Mutter ein. »Das von

Schutzgelderpressung, Prostitution und Schmuggel? Ihr seid ein Haufen Kleinkrimineller, die eine Stadt tyrannisieren und sich dabei in Bandenkriegen gegenseitig abschlachten, um ihr Territorium zu markieren. Lächerlich. Kein Wunder, dass Enzo sich von euch losgesagt hat. Er hatte höhere Ziele.«

»Er war ein Verräter. Die Familie steht über allem, darauf beruhen unsere Prinzipien nun mal. Wir dulden keine Einzelkämpfer, der Erfolg der Organisation ist dem Zusammenhalt der Gemeinschaft zuzuschreiben. Wir haben unsere Fäden überall. Das Netz spannt sich quer durch Europa, bald erobern wir Amerika. Meine Leute kontrollieren New York und Philadelphia, sitzen in Florida und Kalifornien.«

Sie lacht. »Blödsinn. Enzo hätte davon gewusst und wäre gegen dich vorgegangen.«

»Genau deshalb mussten sie ihn stürzen«, sage ich. »Das war von langer Hand geplant. Filippos unsteter Lebenswandel war nur Tarnung für seine Geschäfte und Enzo muss davon Wind gekriegt haben. Sie wollten ihn aus dem Weg räumen.«

»Ist sie nicht schlau?« Filippo klopft mir wohlwollend auf die Schulter. »Nach der Hochzeit, genau. Wir wollten dich schließlich an unserer Seite haben, Lia. Tamaras hübsche Idee hat alles durcheinandergebracht.«

Die Wut bricht endgültig aus meiner Mutter hervor, eine dunkle Welle, die mich schockiert. Eiskalt ist sie, eiskalt und tödlich.

Ich sollte eingreifen, sollte ihren Plan vereiteln. Ich kann nicht. In mir ist alles erstarrt.

Sie legt den Kopf schräg und zaubert ein entschuldigendes Lächeln hervor. »Das tut mir leid, Filippo. Ich mach's wieder gut.«

Unvermittelt schluchzt der Mann an ihrer Seite auf und geht in die Knie. Meine Mutter entreißt ihm die Waffe, zielt und drückt ab. Der Schuss dröhnt durch den Bunker.

Auf Filippos Stirn zuckt ein dunkles Einschussloch auf. Er fällt um wie ein Stein.

Fassungslosigkeit breitet sich aus. Keiner rührt sich.

In meinen Ohren pfeift es, die Stimme meiner Mutter dringt kaum zu mir durch. »Manchmal lohnt sich der Aufwand nicht, Lia. So ging es schneller.«

Danke für die Lektion, Mama.

Bewegung kommt in die Umstehenden. Fäuste heben sich, Pistolen glänzen im Scheinwerferlicht, Schüsse fegen herbei, vielfach von den Bunkerwänden zurückgeworfen.

Wie um alles in der Welt bin ich hier gelandet?

Ich stehe im Zentrum einer Fehde, aufgeladen mit widersprüchlichen Gefühlen, und mir kommt es vor, als würde sich alles um mich drehen. Dabei habe ich absolut nichts damit zu tun.

Ich gehöre nicht zur Familie.

Ich bin keine Musetti.

»Auf den Boden, Lia!«, ruft meine Mutter.

Sie stößt mich auf die Knie, springt an Max' Seite und will sich an den Fesseln zu schaffen machen. Der Schmächtige zerrt sie hoch und packt sie an der Kehle, da eilt Mauro herbei und befördert ihn mit einem Faustschlag an die Wand. Einer von Filippos Männern jagt ihm eine Kugel in die Brust. Toma erschießt ihn und muss sich im nächsten Augenblick gegen eine Messerattacke wehren.

Es ist ein einziges Gemetzel.

Eine Waffe landet vor mir. Ich überlege nicht lange. Anstatt sie auf einen der Männer zu richten, werfe ich sie in den Schacht.

Es steht uns frei, die richtige Wahl zu treffen. Immer.

Inmitten des Kampfgetümmels kauere ich an der Wand und konzentriere mich auf meine Gabe. Ich sammle Freude in mir, herrliche ungezähmte Freude.

Lagerfeld mit wehenden Ohren. Pierres unbeschwertes Lachen, wenn Gabriel sich wieder mal über seine Klamotten mokierte. Mavies Begeisterung über Spots Stylingideen. Nevios Hände, die mehr aus mir herauslesen als ich aus ihm. Die Geschichten meiner Mutter unter dem Mantel aus reinem Glück.

Dutzende Lichtfunken, die mein Leben bereichert haben. Die jetzt meine Haut zeichnen. Ich spüre das Kribbeln bis zu den Schläfen.

Nicht lange, und der erste Mann beginnt zu strahlen. Seine Faust öffnet sich, er zieht Toma an sich und klopft ihm auf die Schulter anstatt ihm einen Kinnhaken zu verpassen. Der Schmächtige lacht sich schlapp über Max, der, immer noch an den Stuhl gefesselt, wie ein Käfer auf dem Rücken liegt und mit den Beinen strampelt.

Niemand schießt mehr um sich. Italiener sind im Grunde herzensgute Menschen.

Nur meine Mutter runzelt die Stirn. Ich spüre ihre Anstrengungen, sich meinem Einfluss zu entziehen. Und es gelingt ihr.

Sie nickt mir zu, verbissen darum bemüht, das Lächeln aus ihrem Gesicht zu wischen. Den Überblick zu behalten. An eine Waffe zu gelangen.

Ich hole alles aus mir heraus. Will auch sie erreichen. Niemand soll mehr sterben.

Ein Schrei birst durch die fröhliche Ausgelassenheit. Etwas rauscht mit roher Urgewalt heran und ich erkenne Daniele, die Augen halb zugekniffen, brüllend wie ein Tier, das seinen Instinkten folgt.

Er schnellt auf meine Mutter zu und versetzt ihr einen Stoß, der sie zurücktaumeln lässt.

Über die Kante.

Ihr Schrei verhallt im Schacht.

»Mama …!« Meine Stimme, meine Energie, die Freude – alles verpufft.

Und eine Seele erlischt.

Meine Mutter stirbt zum zweiten Mal. Diesmal ist sie für immer tot.

Männer stürmen den Raum, während die anderen gerade erst aus ihrer Trance erwachen, abgehackte Befehle ertönen, Schläge, Keuchen, Schmerzensschreie.

Sollen sie sich die Köpfe einschlagen, sie verdienen es nicht besser.

Zu keiner Regung fähig, hänge ich am Rand des Schachts und blinzle nach unten. Viel ist nicht zu sehen.

Ein bleicher Fleck, ihr Gesicht. Ein regloser Schatten, ihr Körper, aufgespießt.

»Die ist hinüber«, sagt der Schmächtige. »Gut so, Daniele, sie hat den Boss auf dem Gewissen.«

Daniele flucht, doch er nimmt sich keine Zeit zu trauern. Er umschlingt mich von hinten, reißt an meinem Haar und zwingt meinen Kopf in den Nacken. Seine Finger bohren sich in meine Wangen. »Erstes Problem gelöst. Kommen wir zu Nummer zwei. Mund auf, Süße!«

Ich beiße zu, so fest ich kann, in seinen Finger, bis ich Blut schmecke. Er heult auf. Lässt aber nicht locker.

»Du Furie! Luca! Hilf mir mal!«

Er zerrt mich auf die Beine. Ein Arm schließt sich um meinen Brustkorb, stärkere Finger übernehmen, mein Kiefer wird gewaltsam geöffnet, Plastik berührt meine Lippen, schon füllt Flüssigkeit meinen Mund, fruchtig, süß. Ich versperre meine Kehle, will nicht schlucken, was Daniele mir einflößt, aber Lucas Faust drückt jetzt gegen mein Kinn, er rammt mir die andere Hand in den Rücken, schüttelt mich und das Gesöff sickert in meinen Rachen. Ich huste.

Das Spiel beginnt von vorn. Wieder bringen sie mich zum Schlucken.

»Nicht zu viel Boss, das Zeug ist unberechenbar.«

Sie lassen mich los und ich spucke Daniele die Reste ins Gesicht. Unter dem Fruchtsaft schmecke ich Salz. »Scheiße, was war das?«

Er reibt sich mit einem Taschentuch trocken und wickelt es anschließend um seinen blutenden Finger. »Liquid Ecstasy. Wünsche einen angenehmen Trip, Lia.«

»Was? Was hast du ihr gegeben? Du geisteskrankes Arschloch!«

Ich erkenne Nevios Stimme sofort. Verdammt, wie kommt er denn hierher?

Sein Haar ist nass vom Regen. Unter seinem T-Shirt zeichnen sich angespannte Muskelstränge ab, weil sie ihm die Hände auf den Rücken gefesselt haben.

Mir wird bewusst, dass er nur den Begriff Liquid Ecstasy aus unserem Italienisch herausgehört hat. Was für eine Droge das ist, weiß ich nicht. Er offenbar sehr wohl.

Zu zweit müssen sie ihn jetzt festhalten, als er zu toben beginnt.

Daniele fährt herum und geht auf Nevio los, der nicht aufhört, ihn zu beschimpfen. Zwei, drei Schläge steckt er weg, beim vierten bricht er in die Knie. Von seinem Kinn tropft es. Daniele hebt die Faust über seinen Nacken.

Ich schreie auf. Falle absichtlich ins Deutsche. »Nein!«

Daniele hält inne. »Nein was, Lia?«, fragt er sanft.

Um seine Hand wabern bunte Blasen. Der Rausch formiert sich in mir. Die Worte lassen sich kaum zusammensetzen, aber ich zwinge sie in eine vernünftige Reihenfolge.

»Töte ihn nicht! Ich gehe mit dir! Ich mache alles, was du willst, aber lass ihn am Leben, bitte! Bitte, Daniele!«

Nevio schüttelt den Kopf. Sein Blick klebt an meinem, er will etwas sagen, will mir widersprechen, mir diesen Schwachsinn austreiben, aber nur ein Gurgeln kommt über seine Lippen. Er spuckt Blut.

Mir ist schlecht.

Daniele lächelt mich an. »Schön. Dann sind wir uns ja einig. Freut mich, dass du zur Vernunft gekommen bist.«

Ich sacke gegen Luca, an seine feste Brust. Meine Gedanken kommen mir mehr und mehr abhanden.

»Packt zusammen«, fordert Daniele die Männer auf. »Die Gefangenen lasst ihr hier. Und die Verräter ...« Er geht auf Toma zu, den sie auf die Knie gedrückt haben, und zückt ein Messer. Eine schnelle Bewegung an Tomas Kehle, und sein Körper sinkt zu Boden. »Die Verräter auch.«

So viel Blut! Flüssigkeit steigt in mir hoch, heiß und brennend, und ich muss mich übergeben. Als ich wieder zu Atem komme, ist alles in buntes Flirren getaucht.

Jemand wischt mir über den Mund.

Ich höre mich reden, unsinniges Gebrabbel teils deutsch, teils italienisch. Habe absolut keinen Einfluss darauf.

Tief in mir regt sich der Gedanke, dass dies wohl die Auswirkungen der Droge sind, dann versinkt auch er.

Warme Hände halten mich. Ich dränge mich an sie, kuschle mich tiefer in die Umarmung und führe meinen unverständlichen Monolog fort.

Alles ist gut.

42 Nevio

Sie haben den Scheinwerfer mitgenommen.

Im Bunker ist es so finster, dass man die viel zitierte Hand vor Augen nicht erkennen kann. Was nicht relevant ist. Meine Hände sind ja gefesselt, genau wie meine Beine.

Schweiß tropft mir aus den Haaren, während ich auf die Schritte horche, die nach und nach verhallen.

Ich rieche Blut, meins, das von dem armen Kerl mit der aufgeschlitzten Kehle, das der übrigen Leichen. Den Padrone haben sie mitgenommen, bleiben noch drei, oder nein, vier, fast hätte ich Lias Mutter vergessen.

Wie konnte ich nur? Ich hänge schließlich mit dem Oberkörper genau über ihr. Steif wie ein Brett, die Muskeln hart vor Anstrengung.

Die Kante des Schachts drückt in meinen Unterleib, meine Beine presse ich krampfhaft auf den Boden, meine Lendenwirbelsäule schmerzt.

Wenn ich die Bauchmuskeln entspanne, kippe ich vornüber, mit dem Kopf voraus.

Was für ein Scheißende!

Nicht Ende, *Nevio,* Situation, *was für eine Scheißsituation. Du wirst hier nicht draufgehen, verstanden!*

»Max?«

Ein lang gezogenes Wimmern antwortet mir von schräg gegenüber. Stimmt, er ist geknebelt.

»Die sind fort. Ich versuche, zu Ihnen zu kommen.«

Er nuschelt etwas, die Stimme hoch vor Angst.

»Ja, ja, ich pass schon auf. Ich werde erst mal herumrollen …«

Was sich einfach anhört, ist praktisch unmöglich. Mit Schwung riskiere ich, dass ich die Balance verliere, mit Muskelkraft klappt es auch nicht, die ist mir mittlerweile flöten gegangen. Ich kann mich kaum noch halten.

Vielleicht könnte ich zurückrutschen, nur ein kleines Stück.

Meine Schuhspitzen scharren über den Beton, als ich sie aufstelle. Für einen Moment gerät mein Körper aus dem Gleichgewicht, Panik wallt in mir auf, intensiv, pochend, ich glaube zu kippen, aber dann fange ich mich in letzter Sekunde.

Millimeter für Millimeter arbeite ich mich zurück, wobei meine Zehen mein ganzes Körpergewicht ziehen müssen. Durch meine Muskulatur tobt Schmerz, ich zittere so sehr, dass meine Zähne aufeinanderschlagen.

Aber ich schaffe es.

Ich schaffe es, so weit von der Kante wegzurobben, dass ich mich aufbäumen und schließlich herumwerfen kann.

Keuchend liege ich auf der Seite, Schultern und Kopf immer noch über dem Schacht, doch nicht mehr in Gefahr abzustürzen.

Der Rest ist vergleichsweise harmlos. Nach zwei Umdrehungen ertaste ich im Dunkeln Max' Stuhl, der direkt an der Kante zum Schacht aufgestellt ist, als Anreiz zum Selbstmord womöglich.

»Okay. Können Sie nach hinten kippen, sodass Sie wieder auf dem Rücken liegen? Vorsicht auf den Kopf …« Ein dumpfer Aufschlag schneidet mir das Wort ab. »Zu spät.«

Max grunzt.

»Und jetzt einmal seitwärts kippen, damit ich an den Knoten komme.«

Das gelingt erst nach mehreren Versuchen, viel Gestöhne und gutem Zureden meinerseits. Als er endlich in der richtigen Position liegt, keucht er so sehr, dass ich befürchte, er könnte an seinem Knebel ersticken.

Mit meinem Gesicht taste ich die Fesseln ab, finde den Knoten und schlage meine Zähne hinein, bis mir einfällt, dass ich genauso gut die Finger nehmen kann.

Ich bekomme den Knoten tatsächlich nach einigem Rütteln auf und schäle Max aus dem Seil. Er springt auf und stößt kurz darauf einen erleichterten Schrei aus.

»Verdammte Arschlöcher!«

»Ganz Ihrer Meinung.« Ich hebe meine Hände hinter dem Rücken an und dirigiere Max mit knappen Anweisungen zu meinen Fesseln, an denen er sich auch gleich zu schaffen macht. Er ist mit seiner Hand geschickt, trotzdem braucht er seine Zeit. Die Knoten sind fest.

Ich liege wie auf glühenden Kohlen. Durch den Wald dauert es fünfzehn, maximal zwanzig Minuten. Danach zum Flughafen … Scheiße.

»Sie sind also Lias Vater?«

Max lacht auf. »Hat sie Ihnen das erzählt, ja? Nein, ich bin nicht ihr Vater. Ich wünschte, ich wäre es, dann könnte ich ihr den Hintern versohlen, weil sie so dumm war, herzukommen.«

»Wer sind Sie dann?«

»Ihr Onkel. Und Sie?«

»Nevio. Lias Freund, falls wir je einen Zustand der Normalität erreichen.«

Meine Hände sind frei. Ein Zischen entfährt mir, als das Blut wieder in meine Finger strömt. Ich massiere die schmerzenden Gelenke, während Max an den Fußfesseln hantiert.

»Wachen Sie auf«, sagt er. »So was wie Normalität gibt es bei der Mafia nicht.«

»Sie sind ein ziemlicher Pessimist, was?«

»Nennen wir es Lebenserfahrung.«

Ich lege ihm die Hand auf die Schulter. »Ich habe wieder Gefühl in den Fingern, lassen Sie mich das machen.«

Kurz darauf habe ich die Fußfesseln gelöst. »Wie kommen wir hier raus? Ich nehme an, dass die Bunkertür abgeschlossen ist.«

»Erst mal brauchen wir Licht.« Max tastet sich mit hörbar schleifenden Schritten durch die Dunkelheit. »Hier liegt einer. Würde mich wundern, wenn keiner von denen ein Feuerzeug bei sich hätte.«

»Die waren gründlich, fürchte ich.«

»Wer ist hier der Pessimist?« Triumphierend lässt er ein Feuerzeug aufschnappen. Der Flammenschein entblößt jede Menge Schrammen und Blutergüsse in seinem Gesicht. Vermutlich sehe ich ähnlich aus. Und mein Kopf dröhnt.

»Und jetzt? Irgendwelche Vorschläge?«

Max tritt an den Schacht. »Da runter.«

»Ernsthaft?«

Was für ein Irrsinn ist das hier?

Ich bin kurz davor, die Hände über dem Kopf zusammenzuschlagen und einfach loszuschreien. Aufzugeben. Nur der Gedanke an Lia hält mich davon ab.

Max greift nach den Seilen. »Knoten Sie die mal zusammen, damit wir ein langes haben. Ich leuchte.«

Kopfschüttelnd gehorche ich.

Wir geben uns beide ungerührt, aber das dient nur der Tarnung. Es hält uns davon ab, nicht durchzudrehen.

Ich nehme jedenfalls stark an, dass Max genauso erschüttert ist wie ich.

Wir sind mit mehreren Leichen in einem verdammten Bunker eingesperrt, es riecht so durchdringend nach Blut, dass ich das Würgen kaum unterdrücken kann, der einzige Weg nach draußen führt durch einen Schacht, in dem Lias tote Mutter liegt.

Eine Situation wie diese kann niemanden kaltlassen.

»Die Leiche meines Bruders wurde nie gefunden«, erklärt Max nach kurzem Schweigen, während er mir bei der Arbeit zusieht. »Die Polizei hat nach dem Vorfall alles abgesucht, aber nichts. Ergo: Es muss einen zweiten Ausgang geben. Diese Bunker sind teilweise durch unterirdische Gänge verbunden. Enzos Leute haben ihn wohl erwischt, als er rauskroch, dann erst recht umgebracht und irgendwo verbuddelt. Ich habe ihn nie wiedergesehen.«

»Ihr Bruder war damals der Köder, richtig? So wie Sie heute, hat er Lias Mutter und ihre Tochter anlocken sollen.«

»Ja. Enzo hat die Entführung filmreif inszeniert und Filippo musste dem natürlich nacheifern. Die Italiener lieben Geschichten, je dramatischer, umso besser. Idioten.«

»Und das mit Ihrem Arm? Ist das auch damals passiert?«

Er lässt die Flamme erlöschen und ich höre ihn ein paarmal pusten, dann entzündet er sie neu. »Ich war hinter denen her. Allein. Weil mein Freund, der Herr Kommissar, schwer von Begriff war. Blöderweise hat Enzo mich entdeckt. Ich bin mit dem Motorrad geflüchtet, er mit dem Geländewagen hinter mir her. Da hat er mich vom Weg abgedrängt. Ich bin ungebremst in ein altes Munitionsdepot gerast. Die Explosion hat mir den Arm zerfetzt. Als Hanno dann endlich aufkreuzte, musste er mich erst mal vor dem Verbluten retten. In der Zwischenzeit konnte Enzo entkommen.«

Ich messe das Seil ab. »Acht, neun Meter, mehr werden es nicht.«

»Den Rest müssen Sie eben springen.«

»Springen. Und Lias Mutter?«

»Sie ist tot, wie Sie vielleicht gemerkt haben. Ich fürchte, wir können keine Rücksicht auf sie nehmen.«

Ich atme tief durch. Denke daran, was Daniele Lia wohl gerade antut. Denke an meinen Kraftplatz, an meinen Schutzschild aus Licht. *Du schaffst das, Nevio, du musst. Für Lia.*

Nach kurzem Überlegen wickle ich mir das Seil mehrmals ums Handgelenk. Die paar Meter werde ich es bestimmt halten können. »Können Sie mich überhaupt ablassen? Mit nur einem Arm?«

»Soll ich gehen? Könnte natürlich sein, dass ich dort unten auf ein Hindernis stoße, das ich nicht bewältigen kann, mit nur einem Arm …«

Oha. Zynismus hoch drei.

»Ja, ja, hab's verstanden.« Ich kauere mich an die Kante. »Hier ist eine Verankerung im Beton. Da können Sie das Seil herumschlingen, dann müssen Sie nicht mein ganzes Gewicht halten.«

Max übergibt mir das Feuerzeug und ich leuchte ihm, als er das Seil zweimal um die Metallstrebe und schließlich um sein Handgelenk windet. Dann positioniert er sich in Bauchlage vor dem Schacht.

Ich stecke das Feuerzeug in meine Hosentasche. Vorsichtig gehe ich an der Kante in den Liegestütz, drehe mich und tauche mit den Beinen ins Leere. »Er ist übrigens mein Vater, der begriffsstutzige Herr Kommissar Weikert.«

Max murmelt etwas, das sich wie »Ach du Scheiße« anhört.

Ich grinse. »Los geht's.«

Ich lasse mich ins Seil sinken. Es gibt einen Ruck, Max keucht, aber er hält mich. Zentimeterweise lässt er nach und ich tauche tiefer in die feuchtkalte Dunkelheit.

»Was ich mich die ganze Zeit frage«, sage ich. »Warum haben die uns nicht auch umgebracht?«

»Bestimmt ist es Ihnen aufgefallen«, erwidert Max über

meinem Kopf. »Dieser Daniele ergötzt sich gern am Leid anderer, er ist ein Sadist sondergleichen. Als Lia noch bei Sinnen war, konnte er sie ungehindert quälen. Doch als sie wegdriftete, verlor er das Interesse. Außerdem morden Mafiosi nicht wahllos. In den eigenen Reihen kennen sie keine Skrupel, da räumen sie auf, wenn nötig. Aber außerhalb des Clans sind sie besonnener.«

Wieder gibt es einen Ruck, ich stürze einen guten Meter ins Leere, ehe Max mich abfängt. »Alles okay da oben?«

Seine Antwort kommt zwischen schweren Atemzügen. »Habe alles … im Griff. Das Seil … ist übrigens gleich aus.«

Ich lasse das Feuerzeug aufschnappen. Das zuckende Licht geistert über die Wände, auf denen Moos wuchert. Vom Grund des Schachts starren die blicklosen Augen von Lias Mutter zu mir auf. »Oh Gott. Das sind noch fast drei Meter.«

»Stellen Sie sich nicht so an. Achtung … jetzt!«

»Moment noch!«, schreie ich, da falle ich auch schon in die Tiefe.

Die Landung ist hart, aber ich kann mich mit den Händen abfangen. Panisch taste ich nach dem Feuerzeug, das mir aus den Fingern gerutscht ist, und finde es zum Glück sofort.

Ich stehe auf, bemüht, keinen Blick auf die Tote zu werfen. Lia ist jetzt alles, was zählt. »Ich mach mich auf den Weg. Und komme sobald wie möglich wieder, um Sie zu holen.«

»Viel Glück. Und Nevio …«

»Ja?«

»Holen Sie Lia zurück, verstanden?«

Worauf du dich verlassen kannst.

43
Lia

Meine Erinnerung ist ein zerbrochenes Kaleidoskop.

Klar ist nur: Es gibt ein Vorher, das in einem feuchtkalten Raum voller Männer endet, voller Anspannung, Adrenalin und Mordlust. Und ein Jetzt, in dem ich mich in einem Ledersitz wiederfinde.

Das Dazwischen besteht aus einem farbenfrohen Chaos. Aus dem Gefühl im Zickzack durch einen Regenbogen zu fliegen. Aus völlig irrationaler Euphorie.

Andere Aufzeichnungen hat mein Gehirn nicht gemacht. Ich hatte noch nie einen Blackout, aber ich schätze, so muss es sich anfühlen.

Durst quält mich und der Nachgeschmack auf meiner Zunge lässt mich an etwas Vergammeltes denken.

Sie haben dich betäubt, schießt es mir durch den Kopf. *K. O.-Tropfen oder etwas Ähnliches. Und sie würden es wieder tun.*

Noch etwas benommen blinzle ich umher. Acht Sitze, alle in Schwarz-Weiß gehalten wie meiner, x-förmige Sicherheitsgurte. Zu meiner Linken eine Mittelkonsole. Der Fußraum mit dunklen Holzpaneelen ausgelegt.

Luxusklasse.

Das Bild vervollständigt sich, als ich aus dem Fenster schaue. Der Tag ist trüb und regennass, ich kann die Uhrzeit nicht einschätzen, drei oder vier, später bestimmt nicht. Mein Blick saugt sich an einem roten Kran fest. Unter mir erspähe ich Kufen. Ich befinde mich ein gutes Stück über dem Boden.

In einem Hubschrauber.

Daniele schwingt sich herein. Instinktiv schließe ich die Augen. Wer weiß, was ihm einfällt, wenn er bemerkt, dass ich wach bin.

Ich höre noch mehr Leute einsteigen. Sitze knirschen, Füße scharren, Aftershave sticht in meiner Nase. Daniele beugt sich über mich und legt mir den Gurt an. Die Tür des Hubschraubers wird geschlossen.

»Na, noch im Land der Träume?« Das kommt von Luca gegenüber.

»Ja. Mit ein bisschen Glück schläft sie durch, bis wir im Flieger nach Mailand sitzen.«

»Dann war die Dosierung goldrichtig.«

»Scheint so.«

Daniele stülpt mir schwere Kopfhörer über, die den Rotorenlärm dämpfen sollen. Jedes Geräusch erstirbt.

Lediglich mein Puls wummert in meinen Ohren, als er mir so nahe kommt. Ein Erinnerungsschnipsel blitzt in mir auf: Blut, ein ganzer Schwall. Ich kann das Bild nicht zuordnen. Spüre nur die Traurigkeit, die sich in mir zusammenballt, schwer, dumpf.

Ein Knacken teilt die Stille, dann meldet sich der Pilot über Funk: »Wir sind startbereit. Die Flugdauer nach Schönefeld beträgt acht Minuten wie gehabt.«

»Alles klar, danke«, bestätigt Daniele. »Geben Sie unsere Ankunftszeit durch. Sie sollen die Maschine fertig machen.«

»Verstanden.«

Auf dem Flughafen wartet also der Privatjet. Müssen wir noch durch den Security-Check wie andere Fluggäste auch? Ist es überhaupt der gleiche Terminal? Vermutlich nicht.

Verdammt, das wird eng.

Womöglich schaffe ich es auf eine Toilette, nur, dort sitze ich in der Falle. Sie werden die Tür aufbrechen, die K.O.-Tropfen in mich hineinschütten, einen ordentlichen Schuss, damit ja nichts schiefgeht, und ich werde in einen komatösen Zustand fallen, in dem sie mit mir machen können, was sie wollen, mich nach Mailand bringen, einsperren, tagelang, wochenlang, vielleicht sogar für Monate, bis ich mich füge.

Nicht eng, Lia – aussichtslos.

Ein anderes Mosaikteilchen zupft an mir: der reglose Körper meiner Mutter. Die Traurigkeit steigt höher. Drückt gegen meine Kehle. Raubt mir den Atem und jede Kraft. Ich schlucke und schlucke, aber sie ist zäh und steckt fest.

Meine Mutter ist tot.

Und ich sollte besser abhauen. Sofort. Jetzt, da sie alle in ihren Gurten hängen.

Ein Sirren dringt an meine Ohren. Der Pilot hat die Turbinen gestartet. Über unseren Köpfen beginnen sich die Rotoren zu drehen.

Ich blinzle durch die Wimpern. Schatten fliegen über den feuchten Asphalt, ein Knattern mischt sich unter den Turbinenlärm. Lässt sich die Tür von innen öffnen? Muss ja wohl, im Falle eines Notfalls …

Das ist ein Notfall.

Typisch Lia, ohne Fallschirm in den Abgrund springen, aber eine andere Wahl habe ich nicht.

Ich taste über meinen Sicherheitsgurt und bete, dass ihnen das nicht gleich auffällt. Jede Sekunde zählt. Die Schnalle befindet sich in der Mitte, ein Klicken und sie geht auf. Ich schlüpfe aus dem Gurt, da bohrt sich Danieles Hand in meine Schulter.

»Hey, stopp!«, brüllt er mich durch das Headset an.

Der Hubschrauber schwankt. Wir heben ab.

Ich reiße mir die Kopfhörer runter, stürze an die Tür, rüttle am Hebel. Er klemmt. Der Rotorenlärm ist ohrenbetäubend.

Geh schon auf, geh auf!

»Halt! Start abbrechen! Sofort abbrechen!«

Daniele schält sich noch aus dem Gurt, Luca ist schneller, er schnappt mich an den Schultern, zerrt mich von der Tür weg und ich boxe mit dem Ellbogen nach ihm.

Er brüllt auf. Treffer. Das Glück ist auf der Seite der Ahnungslosen.

Blut schießt aus seiner Nase, er lässt von mir ab und ich kralle mir den Hebel, ziehe daran, nein, schieben, ich muss schieben, fällt es mir ein, ich ziehe und schiebe gleichzeitig und die Tür gleitet tatsächlich auf.

Die Rotoren peitschen mir Regen ins Gesicht. Das Knattern zerfetzt mir fast das Trommelfell.

Drüben am Zaun bemerke ich eine Gestalt.

Wieder flutscht ein Splitter herbei, glasklar aus dem Strudel meiner Erinnerung geschnitten: Nevio. Auf den Knien. Eine Hand, die auf ihn herabsaust.

Die Traurigkeit jagt mir Tränen in die Augen, meine Sicht verschwimmt, ich blinzle das Bild fort.

Spring, Lia, spring!

Die Kufen gleiten in gut zwei Metern Höhe über blanken Beton. Ich zögere zu lange. Daniele packt mich um die Mitte. Ich kreische auf, zapple, da kommen ihm zwei seiner Leute zu Hilfe.

Der Hubschrauber kippt.

Ein Ruck, und ich verliere die Balance, genau wie die anderen, die nicht angeschnallt sind. Daniele rutscht auf mich zu, stößt mich über die Kante, panisch suche ich nach Halt, erwische den Türrahmen und verkralle mich mit der anderen Hand in Danieles Hosenbein.

Ein Reflex. In Wahrheit sollte ich besser loslassen.

Mir fehlt der Mut.

»Alle zurück auf die Plätze! Bleibt sitzen!«, schreit Daniele. Und an den Piloten gerichtet: »Landen Sie! Landen, verdammt!«

Unter mir sprühen Funken, als die Kufen über den Boden schrammen. Der Pilot zieht den Hubschrauber hoch.

Die Männer rappeln sich auf, Luca sichert Daniele und der hievt mich wieder an Bord.

»Du bringst uns noch alle um!«, brüllt er.

Nicht mit Absicht, obwohl mir das gelegen käme.

Ich merke, dass ich haltlos schluchze. Und das liegt nicht an den zwei Ohrfeigen, die er mir verpasst.

Die Gestalt draußen im Regen sitzt jetzt auf dem Zaun, schreit und winkt, springt ab, rennt über den Platz mit den Kränen und Förderbändern, über dem wir schaukeln.

Ich erkenne Nevio.

Nevio, der meinen Namen brüllt, der will, dass ich meine Gabe einsetze, aber wie denn, wie?

Ich finde keinen Zugang. Die Traurigkeit zerquetscht jede andere Emotion. Ich habe nur sie.

Daniele schiebt die Tür zu, wirft mich auf den Sitz und schließt meinen Sicherheitsgurt, wobei er die Beinschlaufen fest um meine Handgelenke schlingt. Als könnte ich mich jetzt noch wehren.

»Wo ist das Liquid?«, herrscht er seine Leute an und Luca kramt in einer Tasche danach.

Der Pilot bringt den Hubschrauber wieder in den Sinkflug. Schon setzt er auf dem Boden auf.

»Sie brauchen nicht zu landen«, sagt Daniele in sein Headset, während er das Fläschchen von Luca entgegennimmt. »Nein, alles in Ordnung, wir haben die Situation im Griff. Was? Ja, wir schnallen uns an. Fliegen Sie, verdammt!« Er wendet sich an mich: »So, Süße. Diesmal trinkst du alles aus.«

Der Hubschrauber hebt wieder ab.

Das war's. So fühlt sich Endgültigkeit an.

»Ich werde dir nie gehören«, stoße ich zwischen zwei Schluchzern hervor, »da kannst du mich quälen, so viel du willst.«

»Das werden wir ja sehen.«

Er setzt die Flasche an meinen Mund. Der Geruch lässt mich würgen. Ich presse die Lippen zusammen. Daniele stößt kräftig dagegen, mehrmals, bis ich Blut schmecke.

Etwas in mir bahnt sich seinen Weg nach oben, zäh, schwer, lähmend.

»Trink!«, befiehlt Daniele. »Oder müssen wir dich wieder zwingen?«

Ich schüttle den Kopf.

Öffne den Mund.

Und lasse all meine Traurigkeit herausströmen.

Gefühle vollbringen Erstaunliches im Körper. Sie feuern die Zellen an oder fressen sie auf. So wie Liebe wärmt und Energie produziert, bewirkt Traurigkeit das Gegenteil, nämlich Ödnis. Kälte. Starre. Noch schlimmer ist es, wenn sich die Traurigkeit zur Depression ausweitet.

Ich habe mittlerweile mehrmals miterlebt, was der Einsatz meiner Kräfte bewirken kann.

Doch noch nie ist der Effekt so drastisch gewesen.

Daniele bricht vor meinem Sitz zusammen. Die Arme um die Knie geschlungen vergräbt er sein Gesicht. Es schüttelt ihn am ganzen Körper.

Ich weiß, dass ihn Schuldgefühle plagen, er macht sich Vorwürfe und stellt alles infrage, was er bisher als richtig erachtet hat.

Ich weiß, dass sich die Traurigkeit um ihn schlingt wie eine Würgeschlange.

Ich weiß es, weil ich sie befehlige.

Ich könnte ihn in den Selbstmord treiben. Ihn dazu bringen, das Messer aus seiner Hosentasche zu ziehen und sich die Pulsadern aufzuschneiden.

Er braucht nur noch einen winzigen Stups.

Nimm dein Messer … nimm es und …

Der Hubschrauber gerät ins Trudeln. Wir befinden uns ein gutes Stück über dem Boden, einige Meter, zehn vielleicht.

Meine Gabe zeichnet meine Haut in sanften Schnörkeln, die mich von Kopf bis Fuß bedecken, ich spüre ihr Kribbeln, ihr Pulsieren.

Die Traurigkeit reicht weiter als gedacht und der Pilot ist nicht immun dagegen, genauso wenig wie die übrigen Männer. Sie hängen in ihren Sitzen, die einen kreidebleich und still, fast apathisch, andere erfüllt von innerer Unruhe oder von undefinierbaren Ängsten geplagt.

Sie sind nicht mehr in der Lage, logisch zu denken, geschweige denn zu handeln. Die Traurigkeit legt einen Schleier über ihren Verstand. Sie erstickt jeden geistigen Prozess.

Der Hubschrauber beginnt sich zu drehen, die Schnauze nach unten gerichtet, wie ein Kreisel, schneller und schneller, während wir tiefer sinken.

Wir werden abstürzen.

Daniele tastet nach seinem Messer. Ein verzweifeltes Lachen quillt unter seinen Schluchzern hervor. »Du …«

Ja, ich. Ich bin verantwortlich dafür. Ich bin genau das, was ihr aus mir gemacht habt. Ich bin ein Kind der Mafia, das Mädchen in Schwarz, der Racheengel, der nun über dich kommt.

Eine Musetti.

Ich habe es in der Hand.

Mein Leben, meine Entscheidung, meine Chance, es zu beenden, ein für alle Mal.

Aber ich bin keine Mörderin.

Ich halte ein. Rufe die Traurigkeit zurück, ein simpler Gedanke innerhalb eines Wimpernschlags.

Ich tue das Richtige.

Natürlich ist es zu spät. Natürlich stürzen wir trotzdem ab.

Da hoffte das Mädchen auf die Zauberkraft des Mantels, doch die Bosheit des Königs und das Grauen, das in der Kammer aus Stein hauste, hatten all seine Magie vernichtet. Alles, was der Mantel noch vermochte, war, die Tränen des Mädchens zu verbergen, als es seine Entscheidung traf. Was blieb ihm auch anderes übrig, als mit dem König zu gehen?
Und als es das tat, warf der König den Schlüssel zur Kammer weit fort, wo er nie gefunden werden konnte.

44
Lia

»Weißt du, Lia«, begann meine Mutter einmal, »manchmal, wenn ich allein mit dem Auto unterwegs bin, und die Brücke überquere, die große auf der Umfahrung, überkommt mich ein eigenartiges Gefühl. Dann denke ich darüber nach, wie es wäre, das Auto einfach gegen die Absperrung zu lenken. In die Tiefe. Damit alles ein Ende hat. Es wäre so einfach.« Sie gab mir einen sachten Kuss auf die Nase. »Aber natürlich kann ich das nicht, dann wärst du ganz allein, ohne meinen Schutz.«

Für mich war das damals eine sonderbare Vorstellung, meine Mutter im Auto über den Himmel fliegen zu sehen. Ich kann nicht älter gewesen sein als acht.

Jetzt sitze ich in einem Hubschrauber. Wir fliegen zwar nicht über den Himmel, sondern stürzen ab, aber genau diese Episode kommt mir in den Sinn, kurz bevor wir auf dem Boden aufschlagen.

Es gibt ein gewaltiges Rumpeln, Metall kreischt, die Seitenwand bewegt sich auf mich zu, ehe sich der Rahmen aufbiegt und es die Tür aus der Verankerung fetzt. Im splitternden Fensterglas sehe ich ein Stück von der Deckenverkleidung auf Luca herabsausen. Daniele rutscht unter den Sitz gegenüber, armlange Holzspäne bohren sich in seinen Oberschenkel.

Jemand schreit.

Der Hubschrauber gibt noch ein letztes Ächzen von sich, dann ist das Monstrum erledigt.

Stille kehrt ein.

In der ich Blut tropfen höre. Oder Treibstoff. Wäre auch möglich. Kann so ein Ding explodieren?

Ich will die Hand heben, mich aus dem Gurt schälen, aber ich hänge ja an den Gelenken fest und jede Bewegung schmerzt. Etwas sickert über meine Wange, warm, haltlos. Erst denke ich, dass es Tränen sind, aber als sie auf meine Schulter tropfen, über meinen Arm rinnen, erkenne ich eine blutige Spur inmitten der Seelenzeichen meiner Angst.

Keine Ahnung, woher das Blut kommt.

Draußen heult eine Sirene. Ich schließe die Augen.

Als ich wieder zu mir komme, werde ich getragen. Der Duft ist unverwechselbar, die Muskeln bewegen sich geschmeidig unter mir und mein Seelenauge zeigt mir Bilder, die meinen Herzschlag ankurbeln.

»Nevio …«

»Das ist bereits das zweite Mal, dass ich dich aus der Patsche holen muss. Mir scheint, du machst das absichtlich. Obwohl ich dich natürlich gerne so nah bei mir habe. Ganz nah, so nah, dass ich dich küssen könnte. Aber jetzt müssen wir dich erst einmal verarzten lassen, dort vorne steht schon der Rettungswagen …«

»Nevio?«

»Mein Vater ist mit dem ganzen Team angerückt. Nicht unbedingt rechtzeitig, aber zumindest fast …«

»Nevio!«

Er hält an und setzt mich ins Gras, das zwischen den Betonplatten wuchert. Nässe sickert durch mein zerfetztes Kleid. Mein Kopf sinkt an seine Brust, als er sich neben mich kauert. »Was denn?«

»Ist Max am Leben?«

»Ja, es geht ihm gut. Sie befreien ihn gerade aus dem Bunker.«

Ich blicke auf, in seine grünen Augen, in denen wieder diese Besorgnis schwebt. Seine Lippe ist aufgeplatzt und sein Kinn schillert in allen Rottönen. »Und Daniele?«

»Kümmere dich nicht um Daniele, nie wieder, hörst du?«

Er dreht mich herum, sodass ich den Hubschrauber erblicke, keine zwanzig Meter entfernt. Er ist ein einziger silberner Schrotthaufen. Feuerwehrwagen parken daneben, Männer mit Bergescheren arbeiten daran, andere rollen Schläuche aus und bauen eine Leiter mit einem Wasserwerfer auf.

Einer von Danieles Leuten wird mit einer Trage aus dem Hubschrauber gebracht, er selbst humpelt hinterher, in Handschellen und begleitet von einem Polizisten.

»Daniele hat deine Mutter auf dem Gewissen«, sagt Nevio. »Und Pierre. Er wird lange im Gefängnis schmoren.«

»Und du?«

»Was ich? Mir geht es gut.« Er streicht mir übers Haar und drückt mir einen scheuen Kuss auf die Lippen, der etwas Sonderbares in mir bewirkt:

Bienenschwärme, Schmetterlingsflattern, Herzflimmern.

Meine Frage zerfällt, ehe ich sie aussprechen kann, und ich küsse ihn zurück, voller Sehnsucht und Erleichterung und mit dem Wissen, dass er der Einzige ist, dem ich einen solchen Kuss schenken kann, nur ihm, keinem anderen.

Aus Liebe.

45
Lia

Wir können unsere Wurzeln nicht verleugnen.

Die Familie formt uns von klein auf, wir sind untrennbar mit ihr verbunden. Oh, wir können versuchen, sie abzuschütteln und aus ihrem Einflussbereich zu gelangen. Doch sie wird uns immer einholen.

Weil sie ein Teil von uns ist.

Wem das einmal klar geworden ist, der wird nicht länger gegen sich selbst kämpfen. Das kostet enorm viel Kraft und ist letztlich einfach nur dumm.

Aber vielleicht müssen wir das nicht.

Vielleicht ist es unsere Aufgabe, aus dem, was in uns verankert liegt, Neues zu erschaffen, etwas Besseres möglicherweise.

Denn das ist es doch, was Leben bedeutet.

Es ist Herbst geworden in Berlin.

Ein trüber, nasskalter Herbst, der alle Farben aus den Blättern und alles Licht aus den Tagen gesaugt hat. Manchmal frage ich mich, ob die Sonne jemals wieder einen Weg durch die Nebeldecke finden wird.

In Mailand war der November anders. War alles anders.

»Wie sieht das aus?«

Nevio blickt auf mich herab. Seine Position auf der wackeligen Leiter erlaubt mir den Ausblick auf seinen Hintern, an dem ich mich nicht sattsehen kann. Ich weiß, wie gut er sich unter meinen Händen anfühlt. Sehr gut, perfekt geformt, knackig …

Mir wird heiß in meiner Jacke. Ich wende den Blick ab und begutachte das Schild, das er aufgehängt hat. »Windschief.«

Prüfend hält Nevio den Zeigefinger hoch, kraust die Stirn, befeuchtet ihn mit Spucke und streckt ihn noch mal aus, nur um ihn an seiner Jeans trocken zu rubbeln. »Nein, der Wind war es nicht. Heute bewegt sich kein Lüftchen. Sie hatten Regen angesagt, aber damit sieht es auch schlecht aus. Es ist einfach nur nebelig. Zehn Grad. Maximal. Eher acht.«

Grinsend schüttle ich den Kopf. »Komm da runter, Quatschkopf. Besser wird es nicht.«

Schief oder nicht – das Schild sieht gut aus: *Girl in Black*, steht da mit schwarzer Schrift auf silbernem Grund und rundherum ranken sich Ornamente, von denen Mavie behauptet, dass sie mystisch aussähen.

Natürlich war es ihre Idee. Sie hat mich mit einem ihrer Lachflashs angesteckt, ein Foto von meinem Arm geschossen und das an den Grafiker geschickt.

Jetzt hängt ein Abbild meiner Gefühle in einem Berliner Kiez. Selbst schuld, was lasse ich mich auch von Mavie einwickeln.

Es tut ihr gut, auf eigenen Beinen zu stehen und eine Wohnung zu haben, in der keine Kindheitsmuster auf sie lauern. Sie modelt wieder für Gabriel, doch nur, um sich ihr Studium zu finanzieren. Journalismus, wer hätte das gedacht? Und manchmal, immer öfter, spüre ich echtes Glück in ihr auflodern.

Das wiederum macht mich glücklich.

Was das Tattoo-Girl angeht, so ist es bereits Geschichte. Die Debatten um das wechselnde Spiel der Ornamente auf meiner Haut haben sich erschöpft. Medien und Sensationslüsterne haben sich spannenderen Themen zugewandt.

Verrückt, wenn man bedenkt, welch panische Angst ich stets vor dem Entdecktwerden hatte.

Nevio setzt sich rittlings auf die Klappleiter und zieht seine Kamera hervor. Nicht dieses Profiding, mit dem er anspruchsvolle Fotos macht, sondern eine winzige Digicam für Schnappschüsse.

Am Ergebnis ändert das nichts. Nevios Fotos sind allesamt großartig, weil es ihm gelingt, das Besondere einzufangen.

Sein bevorzugtes Motiv bin ich. Was ganz schön nerven kann.

»Nicht schon wieder!« Ich halte mir die Hand vors Gesicht. »Willst du noch ein Zimmer mit mir tapezieren?«

Seiner Miene nach zu urteilen, könnte er dieser Idee einiges abgewinnen. »Die Decke ist noch frei. Aber bei genauerer Betrachtung fände ich da etwas Erotisches inspirierender.«

»Okay«, sage ich gedehnt. »Hängst du dann auch welche für mich dazu? Schließlich hat Frau auch Bedürfnisse.«

»Frau hat nix Rechte in Wohnung von Mann.«

»Das Bett gehört immerhin mir.«

Das war meine erste Anschaffung für unsere gemeinsame Wohnung, als ich über mein rechtmäßiges Erbe verfügen konnte. Kein Matratzenlager mehr, keine Bierkistenregale im Schlafzimmer, sondern ein edles Holzbett mit dazu passendem Schrank.

Der Rest meines Geldes floss zu gleichen Teilen in die Boutique und in Wertanlagen, die Max für mich verwaltet.

Reich bin ich nicht. Aber ich bin finanziell unabhängig. Und – wie Mavie stets vorausgesagt hat – von jedwedem Vorwurf im Fall Musetti freigesprochen. Die Ermittlungen gegen mich wurden eingestellt. Nicht ich habe den Schuss auf Enzo abgegeben, sondern der Attentäter, den meine Mutter angeheuert hatte.

Was mit dem Musetti-Label geschieht, ist noch offen. Sollte es zum Verkauf kommen, steht mir der Gewinn aus den Anteilen meiner Mutter zu.

Die Rechtslage im Fall Daniele Musetti ist kompliziert. Noch sitzt er in Berlin in Haft, immerhin wird er sich für Pierres Tod und den meiner Mutter verantworten müssen, doch auch in Mailand wird gegen ihn ermittelt. Angeblich geht dort ebenfalls ein Mord auf sein Konto.

Ich rechne damit, dass sich das Ermittlungsverfahren und der Prozess noch Jahre hinziehen werden. Max hält mich jedenfalls auf dem Laufenden.

Wir nähern uns an, mein Onkel und ich. Es ist nicht leicht, für uns beide nicht, da die Vergangenheit scheinbar unverrückbar zwischen uns steht, aber ich kann sehr hartnäckig sein, wenn ich mir etwas in den Kopf gesetzt habe. Und so schlage ich Löcher in seinen Panzer aus Selbsthass und Verbitterung.

Damit kenne ich mich aus.

»Kommst du jetzt mal da runter?«, flehe ich. »Mir ist kalt.« Das ist zwar eine saftige Lüge, aber das muss er ja nicht wissen.

»Dann geh doch rein. In *deinen* Laden.«

Er weiß, wie er mich ködern kann. »Also gut, dann geh ich jetzt in *meinen* Laden und …«, ich wedle mit den Händen, »… und dekoriere das Schaufenster. Und du räumst bitte diese Leiter weg, damit die Leute ungehindert in *meinen* Laden blicken können und nicht ständig deinen sexy Hintern begaffen müssen. Denn schließlich will ich in *meinem* Laden auch mal was verkaufen.«

»Mach ich gleich. Ich will nur noch schnell ein paar Fotos schießen, von …«

»Von was auch immer«, sage ich seufzend.

»Ich hab's gehört!«, ruft er mir nach.

»Was gehört?«

»Dass ich einen sexy Hintern habe.«

»Träum weiter.«

Ich trete endgültig durch die Tür. Lagerfeld, der neben dem Tresen ein Schläfchen auf seiner Hundedecke hält, begrüßt mich mit einem kurzen Laut, eine Mischung aus Jaulen und Bellen, untermalt von heftigem Klopfen seines Schwanzes. Zum Aufstehen ist er zu faul, wie sein Gähnen nur allzu deutlich macht. Viel zu gemütlich ist es hier drinnen.

In einer Hauruckaktion haben wir vor zwei Wochen den Putz von den Wänden geschlagen, sodass nun die rötlich-braunen Ziegel zum Vorschein kommen. Ein neuer Holzboden, unzählige Lampen, die in unterschiedlichen Längen von der Decke hängen, ein riesiger Bauerntisch und der geschwungene Verkaufstresen komplettieren die Einrichtung.

Was noch fehlt, sind Regale und Kleiderstangen. Und natürlich die Ware. Sie liegt im Atelier, an die vierzig selbst designte Stücke des Labels *Girl in Black.*

Im Schaufenster steht eine einsame Schneiderpuppe. Kurzerhand ziehe ich ihr meinen Patchworkmantel über, damit nicht alles so kahl wirkt.

Ich trage ihn noch. An seinen Flicken haften unzählige Geschichten und in seinem Garn steckt jene Magie, die mir geholfen hat, meine Seele zu befreien. Ob nun wahr oder nicht, ich glaube an seinen Zauber.

Außerdem bewahrt er mich vor dem Vergessen.

Man sagt, dass die Menschen, die wir lieben, Lücken hinterlassen, wenn sie von uns gehen. Das kann ich bestätigen.

Doch als wäre es damit nicht genug, verliert auch unsere Erinnerung mit der Zeit an Schärfe. Sie verglüht, heimlich, unmerklich, bis wir eines Tages erschüttert feststellen, dass uns nur ein Name geblieben ist. Ein Lächeln. Eine Begegnung. Schmerz, der sanft an unseren Herzen ziept.

So weit will ich es nicht kommen lassen, darum schlüpfe ich regelmäßig in den Mantel und denke an meine Mutter und an all das Schöne, Wunderbare, Gute, das sie mir geschenkt hat.

Ihre Liebe behalte ich für immer.

Mein Blick gleitet von der Schneiderpuppe zu Nevio, der nach wie vor auf der Leiter steht. Als er mich im Schaufenster bemerkt, streckt er mir seinen Hintern in eindeutigen Posen entgegen. Ich drohe ihm mit dem Zeigefinger, da klingelt mein Handy und ich stürme zum Tresen.

»Gabriel«, begrüße ich den Anrufer etwas verhalten. »Wie geht's?«

Er ist in Plauderlaune. Erzählt mir lang und breit von einem Shooting, das er für morgen geplant hat, von der neuen Herbst-Winter-Kollektion und einigen geilen Kleidern für den roten Teppich und ich will schon Nevio rufen, als er endlich zum Punkt kommt.

»Hast du Zeit für ein paar Aufnahmen?«

»Du meinst … als Model?«

»Klar, was sonst? Hast du?«

Ich muss erst mal durchatmen. Wir hatten eine Aussprache, ein gutes Gespräch, das uns beide zufriedengestellt hat. Nichts kann ungeschehen machen, was zwischen uns vorgefallen ist, nichts die Narben glätten, doch wir haben die Unstimmigkeiten, so gut es ging, beigelegt.

Danach ist der Kontakt abgerissen, ich habe nur sporadisch über Mavie etwas von ihm gehört. Er lasse wieder Männer an sich heran, hat sie berichtet, nichts Ernstes, natürlich nicht, dazu sei das mit Pierre noch zu frisch.

So geht es uns allen.

Pierre konnte die Welt zum Leuchten bringen, egal wie viel Kummer oder auch nur Langeweile sie bereithielt.

Das gelingt ihm immer noch.

Ihn zu vermissen tut weh. An ihn zu denken aber, entfacht ein Lächeln in mir.

Dass Gabriel so mit der Tür ins Haus fällt, in der Erwartung, jeder würde sofort für ihn alles stehen und liegen lassen, ist jedenfalls typisch für ihn. Ich kann darüber nur den Kopf schütteln, übel nehme ich es ihm nicht.

Aber wieso will er mich?

»Was ist mit Mavie?«

»Sie ist dabei. Nur, mit einem Model komme ich nicht aus und wozu soll ich ein Mädchen buchen, wenn ich doch eines kenne, das meine Anforderungen erfüllt und mit dem ich gut arbeiten kann? Du weißt, wie die Girlies sind, die halte ich nur schwer aus.«

Alles klar, Mister Egozentrik. Ich verdrehe die Augen. »Und das Geschäftliche?«

»Was meinst du?«

»Handelt es sich um einen Gefallen oder springt dabei auch was raus?«

Er tut gekränkt. »Selbstverständlich wirst du bezahlt, Lia. Die gleiche Gage wie Mavie.«

Ich habe keine Ahnung, was Mavie für ein Shooting kassiert. Es ist mir auch egal, ich will bloß nicht, dass er denkt, er kann alles von mir haben.

»Also gut. Wann und wo?«

Er nennt mir eine Adresse, angeblich eine stillgelegte Fabrik. »Seid pünktlich.«

»Moment – du hast Nevio engagiert? Was habt ihr zwei da ausgeheckt? Hallo? Gabriel? Verdammt!« Ich werfe das Handy auf den Tresen, grollend, aber auch mit einem Schmunzeln.

Im gleichen Moment klingelt die Ladentür. Ein Mann kommt herein, etwas unschlüssig und ganz bestimmt kein potenzieller Kunde. Sein hellgrauer Kurzmantel, ein edler Zweireiher, der Nevio bestimmt auch stehen würde, wirkt teuer, die Schuhe nicht minder.

»Wir haben geschlossen«, erkläre ich ihm. »Eröffnung ist erst in zwei Wochen.«

»Aha.« Sein unsteter Blick streift mich, ehe er ins Schaufenster huscht. Interessiert tritt er näher. »Dieser Mantel ... So einen habe ich schon mal gesehen.«

Etwas in mir vibriert, ich kann es nicht orten, nicht benennen, ich spüre nur dieses sachte Federn in meinen Gefühlen. »Ach ja? Seltsam, das ist nämlich ein Einzelstück. Patchwork, per Hand mit Garn zusammengenäht, sehr altem Garn.« *Magisch.*

Warum erzähle ich ihm das?

»Ich bin mir sicher ...« Seine Hand schwebt für Sekunden über dem Ärmel, dann zieht er sie zurück und fährt zu mir herum. »Sie sind Schneiderin?«

»So könnte man es auch nennen.« Ich suche nach Worten, um ihn aufzuklären, aber mein Hirn weigert sich, mir welche zur Verfügung zu stellen.

Ratlos betrachte ich sein dezent verstrubbeltes Haar, das an den Schläfen ergraut ist, und den Schwung seiner Wangenknochen. Er mustert mich ebenfalls und so starren wir einander wortlos an.

Eine ganze Weile.

Er räuspert sich. »In zwei Wochen, sagen Sie?«

»Was? Ähm, wie bitte?«

»Der Eröffnungstag.«

Ich nicke. »Ja. Richtig. Am dreißigsten.«

Sein Lächeln trifft mich mit voller Wucht – ein Flirren von Sonnenflecken an einem blau strahlenden Tag geistert durch meine Erinnerung.

»Dann sind Sie ja noch länger hier. Ich werde einfach wieder reinschauen, wenn mir einfällt, woher ich den Mantel kenne. Mein Gedächtnis ist voller Lücken«, er reibt sich die Stirn, verlegen jetzt, »seit dem Unfall.«

Ich nicke erneut. Drehe den Ring meiner Mutter am Finger, nicht verlegen, sondern zutiefst verwirrt.

»Also dann, noch einen schönen Tag.«

»Ihnen auch«, krächze ich, als er bereits durch die Tür verschwunden ist. Viel zu spät fällt mir ein, dass ich die Gelegenheit, seine Seele zu berühren, ungenutzt habe verstreichen lassen.

Nicht so schlimm, er will ja wiederkommen.

Ja, ich bin noch länger in Berlin. Ich habe noch so viel vor.

Ela Mang

Menduria
Das Buch der Welten

400 Seiten
Hardcover
ISBN 978-3-7641-5058-7

ebook **Auch als E-Book erhältlich!**

Wie verzeiht man das Unverzeihliche?

Die 16-jährige Lina ist auserwählt. Sie soll diejenige sein, die Menduria und damit das gesamte bestehende Weltengefüge retten soll. Der Schlüssel hierzu ist das Buch der Gezeiten, das jedoch mit sieben Siegeln verschlossen ist. Nur durch die wahrhaftige Empfindung von Selbstlosigkeit, Mitgefühl, Vertrauen, Mut, Ehrlichkeit, Liebe und Vergebung können diese Siegel geöffnet werden. In Menduria trifft sie auf den geheimnisvollen Dunkelelfen Darian. Er macht ihr das Leben schwer, aber dennoch verliebt sie sich rettungslos in ihn. Und es stellt sich heraus: Auch diese weltenübergreifende Liebe war vom Schicksal vorherbestimmt. Denn nur durch die Kraft von Darians Liebe schafft es Lina, das letzte Siegel zu öffnen und das Unverzeihliche zu verzeihen ...

www.ueberreuter.de
www.facebook.com/UeberreuterBerlin